本书为江苏省高校"青蓝工程"中青年学术带头人培养对象经费资助成果

光明社科文库
GUANGMING DAILY PRESS:
A SOCIAL SCIENCE SERIES

·文学与艺术书系·

走向中隐
——白居易生活与文学论稿

滕汉洋 | 著

光明日报出版社

图书在版编目（CIP）数据

走向中隐：白居易生活与文学论稿 ／ 滕汉洋著 . --
北京：光明日报出版社，2024.3
ISBN 978 - 7 - 5194 - 7876 - 6

Ⅰ.①走… Ⅱ.①滕… Ⅲ.①白居易（772-846）—
传记②白居易（772-846）—唐诗—诗歌研究 Ⅳ.
①I227②I207.227.42

中国国家版本馆 CIP 数据核字（2024）第 064816 号

走向中隐：白居易生活与文学论稿

ZOUXIANG ZHONGYIN：BAIJUYI SHENGHUO YU WENXUE LUNGAO

著　　者：滕汉洋

责任编辑：史　宁　　　　　　　责任校对：许　怡　董小花
封面设计：中联华文　　　　　　责任印制：曹　净

出版发行：光明日报出版社

地　　址：北京市西城区永安路 106 号，100050

电　　话：010-63169890（咨询），010-63131930（邮购）

传　　真：010-63131930

网　　址：http：//book.gmw.cn

E - mail：gmrbcbs@ gmw.cn

法律顾问：北京市兰台律师事务所龚柳方律师

印　　刷：三河市华东印刷有限公司

装　　订：三河市华东印刷有限公司

本书如有破损、缺页、装订错误，请与本社联系调换，电话：010-63131930

开　　本：170mm×240mm

字　　数：270 千字　　　　　　印　　张：16.5

版　　次：2024 年 3 月第 1 版　　印　　次：2024 年 3 月第 1 次印刷

书　　号：ISBN 978 - 7 - 5194 - 7876 - 6

定　　价：95.00 元

序

查屏球

十多年前，汉洋于复旦大学随我攻读博士学位，其毕业论文《白居易生活与文学考论》受到答辩委员一致好评，且都对书稿出版寄予厚望。五年前，我在浙江大学高研院驻访，汉洋带着他修改后的书稿邀我作序。其时，我刚从九州大学任教归来，思维尚沉浸在与东邻同行关于乐天形象的讨论中，再审其论文感慨颇多，落笔不休，一口气完成一篇近两万字的长文，深感教学相长之效。然而好事多磨，汉洋的书久拖未出，我的序却作为单篇论文刊发了（《从科场明星到官场隐士——唐宋转型与白居易形象的转换》，《文学遗产》2019 年第 1 期）。今年年底，汉洋又发来一稿修订本，告知出版在即，再次索序。作为本书的第一读者，重读之后，又有些想法，愿与读者分享。

首先，本书选题颇具现代学术色彩。生活史研究是 20 世纪后期欧美新史学的一个重要领域，在布罗代尔《菲利普二世时代的地中海和地中海世界》、福柯《疯癫与文明》等影响下，很多史学家将视角转入生活史研究，尤其是在中世纪研究方面，佳作迭出，在年鉴学派之后开拓出一片新的学术空间。其新在于将研究中心由政治、王朝、教堂转向整个社会生活，将学术焦点由君王、主教、英雄移向名不见经传的市井细民，由战争、制度、政变等宏大叙事转向对凡事俗情的追根溯源，使用的文献也由正史论著、官方文档转向包括私人书信、日记、笔记、账簿等一切与生活相关的古代文本。约在 21 世纪初，此学传入国内，顿成显学，一时间出现了一批研究不同时段、不同地域的生活史著作。汉洋此书虽然没有采取流行的理论先行的学术模式，单独阐述其研究的理论基础，然由其思路与方法，不难看出生活史研究学术思维的影响，这或得益于他混杂的读书方式与"少边界"的学术视野。记得起初，他曾将元稹悼亡诗与唐人亡妻墓志进行比照，发现唐人家室生活中的一些特点，并以这些特点解读出韦应物、元稹悼亡诗中的新意。初尝有获，使其很乐意专注于"元白"家庭生活研究，最后将视角聚焦于白居易一人身上，从生活史层面对白居易的家庭结构与生存方式做出新的探索。书中所论虽细，然有这一学术理念与意识的支撑，则能深究下去，发现了前人忽视的一些具体问题。如作者首论白居易同父异母长兄白幼文之事，此前中日学界对此所论无多，作者推断出其出仕年龄、为吏时间以及因母微而与白居易分居异地等情况，这些"小事"，对于认识白居易及唐人生活方式极有意义。由仕宦时间看，白幼文是在其父白季庚亡故后入仕的，白父亡后，作为长子的白幼文承担了白家经济重担，这才有了白居易由埇桥到浮梁负米给家之事。白居易入仕后，接过赡养家庭的责任，接母、弟到下邽居住，而白幼文则带着生母居于埇桥，守着白季庚所置之庄园过活，并在白居易到九江任职后又来求援。这样的家庭仅需一人有官禄就可维持一家之生计。幼文母微，连为母的名分都没有，承白居易嗣者也只能是亲弟白行简之子，而非幼文子，嫡庶分界甚明。其实，类似的情况可在韩愈家庭中找到旁证，韩愈与长兄韩会相差二十余岁，也很少提及其母，承韩会之后者，也非韩愈之子，就是因为韩愈之母身份卑微，没有为母的名分。当时这种复杂的家庭关系与生存方式，对白居易《新乐府》中的风俗之叹当有影响。其《井底引银瓶》中言"聘则为妻奔是妾，不堪主祀奉蘋蘩"，当融入了他自己家庭生活的感触。可见，将这些看似无关宏旨的小事弄明白，对于解决文学本体之事是大有作用的。

　　时下网络上流行一二"专家"言论，说我们国内人文科学研究在理论上落后西方发达国家三百年以上，意思是说我们总体上仍沿用别人三百年前的理论。此论虽然有点危言耸听，但也道出了我们的人文学术在很多方面与国际学术脱轨的现实。自近代以来，中国的现代化问题就不仅是一个时间问题，不但要解决生产技术上落后人家三百年的时间差，由人力时代跨过机械时代进入电力时代及自动化时代，还要将落后的社会模式与思维方式革新成与新技术相适应的现代形态，即将西方现代化社会机制与文化观念移植到东方社会文化中。所以，现代化也是一个空间问题，对西方文化的引进、移植、吸收是现代化的必由之路，我们的现代人文科学就是在第一代学贯中西的学者的引领下，在对西方学术的移植与改造中发展起来的，最终建立起与国际学界接轨与对话的现代学术话语系统。理论之树常青，但没有哪一种理论是永恒不变的。与日新月异的科技一样，西方人文之学也在不断发展。我们沿用老理论、老观念治学，如同在电子显微与射线透视时代仍只用听诊器判断病情，其所得当有精粗多少之别。汉洋此书虽然没有关于生活史研究理论的系统介绍，也没有对西方论著的长篇引用，但不难看出作者阅读过西方学者关于中世纪的相关论著并积极仿效。这种理论自觉意识是值得充分肯定的。

其次，本书的求实之风让人印象深刻。宏大结论来自对人类活动的全面总结，而有高度的总结必须基于对最底层最原始材料的辨析。相对于丰富的历史原貌来说，现存的文献多是断章碎片，且多由史家或当事人凭主观意志组装而成，零散史料之间的联系需要研究者发现与清理，史料背后的问题需要学人揭示说明。找出什么样的逻辑联系，发现什么样的隐秘之情，既取决于作者的理论素养，又有赖于作者对史料把握的全面性和解读的精细度。作者在这方面做出了可喜的努力。全书八章一附论，每章皆以实证发现为突破口，在史实考辨的基础上，于常见史料中挖掘出不为人重的细节，或不为人知的真相，取得了一些实实在在的考证成果。如书中指出："建中二年秋，白季庚因劝说李洧抵抗李纳并以徐州及埇桥归国有功，由彭城令升任徐州别驾，超次提拔。白季庚既受封赏，又居要职，其时应有条件将家人迁至为官之所。况且，这一时期，其家原本所居之地的郑州、洛阳一带，正受到梁崇义与李希烈争斗的侵扰。为避战乱，白季庚有可能将家人多数移到徐州一带。"接着具体考证出白家移居符离者多人，又注意到白居易于大和元年所作的《宿荥阳》诗云"旧居失处所，故里无宗族"，最后得出结论，原居荥阳的白氏族人因躲避战乱举族迁徙到徐州，又因为徐州处于军事前线，所以白氏家人的居住地应在徐州南界的埇桥。这一发现是符合安史之乱后中土士人南迁避难的社会现实的。如韩愈家族在安史之乱中举家南迁，其父韩仲卿先后为武昌县令、鄱阳县令，二叔韩云卿为广德县令，三叔韩少卿为当涂县尉，四叔韩绅卿为高邮县尉，后因韩少卿在当涂殉职，韩家就定居宣州当涂县。大历初，韩愈长兄韩会生活于此，建中之乱时韩愈寓居于此，贞元时韩愈已在长安任职，其嫂郑夫人、侄韩老成仍在此地生活，韩愈长庆年间送别侄孙时仍言："宣城去京国，里数逾三千。"（《示爽》）又如元结，"及羯胡首乱，逃难于猗玗洞，因招集邻里二百余家奔襄阳，玄宗异而征之。值君移居瀼溪，乃寝"（颜真卿《元结墓志》）。其《与瀼溪邻里》诗云："昔年苦逆乱，举族来南奔。日行几十里，爱君此山村。峰谷呀回映，谁家无泉源？修竹多夹路，扁舟皆到门。瀼溪中曲滨，其阳有闲园。邻里昔赠我，许之及子孙。"这些都是战乱中举族而迁的例子。这些大家族离开祖居地，在异地成为寄庄户，当时朝廷一再出台政策对这些寄庄户加强管理，规定寄庄户若非进士及第或在朝为官则不能享受衣冠户的待遇，科举入仕因此成为他们基本的生存手段，唯因如此，这类家族也积累了丰富的科举传统，形成独传之学，故连年有人登第。如白居易家，其祖、其父都是明经及第，至他这一代开始转向，其本人和胞弟白行简、堂弟白敏中皆以进士及第，即与这种生存方式相关。因此，发现白氏举族迁徙的问题是很有眼光的，对白居易及唐人生活的研究也极有意义。

实证工作最硬核的内容是充分掌握相关文献资料，能提供新材料新文献，更是这一工作的最大亮点。在这方面，本书作者也相当敏感。如同 20 世纪初敦煌文献的发现改变了唐史研究走向一样，近几十年来大量唐人墓志的出土，也必将改变唐代文学研究的格局。作者有"预流"意识，对墓志文献多有利用。如书中引用了近年出土的白景受之子白邦

彦的墓志，厘清了白家世系，据此发现《白居易家谱》中六代之后的
世系记录已经混乱，《新唐书·宰相世系表》中的相关记载也有错误。
又，日本有悠久的白集研究传统，留存很多中土已佚的文献，利用日藏
文献已成为现代"白学"的必经之路，作者对此也有所用心。如《管
见抄》是日本平安朝学人对宋代杭州刊本白集的摘抄，所抄内容是原
书的十分之一，保留了白集由抄本到印本转化后的最初形态。作者参考
芳村弘道教授的成果，发现其中所录白居易《醉吟先生墓志铭》与传
世文献中白幼文和白行简之子的名称和排序不同。再如日藏金泽文库
《白氏文集》是平安留学僧慧萼在唐武宗会昌年间抄回日本的，虽仅存
三分之一，却留存了"前后集"的原始状态。作者注意到白居易《狂
言示诸侄》之"诸侄"，金泽本作"三侄"并有注文："三侄，谓宅相、
匡帏、龟儿也。"据此推断出白氏兄弟的子嗣情况。诸如此类的问题，
所论之事甚小，所费之力甚大，虽然所得结论未必绝对正确，但将墓志
文献、域外抄卷、私家谱牒三种材料与正史和其他传世文献汇集辨析，
大大提升了对白集相关文本解读的精度。

　　善于在史料排比中发现一些易为人忽视的小问题，也是本书的一个
特色。这既是一个治学方法，也是读书的乐趣。陶渊明《桃花源记》
言："山有小口，仿佛若有光。便舍船，从口入。初极狭，才通人。复
行数十步，豁然开朗。土地平旷，屋舍俨然，有良田美池桑竹之属。"
我们读书治学也与此相似。丰富整齐的史料貌似给出了一个个既定结
论，却往往能在多方比较中发现其中的龃龉，如同于大帘厚幕中发现一
丝裂纹细缝，透过这些裂缝可以看到一个全新的世界。阅读本书，常能
给读者带来这样的快乐。如陈寅恪先生发现白居易之父白季庚与其母成
婚时已四十一岁，由此对其婚配之迟提出疑问："若其父果已结婚，乐
天于季庚之事状中何以绝不言及其前母为何人？其故殊不可解。疑其婚
配之间，当有难言之隐，今则不易考见矣。"本书作者就对这"难言之
隐"进行了深究。先由白季康、元稹墓志对各自续娶情况的记述，说
明唐人对正妻身份的重视；再由白季庚《事状》提及的先独葬后合葬

之事及白幼文甚少参与家族事务一点，证明乐天母陈氏为白季庚正妻，幼文乃庶出，其母身份卑微，以此解释白居易自称"嗣子"而不及幼文的原因；又由唐人婚姻习俗与法律规定，说明迎娶门当户对之妻不易，唐人家庭生活中多有"别宅妇""外妇"等非妻女性，并引用新出唐人墓志与《通幽记》《干𬤊子》等笔记小说材料，说明这类女性在家庭中的卑微地位。最后得出结论："幼文母至多也只能是白季庚之妾，甚至身份更低。按照一般的惯例，这类女性的情况在男性的墓志、行状等文字中不会被提及。与此相关，白幼文之身份也只能是庶出，有居易、行简等嫡子的存在，承嗣之责也由他们承担。"经过如此严密的推理论证，所得结论是令人信服的。这一研究既解释了白居易以白行简子为嗣的原因，又勾勒出唐人婚姻家庭一个重要特点，入口虽细，所得颇大。

再次，作者思路的清畅、表达的清晰、文字的清通，也让人印象深刻。依流行的说法，学术论著是供专业读者阅读的，是相对小众化的读物，不必追求可读性。不过，我们回看经典的学术论著，无论是审慎严密的王国维、陈垣，还是主观色彩浓郁的梁启超、陈寅恪，其著作都有很强的可读性，有意追求表达效果的朱自清、闻一多等人的著作更是精彩纷呈，警句连连。古人云："言而无文，行之不远。"一定的可读性，能提升专业研究的质量。由本书简明的章节设计、断案式的推理逻辑、平易的语言风格看，作者对可读性显然是有心追求的。电子时代流行的学术著作，或是以生涩玄奥的概念术语推绎成文，或是以电子检索手段堆叠出海量文献，两者皆以高冷生硬的面目营造出自臆式学术话语，拒人千里，拒绝对话。由这一现象看，作者的努力是值得肯定的。

当然，作为一部年轻学人的著作，本书还有进一步完善、提升的空间。如关于白氏家族迁徙的考察，还可以再精细一些。白居易贞元十六年由宣州荐举进士及第，当是缘于白季康任宣州溧水令，如此，白季康为溧水令当在贞元十五年左右，其为彭城令后又任浔阳令、虹县令，再为溧水令，在彭城令与溧水令之间当有八九年，其为彭城令当在贞元八年前，此事或与白季庚升任徐州别驾有关，白家其他人迁徐也当缘于此事。再如，对白居易家庭生活的论述，可补上白家与杨家的姻亲关系一事。白居易妻为杨虞卿从妹，白行简子白景受妻为杨鲁士之女，白杨两家都是科举型家族，这种传统姻亲关系，使他们在科场竞争中形成一种互助优势。白居易的智慧之处在于，同他们既维持着密切的姻亲关系，又尽量避开他们作为牛党骨干而与李党的恶性争斗。从这一背景入手，可对白居易晚年分司生活做出更深入的说明。在理论上，也可对白居易做进一步的展开论述，以白氏生活方式作为中古世族向近古科举之士转化的一种范式，具体说明唐宋转型的内涵与文学表现。这也表明，白居易研究是一个具有极大拓展空间的学术命题，唯因如此，我对汉洋的下部论著更有期待。

2023 年 12 月 22 日于由沪入穗途中

目　录
CONTENTS

导　言

一、白居易在唐宋文化转型中的典型意义

以唐宋社会转型的视角观照，唐中叶至五代自然成为这一转型的过渡期。中唐时代作为这种变化的开端，往往成为学者研究此题时设定的坐标之一，这一时期的代表性文人也因此被视为具有承前启后意义的文人。如陈寅恪先生即从文化学术的角度，说明中唐文人韩愈在这一转型过程中的意义，其云：

> 唐代之史可分前后两期，前期结束南北朝相承之旧局面，后期开启赵宋以降之新局面，关于政治社会经济者如此，关于文化学术者亦莫不如此。退之者，唐代文化学术史上承先启后转旧为新关捩点之人物也。①

韩愈的学术思想对宋代新儒学的萌生与发展产生了重要影响，"在某种程度上可以说，宋代儒学是通过对韩愈儒学的批判完成其自身的构建的"②。因此，韩愈在宋代具有精神偶像的地位。义宁先生结合中唐时期作为唐宋文化转型起点的定位，指明韩愈在文化学术史上承前启后之地位，称其为"关捩点之人物"，可谓评价精当。

实际上，若以"关捩点之人物"的评价加诸白居易，笔者以为也是恰当的。虽然白居易在文化学术史上的影响要逊于韩愈，但就其他方面而言，其

---

① 陈寅恪《论韩愈》，见《金明馆丛稿初编》，生活·读书·新知三联书店 2001 年，第 332 页。
② 杨国安《宋代韩学研究》，中国社会科学出版社 2006 年，第 17 页。

对后世的影响不容低估。如就诗歌而言，清人叶燮论曰："三代以来，诗运如登高之日上，莫可复逾，迨至贞元、元和之间，有韩愈、柳宗元、刘长卿、钱起、白居易、元稹辈出，群才竞起而变八代之盛，自是而诗之调之格之声之情，凿险出奇，无不以是为前后之关键矣。"① 韩孟诗派与元白诗派在中唐双峰并峙，对后世产生了巨大影响，叶氏以中唐时代为古今文运、诗运之一大关键，因此，在其所列举的中唐时代具有"前后之关键"性质的著名诗人中，除了韩、柳等人，元、白也赫然在列。实际上，除了诗歌，若从生活理念与生活方式对后世的影响而言，白居易甚至还要超过韩愈等人。"唐宋变革论"的首倡者内藤湖南指出："唐代和宋代，在各方面的文化生活上都有变化。除此以外，如果从一些细微的个人生活去观察，还可以发现更多反映这个时代的变化。"② 有唐一代近三百年，名家纷出，但诸家留给后人的形象因人而异，独立而鲜明。比如，李白的好言仙道、王维的耽溺佛禅、杜甫的忠君忧国、韩愈的以道自任，皆鲜明地体现了诸人的性格特点。相较而言，白居易则具有明显的俗世情怀。历代学者在批评白居易为人与为文时，往往以"俗"字一言以蔽之，世俗、通俗乃至庸俗成为后人眼中白居易的基本形象。因此，有的学者称白居易是"一个漫步在儒释道文化丛林中的俗世'精灵'"③。虽然这类评价在一定程度上未必完全具有褒义，但不可否认的是，白居易的世俗化生活理念与生活方式，成为后人纷纷仿效的对象，对历代文人士大夫产生了重要影响。

以宋代而言，早在韩愈地位尚未完全确立的宋初，就出现了一批以白居易作为效法对象的"白体"诗人。欧阳修《六一诗话》云："仁宗朝，有数达官，以诗知名。常慕白乐天体，故其语多得于容易。"④ 这批所谓的"达官"主要包括李昉、徐铉、王禹偁等人。如李昉，王禹偁为其撰挽歌云：

---

① 叶燮《百家唐诗序》，转引自陈伯海主编，查清华等编撰《历代唐诗论评选》，河北大学出版社 2003 年，第 855 页。

② ［日］内藤湖南《概括的唐宋时代观》，见刘俊文主编，黄约瑟译《日本学者研究中国史论著选译》第一卷，中华书局 1992 年，第 17—18 页。

③ 肖伟韬《白居易生存哲学本体研究》，南京大学出版社 2009 年，第 1 页。

④ ［宋］欧阳修撰，李逸安点校《欧阳修全集》卷一二八，中华书局 2001 年，第 1949 页。

"须知文集里，全似白公诗。"① 王禹偁则说自己"本与乐天为后进"②。实际上，这些所谓的"白体"诗人，绝非仅在文学层面模仿白居易，对白氏生活理念与生活方式的认同和接受是其更主要的学习方面。一方面，他们追慕白居易诗酒酬唱的雅致生活，如当时的馆阁之臣唱酬成风，且编成许多唱酬诗集，有李昉与李至的《二李唱和集》、李昉等人的《禁林宴会集》、徐铉等人的《翰林酬唱集》、王禹偁与冯伉的《商于唱和集》等。这些诗歌唱和活动主要是模仿白居易与元稹、刘禹锡等来往唱和的近体诗，内容多是流连光景的闲适生活。另一方面，他们对白氏从容闲适的为官心态与生活方式也颇为认同，乃至亦步亦趋地模仿。如王禹偁《游虎丘》诗云："乐天曾守郡，酷爱虎丘山。一年十二度，五马来松关。我今方吏隐，心在云水间。野性群麋鹿，忘机狎鸥鹣。乘兴即一到，兴尽复自还。不知使君贵，何似长官闲。"③ 可见其踵武白居易任苏州刺史时期"吏隐"生活之得意。应该说，宋人对白居易的接受，从一开始就是以其旷达知足的生活态度及"吏隐"的生活方式为切入点的，这种倾向在嗣后的苏东坡身上体现得更明显。苏轼一生追慕白居易，宋人已经见出此点。周必大《二老堂诗话》中"东坡立名"条云：

　　白乐天为忠州刺史，有《东坡种花》二诗。又有《步东坡》诗云："朝上东坡步，夕上东坡步。东坡何所爱，爱此新成树。"本朝苏文忠公不轻许可，独敬爱乐天，屡形诗篇。盖其文章皆主辞达，而忠厚好施，刚直尽言，与人有情，于物无著，大略相似。谪居黄州，始号东坡，其原必起于乐天忠州之作也。④

洪迈《容斋随笔·三笔》卷五"东坡慕乐天"条亦云：

---

① 王禹偁《司空相公挽歌》三首其二，见傅璇琮等主编《全宋诗》卷六六，北京大学出版社 1995 年，第 758 页。
② 王禹偁《前赋春居杂兴诗二首间半岁不复省视因长男嘉祐读杜工部集见语意颇有相类者咨于予且意予窃之也予喜而作诗聊以自贺》，见傅璇琮等主编《全宋诗》卷六五，北京大学出版社 1995 年，第 733 页。
③ 傅璇琮等主编《全宋诗》卷六二，北京大学出版社 1995 年，第 687 页。
④ ［清］何文焕辑《历代诗话》，中华书局 1981 年，第 656—657 页。

苏公在黄，正与白公忠州相似，因忆苏诗，如《赠写真李道士》云："他时要指集贤人，知是香山老居士。"《赠善相程杰》云："我似乐天君记取，华颠赏遍洛阳春。"《送程懿叔》云："我甚似乐天，但无素与蛮。"《入侍迩英》云："定似香山老居士，世缘终浅道根深。"而跋曰："乐天自江州司马除忠州刺史，旋以主客郎中知制诰，遂拜中书舍人。某虽不敢自比，然谪居黄州，起知文登，召为仪曹，遂忝侍从。出处老少，大略相似，庶几复享晚节闲适之乐。"《去杭州》云："出处依稀似乐天，敢将衰朽较前贤。"序曰："平生自觉出处老少粗似乐天。"则公之所以景仰者，不止一再言之，非东坡之名偶尔暗合也。①

周必大已从为文与为人等方面说明了苏轼对乐天追慕的原因，甚至认为"东坡"之号即源于白诗。而从洪迈所引的东坡诗来看，出处相似使苏轼对白居易更有一种亲近感。这里所谓的"出处相似"，除仕宦经历外，也包括具体的生活方式。如对于白居易提出的"中隐"观念，苏轼就十分认同。其《六月二十七日望湖楼醉书五绝》其五云："未成小隐聊中隐，可得长闲胜暂闲。"② 苏轼一方面提出对后世影响巨大的"元轻白俗"一说，另一方面引乐天为知己，并亦步亦趋地模仿其生活方式，以中隐自居，以闲适为生活追求，可见其身心内外被白居易浸染之深。③

宋初"白体"诗人以及嗣后的苏轼对白居易的接受，仅是宋人对白氏思想及生活方式认同的典型，其他的文人如陆游、黄庭坚、杨万里、范成大等人，对白居易的认同也每每形诸诗文。从这一现象来看，宋人对白居易的接受程度虽然没有像对韩愈一样形成所谓"五百家注韩"一般的盛况，但也足见其影响之一斑。宋人推尊韩愈主要是因其"文起八代之衰，而道济天下之溺"④ 的道

---

① [宋] 洪迈撰，孔凡礼点校《容斋随笔·三笔》卷五，中华书局 2005 年，第 485 页。

② [宋] 苏轼撰，[清] 冯应榴辑注《苏轼诗集合注》卷七，上海古籍出版社 2001 年，第 319 页。

③ 关于苏轼对于白居易的认同与接受，更为详细的论述可参看张海鸥《苏轼对白居易的文化受容和诗学批评》，见莫砺锋主编《第二届宋代文学国际学术研讨会论文集》，江苏教育出版社 2003 年，第 324 页；毛妍君《论苏轼对白居易"闲适"人生观的受容》，载《江淮论坛》2010 年第 3 期。

④ [宋] 苏轼《潮州韩文公庙碑》，见苏轼撰，孔凡礼点校《苏轼文集》，中华书局1986 年，第 509 页。

德担当及改革文风的历史功绩，对白居易则主要是认同其生活理念和具体的生活方式。如果说韩愈对宋代文人的影响是学术思想层面的话，那么白居易对宋代文人的影响则是世俗生活层面的，二者虽然不同，但都对一代士风产生了重要影响。从这个意义上来说，白居易在唐宋文化转型中的典型意义，足可与韩愈比肩。

二、白居易生活与文学研究的基本格局

尽管白居易世俗化的生活理念及生活方式在唐宋文化转型中具有典型意义，但长期以来，学界并未对此予以足够的重视。其中，表现之一就是学界对白氏发扬美刺传统的讽谕诗关注较多，用力较勤。对于感伤诗中的《长恨歌》《琵琶行》等作品的阐释，也多与其讽谕诗的解读联系起来，赋予较多的社会政治内涵。在这种研究视角下，白氏的现实主义文学理论与创作也独受推重。在强调白居易作为讽谕诗人的同时，对其私人生活研究的缺位，似乎也就势所必然。因此，对白集中数量更多、能够更充分反映白居易生活理念与生活方式的闲适诗、杂律诗等的研究，一直受到学界有意或无意的忽视。

虽然长期以来这方面的研究并非热点，但仍有一些值得重视的研究成果。在国内的相关研究中，陈寅恪的《元白诗笺证稿》可谓开风气之先。义宁先生此书虽然以笺释白氏的《新乐府》等作品为大端，但在书末所附的《白乐天之先祖及后嗣》《白乐天之思想行为与佛道关系》《元和体诗》《白乐天与刘梦得之诗》等数篇文章中，对白氏的私人生活及思想创作进行了探讨，同时显示出对于白居易讽谕诗之外作品的充分重视。义宁先生此外还有《元白诗中俸料钱问题》① 一文，根据元、白二人尤其是白居易诗中所言及的俸钱等资料，对唐代地方官吏的俸钱待遇等问题进行了深入探讨，虽然其主旨并不在于具体勾勒白氏的生活，但这种研究方法对后人的相关研究有极大的启发意义。义宁先生在研究白居易的思想文学乃至生活时，多以文史互证的方法对白居易诗文内涵加以发掘，这一学术理路也沾溉后人良多。然其研究总的来说还比较零散，对白居易生活与文学中的许多具体问题未能论及也无意涉及，一些已经论及的问题又因并不集中在白居易身上而未能深入。陈氏开掘出的一些有意义的研究话题，在经历中华人民共和国成立至"文

---

① 陈寅恪《金明馆丛稿二编》，生活·读书·新知三联书店 2001 年，第 65 页。

革"一段时期的中断之后，直到 20 世纪七八十年代才重新得到接续。这一时期的研究成果，举其要者，集中在以下几个方面。一是对于白居易基本生平的梳理，出现了一批年谱类著作。如王拾遗的《白居易生活系年》①、顾学颉的《白居易年谱简编》②、朱金城的《白居易年谱》③、罗联添的《白乐天年谱》④ 等。二是对于白氏的心路历程及生平中相关重要经历的探讨。如顾学颉对白居易与永贞革新、牛李党争关系的探讨，对白氏江州之贬前因后果的分析，等等。三是对于白居易具体生活的考察。如顾学颉对白氏世系、家族、婚姻的考察，王拾遗对白居易两京宅第的考察⑤，朱金城对白居易交游的系统考察⑥，刘兰对白居易与音乐关系的考察⑦，等等。

由于之前对白居易研究的基本积累，20 世纪末至近年，对白居易生活的研究得到进一步开拓，相关研究不仅数量众多，而且日益显示出综合化的趋势。如谢思炜的《白居易集综论》⑧，此书上编主要探讨白集的版本问题，下编则综合探讨白居易的家世、早年生活及其生活理念、宗教信仰、文学思想等问题。由于之前白居易研究的扎实基础，谢先生近年来又在前辈学者的基础上，汇校中日白集刊本与抄本并作注，撰成《白居易诗集校注》《白居易文集校注》⑨ 二书，为白居易诗文提供了一个新的注释本。另外，值得注意的是，肖伟韬的《白居易生存哲学本体研究》⑩、蹇长春的《白居易评传》⑪、毛妍君的《白居易闲适诗研究》⑫ 等著作。肖著着眼于中唐时代儒、释、道三教合一的社会背景，从思想渊源与内在理路、实践形态与外在表现等方面，对

① 王拾遗《白居易生活系年》，宁夏人民出版社 1981 年。
② 收入《顾学颉文学论集》，中国社会科学出版社 1987 年，第 140 页。后文论及的顾学颉研究成果皆参见此书。
③ 朱金城《白居易年谱》，上海古籍出版社 1982 年。
④ 罗联添《白乐天年谱》，编译馆 1989 年。
⑤ 王拾遗《白居易两京宅第考》，载《社会科学战线》1981 年第 2 期。
⑥ 朱金城《白居易交游考》《白居易交游续考》《白居易交游三考》，见朱金城《白居易研究》，陕西人民出版社 1987 年。
⑦ 刘兰《白居易与音乐》，上海文艺出版社 1983 年。
⑧ 谢思炜《白居易集综论》，中国社会科学出版社 1997 年。
⑨ [唐] 白居易撰，谢思炜校注《白居易诗集校注》，中华书局 2006 年；[唐] 白居易撰，谢思炜校注《白居易文集校注》，中华书局 2015 年。
⑩ 肖伟韬《白居易生存哲学本体研究》，南京大学出版社 2009 年。
⑪ 蹇长春《白居易评传》，南京大学出版社 2002 年。
⑫ 毛妍君《白居易闲适诗研究》，中国社会科学出版社 2010 年。

白居易生存哲学进行综合性探讨，对于揭示白居易思想及生活形态在中唐时代的典型意义具有较大价值。塞著虽然是关于白居易的传记作品，但与之前大量的白居易传记仅是简单铺排白居易的履历不同，书中对涉及的问题皆有深细考论，尤其是对白居易各个阶段生活心态与生活内容的阐释较为充分、透彻，堪称白居易传记的集大成之作。毛著则是国内系统研究白居易闲适诗的第一本专著，其典型意义不容忽视。以上研究都涉及一个重要的问题，即对白氏"中隐"观的阐释及"独善"生活方式的分析。对此问题的探讨，在之前的研究中虽然有所涉及，但似乎多持批判态度。而这一阶段的研究则大抵能贴合白居易的实际生活，客观揭示其在白氏思想与生活中的核心意义，在一定程度上代表了新时期白居易研究的趋势。

　　白居易对于日本古典文学的影响巨大，日本的白居易研究具有深厚的学术传统，研究也较为充分。日本不仅有白居易研究的专门学会，而且有《白居易研究讲座》《白居易研究年报》等专业性学术刊物。这种规模化、持续化的白居易研究，对中国学界具有借鉴意义，其取得的成果也值得中国学界重视。以对白居易的生活研究为例，日本学者的研究虽然与中国的相关研究基本同步，但侧重点显然不同，成果也更为丰富。其基本思路主要集中在以下两个方面：其一，不仅重视白居易"兼济"的一面，也认为白氏"独善"的一面具有重要意义；其二，对于白居易的一生，不再像以往那样以江州之贬为分界线，截然分为前后两期，而是认为白居易在年轻的时候就开始了对闲适生活的追求，并且晚年仍有参与政治的强烈愿望。在这种思路的指导下，日本学者的白居易研究在加大对白氏讽谕诗阐释力度的同时，也日益重视闲适诗的意义与价值。其中，具有代表性的作品如西村富美子的《关于白居易的闲适诗——下邽退居时期》、下定雅弘的《白居易的闲适诗——其理论和变化》、高木重俊《白居易的闲适诗》及川合康三《初入长安的白居易——喧嚣与闲适》《白居易闲适诗考》等。① 由于对白氏闲适诗的重视，有关白氏私人生活的内容，如友情、女性、疾病、宅第、园林、饮食、音乐等相关话题，也得到更充分地探讨。比如，下定雅弘《白乐天的愉悦：生活

---

① 川合康三的研究成果参见氏著《终南山的变容：中唐文学论集》，上海古籍出版社2007年。其他人的研究成果可参看下定雅弘《战后日本白居易研究概况》，载《西北师范大学学报》（社会科学版）1989年第4、5期；陈才智《元白研究学术档案》，武汉大学出版社2018年。

睿智的光辉》① 一书的下编,从衣食、住宅、动物、植物、养生等私人生活方面,专门探讨白居易的"独善"一面,揭示白氏私人生活中的种种愉悦。又如,埋田重夫《白居易研究——闲适的诗想》② 一书,以白居易的闲适诗作为研究对象,将论述的焦点集中在白氏诗歌中对身体与家居的描述等方面,说明白居易追求闲适生活的具体内容。再如,中木爱在《白居易描述饮酒的诗歌中所见之充足感》③ 《试论白居易诗中生理层次的"闲适"表现——兼及姚合闲适诗》④ 等文章中,更为关注白诗在感官方面的表达,从饮酒、睡眠方式等方面,深入分析白居易的具体生活内容与情感实态。此外,如西村富美子的《中唐时期的绘画与文学——白居易与绘画》⑤、妹尾达彦的《九世纪的转型——以白居易为例》⑥、渡边信一郎的《白居易的惭愧——唐宋变革期农业社会结构中的下级官人层》⑦ 等文章,将白居易放在唐宋变革的大背景下探讨其生活的典型意义,也颇具参考价值。

白居易的诗歌翻译与研究在欧美已有近百年的历史。早在 20 世纪初,英国学者阿瑟·韦利(Arthur Waley)就开始大量翻译白居易诗歌,并在 1949 年出版了《白居易的生平与时代》(*The Life and Times of Po Chu-i*)一书,有力地推动了欧美汉学界白居易研究的进展。在其影响下,先后出现了戴维·亨顿(David Hinton)的《白居易诗歌选集》(*The Selected Poems of Po Chu-i*)、伯顿·华兹生(Burton Wastson)的《白居易诗选译》(*Po Chu-i Selected Poems*)、雷裴氏·列维(Howard S. Levy)的《白居易诗歌英译选集》(*Translation from Po Chu-i's Collected Words*)等一系列白居易诗歌的译著。⑧ 相较于日本学界白居易研究的丰硕成果,欧美汉学界的研究显然不能

---

① [日] 下定雅弘《白乐天的愉悦:生活睿智的光辉》,勉诚社 1975 年。
② [日] 埋田重夫《白居易研究——闲适的诗想》,汲古书院 2006 年。
③ 载《白居易研究年报》第九号,勉诚社 2008 年。
④ 载《中华文史论丛》2009 年第 2 期。
⑤ 载《东海学园大学研究纪要·人文学健康科学研究编》,2005 年第 10 期。
⑥ 见荣新江《唐研究》第 11 卷,北京大学出版社 2005 年,第 485 页。
⑦ 载《京都府立大学学术报告:人文》,1984 年第 36 期。
⑧ 欧美学界对于白居易的研究情况,可参看莫丽芸《英美汉学中的白居易研究》,大象出版社 2017 年。

谓之充分。虽然白居易在欧美汉学界的关注度仅次于李白、杜甫，① 然而有深远影响的专门研究成果较为罕见。但一些涉及白居易的研究成果中所展现的视角和运用的方法仍有重要的参考价值。就白居易的生活与文学研究而言，美国学者宇文所安的一系列论述颇可注意。宇文氏在其《中国"中世纪"的终结——中唐文学文化论集》② 一书中反复提及"微型自然""私人生活"等概念，一以贯之地强调白居易等中唐文人构筑园林、营造微型世界、改善家居生活等行为所体现的中唐文学注重私人性、细微性等特征。如其由白居易的《食笋》《官舍内新凿小池》《洛下卜居》等诗，引出私人天地与私人生活等话题的探讨，以此说明在中唐时期存在着一个自我封闭、不受公共世界干扰和影响的私人空间，诠释这一私人天地的一系列事物、经验以及活动的文学作品也因此具有特殊的审美价值与意义，从而得出"在中唐，我们看到文学诠释行为和私人生活之间的默契同谋关系在不断加强"③的结论。宇文所安的研究显然是继承了西方世界最流行的公私二元对立的理论视角，与以菲利浦·阿利埃斯（Philippe Ariès）和乔治·杜比（Georges Duby）的《私人生活史》为代表的年鉴学派具有相似的研究理路。他的这一论题在其弟子杨晓山《私人领域的变形——唐宋诗歌中的园林与玩好》④ 一书中得到了进一步的推衍。正如杨晓山自己宣称的那样，此书中讨论的主要课题都是由白居易确立的。通过对白居易园林生活与诗歌创作的分析，作者提示我们：私家园林作为个人所有的空间，为白居易的"中隐"提供了活动的舞台。在这一私人空间内，"乡村和城市不再抵牾，精神的高洁与物质的舒适达到统一，社会责任与个人自由互相平衡"。⑤ 可以说，宇文所安及杨晓

---

① 详参王兆鹏《20 世纪海内外唐五代文学研究成果量的地域差异》，载《西北师大学报》（社会科学版）2014 年第 5 期；《20 世纪海内外唐五代文学研究成果量变化的统计分析》，载《上海大学学报》（社会科学版）2015 年第 3 期。
② ［美］宇文所安《中国"中世纪"的终结——中唐文学文化论集》，生活·读书·新知三联书店 2006 年。
③ ［美］宇文所安《中国"中世纪"的终结——中唐文学文化论集》，生活·读书·新知三联书店 2006 年，第 66 页。
④ ［美］杨晓山《私人领域的变形——唐宋诗歌中的园林与玩好》，江苏人民出版社 2008 年。
⑤ ［美］杨晓山《私人领域的变形——唐宋诗歌中的园林与玩好》，江苏人民出版社 2008 年，第 4 页。

山的论题显示出了他们对唐代文化与文学研究较为精准的把握，为白居易的生活与文学研究提供了一个有价值的视角和诠释空间。

通过对白居易生活与文学研究的简单回顾可以看出，中国学者的相关研究主要从大处着眼，较少有深细的分析；日本学者的研究则能从具体的生活方式与内容细节着眼，分析比较深入，但有时也难免烦琐细碎，缺乏系统性与理论性；以宇文所安为代表的欧美学者则拈出一些有意义的话题，虽然有为了理论上的自足而强为解说的嫌疑，但仍然为白居易生活与文学研究新的诠释提供了启发。中外学者的研究在深度和广度方面虽然有所差异，但从具体的生活理念与生活方式等方面探讨其对白居易文学创作的影响是共同的倾向，由此，加大对白居易讽谕诗之外作品的关注程度也成为新的研究趋势。这些研究成果表明，从世俗生活的角度研究白居易，尚有广阔的学术空间可待开掘。

三、本书的研究思路

本书以白居易生活与文学创作作为研究对象，主要集中于白氏每一时期具体生活的考察与分析，在此基础上分析其文学创作、文学活动以及其他与文学相关的话题。因此，笔者探讨的内容基本并未跳出传统话题之外。之所以采取这样的研究视角，主要是基于以下几点考虑。

第一，虽然中外学界迄今为止出现了多部白居易的传记与年谱著作，但在白氏的生活经历中，仍有一些重要的细节性问题没有得到有效清理。如关于白居易早年的经历，由于当时的诗文留存相对较少，时间记载不甚明确，我们对这一方面的了解并不深透。因此，其早年生活依然是白居易生活研究中相对比较薄弱的一环。但这段生活对奠定白氏的人生观显然具有不容忽视的意义。

第二，在对白氏思想与生活中一些基本问题的认识上，由于之前的研究仅立足于以白解白，未能结合唐人的具体生活实际加以考察，往往会出现一些基本事实的陈述错误。如傅璇琮先生《从白居易研究中的一个误点谈起》① 一文，就某些学者认为白居易思想转变并不始于元和十年（815）的

① 载《文学评论》2002 年第 2 期。后收入氏著《唐翰林学士传论》（上编），辽海出版社 2005 年，第 92 页。

江州之贬,而是始于元和五年(810)卸任左拾遗、改官京兆府功曹参军时的问题,指出白氏在这一时期主要是任翰林学士之职,也就是白氏自己在《论制科人状》中所谓的"职为学士,官是拾遗",左拾遗及嗣后所改的京兆府功曹参军仅是其系禄之官,因此,白居易卸任左拾遗与否并不是问题的关键。傅先生由此而推及言之,认为唐代文学研究者应该加强文史基础知识的修养,笔者以为这是非常清醒的认识。

第三,白居易的作品系年尚有许多问题,影响对其相关生活的认知。白居易的作品系年总的来说比较容易,如宋人就指出白诗具有好记年月的特点,一部白氏文集几乎等同白居易的个人年谱。因此,对于白居易诗文的系年考证工作,一直未受到足够重视。就目前来说,对白氏诗文系年最完备的当属朱金城先生《白居易集笺校》中的编年。但白居易诗文留存数量居唐人之冠,有三千七百余篇,系年等工作在短期内断然无法做到尽善尽美,存在错误也是势所必然。作为研究白氏生活工作的基础,这方面存在的问题也使我们对白居易生活与文学的探讨难免出现偏差。

第四,白居易文学研究中还存在一些诸如作品评价、主题阐释的争论。笔者以为这主要是我们多立足于当下的阐发,对白居易个人生活研究的历史缺位造成的。如对于《长恨歌》主题的争论,众说纷纭,莫衷一是。近年来,研究者多否定讽谕主题说,认为白氏本人在创作此诗时并无讽谕的意识。但对于这一长期占据主导地位的意见是如何形成的、白氏此诗是在何种背景下写作的等问题,如果仅立足于《长恨歌》作品本身,则恐怕仍无法找到更符合实际的答案。若能从白氏的具体生活和诗歌的具体创作情境着眼,则有可能提出新的解释。

白居易生活与文学研究是一个容量很大的研究课题,相关的积累较为丰富。本书主要采用文史互证的研究方法,以白氏生活经历的时间先后为序结构全文,由几个论题拼合而成。笔者无意也无力构建一个系统的阐述体系,以具体问题考释的个案研究为主,不求全求大,唯求弄清事实,还原背景,为相关文学作品的诠释提供较为具体的生活情境,试图在深、细两个方面有所拓展。

第一章　白居易的家庭结构

——以白居易长兄白幼文为中心的考察

　　白居易的家庭问题，是学界探讨的热门话题，内容涉及乐天之先祖、后嗣及其父母婚配等问题，论者纷纭。一般观点认为，白氏实为西域之虏姓入中原者，其家风与崇尚礼法之中原士族不同。乐天之父白季庚与其母陈氏乃甥舅婚配，这一婚姻也与唐代礼法相乖违，尚仍见出胡人之风的影响及于后世。① 对于这一论断，虽然近年亦有个别学者提出不同意见，然其影响力至为深远，已为学界广泛接受。祖上渊源及家风固然对个人思想有一定程度的影响，然白氏和唐代其他胡姓入中原者一样，年岁既久，中原文化之浸染亦深，考定世系、祖风虽然有其必要，但纠结于其对后世子孙的影响，并因此坐实乐天父母甥舅婚配乃是胡人遗风之残留，正如持此论之代表人物陈寅恪先生所言："固非妄说，却为赘论也。"② 而且这种研究思路多少夹缠了古人夷狄之辨的观念，颇有贵中华而贱夷狄的嫌疑。基于此种认识，笔者以为将乐天家庭放在唐代特定的社会文化环境中加以考察，就人论人，就事论事，可能更具实际意义。本章以前人措意较少的乐天长兄白幼文的生平为考察中心，探求白居易家庭结构的微观实态，庶几有补于对乐天家庭生活环境的认识。

一、白幼文生平钩沉

　　乐天兄弟四人，白幼文为长，次乐天，次行简，次幼美（金刚奴）。其

---

① 对此问题进行探讨的学者，包括罗振玉、陈寅恪、卞孝萱、顾学颉、朱金城等。诸家观点可看杜晓勤编著的《隋唐五代文学研究》，北京出版社 2001 年，第十一章第二节 "白居易研究" 的相关介绍。

② 陈寅恪《元白诗笺证稿》，生活·读书·新知三联书店 2001 年，第 317 页。

中，白幼美于贞元八年（792）夭于符离，年仅九岁。另外一兄一弟中，白行简以传奇《李娃传》等作品闻名，历来对其研究较为充分。而关于其长兄白幼文的生平情况，由于资料缺乏且零散，研究者多寥寥几语带过，尚未见专门论其生平的文章。实际上，了解白幼文的生平及其子、其母的情况，对了解乐天的父母婚配问题和子嗣情况颇有参考价值。在此，我们先对白幼文生平中的一些基本问题做一考察。

在有关白幼文的生平资料中，以乐天所撰的《祭浮梁大兄文》相对较详。为便讨论，兹录全文如下：

> 维元和十二年，岁次丁酉，闰五月己亥，居易等谨以清酌庶羞之奠，再拜跪奠大哥于座前：伏惟哥孝友慈惠，和易谦恭，发自修身，施于为政。行成门内，信及朋僚。廉干露于官方，温重形于酒德。冀资福履，保受康宁。不谓才及中年，始登下位，辞家未踰数月，寝疾未及两旬，皇天无知，降此凶酷。交游行路，尚为兴叹；骨肉亲爱，岂可胜哀。举声一号，心骨俱碎。今属日时叶吉，窀穸有期，下邽南原，永附松槚。居易负忧系职，身不自由。伏枕之初，既阙在左右；执绋之际，又不获躬亲。痛恨所钟，倍百常理。呜呼！追思曩昔，同气四人；泉壤九重，刚奴早逝。巴蜀万里，行简未归。茕然一身，漂弃在此。自哥至止，形影相依。死灰之心，重有生意。岂料避弓之日，毛羽摧颓；垂白之年，手足断落。谁无兄弟？孰不死生？酌痛量悲，莫如今日。宅相痴小，居易无男，抚视之间，过于犹子。其余情礼，非此能伸。伏冀慈灵，俯鉴悲恳。哀缠痛结，言不成文。呜呼！哀哉！伏惟尚飨。①

宪宗元和十年（815），盗杀宰相武元衡，伤御史中丞裴度，乐天时任太子左赞善大夫，首上书论捕贼以雪国耻，因此触怒权贵，被贬为江州司马。此篇祭文作于元和十二年（817），是时乐天仍居江州贬所。据祭文，白幼文当卒于元和十二年，葬渭南下邽之白氏祖茔。关于白幼文的其他情况，乐天文中或未提及，或含糊言之，现综合相关材料，梳理如次。

---

① ［唐］白居易撰，朱金城笺校《白居易集笺校》卷四〇，上海古籍出版社1988年，第2661页。

（一）白幼文之生卒年

乐天祭文中"才及中年，始登下位，辞家未踰数月，寝疾未及两旬，皇天无知，降此凶酷"云云，似白幼文中年而卒。若以白幼文元和十二年卒时为五十岁计，则其生年当在代宗永泰元年（765）。但这种推测问题颇大。元和十二年，乐天时年四十六。乐天在兄弟辈中行二十二，白幼文行大。若二人仅相差六七岁，则于此六七年间排入二十一位兄弟，可能性极小，甚至可以说绝无可能。乐天于贞元十七年（801）撰《祭符离六兄文》，文中称此符离六兄卒时"年不及于知命"①。乐天时年三十，则这位符离六兄长乐天近二十岁。又乐天同年所撰《祭乌江十五兄文》中称此十五兄"年又不得四十，而殁于道途之中"②，可知这位十五兄长乐天近十岁。而按照排行，这两位兄长当都小于白幼文。谢思炜先生曾据此推断白幼文至少年长乐天二十岁。③ 笔者以为这一推断符合实际。因此，乐天的《祭浮梁大兄文》中"才及中年"云云，乃是行文中比较宽泛的说法。白幼文卒时实已年近七十。其生年，保守计算，也当在玄宗天宝十二三载间（753—754），已是"安史之乱"前夕生人。

（二）白幼文之仕宦经历

白幼文的仕宦经历，上引乐天祭文中并未明言。乐天有《伤远行赋》云："贞元十五年春，吾兄吏于浮梁。"④ 此处所谓"吾兄"即指白幼文，则白幼文贞元十五年（799）在浮梁任上。然乐天祭文中仍称其为"浮梁大兄"，又言其"才及中年，始登下位"，可知白幼文卒时，其最高官职仍是浮梁任上的职务。宋人陈振孙《白文公年谱》对此曾有疑问："幼文为浮梁主簿在贞元十五年，今二十年矣，而以旧官终，未识中间何以不调。"⑤ 实际

---

① ［唐］白居易撰，朱金城笺校《白居易集笺校》卷四〇，上海古籍出版社 1988 年，第 2653 页。
② ［唐］白居易撰，朱金城笺校《白居易集笺校》卷四〇，上海古籍出版社 1988 年，第 2659 页。
③ 谢思炜《白居易集综论》，中国社会科学出版社 1997 年，第 173 页。
④ ［唐］白居易撰，朱金城笺校《白居易集笺校》卷三八，上海古籍出版社 1988 年，第 2594 页。
⑤ ［宋］陈振孙《白文公年谱》"元和十二年"条，见［清］汪立名校订《白香山诗集》附，文渊阁四库全书本。

上，说白幼文二十余年不调并不准确，其罢浮梁职事相当早。乐天《太原白氏家状二道·襄州别驾府君事状》记其父母"有子四人：长曰幼文，前饶州浮梁县主簿。"① 此文作于元和六年（811）乐天丁母忧居下邽渭村时，文中称白幼文为"前饶州浮梁县主簿"，则白幼文在浮梁任县主簿一职，元和六年时已罢去。乐天又有《寄江南兄弟》诗云：

> 分散骨肉恋，趋驰名利牵。一奔尘埃马，一泛风波船。忽忆分手时，悯默秋风前。别来朝复夕，积日成七年。花落城中地，春深江上天。登楼东南望，鸟灭烟苍然。相去复几许？道里近三千。平地犹难见，况乃隔山川！②

朱金城先生系此诗于乐天元和二年（807）为盩厔尉时作，惜其对乐天所寄之"江南兄弟"为何人未做具体说明。乐天诗题中谓"江南兄弟"，当不止一人。据乐天贞元十五年（799）于洛阳所作《自河南经乱关内阻饥兄弟离散各在一处因望月有感聊书所怀寄上浮梁大兄于潜七兄乌江十五兄兼示符离下邽弟妹》一诗③，乐天族内兄弟任职江南者有于潜七兄（于潜县唐时属江南道杭州）、乌江十五兄（乌江县唐时属淮南道和州）。其中，乌江十五兄贞元十七年已卒，见上文。据乐天于大和八年（834）所撰《唐故溧水县令太原白府君墓志铭》，其从叔白季康"长子某，杭州于潜尉；次子某，睦州遂安尉"④，又据20世纪60年代出土的《白敏中墓志》记："烈考季康，……前娶河东薛氏，封河东郡太夫人，有子二人：长曰闻，杭州于潜尉。次曰幼父，睦州遂安尉。"⑤可知白敏中同父异母的两兄一为于潜尉白

---

① ［唐］白居易撰，朱金城笺校《白居易集笺校》卷四六，上海古籍出版社1988年，第2838页。

② ［唐］白居易撰，朱金城笺校《白居易集笺校》卷九，上海古籍出版社1988年，第467—468页。

③ ［唐］白居易撰，朱金城笺校《白居易集笺校》卷一三，上海古籍出版社1988年，第781页。

④ ［唐］白居易撰，朱金城笺校《白居易集笺校》卷七〇，上海古籍出版社1988年，第3754页。

⑤ 《唐故开府仪同三司守太傅致仕上柱国太原郡开国公食邑二千户赠太尉白公墓志铭并序》，见周绍良、赵超主编《唐代墓志汇编续集》咸通〇〇五，上海古籍出版社2001年，第1034页。

阐，一为遂安尉白幼父，二人皆曾在江南任职，而且由《白敏中墓志》来看，敏中这两位兄长当皆以县尉终官。综上所述，元和二年在江南任职的乐天族内兄弟，可能有白阐、白幼父。但由诗中信息推断，乐天所寄之人，也当有白幼文在内。诗云"登楼东南望""道里近三千"，可知所寄江南之地距长安三千里左右。按《元和郡县图志》卷二八"饶州"："西北至上都三千一百三十里。"①白幼文任职的浮梁即饶州之属县。诗云"积日成七年"，可知乐天与之离别约七年。据《伤远行赋》，乐天于贞元十五年秋自浮梁白幼文处归洛阳，贞元十九年（803）在长安任校书郎之前，又有数次江南之行。贞元十六年（800）进士及第后，乐天与符离六兄"黟歙之间，欣然一觐"②，又于贞元十七年（801）在宣州作《祭乌江十五兄文》③，这两次江南之行虽然未明确提及白幼文，但是地近饶州，或许也曾与白幼文相见。因此，若以最晚一次江南之行的贞元十七年计，至元和二年恰为七年，与诗中所言分别时间之长短吻合。

综合以上信息，乐天诗中所谓的"江南兄弟"，当包括白幼文在内。若此，则在乐天寄诗之元和二年，白幼文尚在浮梁主簿任上。联系上文，白幼文罢浮梁主簿任，当在元和二年至六年间。考虑到乐天母陈氏卒于元和六年（810）四月，乐天兄弟要丁忧守阙，则白幼文罢浮梁职事，当即在元和六年白母卒时。由此推算，白幼文在浮梁任职主簿的期间当自贞元十五年左右始，至元和六年（810）终，前后十年左右，嗣后则再无其他仕宦经历。

县主簿为唐代县一级之佐官，"掌付事勾稽，省署抄目，纠正非违，监印，给纸笔、杂用之事"④。关于其任期情况，虽无明确记载，然当与同为县级官的县令、县尉等大体相同。德宗贞元九年（793）七月曾下制规定："县令以四考为限，无替者宜至五考。"⑤若按照这一任期推断，则白幼文约做了两任浮梁主簿。唐制，诸州上县主簿为正九品下阶，中县、中下县及下县主

---

① ［唐］李吉甫撰，贺次君点校《元和郡县图志》卷二八，中华书局 1983 年，第 671 页。

② 《祭符离六兄文》，见［唐］白居易撰，朱金城笺校《白居易集笺校》卷四〇，上海古籍出版社 1988 年，第 2653 页。

③ ［唐］白居易撰，朱金城笺校《白居易集笺校》卷四〇，上海古籍出版社 1988 年，第 2658 页。

④ ［唐］李林甫等撰，陈仲夫点校《唐六典》卷三〇，中华书局 1992 年，第 753 页。

⑤ ［宋］王溥撰《唐会要》卷八一，中华书局 1955 年，第 1505 页。

簿皆为从九品上阶。① 饶州浮梁县为上县，则白幼文也不过是正九品下阶的小官。从其在浮梁的任职时间来看，虽然未像陈振孙所言乃二十年不调，然十年之间未离一县主簿，且罢去后又未再叙用，也算是仕途偃蹇之人了。乐天在祭文中称其"才及中年，始登下位"，良有以矣。

（三）白幼文罢职后的生活

据上引祭文，白幼文卒后葬在下邽，那么卒地是否也在下邽呢？提出这一问题，似有无知之嫌。笔者以为这一问题与白幼文罢职后的生活相关，仍有说明之必要。王拾遗先生曾有一言提及，认为白幼文卒于下邽，依据就是前引乐天的祭文。② 实际上，关于这个问题，白居易并未明言。今按乐天《答户部崔侍郎书》云：

> 前月中，长兄从宿州来，又孤幼弟侄六七人皆自远至。日有粝食，岁有麤衣。饥寒获同，骨肉相保。此亦默默委顺之外，益自安也。③

《与微之书》亦云：

> 长兄去夏自徐州至，又有诸院孤小弟妹六七人提挈同来。顷所牵念者，今悉置在目前，得同寒暖饥饱。④

《答户部崔侍郎书》作于元和十一年（816），其中"崔侍郎"即崔群。书中提及"户部牒中奉八月十七日书"，可知崔群致书白居易在元和十一年八月，白居易回复崔群当在此后不久。则由白氏所言"前月中，长兄从宿州来"，可知白幼文提携弟妹赴江州，约在元和十一年七月间。《与微之书》作于元和十二年（817），其中所言"去夏"，与致崔群书中时间亦吻合。然《答户部崔侍郎书》中言白幼文自宿州来，《与微之书》中言自徐州来，似不

---

① ［唐］李林甫等撰，陈仲夫点校《唐六典》卷三〇，中华书局1992年，第752页。
② 王拾遗《白居易生活系年》，宁夏人民出版社1981年，第8页。
③ ［唐］白居易撰，朱金城笺校《白居易集笺校》卷四五，上海古籍出版社1988年，第2807页。
④ ［唐］白居易撰，朱金城笺校《白居易集笺校》卷四五，上海古籍出版社1988年，第2815页。

同。按《旧唐书》卷三八《地理志一》"河南道·宿州":"徐州之符离县也。元和四年正月敕,以徐州之符离置宿州。"① 由此可知两书中一称旧地名,一称新地名,皆指符离县。乐天在白幼文的祭文中称其"辞家未踰数月,寝疾未及两旬",又言"伏枕之初,既阙在左右;执绋之际,又不获躬亲",可知白幼文病时,乐天并不在身边,治丧事宜亦未参与,首先可以肯定白幼文卒地不在乐天江州贬所。根据文意,乐天祭文中所谓的"辞家",当是指白幼文离开江州乐天家,白幼文乃是在离开江州乐天家后不久去世的。问题是,白幼文离开江州后的去向是哪里?

乐天自贞元二十年(804)任校书郎,由符离移家下邽,其生活基本以长安及其附近地区为中心,但此时的诗文中都未提及白幼文的情况,白幼文当一直在浮梁任职,直到元和六年(811)四月丁母忧去职。乐天有《寄上大兄》(原诗题注:"以后诗在下邽村居作")诗云:"秋鸿过尽无书信,病戴纱巾强出门。独上荒台东北望,日西愁立到黄昏。"② 此诗作于元和六年(811)丁母忧退居下邽期间,由诗中所言之"东北"这一方位来看,元和六年时,白幼文应当仍在符离。乐天又有《夜雨有念》诗云:"吾兄寄宿州,吾弟客东川。"③ 此诗于元和九年(814)作于下邽,可见白幼文此时仍在符离,符离应是其长期生活的地方。乐天之父白季庚于建中元年(780)授徐州彭城令,建中二年(781)以拒李纳功迁徐州别驾。建中三年(782)左右,居住在荥阳的白氏族人赴徐州,白家始寄居符离。至贞元二十年移家渭南下邽,白家前后在此生活了二十余年。乐天有《埇桥旧业》诗云:

> 别业埇城北,抛来二十春。改移新径路,变换旧村邻。有税田畴薄,无官弟侄贫。田园何用问,强半属他人。④

① [后晋]刘昫等撰《旧唐书》卷三八,中华书局1975年,第1448页。
② [唐]白居易撰,朱金城笺校《白居易集笺校》卷一四,上海古籍出版社1988年,第845页。
③ [唐]白居易撰,朱金城笺校《白居易集笺校》卷一〇,上海古籍出版社1988年,第540页。
④ [唐]白居易撰,朱金城笺校《白居易集笺校》卷二三,上海古籍出版社1988年,第1571-1572页。

诗中所言虽是长庆四年（824）时的情况，但仍可窥知白季庚任职徐州时在符离既有别业，又购置了一些田产，这些都是白家前后在此生活了二十余年的物质基础。既然幼文未和乐天、行简等一起移家下邽，那么白季庚在符离的产业可能都由白幼文继承。白幼文罢浮梁任后一直居住在符离，当靠一份产业来维持生活。而且符离一地，白氏族人众多，这也当是白幼文选择居于符离的原因之一。① 由此可见，白幼文长期不和白居易、白行简一起生活，白居易的诗文中也很少提及其兄长，即使是在丁母忧期间，白幼文亦不在下邽（关于这一问题，详见本章第三节），而且在白幼文去世前一年，也是从符离提携诸弟妹赴江州。因此，笔者认为，白幼文在元和十二年离开乐天所在的江州贬所后，返回之地应是其长期定居的符离，而不应是长期未居的下邽，其卒地当也是在符离。下邽有白氏祖茔，乐天祖父、外祖母及父母等人皆葬在此地，白幼文当是在离开江州数月后卒于符离，不久之后再迁葬下邽祖茔的。

二、白幼文之子与白居易"以侄孙为嗣"问题

关于白幼文的子嗣，前引乐天祭文中提及有"宅相"者。大和二年（828），乐天在白行简卒后两年所撰的《祭弟文》中云："宅相得彭泽场官。"② 可知白幼文子宅相于大和二年在江州彭泽县任官。乐天所称宅相，当是幼文之子的字或乳名。据祭文，白幼文似只有一子，但这与相关文献有龃龉不合之处。

20世纪80年代面世的《白居易家谱》（后文简称《家谱》）中，有对白幼文子嗣情况的详细记载。谱中载有乐天三十六代正裔孙白自成于明嘉靖二年（1523）所撰的《白氏重修谱系序》，其云：

> 幼文长子讳景回，淄州司兵参军；次子讳景受，字孟怀，观察史；三子讳景衍。……公（按，指白居易）五十八岁生子，讳阿崔，三岁亡。会昌元年，以兄幼文次子景受嗣。（景受）生邦翰，司封郎中。③

① 关于白居易寄居符离的生活情况，参见本书第二章。
② ［唐］白居易撰，朱金城笺校《白居易集笺校》卷六九，上海古籍出版社1988年，第3716页。
③ 白书斋等撰，顾学颉编《白居易家谱》，中国旅游出版社1983年，第2页。

又谱中《白氏先人年事实录》"会昌元年"条下记:

> 是年春,以兄幼文次子景受嗣。幼文长子景回小字阿隆;景受小字
> 阿新;景衍小字阿保。行简长子道昧,小字阿英;次子晦之,小字阿
> 护;三子名龟郎。幼文小字阿章,行简小字阿怜,公字阿谁,时人谓白
> 氏八阿。①

《白氏重修谱系序》中谓白幼文"次子讳景受,字孟怀,观察史",文字
上当有讹误。《新唐书·宰相世系表》于居易下记:"景受,孟怀观察支使,
以从子继。"② 与此不同。且在行文上,白幼文另外两子皆未标出其字,亦不
当单独标明景受之字。因此,以景受字孟怀实误。据《家谱》所载,白幼文
当有三子:景回、景受、景衍,明白无误,宅相当即其中一人。而且乐天言
白幼文卒时"宅相痴小",则宅相当为幼文第三子景衍。

那么事实是否果真如此?若与出土墓志对勘,《家谱》所记实际上并
不可靠。证据之一即近年面世的白景受之子白邦彦的墓志——《唐故太原白
府君墓志并序》,其云:

> 君讳邦彦,其先太原人也。……曾祖讳季庚,皇任襄州别驾,赠大
> 理少卿。王父讳行简,皇任尚书膳部郎中。考讳景受,皇任监察御史。
> 先府君婚杨氏,即汉太尉震之后,门族不书可知也。外祖讳鲁士,皇任
> 长□县令。……不幸天夺所愿,寝疾周□,以咸通四年二月廿□日,□
> 廿于□□□□□十八□卒月不便,未归祔。□□君□□□月廿七日权
> 厝于洛阳县。……兄邦翰迁迢□□□□君之文□□□□□□,泣血志之
> 曰:……。③

由《白邦彦墓志》可知,《家谱》中所记白幼文次子景受,实是白行简

---

① 白书斋等撰,顾学颉编《白居易家谱》,中国旅游出版社 1983 年,第 48 页。
② [宋] 欧阳修、宋祁等撰《新唐书》卷七五下,中华书局 1975 年,第 3413 页。
③ 墓志转录自胡可先、文艳蓉《新出石刻与白居易研究》一文,载《文献》2008 年
第 2 期。

之子。李商隐大中三年（859）为乐天所撰墓志中所言的请托之人"子景受"者，① 当即其人。景受有二子邦翰、邦彦，此墓志乃白邦翰所撰。上引墓志中记景受为监察御史，与《新表》和《家谱》皆不同，显然应以墓志为准，而《新表》和《家谱》皆误。据《家谱》中所记，白邦翰生思齐，思齐生奏绩，奏绩生二子慕圣、慕道。白氏族谱始修于五代时期的慕圣，当今面世的家谱即在慕圣所修之谱的基础上续修而成。但仅过六代，对景受的记载就已经发生错乱。可见，对于《家谱》中的记载，亦不能盲目从信，还当与其他传世文献结合起来考察白幼文的子嗣情况。

白居易《醉吟先生墓志铭》（后文简称《墓志铭》）云：

> 三侄：长曰味道，庐州巢县丞。次曰景回，淄州司兵参军。次曰晦之，举进士。乐天无子，以侄孙阿新为之后。②

其中，记乐天有侄三人。按《新唐书·宰相世系表》于白行简下记"味道，成都少尹"③，与《家谱》都以味道为白行简之子，这一点当无疑问。《家谱》又以晦之为行简次子，若此，则幼文之子只有可能是景回一人，宅相也当是景回。但此墓志的真实性一直存在争论。自岑仲勉《白集〈醉吟先生墓志铭〉存疑》④ 一文罗列十余条《墓志铭》疑误之点后，后之学者多认为此文乃伪撰，但也有学者持不同意见。耿元瑞、赵从仁《岑仲勉〈白集醉吟先生墓志铭存疑〉辨》⑤ 最早否定伪撰一说。日本学者芳村弘道在对岑仲勉的存疑一一加以反驳时，又提供了一则重要材料。日本内阁文库所藏《管见抄》中收录的《墓志铭》题注云："开成四年，中风疾后作。"芳村氏认为，这是由北宋中期的景祐杭州刊本《白氏文集·外集》中抄出的文本所带的题注，与《旧唐书·白居易传》中所谓的"四年冬，得风疾，伏枕者累

---

① 李商隐《刑部尚书致仕赠尚书右仆射太原白公墓碑铭》，见［唐］李商隐撰，刘学锴、余恕诚校注《李商隐文编年校注》，中华书局 2002 年，第 1807 页。
② ［唐］白居易撰，朱金城笺校《白居易集笺校》卷七一，上海古籍出版社 1988 年，第 3815 页。
③ ［宋］欧阳修、宋祁等撰《新唐书》卷七五下，中华书局 1975 年，第 3413 页。
④ 岑仲勉《岑仲勉史学论文集》，中华书局 1990 年，第 277 页。
⑤ 载《唐代文学论丛》第四辑，陕西人民出版社 1983 年，第 157 页。

月。乃放诸妓女樊、蛮等，仍自为墓志"的记载吻合。他据此认为《旧唐书》中所记应是本于《墓志铭》，并由此推知现存最早收录此文的《文苑英华》实是渊源有自，《墓志铭》并非伪撰。① 笔者同意《墓志铭》为白居易所撰这一说法。但仅从其中对白居易诸侄的记载来看，《墓志铭》与《家谱》及其他材料仍存有矛盾。

今以《墓志铭》与《家谱》比勘，有两点让人费解。其一，《家谱》记幼文有三子，景回为长。前文言及，幼文至少长乐天二十岁，而行简生于大历十一年，小居易五岁。据此，白幼文的年龄至少长行简二十五岁，若白幼文有三子而景回为长，揆之常理，景回之年龄必不当小于行简长子味道，甚至可能比行简还要年长，而《墓志铭》所记景回排序在行简长子味道之后。其二，《家谱》谓景衍为幼文第三子，但乐天《墓志铭》所列诸侄中未见景衍之名，这一点也颇令人生疑。

另外，尚有一则为人所忽视的材料与《墓志铭》中对乐天诸侄的记载亦不同。乐天于开成二年（837）所作之《狂言示诸侄》，诗题与末句"狂言示诸侄"中之"诸侄"，日藏金泽文库本皆作"三侄"，且末句下注曰：

三侄，谓宅相、匡帏、龟儿也。②

按金泽本乃是以唐写本系统为主体（主要是会昌四年惠萼苏州南禅院抄本），部分采纳北宋刊本的古抄本，因此，这条注文很可能是白居易原集中的自注，当非抄写者妄加。谢思炜先生认为《墓志铭》中所谓"三侄"者，或即此注中提及的三人。但此处所记三侄中，除宅相外，又有所谓匡帏、龟儿者，且三人排序亦与《墓志铭》不同。

其中，龟儿的身份比较清楚。乐天诗文中曾多次提及"龟儿""龟郎"，乃白行简之子。前引《家谱》中言："景受，小字阿新。"若此，则龟儿即景受，阿新当是其小名。《墓志铭》中所谓"以侄孙阿新为后"及《旧唐书·白居易传》中言"以侄孙嗣"的"孙"字当为衍字。景受已经被视为嗣子，

---

① ［日］芳村弘道，《据〈管见抄〉本题注考辨白居易〈醉吟先生墓志铭〉之真伪》，载《长江学术》2011 年第 2 期。

② 谢思炜《白居易诗集校注》卷三〇，中华书局 2006 年，第 2345 页。

因而在《墓志铭》所列诸侄中则无景受之名。① 其中的味道，前文已经言及，《家谱》《新表》皆以其为白行简长子，当无疑问。最后，只有景回、景衍和匡帏三人中谁是宅相的问题了。《家谱》中所记白幼文与白行简之子，或是以正式的名字相称，或是以乳名相称，颇不相同，又景受的归属亦被证明是错误的。这说明最早的修谱者慕圣已经对前代祖先的谱系记忆模糊，因而其所记与事实有较大出入。所以，《家谱》中记景衍为幼文第三子，晦之为行简第二子，也可能是错乱的。如果景衍为白居易侄，那么《墓志铭》应当会将其列入，之所以未见景衍之名，笔者以为合理的解释是景衍非白幼文之子，而很可能是白行简第二子晦之的名，晦之乃景衍之字。首先，《家谱》记景衍而不载其仕宦情况，却对景回、景受的仕宦情况予以记录，这意味着景衍可能并未入仕。而《墓志铭》记晦之，亦仅言其"举进士"，所谓"举"乃是应举之意，并非说明景衍曾经进士及第。退一步而言，即使景衍曾经进士及第，也可能并未任官，这在唐代并不罕见。由仕宦情况上来看，《墓志铭》中所记的晦之与《家谱》中所记之景衍都应以布衣而终。其次，古人名与字多能互训。《说文解字》谓："景，光也。"② "衍"字有产生之意，景衍即指光之初生。《说文解字》又谓："晦，月尽也。"③ 古人以农历每月最末一日为晦，第一日为朔，往往晦朔连用，以月之圆缺代指前后月之交替，这一过程正是月光从无到有逐渐产生的过程。可见，景衍与晦之正可互训，明显是名与字的关系，这也可以证明景衍与晦之乃一人。因为白居易在《祭浮梁大兄文》中只提及幼文有子宅相一人，所以景衍（晦之）当是白行简之子。至于匡帏，显然也不是乐天某位侄儿的名字，而是乳名或小字，虽然其身份并不清楚，但也可以判断其非白幼文之子。

若以上推断不误的话，白幼文实际上只有一子景回，与乐天祭文中所言一致。因此，景回只能是宅相，而且乐天言宅相在幼文卒时"痴小"，应是尚未成年，则白幼文起码是中年得子，宅相才可能比行简长子的年龄更小些，于是在《墓志铭》中排在味道之后。对于《家谱》中所记白居易诸侄的

---

① 关于这一点，详见文艳蓉《白居易子嗣考辨》，载《重庆社会科学》2009 年第 2 期。后收入氏著《白居易生平与创作实证研究》，上海古籍出版社 2016 年。
② ［汉］许慎撰《说文解字》卷七上，中华书局 1963 年，第 138 页。
③ ［汉］许慎撰《说文解字》卷七上，中华书局 1963 年，第 138 页。

情况，其存在的明显错误，使我们对其文献价值不能不有所保留。

基于前文的分析，关于白居易诸侄的情况见表1。

表1　白居易诸侄情况

白幼文	白行简		
景回（宅相）	味道	景衍（晦之）	景受（龟儿）

至于乐天在白幼文的祭文中虽言自己视宅相为"犹子"，最后却以白行简子为后嗣，这也并非言不由衷，或者说明其对白幼文一家之感情与行简家不类。实是因为幼文仅有一子，景回（宅相）有承嗣之责，乐天无子，因此才选择自己喜爱的行简之子景受（龟儿）为嗣。否则，不排除乐天有选择幼文之子为嗣的可能性。另外，由前文所考来看，乐天兄弟四人，虽然白行简有子三人，但最小的弟弟白幼美九岁早夭，其兄白幼文也仅有一子，其家庭亦可谓男丁不旺。乐天晚年无子，其慨叹每每形诸诗文，除了受重男轻女观念的影响，或许也与此有一定关系。

三、白幼文之母与白居易父母的婚配问题

乐天《太原白氏家状二道·襄州别驾府君事状》记其父母情况云：

> 贞元十年五月二十八日，（白季庚）终于襄阳官舍，享年六十六。其年权窆于襄阳县东津乡南原，至元和六年十月八日，嗣子居易等迁护于下邽县义津乡北原，从巩县府君宅兆而合祔焉。夫人颍川陈氏，陈朝宜都之后。祖讳璋，利州刺史。考讳润，坊州鄜城县令。妣太原白氏。夫人无兄姊弟妹，八岁丁鄜城府君之忧，居丧致哀，主祭尽敬，其情礼有过成人者，中外姻族，咸称异之。十五岁事舅姑，服勤妇道，夙夜九年，迨于奉蒸尝，睦娣姒，待宾客，抚家人，又三十三年，礼无违者。故中外凡为冢妇者，皆景慕而仪刑焉。……元和六年四月三日，殁于长安宣平里第，享年五十七。其年十月八日，从先府君祔于皇姑焉。有子四人：长曰幼文，前饶州浮梁县主簿。次曰居易，前京兆府户曹参军、

翰林学士。次日行简,前秘书省校书郎。幼子金刚奴,无禄早世。①

关于这段记载,白居易研究者已经进行了相当充分的解读。然其焦点多集中在白季庚与陈氏是否为甥舅婚配及其是否有违礼法等方面。实际上,若以其中提供的信息与前文据《祭浮梁大兄文》等相关材料考证的白幼文生平情况相参照,亦有明显的疑点。

据上引文中“十五岁事舅姑”云云,可知陈氏夫人与白季庚成婚时年十五。陈氏卒于元和六年(811),享年五十七岁,则其十五岁时为大历四年(769)。白季庚卒于贞元十年(794),享年六十六岁,则其在与乐天之母陈氏成婚之大历四年当为四十一岁。陈寅恪先生论白季庚婚配之迟云:

> 夫男女婚配,年龄虽相距悬远,要亦常见,本不足异。所可怪者,以唐代社会一般风习论之,断无已仕宦之男子年踰四十,尚未结婚之理。若其父果已结婚,乐天于季庚之事状中何以绝不言及其前母为何人?其故殊不可解。疑其婚配之间,当有难言之隐,今则不易考见也。②

义宁先生虽然认为白季庚婚配之间有难言之隐,但并未说明。乐天生于大历七年(772),在其父母婚后之第四年。然前文已经指出,白幼文至少年长白居易二十岁,当出生于天宝十二三载间。据此,白幼文年龄不仅比白居易大很多,甚至比陈氏还要年长。因此,可以肯定白幼文非陈氏所生,可见其与乐天、行简和白幼美(金刚奴)为同父异母兄弟。义宁先生所谓的白季庚婚配之迟的难言之隐,实际上就是这一点,惜其并未点出,所以觉得殊不可解。

关于这一问题,杨宗莹最早提出过怀疑并做初步说明③,谢思炜也通过白幼文与白居易的年龄差距明确攫出此点④。但杨先生对于白幼文之母的身

① [唐]白居易撰,朱金城笺校《白居易集笺校》卷四六,上海古籍出版社1988年,第2837-2838页。
② 《白乐天之先祖及后嗣》,陈寅恪《元白诗笺证稿·附论》,生活·读书·新知三联书店2001年,第325页。
③ 杨宗莹《白居易研究》,文津出版社1985年,第10页。
④ 谢思炜《白居易集综论》,中国社会科学出版社1997年,第173页。

份并未做出说明。对于陈寅恪先生提出的白居易在白季庚的事状中为何不提及幼文生母的问题，谢思炜以为这可能是白居易出于对自己生母之私情而采取的偏袒做法，并明确指出白季庚在与陈氏夫人婚配之前必有一次婚姻经历。① 但这一推断似乎并不符合唐人墓志、行状一类文字的叙述惯例。在这类文章中，志主的婚姻情况一般都必须如实记录。如白居易在为其从叔——白敏中之父白季康所撰的《唐故溧水县令太原白府君墓志铭》中，就明确记载白季康先娶河东薛氏、再娶高阳敬氏之事②；在为元稹撰写的墓志中也直言其先娶京兆韦氏、续娶河东裴氏的婚姻经历③。而且在唐人的观念中，并不以多次婚娶为耻，似也无须在墓志等材料中为尊者讳。此外，白居易的《襄州别驾府君事状》作于元和六年，此时白幼文尚在世，若其母为白季庚之前妻，那么白居易在家状中对此只字不提，作为长兄的白幼文何以竟能泰然处之？

因此，笔者以为，陈寅恪先生推断白居易有一位"前母"，谢思炜先生推定白幼文之母当为白季庚的前妻，似值得商榷。幼文之母与白季庚是否有正式的婚姻关系，即是否具有唐代法律意义上的夫妻身份也大为可疑。除了上述原因，尚可由如下数端见出。

第一，白居易在下邽丁母忧期间，曾有迁葬外祖母、白幼美等行为，白幼文似都未曾参与其事。如在《唐故坊州鄜城县尉陈府君夫人白氏墓志铭》中，白居易记其迁葬外祖母，仅言及自己和白行简④；在《唐太原白氏之殇墓志铭》中亦言"其兄居易、行简藐然已孤，扶哀临穴，断手足之痛，其心如初"⑤，亦可见幼文并未参加迁葬事宜。这些事情都由白居易和白行简二人操办，而白幼文此时尚健在。

---

① 谢思炜《白居易集综论》，中国社会科学出版社 1997 年，第 174 页。
② ［唐］白居易撰，朱金城笺校《白居易集笺校》卷七〇，上海古籍出版社 1988 年，第 3754 页。
③ 《唐故武昌军节度处置等使正议大夫检校户部尚书鄂州刺史兼御史大夫赐紫金鱼袋赠尚书右仆射河南元公墓志铭》，见［唐］白居易撰，朱金城笺校《白居易集笺校》卷七〇，上海古籍出版社 1988 年，第 3737 页。
④ ［唐］白居易撰，朱金城笺校《白居易集笺校》卷四二，上海古籍出版社 1988 年，第 2726 页。
⑤ ［唐］白居易撰，朱金城笺校《白居易集笺校》卷四二，上海古籍出版社 1988 年，第 2730 页。

第二，上引《襄州别驾府君事状》中明言："其年十月八日，从先府君祔于皇姑焉。"可知乐天之母陈氏与白季庚在元和六年十月八日合葬。而在此前，白季庚则权窆于襄阳，一人独葬。白幼文之母若是白季庚之前妻且已卒的话，如此安排似不合理①，也可能引起白幼文的不满。但在后文中，白居易言其母陈氏有四子，"长曰幼文"，明确将白幼文归在陈氏之下，而未有一言提及白幼文之生母。显然，这一表述当是获得白幼文认可的，然后白居易才会将其写入家状。

第三，在《襄州别驾府君事状》中，乐天自称"嗣子居易等"，尚可提出讨论。岑仲勉先生认为："'嗣'虽有入嗣之义，然唐人碑志用此，率指嗣宗者言之，或且泛及于诸子，非必入嗣之谓。"②谢思炜先生认为，乐天《事状》中所谓"嗣子"可能就是泛指诸子。③但白居易这里的用法很可疑。白居易一方面将白幼文归为陈氏之长子，一方面又在称嗣子时以自己领衔，而不提及幼文，如此安排似不能简单地归结为是白居易撰写此文的缘故。

由上可见，幼文作为年长白居易二十余岁的白家长子，在处理一系列重大的家族事务时多未参与，或是隐身居易、行简之后，颇让人费解。因此，笔者以为白幼文之母可能并不是白季庚之前妻，即白季庚与幼文之母并非婚姻关系，幼文之母并不具有唐代法律意义上的妻的身份，这决定了幼文在白家的身份和地位远不能和居易、行简相比，否则以上疑问很难解释。

那么幼文之母于白季庚到底是何种身份呢？陈寅恪先生所谓"以唐代社会一般风习论之，断无已仕宦之男子年踰四十，尚未结婚之理"的说法又是否符合唐代社会的实际呢？

唐人两性结合的关系实际上十分复杂，家庭生活中的两性关系名目甚多，有妻，有妾，有家妓，甚至有婢女为主人生儿育女者。在家庭之外，又

---

① 夫妻合葬为唐人丧葬的基本礼俗。关于唐人夫妻合葬的情况，可参看陈弱水《唐代一夫多妻合葬与夫妻关系》，见陈弱水《唐代的妇女文化与家庭生活》，台北允晨文化实业股份有限公司 2007 年，第 273 页。
② 岑仲勉《金石论丛》，中华书局 2004 年，第 147 页。
③ 谢思炜《白居易集综论》，中国社会科学出版社 1997 年，第 174 页。

有所谓的"别宅妇""外妇"者。① 至于男性在外艳遇生子者，也所在多有。其中，唐律规定的正式婚姻关系只有妻、妾。《唐律疏议》卷一四云："《户令》云：'娶妾仍立婚契。'即验妻、妾，俱名为婚。"② 也就是说，妻和妾的迎娶才有正式的"婚契"，只有这两种关系才可以被称为"婚"。即使在这受法律保护的二者之中，其身份地位亦有悬隔，法律明文规定不能混淆。唐律规定："妻者，齐也，秦晋为匹。妾通卖买，等数相悬。"③ 可见，妾与妻虽然同为正式的婚姻关系，但是妾非但不能享受妻的待遇，甚至可以被"买卖"。唐代诗文与小说中以妾换马的故事，应该是有现实可能的。因此，在唐代的法律规定中，除非妻子犯有"七出"之条，否则其身份和地位不能撼动。《唐律疏议》卷一三《户婚》中即明文规定对于有妻更娶、以妻为妾等的处罚：

> 诸有妻更娶妻者，徒一年；女家，减一等。若欺妄而娶者，徒一年半，女家不坐。各离之。
> 诸以妻为妾，以婢为妻者，徒二年。以妾及客女为妻，以婢为妾者，徒一年半。各还正之。④

妾的地位尚且如此，家妓、婢女等的地位更是可想而知。而且，唐代社会本质上仍是贵族社会，唐人婚姻重名家，讲究门当户对，在没有身份地位对等的女性婚配之际，士人往往宁愿不娶。这一观念终唐一代并无多少改变。比如，柳宗元在谪永州之前，其妻杨氏已卒，产一子早夭，宗元在永州时欲娶妻续嗣，但因"荒陬中少士人女子，无与为婚"⑤，只能作罢。又如，

---

① 关于"别宅妇"，可参看黄正建《唐代"别宅妇"现象小考》，见邓小南主编《唐宋女性与社会》，上海辞书出版社 2003 年，第 252 页；后收入黄正建《走进日常——唐代社会生活考论》，中西书局 2016 年，第 325 页。又所谓"外妇"者，参考柳宗元《太府寺李卿外妇马淑志》，见尹占华、韩文奇《柳宗元集校注》外集卷上，中华书局 2022 年，第 3319 页。

② ［唐］长孙无忌等撰《唐律疏议》卷一四，中华书局 1983 年，第 262 页。

③ ［唐］长孙无忌等撰《唐律疏议》卷一三，中华书局 1983 年，第 256 页。

④ ［唐］长孙无忌等撰《唐律疏议》卷一三，中华书局 1983 年，第 255-256 页。

⑤ 柳宗元《寄京兆许孟容书》，见尹占华、韩文奇《柳宗元集校注》卷三〇，中华书局 2022 年，第 1956 页。

白居易之好友元稹，其妻韦丛元和四年已卒，元和六年，元稹在江陵贬所也只是纳一普通女子安仙嫔为妾，直到元和十年才与出身河东望族的裴淑重新结婚。① 柳宗元、元稹二人在戴罪贬谪之际，婚配尚持门户之见，更遑论其他情况了。

大约正是由于唐律如上规定和社会上婚姻重门户的观念，唐人娶妻十分慎重，晚婚甚至终身不婚的现象亦很普遍，而且其中不乏出身名门望族者。姚平先生曾指出唐代有一类特殊的"有家无妻"男性，正是这种现象的典型反映。② 所谓"有家无妻"，是指男性在婚前与某位女性组成家庭，或是终身与这位女性一起生活并生儿育女，但是与其组成家庭的女性并不具有妻的身份。如《唐故宣州旌德县尉李君墓志铭并叙》记：

> 君讳绅，字宗，今嗣曹王绛之季弟也。……卒于疾所，享年三十五，时大和甲寅岁九月十三日也。未娶，有三子曰宝、曰重、曰小重。③

这位名叫李绅的志主"未娶"却又"有三子"。显然，这"三子"乃是李绅与某位和他并未结成正式婚姻关系的女性所生。从志文来看，李绅乃"今嗣曹王绛之季弟"，是李唐皇室后裔，以这样的身份娶一位门当户对的女子似乎并不困难。其卒时三十五岁，也早过了唐代法律规定的男子结婚年龄。④ 但他却和一位并未婚配的女子组成家庭并育有三子。至于这位女性的身份，揆之常理，或是李绅之妾，或是侍婢，总之其出身和地位与李绅并不匹配。又如《唐故处士河南元公墓志铭并序》记：

> 公始自魏室受氏，代生明哲，婚宦显著，焕乎中州。曾祖思忠，滑州灵昌令；祖瓘，庐州刺史。……皇考潮，河南府河阴令。……公即河

① 参见周相录《元稹年谱新编》，上海古籍出版社2004年。
② 姚平《唐代妇女的生命历程》，上海古籍出版社2004年，第134页。
③ 周绍良主编《唐代墓志汇编》大和〇八六，上海古籍出版社1992年，第2157-2158页。
④ 太宗贞观元年二月四日诏："其庶人男女无室家者，并仰州县官人，以礼聘娶，皆任其同类相求，不得抑取。男年二十，女年十五已上……，并须皆申以婚媾，令其好合。"玄宗开元二十二年二月敕："男年十五，女年十三以上，听婚嫁。"参见〔宋〕王溥撰《唐会要》卷八三，中华书局1955年，第1527、1529页。

阴府君之第二子。……其终也无疾，其嗣也无儿，……侍栉之女，始孩而孤，……。铭曰：……公也敏达，志在青云。不婚无禄，奄隔良晨。……①

从墓志所记来看，这位出身河南望族的元公"不婚无禄"，但是又有一位"侍栉之女"，即就和一位侍妾或者是婢女共同组成家庭并生育一女。这位"侍栉"身份低微，并未和元公结为正式夫妻，因此，在墓志中对其信息并无一言涉及。

以上材料都来源于出土墓志，其真实性不容怀疑。实际上，在传世文献中，如姚平先生未提及的小说中也有许多例证。比如，《通幽记·窦凝妾》记：

唐开元二十五年，晋州刺史柳涣外孙女博陵崔氏，家于汴州。有扶风窦凝者，将聘焉，行媒备礼。而凝旧妾有孕，崔氏约遣妾后成礼。凝许之，遂与妾俱之宋州，扬舲下至车道口宿，妾是夕产二女，凝因其困羸毙之，实沙于腹，与女俱沉之。既而还汴，绐崔氏曰："妾已遣去。"遂择日结亲。②

又如，《干𦠏子·王诸》记：

大历中，邛州刺史崔励亲外甥王诸，家寄绵州，往来秦蜀，颇谙京中事。因至京，与仓部令史赵盈相得。每赍左绵等事，盈并为主之。诸欲还，盈固留之。中夜，盈谓诸曰："某长姊适陈氏，唯有一弇女。前年，长姊丧逝，外甥女子，某留抚养。所惜聪惠，不欲托他人。知君子秉心，可保岁寒。非求于伉俪，所贵得侍巾栉。如君他日礼娶，此子但安存不失所，即某之望也。成此亲者，结他年之好耳。"诸对曰："感君厚意，敢不从命？固当期于偕老耳。"诸遂备缣币迎之。③

① 周绍良主编《唐代墓志汇编》贞元一〇八，上海古籍出版社 1992 年，第 1915 页。
② ［宋］李昉等编《太平广记》卷一三〇，中华书局 1961 年，第 919 页。
③ ［宋］李昉等编《太平广记》卷二八〇，中华书局 1961 年，第 2231 页。

再如，《朝野佥载》卷二记：

> 贞观中，濮阳范略妻任氏，略先幸一婢，任以刀截其耳鼻，略不能制。有顷，任有娠，诞一女，无耳鼻。女年渐大，其婢仍在。①

在窦凝的故事中，窦凝在求婚博陵崔氏女之前纳有一妾，而且已经怀孕；在王诸的故事中，赵盈主动将自己的外甥女许给王诸，并明言是"侍巾栉"而非"求于伉俪"，而此时王诸尚未婚配；在范略的故事中，范略在娶任氏为妻前已"先幸一婢"。在以上这些小说中，女性的身份都很明确，乃男性之妾或婢。

综合墓志和小说中反映的唐人婚姻习俗可见，唐代男子在正式婚配前，或纳妾，或与其他身份地位低于自己的女性组成家庭并共同生儿育女的情况十分普遍，社会上对此也并无舆论指责。由于这些女性并非妻，其身份与男性并不对等，在男性的墓志等材料中对其情况一般也并不提及。② 这也从侧面证明了前文所言，娶妾虽然和娶妻一样"仍立婚契"，但在唐人观念中，妻与妾的地位仍有较大的悬隔。

由唐人这一婚姻家庭习俗，我们可以推知，白幼文之母实际上并非白季庚之妻。白居易记其父"天宝末明经出身，解褐授萧山县尉，历左武卫兵曹参军，宋州司户参军。建中元年，授彭城县令"③，天宝末明经出身的记载正与白幼文之生年重合。前文论及白幼文长白居易二十余岁，其生年在天宝十二三载，则白季庚在白幼文生时当为二十五六岁。白季庚与白幼文之母的结合可能在其明经及第之前。白季庚虽然亦是官宦人家子弟，但其祖父辈官职不高，且他自己此时又未有功名，要想娶一位有身份的女性为妻可能尚有诸多不便，所以选择身份低微的幼文之母暂时组成家庭，但是二人并未结成正

---

① ［唐］张鷟《朝野佥载》卷二，见上海古籍出版社编，丁如明等点校《唐五代笔记小说大观》，上海古籍出版社 2000 年，第 28 页。

② 一种情况是，这些女性可能有单独的墓志，或是出于其所生子女之意愿而撰写（如后引归仁晦例），或是出于男性对于这些女性的宠爱。可参看陈尚君《唐代的亡妻与亡妾墓志》，载《中华文史论丛》2006 年第 2 期。

③ ［唐］白居易撰，朱金城笺校《白居易集笺校》卷四六，上海古籍出版社 1988 年，第 2836 页。

式的夫妻关系，幼文之母至多也只能是白季庚之妾，甚至身份更低。按照一般的惯例，这类女性的情况在男性的墓志、行状等文字中不会被提及。与此相关，白幼文之身份只能是庶出，有居易、行简等嫡子的存在，承嗣之责就由他们承担。白季庚与陈氏结婚时四十一岁，已过强仕之年，但是仕途并不顺畅，此时也只是参军一类的小官。虽然陈氏夫人也并不算高门大族，但一方面属于官宦之家，另一方面两家属于亲戚，这种结合多少兼顾了门望和血缘的关系。或者说也是一种无奈的选择吧，毕竟由上引墓志来看，"不婚"而逝，往往引得旁人唏嘘感叹，这种生活方式既非唐人家庭生活之常态，在唐人眼中也和没有功名一样，是人生不成功的标志之一。

另外，值得提出讨论的是，大历十年（775）白季庚与陈氏结婚之时，幼文之母的去向问题。按照一般的处理方式，那些与男性婚前组成家庭共同生活却并不具备妻子身份的女性，在男性正式婚配后，有的会离开男性的家庭。比如，归仁晦为其婚前所纳之妾撰写的墓志记载：

> 唐大中七年六月廿七日，前监察御史归仁晦故儿母支氏卒。予以开成元年纳支氏以备纫针之役，由是育五男二女。二子少女不幸早世。予□以礼娶郑夫人，而支氏以□乞归养其父母家，至是□卒。①

这位支氏在归仁晦迎娶郑夫人后"乞归养其父母家"，选择主动离开。又如，《朝野佥载》卷二记：

> 左仆射韦安石女适太府主簿李训。训未婚以前有一妾，成亲之后遂嫁之，已易两主。②

李训在娶韦安石之女后，将之前所纳之妾改嫁，凡两次。由以上的材料来看，这类女性似乎离开男性家庭是最正常的处理方式。但继续留在男性家庭生活的女性似乎也为数不少。如在前文提及的王诸的故事中，王诸在纳陈

---

① 周绍良主编《唐代墓志汇编》大中〇七六，上海古籍出版社1992年，第2307页。
② ［唐］张鷟《朝野佥载》卷二，见上海古籍出版社编，丁如明等点校《唐五代笔记小说大观》，上海古籍出版社2000年，第29页。

氏两年后又与其表妹崔氏结成正式夫妻，"既成婚，崔氏女便令取陈氏同居，相得，更无分毫失所"。可见，陈氏并未在王诸婚后离开，而是与王诸夫妻生活在同一个家庭。另外，唐代小说中也记载了很多妻子嫉妒丈夫侍妾的故事，虽然很多妾都是男性在婚后所纳，但其中也并不能完全排除是丈夫婚前所纳之妾或婢滞留在家庭内的。如在前引范略的故事中，范略娶妻后，其先前所幸之婢一直留在范家，并受到其妻的毒害。可见，婚后仍留在男性家庭继续生活的比例也当不少。

那么，白幼文之母既非白季庚前妻，在白季庚与陈氏婚后是继续留在白家生活，还是已经去世了呢？据晚唐高彦休《唐阙史》所记，白居易之母陈氏"有心疾，因悍妒得之"①，而且在白季庚在世时即有此病。所谓"悍妒"者，唐人用此概念多与妻子阻止丈夫纳妾或者妻子嫉妒丈夫宠爱姬妾等事有关。②若白母之病确如高彦休所言乃是"因悍妒得之"，那么白幼文之母在陈氏婚后有可能仍居于白家，否则，白母悍妒也就毫无理由了。又前文据白居易《寄上大兄》一诗推断，元和六年白居易丁忧期间居渭村时，白幼文是在符离。在白居易丁忧下邽期间的诗文中，除《寄上大兄》一诗，也从未提及白幼文其人其事。可见，白幼文在陈氏夫人卒后，虽然应是处于丁忧期间，但并未和居易、行简等一同居住在下邽渭村，有一种可能是在符离侍母而居。当然，由于文献有阙，这种说法也仅是出于猜测，姑记于此，聊备一说。

综上，幼文之母这位并未留下任何信息的女性，其身份可能只是白季庚的侍妾，甚至可能比妾的身份更低。在陈氏与白季庚婚后，幼文之母可能并未旋即离开白家。幼文之母与白季庚的结合，实际上是身份不对等之男女双方在特殊情况下暂时的两性关系。这种两性关系虽然在唐代并不罕见，但终究非唐人婚姻生活之常态。陈氏与白季庚结婚后，由于二人年龄悬殊，感情似乎并不和谐。加上有幼文之母的存在，也引起了陈氏内心的不适，陈氏可

---

① ［宋］陈振孙《白文公年谱》"元和十年"条引，见［清］汪立名校订《白香山诗集》附，文渊阁四库全书本。

② 关于唐代女性悍妒之研究，可参看牛志平《唐代妒妇述论》，载《人文杂志》1987年第3期；牛志平《说唐代"惧内"之风》，载《史学月刊》1988年第2期；［日］大泽正昭《"妒妇""悍妻"以及"惧内"——唐宋变革期的婚姻与家庭之变化》，见邓小南主编《唐宋女性与社会》，上海辞书出版社2003年，第829页。

能即因此而犯有悍妒之心疾。白幼文在陈氏卒后并未和居易、行简等一起居下邽丁忧，又长期不与白家生活在一起，或许与幼文之母的存在有关。从这一点来看，白居易的家庭结构，比我们想象的更复杂。但若放到唐代社会的婚姻文化中加以观照，又是十分普通和普遍的现象。

第二章　运河环境与白居易的
符离修业生活

　　早期的生活经历，对于一个人性格的塑造和思想观念的成形，无疑具有重要意义。因此，本着知人论世的原则，对白居易的早期生活做一考察非常必要。在白氏早年的生活经历中，符离生活是其中最重要的一个时段。由于白居易与符离相关的诗文留存不多，而且在时间行迹上有颇多模糊不清之处，我们对这段生活之于白居易人格和思想影响的认知，尚嫌不够。笔者在第一章中论及乐天之长兄白幼文罢职后的生活时，于白家的符离生活情况稍有涉及。本章拟在既有研究成果的基础上，综合相关材料，更深入考察白居易在符离的生活实态，以揭示这段生活经历对于白居易思想理念塑造与文学创作影响的意义。

一、符离的运河文化环境

　　唐时之符离，最初为徐州属县，之后曾经历了一个并县升州、废州为县及再次并县为州的反复过程。《旧唐书·地理志》"河南道·宿州"对此记载颇详，其云：

　　　元和四年正月敕，以徐州之符离置宿州，仍割徐州之蕲、泗州之虹。九年，又割亳州之临涣等三县属宿州。大和三年，徐泗观察使崔群，奏罢宿州，四县各归本属。至七年敕，宜准元和四年正月敕，复置宿州于埇桥，在徐之南界汴水上，当舟车之要。其旧割四县，仍旧来属。州新置，元和已来，未计户口。

　　　符离，汉县。隋治朝解城。贞观元年，移治竹邑城。元和四年正月，置宿州，仍为上州。①

符离从元和四年并县为州讫唐亡，中间除大和三年（829）至大和七年（833）曾一度废州复县外，一直是以上州的地位存在于唐王朝的行政序列中。关于符离在元和四年（809）并县为州的原因，上引文中仅简单言及其"当舟车之要"。对此，李吉甫《元和郡县图志》卷九"河南道·宿州"所言更明确：

> 本徐州符离县也，元和四年，以其地南临汴河，有埇桥为舳舻之会，运漕所历，防虞是资。又以蕲县北属徐州，疆界阔远，有诏割符离、蕲县及泗州之虹县置宿州，取古宿国为名也。②

文中所谓的"汴河"即通济渠。隋炀帝大业元年（605）三月，发河南诸郡男女百余万人开此渠，自洛阳西苑引谷、洛二水入黄河，又自板渚引河通于淮。③ 因为其中荥阳至汴州一段利用了古汴河的河道，所以唐人往往称通济渠为汴河、汴水。④ 这条水道是唐代重要的漕运通道⑤，符离即在其末端，处于汴水与淮水交汇处的泗州附近，具有特殊的地位。符离在元和四年升州乃是因其特殊的地理位置和对朝廷漕运的重要意义。

但在唐前期，符离的重要性并未完全凸显，主要因为当时朝廷对江淮漕运的依赖性不强。《新唐书》卷五三《食货志》记：

> 唐都长安，而关中号称沃野，然其土地狭，所出不足以给京师、备

---

① ［后晋］刘昫等撰《旧唐书》卷三八，中华书局1975年，第1448–1449页。
② ［唐］李吉甫撰，贺次君点校《元和郡县图志》卷九，中华书局1983年，第228页。
③ ［唐］魏征、令狐德棻撰《隋书》卷三，中华书局1973年，第63页。
④ 关于唐代汴河的相关情况，可以参看［日］青山定雄《唐宋汴河考》，见刘俊文主编，辛德勇、黄舒眉、刘韶军等译《日本学者研究中国史论著选译》第九卷，中华书局1993年；史念海《中国的运河》，陕西人民出版社1988年。
⑤ 唐时另一条水路，沿长江西上，至武昌再沿汉水北上至襄阳，路途较远，且多逆水，人力耗费巨大，至为不便，其于漕运的重要性远无法与汴河水路相比。相关情况可参考史念海《隋唐时期运河和长江的水上交通及其沿岸的都会》，见《唐代历史地理研究》，中国社会科学出版社1998年，第313页。

水旱，故常转漕东南之粟。高祖、太宗之时，用物有节而易赡，水陆漕运，岁不过二十万石，故漕事简。自高宗已后，岁益增多，而功利繁兴，民亦罹其弊矣。①

高祖、太宗之时，虽然已转运漕粮给京师备水旱，但每年漕运不过二十万石，数量并不庞大，并且未必完全是由通济渠转运东南漕粮。高宗、武周朝之后，漕运日渐增多，然是时亦并非仅依赖江淮。如《资治通鉴》卷二〇九"景龙三年"记："是岁，关中饥，米斗百钱。运山东、江、淮谷输京师，牛死什八九。群臣多请车驾复幸东都，韦后家本杜陵，不乐东迁，乃使巫觋彭君卿等说上云：'今岁不利东行。'后复有言者，上怒曰：'岂有逐粮天子邪！'乃止。"② 可见关中用度不足时，皇帝即拟就食东都，否则就必须转运漕粮入长安。但从这条资料来看，是时转运山东谷粮的数量可能要超过江淮地区。这一情况在玄宗朝亦大体相类。玄宗时期，随着唐王朝走上极盛，加上玄宗好大喜功，开边未已，因此京师用度在灾害之年已显不足。开元二十一年（733），长安因雨水而谷价踊贵，玄宗将就食东都，问裴耀卿以漕运之事，耀卿建议转运江南漕米以济关中。裴氏嗣后三年转漕七百万石，每年达二百万余石，数量颇多，但其中很大一部分来自"晋、绛、魏、濮、邢、贝、济、博之租"③。嗣后韦坚为水陆转运使，也主要是"通山东租赋"④。

以上可见，在唐前期，关中水旱灾害之年，其依赖的漕粮可能主要来源于山东地区，天子与群臣就食东都，也主要靠黄河中下游地区的租赋给养。因为江淮地区距关中路途较远，转运漕粮费时费力，玄宗时期又于关中实行和籴政策以平抑物价，所以，江淮漕运之于唐王朝的重要性并未完全凸显出来，处于汴河水道末端的符离，地位亦不甚高。

唐朝廷依赖东南租赋维系的情况要到安史之乱后。安史之乱前后持续八年时间，北方广大地区受战乱破坏严重。《旧唐书》卷一二〇《郭子仪传》记子仪上代宗疏曰：

---

① ［宋］欧阳修、宋祁等撰《新唐书》卷五三，中华书局1975年，第1365页。
② ［宋］司马光编撰，［元］胡三省音注《资治通鉴》卷二〇九，中华书局1956年，第6639页。
③ ［宋］欧阳修、宋祁等撰《新唐书》卷五三，中华书局1975年，第1366页。
④ ［宋］欧阳修、宋祁等撰《新唐书》卷五三，中华书局1975年，第1367页。

夫以东周之地，久陷贼中，宫室焚烧，十不存一。百曹荒废，曾无尺椽，中间畿内，不满千户。井邑榛棘，豺狼所嗥，既乏军储，又鲜人力。东至郑、汴，达于徐方，北自覃怀，经于相土，人烟断绝，千里萧条。①

除北方生产力遭到破坏之外，唐代中后期的一些割据藩镇俨然一个个独立王国，唐朝廷实际上已经对其失去了控制，向其收取租赋已不可能。在这种情况下，唐王朝稳定的财赋收入只能仰仗江淮地区。如《唐会要》卷八四"杂录"记：

元和二年十二月，史官李吉甫等撰《元和国计簿》十卷，总计天下方镇，凡四十八道，管州府二百九十三，县一千四百五十三，见定户二百四十四万二百五十四。其凤翔、鄜坊、邠宁、振武、泾原、银夏、灵、盐、河东、易定、魏博、镇冀、范阳、沧景、淮西、淄青十五道七十一州，并不申户口数。每岁县赋入倚办，止于浙西、浙东、宣歙、淮南、江西、鄂岳、福建、湖南等道，合四十州，一百四十四万户，比量天宝供税之户，四分有一。②

由以上记载可见，北方及中原诸藩镇已不再向朝廷申报户口数，而编户之数乃是国家征税的重要依据。这一情况表明，朝廷的赋税来源已经无法仰仗北方及中原地区，只能靠东南八道四十州供给，唐王朝至此已完全沦为"奉长安文化为中心、仰东南财赋以存立之政治集团"③。在这种情况下，江淮漕运成为维系王朝存亡的生命线。中唐人李敬方《汴河直进船》一诗云："汴水通淮利最多，生人为害亦相和。东南四十三州地，取尽脂膏是此河。"④ 生动道出了汴河水道之于江淮漕运的重要意义。

随着江淮漕运重要性在中晚唐时期的凸显，汴河沿岸诸州如郑、汴、宋、徐等，所处地位显得尤其重要。符离作为汴、淮交汇处之隘口，其地位

---

① ［后晋］刘昫等撰《旧唐书》卷一二〇，中华书局 1975 年，第 3457 页。
② ［宋］王溥撰《唐会要》卷八四，中华书局 1955 年，第 1552-1553 页。
③ 陈寅恪《唐代政治史述论稿》，生活·读书·新知三联书店 2001 年，第 204 页。
④ ［清］彭定求等编，陈尚君增订《全唐诗》（增订本）卷五〇八，中华书局 1999 年，第 5818 页。

也相应提升。徐州北临淄青，西接宣武，西南与淮西接壤，东南则是唐王朝重要财赋来源地淮南，一方面可以对其周边诸藩起到制衡作用，另一方面可以保护南方汴河水道的畅通，对于东南安危具有重要作用。早在安史之乱初，安禄山即有窥江淮之意。至德二载（757）的睢阳之战，就是双方争夺江淮控制权的关键一役，其实质乃是双方争夺汴河沿岸郑、汴、宋、徐等州的控制权。宝应元年（762），史朝义又攻睢阳，李光弼以徐州为中心，再次粉碎叛军计划，徐州的重要性进一步凸显。《新唐书·穆宁传》记：

> 　　上元初，为殿中侍御史，佐盐铁转运，住埇桥。李光弼屯徐州，饷不至，檄取资粮，宁不与。光弼怒，召宁欲杀之。或劝宁去，宁曰："避之失守，乱自我始，何所逃罪乎？"即往见光弼。光弼曰："吾师众数万，为天子讨贼，食乏则人散，君闭廪不救，欲溃吾兵耶？"答曰："命宁主粮者，救也，公可以檄取乎？今公求粮，而宁专馈；宁有求兵，而公亦专与乎？"光弼执其手谢曰："吾固知不可，聊与君议耳。"时重其能守官。累迁鄂岳沔都团练及租庸盐铁转运使。当是时，河漕不通，自汉、沔径商山以入京师。淮西节度使李忠臣不奉法，设戍遏以征商贾，又纵兵剽行人，道路几绝。与宁夹淮为治，惮宁威，掠劫为衰，漕贾得通。①

　　由穆宁一事可以看出，是时符离南界的埇桥已是盐铁转运的重要一站，此地囤积的大量盐粮物资，成为李光弼以徐州为中心组织抵抗活动的重要依托。嗣后在刘晏主持漕运时期，符离的地位进一步提升。大历十四年（779），刘晏"自淮北置巡院十三，曰扬州、陈许、汴州、庐寿、白沙、淮西、埇桥、浙西、宋州、泗州、岭南、兖郓、郑滑，捕私盐者，奸盗为之衰息"②，埇桥即为其设置的十三盐铁巡院之一。

　　由于扼汴路咽喉的位置，在中晚唐时期的一系列动乱中，埇桥成为双方必争之地，其得失也影响着战争的走势。尤其是建中、贞元年间，参与叛乱

---

① ［宋］欧阳修、宋祁等撰《新唐书》卷一六三，中华书局1975年，第5014-5015页。

② ［宋］欧阳修、宋祁等撰《新唐书》卷五四，中华书局1975年，第1378页。

的淄青、淮西诸军屡次袭扰汴、宋、徐等州，阻断关中财赋给养的漕运通道，使唐朝廷陷入十分被动的境地。如德宗建中二年（781），淄青节度使李正己与成德李惟岳、魏博田悦、淮西李希烈等诸镇连叛，李正己"将断江淮路，令兵守埇桥涡口，江淮进奉船千余只，泊涡口不敢进"①，李正己仅屯兵埇桥、涡口即可阻断南北运河交通，因此埇桥及附近地区的军事意义可见一斑。李正己卒后，其子李纳以朝廷拒袭父爵亦反，是时徐州刺史李洧以徐州及埇桥归国，使李纳扼守运河水道、切断朝廷补给的计划落空。乐天之父白季庚曾亲自参与此事，说服李洧归国。乐天《襄州别驾府君事状》对此有详细记载（详后文所引）。又其《荐李晏状》亦云：

> 建中初，李正己与纳连反，汴河阻绝，转输不通。晏先父洧，即正己堂弟，为徐州刺史。当叛乱之时，洧以一郡七城，归国效顺，弃一家百口，任贼诛夷。开运路之咽喉，断凶渠之右臂。遂使逆谋大挫，妖寇竟消。从此徐州埇桥，至今永为内地。②

又贞元二年，李希烈寇襄州、郑州，致使江淮运路中断，关中危急，韩滉运米至京，极大地稳定了军心、民心，避免了一场更大的动乱发生。《资治通鉴》卷二三二记：

> 关中仓廪竭，禁军或自脱巾呼于道曰："拘吾于军而不给粮，吾罪人也！"上忧之甚，会韩滉运米三万斛至陕，李泌即奏之。上喜，遽至东宫，谓太子曰："米已至陕，吾父子得生矣！"时禁中不酿，命于坊市取酒为乐。又遣中使谕神策六军，军士皆呼万岁。③

---

① 《顺宗实录》卷四，见［唐］韩愈撰，马其昶校注《韩昌黎文集校注》，上海古籍出版社1986年，第712页。又见［后晋］刘昫等撰《旧唐书》卷一五二，中华书局1975年，第4076页。
② ［唐］白居易撰，朱金城笺校《白居易集笺校》卷六八，上海古籍出版社1988年，第3693页。
③ ［宋］司马光编撰，［元］胡三省音注《资治通鉴》卷二三二，中华书局1956年，第7469页。

　　以上这些发生在德宗朝的藩镇之乱，进一步凸显了掌握汴河漕运水路控制权的重要性。此前，徐州之西的"四战之地"汴州已置有汴宋节度使，而徐州仅设刺史。于是，在建中三年（782），德宗即以归国的徐州刺史李洧为徐海沂团练观察使，守徐州。① 贞元四年（788），又于徐州置徐泗濠三州节度使，进一步加强对汴河末端战略要地的控制。《新唐书》卷一五八《张建封传》记："贞元四年，拜御史大夫、徐泗濠节度使。始，李洧以徐降，洧卒，高承宗、独孤华代之，地迫于寇，常困蹙不支。于是李泌建言：'东南漕自淮达诸汴，徐之埇桥为江、淮计口，今徐州刺史高明应甚少，脱为李纳所并，以梗饷路，是失江、淮也。请以建封代之，益与濠、泗二州。夫徐地重而兵劲，若帅又贤，即淄青震矣。'帝曰：'善。'繇是徐复为雄镇。"② 由李泌所言来看，埇桥的重要战略位置，可以说是徐州由团练使升节度使的主导因素。嗣后的顺宗永贞元年（805），徐泗濠节度使赐名武宁军；元和四年符离升州后，武宁军又增领宿州。凡此等等，都是唐朝廷试图加强对徐州的控制以保护漕运通道努力的延续，而这一切都是出于"埇桥为舳舻之会，运漕所历，防虞是资"的考虑。元和宰相李吉甫曾言："自隋氏凿汴以来，彭城南控埇桥，以扼汴路，故其镇尤重。"③ 可以说，徐州在唐代中后期地位的提升，主要就是因为符离之于漕运的重要意义。

　　符离所在的汴河水道，不仅是漕运通道，也是商旅行役之人过往频繁的水路。王建《汴路即事》云："千里河烟直，青槐夹岸长。天涯同此路，人语各殊方。草市迎江货，津桥税海商。回看故宫柳，憔悴不成行。"④ 足见此条水路的繁忙。符离也因是汴河水路上重要的中转站成为商旅往来的集散地。长庆二年，武宁军节度副使王智兴逐节度使崔群，逼送其于埇桥，徐兵于埇桥"掠盐铁院缗帛及汴路进奉物，商旅赀货，率十取七八"⑤，可见埇桥往往集聚着大量的商船，商业文化应当颇为兴盛。由于水路交通较之陆路

　　① ［后晋］刘昫等撰《旧唐书》卷一二，中华书局1975年，第332页。
　　② ［宋］欧阳修、宋祁等撰《新唐书》卷一五八，中华书局1975年，第4940页。
　　③ ［唐］李吉甫撰，贺次君点校《元和郡县图志》卷九，中华书局1983年，第224页。
　　④ ［唐］王建撰，尹占华校注《王建诗集校注》卷五，上海古籍出版社2020年，第216页。
　　⑤ ［后晋］刘昫等撰《旧唐书》卷一五六，中华书局1975年，第4139页。《资治通鉴》卷二四二"长庆二年条"所记与此略同，第7812页。

可以省却鞍马劳顿之苦，汴河也成为行役之人来往两京与东南地区的重要通道。符离得地利之便，终唐一朝，也就成为他们的停驻之地。高适《东征赋》记其天宝三载东行，即有"下符离之西偏，临彭城之高岸"① 之语。高适此行走的是通济渠水道，所谓"下符离之西偏"，实即过汴河上之埇桥。韦应物《寄大梁诸友》亦言："分竹守南谯，弭节过梁池。……昨日次睢阳，今夕宿符离。"② 其从汴州赴滁州刺史任，所走的也是经过符离埇桥的汴河水路。又李翱《来南录》记其元和四年南行，其中洛阳至扬州一段云：

> 元和三年十月，翱既受岭南尚书公之命，四年正月己丑，自旌善第以妻子上船于漕。乙未，去东都。……庚子，出洛下河，止汴梁口，遂泛汴流，通河于淮。辛丑，及河阴。乙巳，次汴州。……二月丁未朔，宿陈留。戊申，……宿雍丘。乙酉，次宋州，……壬子，至永城。甲寅，至埇口。丙辰，次泗州，见刺史假舟，转淮上河如扬州。庚申，下汴渠入淮，风帆及盱眙。……壬戌，至楚州。丁卯，至扬州。③

李翱在此详细记录了自己南行历程，其所言之"埇口"即埇桥，符离是其行程中的重要一站，也是沟通关中、中原与江淮地区的交通枢纽。权德舆又有《埇桥达奚四于十九陈大三侍御夜宴叙各赋二韵》诗云："满树铁冠琼树枝，樽前烛下心相知。明朝又与白云远，自古河梁多别离。"④ 由此可见，符离埇桥也常有文人聚散。即如白居易自己嗣后来往两京与东南地区，也常经此路。如其长庆二年七月，出为杭州刺史，"属汴路未通，取襄、汉路赴任。水陆七千余里，昼夜奔驰"⑤，历时约三个月抵达杭州。其《长庆二年

---

① ［唐］高适撰，孙钦善校注《高适集校注》（修订版），上海古籍出版社 2014 年，第 303 页。

② ［唐］韦应物撰，陶敏、王友胜校注《韦应物集校注》（增订本）卷三，上海古籍出版社 2011 年，第 144 页。

③ ［唐］李翱撰，郝润华、杜学林校注《李翱文集校注》卷一八，中华书局 2021 年，第 315 页。

④ ［唐］权德舆撰，郭广伟点校《权德舆诗文集》卷五，上海古籍出版社 2008 年，第 77 页。

⑤ ［唐］白居易撰，朱金城笺校《白居易集笺校》卷六一，上海古籍出版社 1988 年，第 3427 页。

七月自中书舍人出守杭州路次蓝溪作》云："东道既不通，改辕遂南指。自秦穷楚越，浩荡五千里。"① 所指也是此事。乐天取荆襄道南下杭州，主要是当年七月的宣武军乱导致郑、汴路无法通行，否则，他可能选择便利的汴路南下。如在长庆四年五月，乐天罢杭州刺史，以太子左庶子分司东都，其返回洛阳时即取道符离之埇桥，通过汴河入洛阳，并写下《汴河路有感》《埇桥旧业》等诗追忆早期的符离生活。

综上可见，符离虽然不能和汴河沿岸的郑、汴、宋等雄州相比，但作为汴河、淮河交汇处的重要口岸，在中晚唐时期的江淮漕运中占据重要位置，因此也成为汴河水路上重要的交通、商业口岸。所以，符离既是军事重地、漕运咽喉，也是运河商业文化的重要地区。

二、白家与符离的关系及白居易的符离修业生活

从上文的考察来看，符离作为汴河水路上的运河口岸，在中晚唐时期显示出重要的政治、经济和军事意义，这在德宗建中、贞元年间体现得尤为明显，其地位的提升也主要从这一时期开始。而白居易的寄家符离生活正是在建中、贞元年间。对此，我们可以从以下几个方面对白居易的符离生活做一考察。

（一）白季庚为官徐州与白家移居符离

白氏一族以太原为郡望，早年则占籍同州韩城，嗣后又以关中渭南下邽为祖居地。乐天祖父白锽早年在洛阳一带任职，白家长期在洛阳一带生活。乐天《故巩县令白府君事状》叙其祖父白锽经历云："年十七，明经及第，解褐授鹿邑县尉，洛阳县主簿，酸枣县令。理酸枣，有善政，本道节度使令狐章知而重之。秩满，奏授殿中侍御史、内供奉、赐绯鱼袋、充滑台节度参谋。军府之要，多咨度焉。居岁余，公尝规章之失，章不听，公因留一书移章，不辞而去。明年，选授河南府巩县令。在任三考。自鹿邑至巩县，皆以清直静理闻于一时。"② 鹿邑、酸枣、滑州、巩县，都在洛阳附近，其祖父长

---

① ［唐］白居易撰，朱金城笺校《白居易集笺校》卷八，上海古籍出版社1988年，第413页。

② ［唐］白居易撰，朱金城笺校《白居易集笺校》卷四六，上海古籍出版社1988年，第2832–2833页。

年任职于此，故自白居易祖辈早已移居洛阳附近的新郑县了。白居易出生于此地，童年时代主要在此地度过。移家符离则是在白季庚任职徐州之后。乐天《襄州别驾府君事状》记其父云：

> 公讳季庚，字某，巩县府君之长子。天宝末明经出身，解褐授萧山县尉，历左武卫兵曹参军，宋州司户参军。建中元年，授彭城县令。时徐州为东平所管。属本道节度使反。反之状，先以胜兵屯埇口，绝汴河运路，然后谋东窥江、淮。朝廷忧虞，计未有出。公与本州刺史李洧潜谋以徐州及埇口城归国，反拒东平。遣骁将信都崇敬、石隐金等，率劲卒二万攻徐州。徐州无兵，公收合吏民得千余人，与李洧坚守城池，亲当矢石，昼夜攻拒，凡四十二日，而诸道救兵方至。既而贼徒溃，运路通，首挫逆谋，不敢东顾。由是徐州一郡七邑及埇口等三城到于今讫不隶东平者，实李洧与公之力也。德宗嘉之，命公自朝散郎超授朝散大夫，自彭城令擢拜本州别驾，赐绯鱼袋，仍充徐泗观察判官。故其制云："今州将忠谋，翻然效顺，叶其诚美，共赞良图。我悬爵赏，俟兹而授。宜加佐郡之命，仍宠殊阶之序。"贞元初，朝廷念公前功，加检校大理少卿，依前徐州别驾、当道团练判官，仍知州事。故其制云："尝宰彭城，挈而归国。旧勋若此，新宠蔑如。或不延厚于忠臣，将何劝于义士？宜从亚列，再贰徐方。"秩满，又除检校大理少卿、兼衢州别驾。①

建中二年秋，白季庚因劝说李洧抵抗李纳并以徐州及埇桥归国有功，由彭城令升任徐州别驾，超次提拔。白季庚既受封赏，又居要职，其时应有条件将家人迁至为官之所。况且，这一时期，其家原本所居之地的郑州、洛阳一带，正受梁崇义与李希烈争斗的侵扰。为避战乱，白季庚有可能将家人多数移到徐州一带。

从白集留存的诗文来看，其时移家符离者，除白居易自己一家外（乐天之母陈氏、外祖母白氏、弟行简等），还有众多的白氏族人。比如，乐天二

---

① ［唐］白居易撰，朱金城笺校《白居易集笺校》卷四六，上海古籍出版社1988年，第2836—2837页。

叔白季般。据乐天《故巩县令白府君事状》记，白锽第二子白季般曾任徐州沛县令。① 此文作于元和六年，虽然白季般任沛县令的时间不详，但地点恰是在徐州，其家也可能长期居于此地。又如，乐天从叔白季康。白集卷七〇《唐故溧水县令太原白府君墓志铭》记白敏中之父白季康的仕宦经历云："历华州下邽尉，怀州河内丞，徐州彭城令，江州寻阳令，宿州虹县令，宣州溧水令。"② 此文作于白季康第二任妻子卒后与其合葬时的大和八年（834），其中，对于白季康的卒年未有明确记载，但白季康之子白敏中生于贞元八年（792）③，又新旧两部《唐书》中《白敏中传》皆称其"少孤"，则白季康卒年当不晚于元和二年（807）白敏中十五岁时。白季康在任彭城县令后尚有三地县令的任职经历，其任职宿州虹县令不会早于元和四年（虹县本属泗州，元和四年与符离、蕲等县合置宿州，见前文），白季康此前又有一任浔阳县令的职位，前推四五年，其任彭城令应在贞元十七年（801）左右。据此，白敏中家也当有一段在符离生活的经历。又白集卷四〇《祭符离六兄文》记，贞元十七年，这位曾任符离主簿的六兄卒于符离，葬地则在"濉水南岸，符离东偏"，这也是白居易外祖母和幼弟金刚奴的权窆之地。白居易早年在许多诗歌中还经常提及"徐州兄弟""符离弟妹"等，如白集卷一三有《江南送北客因寄徐州兄弟书》《除夜寄弟妹》《自江陵之徐州路上寄兄弟》《自河南经乱关内阻饥兄弟离散各在一处因望月有感聊书所怀寄上浮梁大兄于潜七兄乌江十五兄兼示符离及下邽弟妹》等诗。直到大和二年白居易为白行简撰《祭弟文》，尚提及"遥怜在符离庄上，亦未取归"④。因此，可知白氏一族在符离的人数断然不少。乐天后来在大和元年由苏州返回

---

① ［唐］白居易撰，朱金城笺校《白居易集笺校》卷四六，上海古籍出版社1988年，第2832页。

② ［唐］白居易撰，朱金城笺校《白居易集笺校》卷七〇，上海古籍出版社1988年，第3754页。

③ 《唐故开府仪同三司守太傅致仕上柱国太原郡开国公食邑二千户赠太尉白公墓志铭并序》，其中记白敏中"以咸通二年七月十五日薨于凤翔府公馆，享年七十"（周绍良、赵超主编《唐代墓志汇编续集》咸通〇〇五，上海古籍出版社2001年，第1033页），据此可以推知白敏中生于德宗贞元八年。

④ ［唐］白居易撰，朱金城笺校《白居易集笺校》卷六九，上海古籍出版社1988年，第3716页。

洛阳途中经过荥阳时作《宿荥阳》诗云:"旧居失处所,故里无宗族。"① 从上文的考察来看,在荥阳的很多白氏族人可能都因躲避战乱一同东下徐州,他们依托的对象应该就是在徐州保卫战中因功受封的白季庚。白家的这次移居徐州,无疑是大规模的举族迁徙。

(二)埇桥与白家在符离的住地

从具体的居住地来看,白家于建中三年移居徐州,可能一开始就居住在徐州南界的符离,而且就在汴河上的重要隘口埇桥附近。据前引《襄州别驾府君事状》,白季庚于建中元年任彭城令,建中二年因劝说李洧归国有功升为徐州别驾,仍充徐泗观察使判官,贞元初又加检校大理少卿,但"仍知州事"。可知,白季庚的任职地点应当一直是徐州的州治彭城县,但在白居易的诗文中,我们并未发现其有彭城县生活的经历。据乐天诗文,白家在徐州的居住地不外两处,一是所谓的"官舍",二是"私第"。白集卷四二《唐故坊州鄜城县尉陈府君夫人白氏墓志铭》记其外祖母于贞元十六年(800)四月卒于"徐州古丰县官舍"②。但此处所谓的官舍似不当是白季庚的官舍。其一,居易外祖母卒于贞元十六年,而白季庚于贞元四五年已除为衢州别驾,秩满后又迁襄州别驾,贞元十年(794)卒于襄州任所。因而,在贞元十六年之际,徐州不应再有白季庚的官舍在。其二,陈白氏卒地的"古丰县"既非徐州州治彭城县,也非唐时的丰县,而应当是符离县。关于"古丰县",白居易《朱陈村》诗也曾提及:

> 徐州古丰县,有村曰朱陈。去县百余里,桑麻青氛氲。机梭声札札,牛驴走纭纭。女汲涧中水,男采山上薪。县远官事少,山深人俗淳。有财不行商,有丁不入军。家家守村业,头白不出门。生为陈村民,死为陈村尘。田中老与幼,相见何欣欣。一村唯两姓,世世为婚姻。亲疏居有族,少长游有群。黄鸡与白酒,欢会不隔旬。生者不远别,嫁娶先近邻。死者不远葬,坟墓多绕村。既安生与死,不苦形与

---

① [唐]白居易撰,朱金城笺校《白居易集笺校》卷二一,上海古籍出版社 1988 年,第 1442 页。

② [唐]白居易撰,朱金城笺校《白居易集笺校》卷四二,上海古籍出版社 1988 年,第 2727 页。

神。所以多寿考，往往见玄孙。①

白居易此诗描绘了一个田园牧歌般的桃源胜境，对后世影响很大。宋人王安石《和文淑溢浦见寄》云："多难漂零岁月赊，空余文墨旧生涯。相看楚越常千里，不及朱陈似一家。"② 其中所咏之"朱陈似一家"，显然是祖述了白居易的诗意。然诸家笺白诗，多以为诗中所谓的"古丰县"即为唐时之丰县。据《元和郡县图志》卷九，元和年间，徐州辖彭城、萧、丰、沛、滕五县，州治在彭城县。③ 其中丰县"东南至州一百七十五里"④，其位置在州治彭城县西北一百七十余里处，和今日之徐州丰县位置大体相当。白诗中所描绘的朱陈村在深山之中，但丰县境内并无高山深涧。因此，朱陈村所在地"古丰县"不应是唐时之丰县。实际上，白居易所谓的"古丰县"乃是相对于唐时的丰县而言的——也就是说，唐代之前，乐天所言之朱陈村所在地也称丰县。《元和郡县图志》记符离"高齐时属睢南郡，隋开皇三年罢郡，以县属徐州"⑤。今据《魏书》卷一〇六《地形志》中"睢州·睢南郡"记：

> 萧衍置沛郡，武定六年改。领县二：斛城。武定中改萧衍淮阳置。有五丈陂、扶离城。新丰。武定六年置。⑥

其中就有所谓的"新丰县"，武定六年置。按武定乃东魏孝静帝所使用的第四个年号。也就是说，在东魏武定六年，曾改萧梁沛郡为睢南郡，设有新丰县。东魏后为北齐所替代，上引《元和郡县图志》言北齐时之睢南郡，

---

① ［唐］白居易撰，朱金城笺校《白居易集笺校》卷一〇，上海古籍出版社 1988 年，第 511-512 页。

② ［宋］王安石撰，［宋］李壁笺注，高克勤点校《王荆文公诗笺注》（修订版）卷三一，上海古籍出版社 2022 年，第 797 页。

③ ［唐］李吉甫撰，贺次君点校《元和郡县图志》卷九，中华书局 1983 年，第 224 页。按，《元和郡县图志》元和八年成书，此前的元和四年，符离县已升为宿州，因而未列入。

④ ［唐］李吉甫撰，贺次君点校《元和郡县图志》卷九，中华书局 1983 年，第 226 页。

⑤ ［唐］李吉甫撰，贺次君点校《元和郡县图志》卷九，中华书局 1983 年，第 228 页。

⑥ ［北齐］魏收撰《魏书》卷一〇六，中华书局 1974 年，第 2577 页。

当是沿袭了东魏的行政划分，那么此时仍有新丰县的设置。直到隋文帝开皇三年罢睢南郡归入徐州，新丰县也就并入符离归属徐州了。因此，白居易所谓的"古丰县"当是指东魏时所设置的新丰县。因为唐时的徐州另有一丰县，所以称早已被废的新丰县为"古丰县"，朱陈村即在此"古丰县"境内，也就是唐时的符离县境内。对于朱陈村的具体位置，宋人苏轼亦有记载。其《陈季常所蓄〈朱陈村嫁娶图〉二首》其二云："我是朱陈旧使君，劝农曾入杏花村。"苏轼自注："朱陈村在徐州萧县。"①苏轼曾知徐州，其对白居易诗歌也相当熟稔，因此，诗中所言当即白居易笔下的朱陈村。据《元和郡县图志》记，萧县"东北至州六十里"②，南与符离接壤，朱陈村所在地当即在萧县与符离的交界处，其归属在宋代应该发生过变化，这当是苏东坡所言的朱陈村与唐时归属不同的原因。

以上可见，白氏唯一提及的官舍并非白季庚的官舍（白家在此地任职的亲友不少，白居易提及的"官舍"或即某位任职符离的亲友之官舍），也不在徐州的州治彭城县。而在另外一些记载中，则表明其生活和居住地就是在汴河上的埇桥附近。其《埇桥旧业》诗云"别业埇城北"③，可知在符离埇桥之北有白家的别业。据《唐太原白氏之殇墓志铭》记，乐天四弟白幼美于贞元八年殇于徐州符离县的"私第"，并于是年权窆县南原。④此处所谓的符离"私第"当即乐天所言的埇桥别业。白居易后来移家下邽渭村后所作的《西原晚望》诗云："故园汴水上。"⑤可见，白家的私第是在符离县，而且靠近汴河上的埇桥，这里也是白居易移家后长期生活的地方。

既然白季庚任职于徐州，那么为何寄家徐州南界的符离县境内呢？许大畅先生以为，白季庚虽为徐官，但职在符离，就是驻守埇桥。⑥然而这一说

① ［宋］苏轼撰，［清］冯应榴辑注《苏轼诗集合注》卷二〇，上海古籍出版社 2001年，第 996 页。
② ［唐］李吉甫撰，贺次君点校《元和郡县图志》卷九，中华书局 1983 年，第 226页。
③ ［唐］白居易撰，朱金城笺校《白居易集笺校》卷二三，上海古籍出版社 1988 年，第 1571 页。
④ ［唐］白居易撰，朱金城笺校《白居易集笺校》卷四二，上海古籍出版社 1988 年，第 2730 页。
⑤ ［唐］白居易撰，朱金城笺校《白居易集笺校》卷一〇，上海古籍出版社 1988 年，第 533 页。
⑥ 许大畅《白居易"寄家符离"考》，载《安徽史学》2000 年第 4 期。

法显然与前文所言的白季庚任职地点不符。许先生还指出另一个原因，即白季庚官拜徐州别驾，为从四品下阶，可以获得一定数量的永业田和职分田，其所封田产可能就在白季庚任职之地的符离埇桥附近，因而白家寄居符离。这种推断或有其合理性，但笔者以为，白家寄居符离埇桥，可能更重要的原因是符离的生活环境。经过建中二年的徐州保卫战，徐州一地遭受战火摧残。在白氏移家之初的建中三年前后，发动叛乱的李纳虽然失去徐州，但不臣之心未灭，徐州实际上已成为朝廷与淄青对峙的前线。而徐州南界的符离埇桥一带已经成为比较繁盛的运河港口城市，且白氏一族乃是举族迁移，如此众多的族人居住在对峙前线的徐州显然不现实。因此，无论从安全性还是生活条件来说，符离埇桥附近都更适合居住。且符离所在的江淮一带，本就是安史之乱后的北方移民集聚之地，如姚汝能《安禄山事迹》卷下记当时两京陷落后，衣冠士庶"家口亦多避地于江淮"[①]；韩愈《考功员外卢君墓铭》亦云，"大历初，……当是时，中国新去乱，仕多避处江淮间"[②]。由于张巡守睢阳，阻止了安史叛军入淮南，此区域的社会经济受战争的破坏较小，再加上移民的开发，生活条件自然相对较好。韩愈居符离一事，也可印证这一点。贞元十五年二月，宣武军节度使董晋薨，韩愈护丧西行，不久汴州军乱，韩愈家人逃往徐州。[③] 韩愈嗣后东下徐州与家人会合，时任徐泗濠节度使的张建封将其安置在符离，其在符离曾有一段相对安稳的生活。其《此日足可惜一首赠张籍》云：

　　夜闻汴州乱，绕壁行傍徨。我时留妻子，仓卒不及将。……俄有东来说，我家免罹殃。乘船下汴水，东去趋彭城。从丧朝至洛，还走不及停。……行行二月暮，乃及徐南疆。下马步堤岸，上船拜吾兄。谁云经艰难，百口无夭殇。仆射南阳公，宅我睢水阳。箧中有余衣，盎中有余

① ［唐］姚汝能撰，曾贻芬点校《安禄山事迹》卷下，中华书局 2006 年，第 107 页。
② ［唐］韩愈撰，马其昶校注《韩昌黎文集校注》卷六，上海古籍出版社 1986 年，第 354 页。
③ ［唐］韩愈撰，马其昶校注《韩昌黎文集校注》卷二，上海古籍出版社 1986 年，第 138 页。

粮。闭门读书史，清风窗户凉。①

张建封将韩愈一家百口安置在符离，可能就是因为此地交通方便，生活稳定。嗣后韩愈在此地度过了半年有余"闭门读书史"的安闲生活，也可见这里的生活条件似要好于徐州。白季庚将家安置在符离，当主要是出于这方面的考虑。

（三）从乐天早年诗文看其符离生活的时间

白居易自建中三年移家符离，至贞元二十年将母、弟迁移至下邽渭村，其在符离断断续续生活了二十余年。但白氏在此期间曾一度离开符离，其中需要稍做说明的是"避难越中"及一度移家洛阳两事。

关于乐天"避难越中"的经历主要依据以下材料推导出。白集卷六八《吴郡诗石记》云："贞元初，韦应物为苏州牧，房孺复为杭州牧，皆豪人也。……时予始年十四五，旅二郡，以幼贱不得与游宴。"② 白集卷一三《江楼望归》（题注：时避难在越中）诗云："悠悠沧海畔，十载避黄巾。"③同卷又有《江南送北客因凭寄徐州兄弟书》（题注：时年十五）④。白居易生于大历七年，年十四、十五时为贞元元年、二年，因此，汪立名《白香山年谱》将白居易自谓的"避难越中"的时间定在建中三年。朱金城先生也基本沿袭这一观点，不过他将"避难越中"的时间推至建中四年。朱氏《白居易年谱》"建中三年"条云：

> 去荥阳，从父季庚徐州别驾任所，寄家符离。按《汪谱》云："《宿荥阳》诗：'去时十一二，今年五十六'。时两河用兵，公避难越中，当在是年。后又有《江楼望归》诗云：'悠悠沧海畔，十载避黄巾。'云十

---

① ［唐］韩愈撰，钱仲联集释《韩昌黎诗系年集释》卷一，上海古籍出版社1984年，第84-85页。
② ［唐］白居易撰，朱金城笺校《白居易集笺校》卷六八，上海古籍出版社1988年，第3663页。
③ ［唐］白居易撰，朱金城笺校《白居易集笺校》卷一三，上海古籍出版社1988年，第774-775页。
④ ［唐］白居易撰，朱金城笺校《白居易集笺校》卷一三，上海古籍出版社1988年，第767页。

载者，谓成数耳。"居易贞元七年在符离，则寄家符离当自是年始，次
年再避难越中也。①

但对于白居易"避难越中"一事及时间，谢思炜先生有不同意见。他认
为，据乐天《襄州别驾府君事状》可以推知白季庚除官衢州别驾当在贞元四
五年间，此前白季庚一直在徐州任职，且乐天诗文中曾多次提及徐州符离兄
妹等，可知白氏族人皆在符离一地，独乐天一家移居符离不久即"避难越
中"，于情理不合。又韦应物任职苏州刺史时在贞元六七年间，在白居易约
十七岁时，而非十四、十五岁时，乐天诗中自注的时间、年岁等信息乃是后
来编集时所加，可能记忆模糊，不甚准确。白家"避难"，仅是指建中三年
为避河南之乱移居符离一事，所谓"十载避黄巾"则是概言大历末汴宋之乱
以来的颠沛流离生活。至于乐天所谓的"避难越中"或江南之游，实与白季
庚除官衢州别驾为一事。② 笔者以为，这一说法大抵符合实际，但乐天江南
之游未必仅始于贞元四年、五年白季庚除官衢州别驾时。白季庚早年"释褐
授萧山县尉"，其任官地点即在越中。又乐天一族中也有在越中任职者，如
乐天从叔白季康长子白阐曾任杭州于潜县尉，次子白幼父曾任睦州遂安县
尉，都在江南（详本书第一章所论），乐天的江南之游因亲友在而有所依托。
且江南地区景色优美、人文荟萃，唐前期就是士人游学的一个热点区域，李
白、杜甫、孟浩然等著名诗人早年皆曾游吴越地区，这是唐代读书人特殊的
生活方式之一。因此，在白季庚除官衢州别驾之前，乐天也可能有江南之行
的经历，只不过其家仍然居于徐州，其生活中心仍在符离。

还有一点是关于其移家洛阳的经历。白集卷三八《伤远行赋》云：

贞元十五年春，吾兄吏于浮梁。分微禄以归养，命予负米而还乡。
出郊野兮愁予，夫何道路之茫茫！茫茫兮二千五百，自鄱阳而归洛
阳。……昔我往兮，春草始芳。今我来兮，秋风其凉。独行踽踽兮惜昼
短，孤宿茕茕兮愁夜长。况太夫人抱疾而在堂。自我行役，谅凤夜而忧
伤。惟母念子之心，心可测而可量。虽割慈而不言，终蕴结乎中肠。曰

---

① 朱金城《白居易年谱》，上海古籍出版社 1982 年，第 9—10 页。
② 谢思炜《白居易集综论》，中国社会科学出版社 1997 年，第 181 页。

予弟兮侍左右，固就养而无方。虽温清之靡阙，讵当我之在傍？①

卷九《将之饶州江浦夜泊》诗亦云：

> 明月满深浦，愁人卧孤舟。烦冤寝不得，夏夜长于秋。苦乏衣食资，远为江海游。光阴坐迟暮，乡国行阻修。身病向鄱阳，家贫寄徐州。前事与后事，岂堪心并忧。忧来起长望，但见江水流。云树霭苍苍，烟波淡悠悠。故园迷处所，一望堪白头。②

由诗可知，居易赴浮梁之际，白家仍在徐州符离。而在赋中，白氏自浮梁白幼文处省母，其目的地乃是洛阳。可见白家在贞元十四年乐天赴浮梁不久后即移居洛阳。白集卷一三有《冬夜示敏巢》一诗题注云："时在东都宅。"③ 当作于此时。但此次移居当在不久后即迁回了符离，因为白居易外祖母陈白氏于贞元十六年卒于徐州符离——其与白家一直在一起生活。因此，乐天《伤远行赋》中所言其弟白行简侍母于洛阳，大概时间极短。乐天在贞元十六年春于长安进士及第后即返回洛阳、符离，因此，起码在贞元十六年白家即迁回了符离。至于白家本次突然移居洛阳又匆匆迁回的原因，谢思炜先生据权德舆作于贞元十四年的《论江淮水灾上疏》一文，认为可能是为避江淮地区的水灾而就食洛阳。④ 从上引白诗来看，这种推测应是合理的。

综合诸家年谱及上文的辨析，我们可以将白居易符离时期的生活经历铺排如下：

建中三年，白居易十一岁，随父移家徐州，寄居符离，期间可能曾往越中游历；建中四五年，白居易十二、十三岁，随父赴衢州别驾任，但白氏族

---

① ［唐］白居易撰，朱金城笺校《白居易集笺校》卷三八，上海古籍出版社 1988 年，第 2594-2595 页。

② ［唐］白居易撰，朱金城笺校《白居易集笺校》卷九，上海古籍出版社 1988 年，第 495 页。

③ ［唐］白居易撰，朱金城笺校《白居易集笺校》卷一三，上海古籍出版社 1988 年，第 786 页。

④ 谢思炜《白居易集综论》，中国社会科学出版社 1997 年，第 179 页注②。

人仍多聚居符离，乐天前后六七年间往返于符离与越中。

贞元七年，白居易二十岁，在符离，后随父赴襄州别驾任所；贞元十年，白居易二十三岁，父白季庚卒于襄州任所，乐天归符离。

贞元十四年，白居易二十七岁，赴浮梁任职的长兄白幼文处，白家本年可能因避江淮水患，一度移居洛阳；贞元十五年春，乐天由浮梁白幼文处返回洛阳省母，本年秋应试于宣州，为宣歙观察使崔衍所贡，赴长安应进士举；贞元十六年，本年春在长安，于中书侍郎高郢座下进士及第。及第后返回洛阳、符离，白家本年应迁回符离。

贞元十八年，乐天在长安，本年冬应礼部侍郎郑珣瑜主持的书判拔萃科；贞元十九年，乐天书判拔萃登科，授秘书省校书郎；贞元二十年，将母、弟迁移至下邽渭村，至此结束在符离的生活。

以上可见，白居易自建中三年（782）至贞元二十年（804），前后有二十二年的时间是断断续续在符离度过的。其中，建中三年至贞元五年、贞元十年至十五年，共有十三年左右的时间是集中生活在符离。

（四）白居易的符离修业生活

白居易长期生活在符离，而且白氏一族有很多人在符离及其附近的徐州等地生活、出仕。长期的符离生活在白氏的思想中留下了深刻的印记，他在多年之后也时常怀念起此段生活。如白集卷二三《汴河路有感》诗云："三十年前路，孤舟重往还。绕身新眷属，举目旧乡关。事去唯留水，人非但见山。啼襟与愁鬓，此日两成斑。"① 充满乡愁般的感慨。可以说，相比荥阳、下邽，符离是白居易真正意义上的第二故乡。

白居易在符离生活的绝大部分时期，徐州在张建封治下，史称："建封触事躬亲，性宽厚，容纳人过误，而按据纲纪，不妄曲法贷人，每言事，忠义感激，人皆畏悦。……在彭城十年，军州称理。复又礼贤下士，无贤不肖，游其门者，皆礼遇之，天下名士向风延颈，其往如归。贞元时，文人如许孟容、韩愈诸公，皆为之从事。"② 可见此地一直比较稳定，符离埇桥也未

---

① ［唐］白居易撰，朱金城笺校《白居易集笺校》卷二三，上海古籍出版社1988年，第1571页。

② ［后晋］刘昫等撰《旧唐书》卷一四〇，中华书局1975年，第3830-3832页。

发生过大的战乱。① 这也为白居易的符离生活提供了一个良好的环境。如其作于元和四年的《醉后走笔酬刘五主簿长句之赠兼简张大贾二十四先辈昆季》一诗中，对符离的生活情形回忆道：

> 刘兄文高行孤立，十五年前名翕习。是时相遇在符离，我年二十君三十。得意忘年心迹亲，寓居同县日知闻。衡门寂寞朝寻我，古寺萧条暮访君。朝来暮去多携手，穷巷贫居何所有？秋灯夜写联句诗，春雪朝倾暖寒酒。隍湖绿爱白鸥飞，濉水清怜红鲤肥。偶语闲攀芳树立，相扶醉踏落花归。张贾弟兄同里巷，乘闲数数来相访。雨天连宿草堂中，月夜徐行石桥上。我年渐长忽自惊，镜中冉冉髭须生。心畏后时同励志，身牵前事各求名。问我栖栖何所适？乡人荐为鹿鸣客。二千里别谢交游，三十韵诗慰行役。出门可怜唯一身，弊裘瘦马入咸秦。鼕鼕街鼓红尘暗，晚到长安无主人。二贾二张与余弟，驱车逦迤来相继。操词握赋为干戈，锋锐森然胜气多。齐入文场同苦战，五人十载九登科。……大底浮荣何足道，几度相逢即身老。且倾斗酒慰羁愁，重话符离问旧游。北巷邻居几家去，东林旧院何人住。武里村花落复开，流沟山色应如故。感此酬君千字诗，醉中分手又何之？须知通塞寻常事，莫叹浮沉先后时。慷慨临歧重相勉，殷勤别后加餐饭。君不见，买臣衣锦还故乡，五十身荣未为晚。②

白居易诗中言"我年二十"，则诗中所记当是贞元七年前后其在符离的生活。白氏与刘五（名不详）、张彻、贾餗等在符离相识，并有一段过从甚密的交游生活。白居易虽言"穷巷贫居"，但从诗中可以看出，其符离生活并非单调乏味，而是既有隍湖、濉水的游赏活动，又有诗酒唱和的雅集之趣。然白居易在诗中用大量的笔触描写自己由符离走上仕途的经历，可见其

---

① 贞元十六年张建封卒，徐兵乱，挟建封子张愔为留后。朝廷不许，遣杜佑讨伐，曾在符离埇桥发生过一次短暂的战斗，但不久后朝廷即承认张愔为留后，局势重又稳定下来。详见〔后晋〕刘昫等撰《旧唐书》卷一四〇，中华书局1975年，第3832-3833页。

② 〔唐〕白居易撰，朱金城笺校《白居易集笺校》卷一二，上海古籍出版社1988年，第636-637页。

在符离的读书生活，无疑是其生活记忆的核心内容。上引诗中所谓"心畏后时同励志，身牵前事各求名"，也体现了白居易和诸人渴求科举及第的急切心态。这一点当与白家的寄庄户身份和现实的生活压力有关。

唐代前期，由于两京及中原地区经济文化发达，社会稳定，士人因科举、仕宦等移居这一地区，成为比较普遍的现象，形成所谓的士族"中央化、官僚化"趋势。[①] 如陈寅恪先生所论的李德裕之祖李栖筠自赵徙卫一事即具有代表性。[②] 到了中晚唐时期，随着两京等北方地区受到战乱的破坏以及江南地区经济地位的上升，加上士人游宦的流动性较之前更频繁，因此，移居相对稳定发达的江南及其附近地区，成为唐代后期新的移民趋势。与一家几口的小家庭迁移不同，因战争而移家的许多都是举族迁徙。如刘禹锡《子刘子自传》记其父刘绪"天宝末应进士，遂及大乱，举族东迁，以违患难"[③] 就是一显例。其中崔祐甫一族更具代表性。《崔祐甫墓志》称：

> 属禄山构祸，东周陷没，公提挈百口，间道南迁，讫于贼平，终能保全，置于安地，信仁智之两极也。寻江西连帅皇甫侁表为庐陵郡司马，兼倅戎幕。……转洪州司马，入拜起居舍人，历司勋、吏部二员外郎。门望素崇，独步华省，纶诰之地，次当入践。公叹曰："羁孤满室，尚寓江南，滔滔不归，富贵何有！"遂出佐江西廉使，改试著作郎兼殿中侍御史，其厚亲戚薄荣名也。[④]

崔氏一门这次因战乱而南迁可谓举族迁徙的典型，以至崔祐甫在被授予朝官之后，尚因家族中人多在南方而希求外任。崔氏一门也有多人生活在江西并卒于迁移之地。如崔祐甫从兄崔众甫，安史之乱中曾随玄宗幸蜀，因其家人随崔氏一族迁移江西，嗣后众甫亦往省家，在当地生活多年并卒于洪州

---

① 毛汉光《中国中古社会史论》，上海书店出版社 2002 年，第 333 页。

② 陈寅恪《论李栖筠自赵徙卫事》，见陈寅恪《金明馆丛稿二编》，生活·读书·新知三联书店 2001 年，第 1 页。

③ ［唐］刘禹锡撰，瞿蜕园笺证《刘禹锡集笺证》外集卷九，上海古籍出版社 1989年，第 1501 页。

④ 《有唐中书侍郎同中书门下平章事常山县开国子赠太傅博陵崔公墓志铭并序》，见周绍良、赵超主编《唐代墓志汇编》建中〇〇四，上海古籍出版社 2001 年，第 1823页。

丰城县。① 祐甫侄女崔缢，"年廿二，归扶风窦氏。……顷属时难流离，迁徙江介。……以宝应二年四月三日终于洪州妙脱寺之尼舍，春秋卅有九。……其时中原寇猃未平，权殡于丰城县"。② 祐甫姊崔严爱，"属中夏不宁，奉家避乱于江表，弟祐甫为吉州司马。以乾元二年九月七日寝疾，终于吉州官舍，春秋卅有三。……顷以时难未平，权殡于吉州庐陵县界内"。③ 综上可见，崔氏一门移居之地应该是洪州地区，从迁徙之人来看，甚至是出嫁外族的崔氏女子也一同迁徙，可见这种迁徙规模非常大。《崔祐甫墓志》称其"提挈百口，间道南迁"，当不是夸大其词。

唐代这种因仕宦或战乱等形成的人口迁移，也改变了人们的生活方式，由原本的乡居地著，转而在本籍之外的地方定居生活并购置田产，形成所谓的"寄庄户""客户"。在唐代中后期，寄庄户的数量巨大，据杜佑《通典》所记，至德宗建中初，客户人口数已经达到一百三十余万。④ 动乱导致的迁移应该是寄庄户增多的重要原因之一。就白居易一族来看，其郡望太原，占籍同州韩城，后又移家华州下邽，而白居易又生于郑州，长期以来就为寄庄户，其在符离的生活也同样是寄庄户身份。据张泽咸先生研究，唐代寄庄户的主要目的是逃避赋税。⑤ 就富户而言，这种判断应该符合实际。如杨炎两税法提出"户无主客，以见居为簿；人无丁中，以贫富为差"⑥ 的征税原则，在一定程度上可能就是针对客户逃避赋税设置的。但是就中晚唐时期如白家移居符离一类的寄庄户来说，因为动乱移居他乡，却是不得已而为之。有的寄庄户在所居之地可以购买大量的田产建设庄园，而更多的寄庄户生活情况似乎并不好。虽然乐天之父白季庚在符离有田产和别业，但在其贞元十年离世之后，白家在符离的生活实际上十分困窘。这一点，白居易在早期的诗中屡屡言及。如其《自江陵之徐州路上寄兄弟》诗云："家贫忧后事，日

① 《有唐朝散大夫行秘书省著作佐郎嗣安平县开国男崔公墓志铭并序》，见周绍良、赵超主编《唐代墓志汇编》大历〇五九，上海古籍出版社 1992 年，第 1798 页。

② 《唐濮州临濮县尉窦公故夫人崔氏墓志铭并序》，见周绍良、赵超主编《唐代墓志汇编》大历〇一四，上海古籍出版社 1992 年，第 1769 页。

③ 《唐魏州冠氏县尉卢公夫人崔氏墓记》，见周绍良、赵超主编《唐代墓志汇编》大历〇一五，上海古籍出版社 1992 年，第 1769-1770 页。

④ [唐] 杜佑撰，王文锦等点校《通典》卷七，中华书局 1988 年，第 157 页。

⑤ 张泽咸《唐代寄庄户》，见《文史》第五辑，中华书局 1978 年，第 53-61 页。

⑥ [后晋] 刘昫等撰《旧唐书》卷一一八，中华书局 1975 年，第 3421 页。

短念前程。"①《自河南经乱关内阻饥兄弟离散各在一处因望月有感聊书所怀寄上浮梁大兄于潜七兄乌江十五兄兼示符离及下邽弟妹》云："时难年荒世业空，弟兄羁旅各西东。田园寥落干戈后，骨肉流离道路中。"②《将之饶州江浦夜泊》诗云："苦乏衣食资，远为江海游。……身病向鄱阳，家贫寄徐州。前事与后事，岂堪心并忧？"③ 又其《伤远行赋》中记其长兄白幼文在贞元十五年浮梁任上曾"分微禄以归养，命予负米而还乡"。可见，白家在白季庚去世后，生活的确变得更艰难。

更有甚者，白家为寄庄户而非衣冠户，不但无法逃避赋税，反而因一系列的赋税造成困扰。其《埇桥旧业》诗云："别业埇城北，抛来二十春。改移新径路，变换旧村邻。有税田畴薄，无官弟侄贫。田园何用问，强半属他人。"④ 这里虽然是白氏在长庆年间所看到的现实，但当年白家作为寄庄户，按例也应当缴纳赋税。关于这一点，还可从以下材料中看出。白集卷五八《论和籴状》云：

　　臣久处村间，曾为和籴之户，亲被迫蹙，实不堪命。臣近为畿尉，曾领和籴之司，亲自鞭挞，所不忍睹。臣顷者常欲疏此人病，闻于天聪，疏远贱微，无由上达。今幸擢居禁职，列在谏官，苟有他闻，犹合陈献。况备谙此事，深知此弊。臣若缄默，隐而不言，不唯上辜圣恩，实亦内负夙愿。⑤

乐天此文作于元和三年为左拾遗、翰林学士时，此前所谓的"久处村间"经历，当是指符离生活时期。按《新唐书·食货三》记："宪宗即位之

① ［唐］白居易撰，朱金城笺校《白居易集笺校》卷一三，上海古籍出版社1988年，第723页。

② ［唐］白居易撰，朱金城笺校《白居易集笺校》卷一三，上海古籍出版社1988年，第781页。

③ ［唐］白居易撰，朱金城笺校《白居易集笺校》卷九，上海古籍出版社1988年，第495页。

④ ［唐］白居易撰，朱金城笺校《白居易集笺校》卷二三，上海古籍出版社1988年，第1571-1572页。

⑤ ［唐］白居易撰，朱金城笺校《白居易集笺校》卷五八，上海古籍出版社1988年，第3335页。

初，有司以岁丰熟，请畿内和籴。当时府、县配户督限，有稽违则迫蹙鞭挞，甚于赋税，号为和籴，其实害民。"① 和籴原指官府出资向百姓公平购买粮食，中唐时期以后则往往通过各府县按散户配人的方法强制进行，不仅没有公正的价格，而且在付值时多以杂色匹缎充数，使民户受到进一步的盘剥。② 由白居易所言来看，其家被编为和籴之户，可见与普通庶民并无不同，按照规定缴纳赋税是可以想见的事情。而这也给白家带来了"亲被迫蹙，实不堪命"的巨大压力。白季庚逝后，白家生活陷入困顿，也当与此有关。

以上可见，白家在符离除了白季庚置下的一份微薄的产业和嗣后白幼文吏于浮梁的微薄俸禄，并无多少经济来源，而且要缴纳赋税，其经济状况困窘是必然的。生存之压力，乐天早年即有切身感受。其早年的苦读求仕，当与这种特殊的家庭环境有关。唐人参加科举固然有借此晋身的考虑，尤其是进士登科后，数年之间即可迹升清贵，这对于士人来说有很大诱惑力。但就更直接的好处来看，登科之后可以享受一系列的特权，可能是他们特别在意的。穆宗长庆元年《南郊改元赦文》有云：

　　将欲化人，必先兴学。苟升名于俊造，宜甄异于乡闾。各委刺史、县令招延儒学，明加训诱。名登科第，即免征徭。③

《文苑英华》卷四二九载会昌五年南郊赦文云：

　　从今已后，江淮百姓，非前进士及登科有名闻者，纵因官罢职，居别州寄住，亦不称为衣冠户。其差科色役，并同当处百姓流例处分。④

正因为"名登科第，即免征徭"等一系列待遇，姚合《送喻凫校书归毗

----

① ［宋］欧阳修、宋祁等撰《新唐书》卷五三，中华书局1975年，第1374页。
② 关于唐代和籴政策，可参看陈寅恪《隋唐制度渊源略论稿·财政》，生活·读书·新知三联书店2001年，第156页；李雪华《唐代和籴制度述论》，载《贵州大学学报》（社会科学版）1985年第2期。
③ ［宋］李昉等编《文苑英华》卷四二六，中华书局1966年，第2159页。
④ ［宋］李昉等编《文苑英华》卷四二九，中华书局1966年，第2172页。

陵》中才有"阙下科名出,乡中赋籍除"① 的钦羡和感叹。实际上,进士及第后的待遇要更好。如《唐大诏令集》卷七二载乾符二年《南郊敕文》云:"家有进士及第方免差役,其余只庇一身。"② 进士及第后,不仅自己可以除去赋籍,全家也可以免除差役。中晚唐时期的科举,尤其是进士科竞争尤为激烈,其原因固然是多方面的,但"阙下科名出,乡中赋籍除"的现实利益和荣耀,恐怕是出身普通的士人趋之若鹜的重要动力之一。

白居易在《与元九书》中自言:"十五六始知有进士,苦节读书。二十已来,昼课赋,夜课书,间又课诗,不遑寝息矣。以至于口舌成疮,手肘成胝。"③ 这段主要是白氏在符离苦学力文的经历,当与其早期符离生活中所感到的生活压力有很大关系。苦节读书,通过科举走上仕途并改变自身和家庭的命运,是像他这样的贫困学子几乎唯一的出路。白家世敦儒业,乐天祖父、外祖父及父亲皆为明经及第,但他并未像祖父、父亲一样走明经及第的老路,而是决意参加难度更大的进士科考试,这固然与其时社会上对进士科的推崇有关,然而白家在符离时期特殊的寄庄户身份也当对其选择产生影响。进士及第后可免一家之赋税与徭役,应是其看重的一点。其在符离时期异于常人的苦读生活只为求取进士,与其感到的生活压力无疑有很大关系。白居易一生沾沾于官职、禄位,每每被人批为庸俗,若考虑到符离时期的生活所留给他的苦涩记忆,我们对其或可多一分理解和同情。

三、符离生活对白居易思想和创作的影响

青少年求学阶段是人生价值观的初始化时期,其所见所闻所学构成了一个人的知识起点。从上文的分析来看,白居易不仅长期生活在符离,而且生活的中心即在运河边的埇桥附近,自小受运河商业世俗文化的熏陶,这一生活环境及以读书求仕为主的生活内容,既为其走上仕途奠定了基础,也对其思想和创作产生了相当大的影响。对此,我们可以从以下几个方面加以说明。

---

① [清]彭定求等编,陈尚君增订《全唐诗》(增订本)卷四九六,中华书局1999年,第5669页。

② [宋]宋敏求编《唐大诏令集》卷七二,中华书局2008年,第402页。

③ [唐]白居易撰,朱金城笺校《白居易集笺校》卷四五,上海古籍出版社1988年,第2792页。

（一）符离生活见闻与白居易对现实政治及民生的关注

符离是江淮要津，漕运关隘，来往商旅频繁，朝廷又在此设有盐铁巡院。白氏长期生活于此，当对运河的意义及运河文化有深入了解。这一点也影响其早期的思想乃至文学观念的形成。在其早年为应制举所拟构的《策林》中即有《议罢漕运可否》一文涉及相关话题：

> 问：秦居上腴，利号近蜀，然都畿所理，征赋不充，故岁漕山东谷四百万斛用给京师。其间水旱不时，赈贷贫乏。今议者罢运谷而收脚价，籴户粟而折税钱。但未知利于彼乎？而害于此乎？
>
> 臣闻：议者将欲罢漕运于江淮，请和籴于关辅，以省其费，以便于人。臣愚以为救一时之弊则可也，若以为长久之法则不知其可也。何者？方今自淮以南，逾年旱歉；自洛而西，仍岁丰稔。彼人困于艰食，此谷贱于伤农。困则难于发租，贱则易于乞籴。斯则不便于彼而无害于此矣。此臣所谓救一时之弊则可也。若举而为法，循以为常，臣虽至愚，知其不可。何者？夫都畿者，四方所凑也，万人所会也，六军所聚也。虽利称近蜀之饶，犹未能足其用；虽田有上腴之利，犹不得充其费。况可日削其谷，月朘其食乎？故国家岁漕东南之粟以给焉，时发中都之廪以赈焉，所以赡关中之人，均天下之食，而古今不易之制也。然则用舍利害，可明征矣。夫贵敛籴之资，省漕运之费，非无利也，盖利小而害大矣，故久而不胜其害；挽江、淮之租，赡关辅之食，非无害也，盖害小而利大矣，故久而不胜其利。大凡事之大害者，不能无小利也；事之大利者，不能无小害也。盖恤小害则大害不去，爱小利则大利不成也。古之明王所以能兴利除害者非他，盖弃小而取大耳。今若恤泛舟之役，忘移谷之用，是知小计而不知大会矣。此臣所谓若以为长久之法则不知其可也。①

乐天此文就漕运对维护朝廷正常运转和京师稳定的重要性进行了论述，认为不能"恤泛舟之役，忘移谷之用"，罢漕运是"知小计而不知大会"的

---

① ［唐］白居易撰，朱金城笺校《白居易集笺校》卷六三，上海古籍出版社 1988 年，第 3479—3480 页。

短视行为。应该说，这种认识符合安史之乱后漕运日益关乎朝廷存亡的实际。就白居易本人来说，这一认识虽然可能吸取了当时一般舆论的意见，但应当包含了白氏长期在符离生活的真实体验。如其中论及和籴的利弊，前引《论和籴状》时已经指出，白家早年在符离时曾被编为和籴之户，于是对此有切身体会。又乐天之父白季庚，建中初因李纳发动叛乱，其与徐州刺史李洧以徐州及埇桥归国，使朝廷得保江淮，致运路畅通，对抵御叛乱起到了重要作用。这一点在白居易幼年的思想中留下了深刻印象。乐天在其父事状及推荐李洧之子的《荐李晏状》中对这一行为高度赞颂，说明在其早期的符离生活中，漕运的重要意义已深入其心。

符离设有盐铁巡院，主要职责是"捕私盐者"，但朝廷实行盐铁管制，也产生了颇多问题。对此，白居易在《策林·议盐法之弊》中曾有过分析，其文曰：

> 臣伏以国家盐之法久矣，盐之利厚矣。盖法久则弊起，弊起则法隳；利厚则奸生，奸生则利薄。臣以为隳薄之由，由乎院场太多，吏职太众故也。何者？今之主者，岁考其课利之多少而殿最焉，赏罚焉。院场既多，则各虑其商旅之不来也，故美其盐而多与焉；吏职既众，则各惧其课利之不优也，故慢其货而苟得焉。盐美则幸生，而无厌之商趋矣；货慢则滥作，而无用之物入矣。所以盐愈费而官愈耗，货愈虚而商愈饶。法虽行而奸缘，课虽存而利失。今若减其吏职，省其院场，审货帛之精麤，谨盐量之出入。使月有常利，岁有常程。自然盐不诱商，则出无美盐矣；吏不争课，则入无滥货矣。盐不滥出，货不滥入，则法自张而利复兴矣。利害之效，岂不然乎？臣又见：自关以东，上农大贾，易其资产，入为盐商。率皆多藏私财，别营稗贩，少出官利，唯求隶名。居无征徭，行无榷税。身则庇于盐籍，利尽入于私室。此乃下有耗于农商，上无益于筦榷，明矣。盖山海之饶，盐铁之利，利归于人，政之上也；利归于国，政之次也。若上既不归于人，次又不归于国，使幸人奸党得以自资，此乃政之疵，国之蠹也。今若划革弊法，沙汰奸商，

使下无侥幸之人，上得析毫之计，斯又去弊兴利之一端也。①

白居易认为，盐政混乱主要是由于"院场太多，吏职太众"，所言是符合唐中后期尤其是德宗朝盐政混乱的实际的。《旧唐书·刘晏传》记："至德初，为国用不足，令第五琦于诸道榷盐以助军用，及晏代其任，法益精密，官无遗利。初，岁入钱六十万贯，季年所入逾十倍，而人无厌苦。大历末，通计一岁征赋所入总一千二百万贯，而盐利且过半。"② 经过刘晏的改革，已经基本改变了之前"盐吏多则州县扰"③ 的混乱局面，但在建中元年，刘晏被贬死，加上德宗聚敛成性，盐政复乱，成为扰民最甚的弊政之一。建中三年，出于平叛的需要，"淮南节度使陈少游奏，本道税钱每千请增二百。五月，丙戌，诏增他道税钱皆如淮南；又盐每斗价皆增百钱"。④ 又"贞元四年，淮南节度使陈少游奏加民赋，自此江淮盐每斗亦增二百，为钱三百一十，其后复增六十，河中两池盐每斗为钱三百七十。江淮豪贾射利，或时倍之，官收不能过半，民始怨矣"。⑤ 这种情况造成的直接弊政就是盐吏扰民越来越甚。如《新唐书》卷六〇《食货四》论曰：

> 刘晏盐法既成，商人纳绢以代盐利者，每缗加钱二百，以备将士春服。包佶为汴东水陆转运、两税、盐铁使，许以漆器、瑇瑁、绫绮代盐价，虽不可用者亦高估而售之，广虚数以罔上。亭户冒法，私鬻不绝，巡捕之卒，遍于州县。盐估益贵，商人乘时射利，远乡贫民困高估，至有淡食者。巡吏既多，官冗伤财，当时病之。其后军费日增，盐价寖贵，有以谷数斗易盐一升。私籴犯法，未尝少息。⑥

又《旧唐书·班宏传》记：

---

① ［唐］白居易撰，朱金城笺校《白居易集笺校》卷六三，上海古籍出版社 1988 年，第 3477-3478 页。
② ［后晋］刘昫等撰《旧唐书》卷一二三，中华书局 1975 年，第 3514 页。
③ ［宋］欧阳修、宋祁等撰《新唐书》卷五四，中华书局 1975 年，第 1378 页。
④ ［宋］司马光编撰，［元］胡三省音注《资治通鉴》卷二二七，中华书局 1956 年，第 7329 页。
⑤ ［宋］欧阳修、宋祁等撰《新唐书》卷五四，中华书局 1975 年，第 1378-1379 页。
⑥ ［宋］欧阳修、宋祁等撰《新唐书》卷五四，中华书局 1975 年，第 1379 页。

江淮两税，悉宏主之，置巡院，然令宏、滂（按，指张滂）共择其官。滂请盐铁旧簿书于宏，宏不与之。每署院官，宏、滂更相是非，莫有用者。滂乃奏曰："班宏与臣相戾，巡院多阙官。臣掌财赋，国家大计，职不修，无所逃罪。今宏若此，何以辑事？"遂令分掌之。无几，宏言于宰相赵憬、陆贽曰："宏职转运，年运江淮米五十万斛，前年增七十万斛，以实太仓，幸无过。今职移于人，不知何谓？"滂时在侧，忿然曰："尚书失言甚矣！若运务毕举，朝廷固不夺之，盖由丧公钱、纵奸吏故也。且凡为度支胥吏，不一岁，资累钜万，僮马第宅，僭于王公，非盗官财，何以致是？道路喧喧，无不知之，圣上故令滂分掌。公向所言，无乃归怨于上乎？"宏默然不对。①

如张滂所言，"度支胥吏，不一岁，资累钜万，僮马第宅，僭于王公"，这一因盗官财而致富的行为，究其实，还是对人民的搜刮所得。因此，白居易认为"院场太多，吏职太众"是盐政之弊的关键问题，乃是切中肯綮之论。白氏在《策林》中的这些认识来源于何处？虽然一般认为是参考了前人的论述，以模仿和照搬成说为主，但盐商射利、盐政扰民的情况，白居易早年在符离埇桥时应是习见为常的。因此，白居易的这种认识在一定程度上当与其早期在盐铁巡院所在地符离的生活见闻有关。

长期生活在运河边上，使白氏对运河沿岸的情形和人民生活有了更多了解。其早年为应科举而拟构的《百道判》中就有一些相关的内容，如：

得江南诸州送庸调，四月至上都，户部科其违限。诉云："冬月运路永浅，故不及春至。"

赋纳过时，必先问罪；淹恤有故，亦可征辞。月既及于正阳，事宜归于宰旅。展如泽国，盖纳地征。岁有入贡之程，敢忘慎守？川无负舟之力，宁免稽迟？苟利涉之惟艰，虽愆期而必宥。地官致诘，虚月其忧；江郡执言，后时可愍。然恐事非靡盐，辞或凭虚。请验所届公文，

---

① ［后晋］刘昫等撰《旧唐书》卷一二三，中华书局 1975 年，第 3519-3520 页。

而后可遵令典。①

得转运使以汴河水浅，运船不通，请筑塞两岸斗门。节度使以当军营田，悉在河次。若斗门筑塞，无以供军。

川以利涉，竭则壅税；水能润下，塞亦伤农。将舍短以从长，宜去彼而取此。汴河决能降雨，流可通财。引漕运之千艘，实资积水；生稻粱于一溉，亦籍余波。利既相妨，用难兼济。节度使以军储足，思开窦而有年；转运司以邦赋贵通，恐负舟而无力。辞虽执竞，理可明征。壅四国之征，其伤多矣；专一方之利，所获几何？赡军虽望于秋成，济国难亏于日用。利害斯见，与夺可知。②

得景进柑子，过期坏损。所由科之，称于浙江阳子江口，各阻风五日。

进献失期，罪难逃责；稽留有说，理可原情。景乃行人，奉兹锡贡。荐及时之果，诚宜无失其程；阻连日之风，安得不愆于素？览所由之诘，听使者之辞。既异逗宁，难科淹恤。限沧波于于役，匪我愆期；败朱实于厥苞，非予有咎。舍之可也，谁曰不然？③

上引第一、第三例中涉及的两个诉讼案件，一是冬日运河水浅而导致江南诸州庸调迟于户部规定的期限，二是运河上遇风而使南方进贡柑橘的船只延期到达。白居易对这两起案件的处理都体现了其对负责转运之人的理解与同情，因此，在判决时并未仅仅依从官方的规定予以处理。上引第二例案件则是由转运使与运河沿岸节度使对运河岸边用以灌溉田地的斗门筑塞与否的不同意见引发的。白居易在处理这一案件之时则站到了转运使的一边，他认为转运使主一邦之赋的运输，其重要性远远大于"专一方之利"

① ［唐］白居易撰，朱金城笺校《白居易集笺校》卷六六，上海古籍出版社1988年，第3571-3572页。
② ［唐］白居易撰，朱金城笺校《白居易集笺校》卷六六，上海古籍出版社1988年，第3576页。
③ ［唐］白居易撰，朱金城笺校《白居易集笺校》卷六六，上海古籍出版社1988年，第3592页。

的当道屯田活动。因此，在汴河水浅导致转运船只无法通行之时，用于分流河水的灌溉通道必须堵塞，保证运路的畅通，地方利益必须服从国家利益。白居易长期生活在运河边上，对运河上过往人员的生活必定有所了解。以上三道判词都和运河有关，从现存的唐代判词来看，白居易之外，鲜有人涉及此类问题。我们有理由相信，这些判词是白居易结合自己在运河边的生活经验拟构的。从其对这些诉讼案件的处理结果来看，则又体现了白居易对运河沿岸生活的熟悉。宋人洪迈称白居易的许多判词"不背人情，合于法意"。① 早期的符离生活对于白氏拟定这些判词并做出合情合理的判断无疑起到了重要作用。

（二）符离生活的见闻与白居易《新乐府》的写实倾向

前文言及，符离生活的见闻对于白氏早期的思想塑造产生了重要影响。这一点在其后来的讽谕诗中也有体现。其讽谕诗的代表《新乐府》五十首中，就有与此相关的内容。比如，其中的《盐商妇》一诗云：

> 盐商妇，多金帛，不事田农与蚕绩。南北东西不失家，风水为乡船作宅。本是扬州小家女，嫁得西江大商客。绿鬟富去金钗多，皓腕肥来银钏窄。前呼苍头后叱婢，问尔因何得如此？婿作盐商十五年，不属州县属天子。每年盐利入官时，少入官家多入私。官家利薄私家厚，盐铁尚书远不知。何况江头鱼米贱，红鲙黄橙香稻饭。饱食浓妆倚柁楼，两朵红颜花欲绽。盐商妇，有幸嫁盐商。终朝美饭食，终岁好衣裳。好衣美食来何处，亦须惭愧桑弘羊。桑弘羊，死已久，不独汉时今亦有。②

又如，其中的《隋堤柳》云：

> 隋堤柳，岁久年深尽衰朽。风飘飘兮雨萧萧，三株两株汴河口。老

---

① ［宋］洪迈撰，孔凡礼点校《容斋随笔·续笔》卷一二，中华书局 2005 年，第 365 页。
② ［唐］白居易撰，朱金城笺校《白居易集笺校》卷四，上海古籍出版社 1988 年，第 241-242 页。

枝病叶愁杀人，曾经大业年中春。大业年中炀天子，种柳成行夹流水。
西自黄河东至淮，绿影一千三百里。大业末年春暮月，柳色如烟絮如
雪。南幸江都恣佚游，应将此柳系龙舟。紫髯郎将护锦缆，青城御史直
迷楼。海内财力此时竭，舟中歌笑何日休？上荒下困势不久，宗社之危
如缀旒。炀天子，自言福祚长无穷，岂知皇子封酅公？龙舟未过彭城
阁，义旗已入长安宫。萧墙祸生人事变，晏驾不得归秦中。土坟数尺何
处葬？吴公台下多悲风。二百年来汴河路，沙草和烟朝复暮。后王何以
鉴前王？请看隋堤亡国树。①

运河水路是重要的商旅通道，白居易长期生活在运河边，当对过往符离
的商人生活有相当程度的了解。《盐商妇》描写盐商之妻"南北东西不失家，
风水为乡船作宅"的水上生活及其骄奢情状，当得自其早年的运河见闻。而
其中包含的对盐商射利的批判，与前述《策林·议盐法之弊》可谓同一机
杼。至于《隋堤柳》以吟咏隋堤柳树抒发对隋炀帝的批判，这在唐诗中并不
少见。表面上看，白氏所作乃传统题材，但就其诗中"西自黄河东至淮，绿
影一千三百里""龙舟未过彭城阁"等具体描写而言，《隋堤柳》也当融入
了符离时期运河边的生活记忆。对此，陈寅恪先生论曰："此篇殆乐天追赋
汴河之旧游，以足五十首之数者，故诗句既为通常警诫之语，而感慨亦非特
别深挚。惟乐天本有旧业在埇桥，少时又尝旅居吴越，……可知其与汴河关
系之密切也。然则乐天是篇之作，较之诗人之浮泛咏古者，固亦有差别
矣。"② 陈先生结合乐天早年的符离生活，指出《隋堤柳》一诗与唐人同题
材作品浮泛咏古的差别，所言甚确。明嘉靖《宿州志》卷七《古迹》"符离
城"附"隋堤"云："即汴堤也，在州城南。隋炀帝慕扬州琼花之美，欲往
观之，自汴开河，经宿与灵璧至泗，长一千三百里，以便舟楫。两旁筑堤种
柳，工未竟而祚革。今其堤尚名隋。"③ 其后即引白氏《隋堤柳》一诗，也
可见乐天《隋堤柳》一诗与其早年符离生活的关系。

要而言之，《新乐府》作为乐天早期讽谕诗的代表作，与其《策林》

---

① [唐] 白居易撰，朱金城笺校《白居易集笺校》卷四，上海古籍出版社 1988 年，第
251-252 页。
② 陈寅恪《元白诗笺证稿》，生活·读书·新知三联书店 2001 年，第 292 页。
③ 《嘉靖宿州志》卷七，上海古籍出版社 1963 年影天一阁藏本。

《百道判》等早期与科举相关的作品一样，体现了对政治民生的关注，具有强烈的现实主义色彩。其中的部分作品，留有早年符离生活的思想印记。可以说，符离生活丰富了乐天的见闻，塑造了乐天的价值观，其前期在朝为官时的积极用事，终其一生对物质生活的重视，皆可在其符离时期找到思想的渊源。

第三章　华阳观备考生活与《策林》的拟构

　　作为白居易早期最重要的作品之一，学界对《策林》七十五门的价值和意义的认识似乎处于一个比较矛盾的状态。一方面，元和元年四月，白居易参加本年的制举考试，登才识兼茂明于体用科，以第四等及第，算是为其校书郎生活画上了一个圆满的句号，同时开启了他嗣后在长安"五年为侍臣"的左拾遗、翰林学士生活。关于制举前的刻苦学习与精心拟构应试习作《策林》的情况，白居易在自己的《代书诗一百韵寄微之》《策林序》等诗文中有生动描述。因此，一般认为白氏在《策林》中所表达的政治理念乃至文学理念，与其嗣后的用事思想以及讽谕诗的创作有重要关联。另一方面，有学者认为《策林》"毕竟是一年轻士子揣摩时事、模仿他人思想之作，并非真正总结政治（或行政）经验、深思熟虑的作品"，因而具有"唱高调不切实际""唯从舆论时议，知其不可行而强言""立论圆滑，多所折中"等一些洗刷不掉的科场习气。[1] 实际上，这种矛盾的认识主要在于我们未能将《策林》放到具体的政治情境中加以考察。若从具体的写作时间及写作背景来看，《策林》中涉及的一些问题当与永贞革新有直接联系。作为中唐一次重要的政治改革运动，永贞革新虽然历时甚短，但影响非常大。从政治方面来看，其对嗣后的元和中兴有先导意义；而从文学方面来看，又被学界认为是中唐前后期文学的分界线。[2] 因此，考察白居易这一时期的活动，对于认识其早期的政治理想乃至文学观念具有重要意义。本章即以白居易拟构《策林》时的华阳观应考生活为切入点，对相关问题予以讨论。

---

[1]　谢思炜《白居易集综论》，中国社会科学出版社1997年，第227页。

[2]　详参胡可先《中唐政治与文学——以永贞革新为研究中心》第二章第二节的论述，安徽大学出版社2000年版。

一、元和元年制举与顺宗选人之关系

表面上看，白居易于元和元年制举登科，《策林》也当是针对宪宗登基之初的制举拟构的，其与元和初期的政治氛围当有很大关联。但若追本溯源，《策林》最早当是应顺宗永贞年间的制举而拟构的，其写作也当是在永贞革新的政治背景下完成的。为了说明相关问题，我们先对永贞年间的制举与元和元年制举的关系做一考察。

从目前留存的史料来看，顺宗是否举行过制举，并无明确记载。但《唐大诏令集》卷二载《顺宗即位赦》云：

> 诸色人中，有才识兼茂明于体用者，经术精深可为师法者，达于吏理可使从政者，宜委常恭官各举所知。其在外者，长吏精加访择，具以名闻，仍优礼发遣。朕当询事考言，审其才实。①

清人徐松《登科记考》卷一五于是年的五道册进士问和七道策明经问之后，引录了此段赦文。② 由赦文可见，顺宗在即位之初就有求贤之意，又其中所列的"才识兼茂明于体用者，经术精深可为师法者，达于吏理可使从政者"等科目，也都是唐代制举的典型科目。③ 因此，顺宗登基之初发布的《即位赦》，实际上可以看作其拟定举行制举的诏书。

又《册府元龟》卷六四四"贡举部·考试第二"记元和元年制举情况云：

> 宪宗元和元年四月丙午，命宰臣已下监试应制举人于尚书省，以制举人皆先朝所征，故不亲试。制曰："……言观国光，宜有廷试。本将询事，岂忘临轩。园邑有期，营奉是切。求言诚感，未暇躬亲。爰命公相洎于卿士，亲谕朕意，延访嘉谋。至于兴化之源，才识攸重、练达吏理、详明儒术，当是三道。④

---

① ［宋］宋敏求编《唐大诏令集》卷二，中华书局 2008 年，第 10 页。
② ［清］徐松撰《登科记考》卷一五，中华书局 1984 年，第 576–577 页。
③ 傅璇琮《唐代科举与文学》，陕西人民出版社 2003 年，第 138 页。
④ ［宋］王钦若等编《册府元龟》卷六四四，中华书局 1989 年影宋本，第 2126 页。

《登科记考》卷一六引录了此段文字，又于"丙午"下加按语云：

> 按白居易《策林序》云："与微之俱应制举，闭户累月，揣摩当代之事。"又《代书百韵诗》注云："自冬至夏，频改试期。"盖以顺宗崩，故迟至四月也。①

徐松在这里仍将这一制举看作宪宗举行的制举，这当然没错。但他没有注意到"以制举人皆先朝所征，故不亲试"一句。所谓"先朝"，显然是指顺宗朝。也就是说，参加元和元年制举的人在顺宗尚未禅位时就已经选拔完毕。顺宗于永贞元年八月自称太上皇，禅位于宪宗，则参加元和元年制举的士人，应该在永贞元年八月之前就已经选拔完毕。结合前文所引的《顺宗即位赦》来看，我们可以基本确定，顺宗朝确有制举选人一事，并且在顺宗禅位之前就已经完成了对参加制举之人的初选工作，元和元年的制举实际上是顺宗拟定而未及施行的制举的延续。关于这一点，我们还可以从制举科目上进一步加以说明。《顺宗即位赦》中所列制举科目共有三科，分别是才识兼茂明于体用科、经术精深可为师法科、达于吏理可使从政科。《册府元龟》所引宪宗的制文中所列也是三科，分别是才识攸重科、练达吏理科、详明儒术科。科名虽然不同，但实际意义并无多少差异，才识兼茂明于体用科实际上就是才识攸重科，经术精深可为师法科实际上就是详明儒术科，达于吏理可使从政科实际上就是练达吏理科，只不过《顺宗即位赦》中使用了全称，而宪宗制文中使用了简称而已。由此可见，宪宗不但举行了顺宗未及举行的制举，而且连选人的科目也一并延续不变。②

① ［清］徐松撰《登科记考》卷一六，中华书局1984年，第582页。
② 还需说明的一点是，就徐松《登科记考》所记载元和元年的登科情况来看，元稹、白居易等人以才识兼茂明于体用登科，陈岵、萧睦等以达于吏理可使从政登科（［清］徐松撰《登科记考》卷一六，中华书局1984年，第584页），及第者仅有两科。白居易为元稹之母所撰的墓志中言："属今天子始践祚，策第三科以拔天下贤俊，中第者凡十八人，稹冠其首焉。"（《唐河南元府君夫人荥阳郑氏墓志铭》，见［唐］白居易撰，朱金城笺校《白居易集笺校》卷四二，上海古籍出版社1988年，第2716页）可知元和元年的制举以三科选人是没有疑问的。至于徐松仅考得两科，其一可能是本年"经术精深可为师法"无人及第，其二则可能是本年经术精深可为师法科及第者的相关材料散佚不存。

虽然顺宗即位之初即打算举行制举，而且也确实开展了试前的选拔工作，但是这一早已敲定的制举一直拖到元和元年的四月才举行。又白居易《代书诗一百韵寄微之》"繁张获鸟网，坚守钓鱼坻"句自注："自冬至夏，频改试期，竟与微之坚待制试也。"由白居易所言的情况来看，制举时间的改动实不止一次，这又是什么原因呢？徐松对此的解释是："盖以顺宗崩，故迟至四月也。"顺宗驾崩，是在元和元年正月，料理国丧成为宪宗此时的重要任务，推迟制举可想而知。从宪宗对制举人发布的诏书中"园邑有期，营奉是切。求言诚感，未暇躬亲"云云，亦可见出。但顺宗之丧的影响只在元和元年初，尚不是制举时间屡变的全部原因。永贞革新前后的政治局势，当是顺宗未及举行制举及宪宗推迟制举的重要原因之一。

唐代制举一般乃皇帝亲试。如《新唐书·选举志》所云："其天子自诏者曰制举，所以待非常之才焉。"① 制举即天子自诏以待非常之才，则皇帝亲试制举人乃是惯例，所以杜佑《通典》卷一五《选举三》云："试之日，或在殿廷，天子亲临观之。"② 如玄宗朝的历次制举，玄宗皆亲自临试；代宗也曾于夏日终日危坐亲试制举人，至汗流浃背。可以说，由皇帝全程主持乃是制举的重要特点。但是顺宗身体一直多恙。贞元二十一年正月的含元殿朝贺，诸王及亲戚等入贺德宗，"独皇太子疾不能朝，德宗为之涕泣"③，其为太子时已有重病。顺宗登基后，又以失声不能决事，至本年三月尚未痊愈，以至于"时扶御殿，群臣瞻望而已，莫有亲奏对者，中外危惧"④。顺宗于贞元二十一年正月即位，八月禅位，在八个月左右的时间内，任用韦执谊、王叔文等人推行了一系列大刀阔斧的改革措施。但这一改革的阻力很大，在顺宗病中，宦官俱文珍等就连同翰林学士卫次公、郑絪等谋立太子，本年七月以太子监国，顺宗的权力实际上已经被逐渐架空。在这种情况下，顺宗显然无法顾及可有可无的制举。宪宗在永贞元年八月登基，首先面临的就是如何处理永贞党人的问题，政治斗争仍处于首位，加上西川节度使韦皋卒，留

---

① ［宋］欧阳修、宋祁等撰《新唐书》卷四四，中华书局1975年，第1159页。
② ［唐］杜佑撰，王文锦等点校《通典》卷一五，中华书局1988年，第357页。
③ 《顺宗实录》卷一，见［唐］韩愈撰，马其昶校注《韩昌黎文集校注》，上海古籍出版社1986年，第695页。
④ ［宋］司马光编撰，［元］胡三省音注《资治通鉴》卷二三六，中华书局1956年，第7613页。

后刘辟反叛，宪宗忙于处理这些棘手的问题，制举选人的事情显然不是其关注的重点。元和元年正月顺宗驾崩，更使制举之事一拖再拖，迁延至本年四月才得以举行。

由上可见，白居易参加的元和元年制举，实际上并不能简单地将其看作宪宗的选人举措。从顺宗拟定举行制举，到元和元年四月考试正式举行，如元稹《永贞历》所言："半岁光阴在，三朝礼数迁。"① 半年中，德宗、顺宗、宪宗三个帝王的更迭，其间政治变动极其频繁激烈，这也使白居易的迎考生活比想象的要复杂许多。

二、移居华阳观与《策林》的拟构

由上文可见，顺宗即位之初即拟定举行制举，而且元和元年参加制举之人于顺宗在位时就已经基本选拔完毕，白居易当在其中，其准备制举也当从顺宗发布即位诏书求贤始。如白集卷一三《送张南简入蜀》诗云：

> 昨日诏书下，求贤访陆沉。无论能与否，皆起徇名心。君独南游去，云山蜀路深。②

朱金城先生系此诗于永贞元年，则其中所谓的"昨日诏书下"当是指宪宗发布《即位赦》。由白诗可知，顺宗的求贤诏书影响很大，当时士人皆蠢蠢欲动，所谓"无论能与否，皆起徇名心"，白居易也未能免俗。对于张南简于此时归蜀，白居易既慨叹其清高脱俗，又觉得不甚理解。其时的白居易正如自己所说，"厌从薄宦校青简"③，并不满足于在校书郎的职位上闲散度日。对顺宗诏书的关注，说明白居易一开始就关注制举选人一事。而由前文所考来看，白居易对于制举考试的准备工作实可上推至顺宗朝。

永贞元年春天，白居易移居华阳观。白氏此前的居住地，据其《养竹

---

① ［唐］元稹撰，周相录校注《元稹集校注》卷四，上海古籍出版社 2011 年，第 116 页。

② ［唐］白居易撰，朱金城笺校《白居易集笺校》卷一三，上海古籍出版社 1988 年，第 732 页。

③ 《秘书省中忆旧山》，见［唐］白居易撰，朱金城笺校《白居易集笺校》卷一三，上海古籍出版社 1988，第 765 页。

记》所言，乃是在"常乐里故关相国私第之东亭"①。至于他何以在永贞元年春天即由常乐里移居永崇里华阳观，蹇长春先生认为主要有三个方面的原因：第一，白居易首先是出于政治上的考虑，有远离政治漩涡、避地而居的想法；第二，据其《春中与卢四周谅华阳观同居》诗，认为白氏乃是出于经济方面的考虑；第三，以华阳观之环境，认为白氏之移居主要是为寻找一个读书学习的场所。② 笔者以为，白氏选择华阳观很可能是为了寻找一个便于学习、准备制举的良好环境。白氏此时虽然身在长安，但仅是秘书省校书郎这个职位，与政治中心本就咫尺天涯，且根本无缘参与政治斗争，似乎并无远离政治漩涡的必要。因此，此时的白居易正如万曼先生所言，与永贞革新及当时的政治斗争并无关联。③ 其《春中与卢四周谅华阳观同居》一诗云：

> 性情懒慢好相亲，门巷萧条称作邻。背烛共怜深夜月，踏花同惜少年春。杏坛住僻虽宜病，芸阁官微不救贫。文行如君尚憔悴，不知霄汉待何人？④

白居易所任校书郎之职务，虽为文士起家之良选，但职位低卑，俸禄微薄，加上其身体多病，选择僻静的华阳观为居所，不能排除有"救贫""宜病"的考虑。然若联系其移居华阳观的时间，"救贫""宜病"显然也不是主要原因。上引诗中末句云："文行如君尚憔悴，不知霄汉待何人？"白居易此诗作于永贞元年春天，其写作时间当与上文提及的《送张南简入蜀》一诗大体同时。因此，白居易所言"不知霄汉待何人"一语，很可能也是和《送张南简入蜀》诗一样，与顺宗的制举选人有关。因此，在顺宗刚刚即位的永贞元年春天，白居易即移居华阳观，最大的原因当是要专心迎接制举考试。

从华阳观本身来看，这里也是长安年轻士人的集聚之地。钱易《南部新书》记：

---

① ［唐］白居易撰，朱金城笺校《白居易集笺校》卷四三，上海古籍出版社1988年，第2744页。

② 蹇长春《白居易评传》，南京大学出版社2002年，第75—76页。

③ 万曼《白居易传》，湖北人民出版社1956年，第15页。

④ ［唐］白居易撰，朱金城笺校《白居易集笺校》卷一三，上海古籍出版社1988年，第738页。

新进士发榜后，翌日排光范门，候过宰相。虽云排建福门，集于四方馆，昔有诗云："华阳观里钟声集，建福门前鼓动期。"即其日也。①

建福门乃大明宫南面宫门之一，位于丹凤门西，门内有下马桥，百官入朝，于此下马步行入阁；光范门乃大明宫内西面宫门之一，位于太极殿西，百官由建福门入宫，过下马桥，即可至光范门。《唐摭言》卷三记，唐时进士及第后，于光范门内之东廊等候宰相上朝，然后于政事堂谒见之，称为"过堂"。② 关于四方馆，《通典》卷二一记："炀帝置四方馆，东曰东夷使者，南曰南蛮使者，西曰西戎使者，北曰北狄使者，各一人，掌其方国及互市事。大唐废谒者台，复以其地为四方馆，改通事谒者为通事舍人，掌通奏，引纳，辞见，承旨宣劳，皆以善辞令者为之，隶四方馆而文属中书省。"③ 四方馆实是政事堂下掌通奏、引纳的部门。综此，诗云"建福门前鼓动期"，当是指宰相百官开始朝集，此时居住在华阳观中的新科进士乃准备谒见宰相。由此可见，唐时举子赴长安应考，华阳观是他们集聚的中心之一。如欧阳詹《玩月》诗序云：

贞元十二年，瓯闽君子陈可封游在秦，寓于永崇里华阳观，予与乡人安阳邵楚长、济南林蕴、颍川陈诩亦旅长安。秋八月十五夜，诣陈之居，修厥玩事。④

诸人之中，林蕴于贞元四年明经及第，欧阳詹于贞元八年进士及第，陈诩于贞元十三年登进士第，邵楚长于贞元十五年进士及第。陈诩、邵楚长在长安显然是为了参加科举考试，陈可封游长安，恐怕也与科举求仕有关。可

---

① ［宋］钱易撰，黄寿成点校《南部新书》卷丙，中华书局 2002 年，第 33 页。按，此节文字可能并不完整，宋人祝穆编《古今事文类聚》前集卷二七"谒光范门"条云："新进士发榜后，翌日排光范门，候过宰相。虽云排光范门，其实建福门集于四方馆者。昔有诗曰：'华阳观里钟声集，建福门前鼓动时。'即其事也。"可能即引自《南部新书》，语意更为晓畅明白。

② ［五代］王定保撰，陶绍清校证《唐摭言校证》卷三，中华书局 2021 年，第 88 页。

③ ［唐］杜佑撰，王文锦等点校《通典》卷二一，中华书局 1988 年，第 566 页。

④ ［清］彭定求等编，陈尚君增订《全唐诗》（增订本）卷三四九，中华书局 1999 年，第 3910 页。

见华阳观确是赴长安应考的举子习业集会的场所之一。

此一时期，与白居易交往者也多是一些习业应举之人。比如李绅，自贞元十七年赴长安参加科考，元和元年方进士及第。白集卷一五《渭村酬李二十见寄》诗云："形容意绪遥看取，不似华阳观里时。"① 可知，他和白居易在华阳观时期当有频繁的过从，此时李绅尚未进士及第，其生活也当是以参加科举考试为中心。又如牛僧孺，白集卷三七《酬寄牛相公同宿话旧劝酒见赠》诗云："每来政事堂中宿，共忆华阳观里时。日暮独归愁米尽，泥深同出借驴骑。"② 由白诗来看，当时牛、白二人也有一段在华阳观的同居共游生活。唐代进士发榜一般在春季一二月，牛僧孺于永贞元年进士及第，此时出入华阳观，很可能就是在等待考试结果，而其之前可能就是在华阳观习业备考。他与李宗闵等人又应元和三年制举，引发了影响整个中晚唐政局的科场风波。因此，其时牛僧孺身份仍与白居易一样，可能是一个备考者。白氏写于此时的诗歌又有《早送举人入试》等，其所送之人当也和李绅、牛僧孺等一样，都是居住在华阳观准备科举考试的友人。

综上可见，白居易于永贞元年移居华阳观，可能就是为了准备顺宗发布的制举考试。关于白居易在华阳观的迎考生活，白氏诗文中又有两处提及这一情况。其《策林序》云：

> 元和初，予罢校书郎，与元微之将应制举。退居于上都华阳观，闭户累月，揣摩当代之事，构成策目七十五门。③

《代书诗一百韵寄微之》云：

> 两衙多请假，三考欲成资。运启千年圣，天成万物宜。皆当少壮日，同惜盛明时。光景嗟虚掷，云霄窃暗窥。攻文朝矻矻，讲学夜孜

① ［唐］白居易撰，朱金城笺校《白居易集笺校》卷一五，上海古籍出版社 1988 年，第 885 页。

② ［唐］白居易撰，朱金城笺校《白居易集笺校》卷三七，上海古籍出版社 1988 年，第 2552 页。

③ ［唐］白居易撰，朱金城笺校《白居易集笺校》卷六二，上海古籍出版社 1988 年，第 3436 页。

孜。策目穿如札，毫锋锐若锥。时与微之结集策略之目，其数至百十。繁张获鸟网，坚守钓鱼坻。谓自冬至夏，频改试期，竟与微之坚待制试也。①

元和元年四月，国子祭酒冯伉上奏云："国家崇儒，本于劝学，既居庠序，宜在交修。其有艺业不勤，游处非类，樗蒲六博，酗酒喧争，凌慢有司，不修法度。有一于此，并请解退。"② 如此整顿学风，对白居易等用功于华阳观的考生也当有所影响。因为唐代制举主要是考制策，所以他和元稹花大力气拟作了数百篇策文。经过如此充分的准备和刻苦的学习后，白居易与元稹都顺利登科。元和元年的制举登科，作为白居易仕途的转折点，为白氏提供了晋升的机会，拉开了其后来任职左拾遗、翰林学士这段荣耀生活的序幕。从白居易在华阳观的交往者来看，其中不仅有嗣后成为李党中坚的元稹、李绅等，也有成为牛党党魁的牛僧孺，这一点为其嗣后在牛李党争中全身远祸奠定了人事基础。但从当时来看，他们都是奋斗科场的同学，在贞元末政治革新风气的感召下，都怀有极强的进取心，同时又没有卷入二王集团，也符合宪宗的人才选拔需要。可以说，这是一批将在政治舞台上有所作为的科场高手的聚合。因此，白居易在后来常常满怀深情地回忆这段生活。

对于白居易备考制举的生活，尚有以下两个问题需要加以说明。

其一，白居易《代书诗一百韵寄微之》自注中称"自冬至夏，频改试期，竟与微之坚待制试也"，似其准备制举是从永贞元年冬天开始，一直持续到元和元年四月制举正式举行。这一点与上文所言白氏在永贞元年春天移居华阳观即准备参加制举在时间上并不矛盾。唐代的制举考试时间并不固定，顺宗拟定的制举时间也并未有明确记载。然按照一般惯例，顺宗于永贞元年正月登基之后即拟定举行制举，考试时间也当在不久后即确定下来。白居易称"自冬至夏，频改试期"，可见在永贞元年冬天之前当没有改动制举时间的说法。因此，顺宗拟定举行制举的时间很可能是在永贞元年的冬季。至于后来频繁改动时间的原因，上文已经做过分析。白居易从永贞元年春天即移居华阳观，虽然目的是准备制举，但是距离制举考试的时间尚有余裕，

---

① ［唐］白居易撰，朱金城笺校《白居易集笺校》卷一三，上海古籍出版社 1988 年，第 704 页。

② ［宋］王钦若等编《册府元龟》卷六〇四，中华书局 1989 年影宋本，第 1858 页。

其迎考生活相对来说并不紧张。直到本年冬季制举将近，才与元稹等人在华阳观进行临考前的集中复习。因为"自冬至夏"的制举时间屡次改变，所以元、白二人并不能完全放松，这一情况使他们临考前的集中复习时间被无端拉长。因此，白居易在永贞元年冬天只是处于临考前的集中复习阶段，准备制举考试则从本年春顺宗发布制举诏书时就已经开始。

其二，白居易《策林序》中称："元和初，予罢校书郎，与元微之将应制举。退居于上都华阳观，闭户累月。"所言当是元和初至本年四月制举举行这一段时间，并且明言是元和初罢校书郎。而《代书诗一百韵寄微之》自注中称"自冬至夏，……"，所指当是自永贞元年冬至元和元年四月制举举行这段时间，且由"三考欲成资"一句看，白氏并未罢校书郎。有学者根据这两则文字在时间上的些许出入，考定白居易罢校书郎的时间并非《策林序》中所言的"元和初"，而是永贞元年冬季。① 这实际上是误解。《代书诗一百韵寄微之》中的一段文字，其所述的虽然也是在华阳观准备制举的学习情况，但是联系上下文看，有一个明显的时间前后顺序，即在校书郎职上请假准备迎考复习→在华阳观集中备考研习→正式参加制举考试。因此，"两衙多请假，三考欲成资"一联并非总领下文的诗句，这两句所言的时间当是"自冬至夏"这一时间段的开端，即永贞元年冬季。所以，白居易在永贞元年冬季并未罢去校书郎的职位。实际上，白居易《策林序》中称自己在元和初罢校书郎并非误记。白诗中又有如下两处内容涉及相关情况。其《早送举人入试》云：

> 凤驾送举人，东方犹未明。自谓出太早，已有车马行。骑火高低影，街鼓参差声。可怜早朝者，相看意气生。日出尘埃飞，群动互营营。营营各何求？无非利与名。而我常晏起，虚住长安城。春深官又满，日有归山情。②

---

① 参看付兴林著《白居易散文研究》第二章第二节《〈策林序〉考释》，中国社会科学出版社 2007 年；刘新万《白居易与长安华阳观》，载《河南师范大学学报》（哲学社会科学版）2010 年第 6 期。

② ［唐］白居易撰，朱金城笺校《白居易集笺校》卷五，上海古籍出版社 1988 年，第274 页。

《自城东至以诗代书戏招李六拾遗崔二十六先辈》云：

> 青门走马趁心期，惆怅归来已校迟。应过唐昌玉蕊后，犹当崇敬牡丹时。暂游还忆崔先辈，欲醉先邀李拾遗。尚残半月芸香俸，不作归粮作酒资。①

关于《早送举人入试》一诗，朱金城先生系在永贞元年校书郎任上作。然此诗末句云"春深官又满，日有归山情"，明言时间在春日，而且此时诗人已经官满，若是作于永贞元年，则与白氏的经历不符。因为白居易于贞元十九年春始任校书郎，至永贞元年春才两年，上引白诗明言"三考"，可见秘书郎的职位是三年一任，此时距官满尚有一年左右的时间。因此，《早送举人入试》诗系在元和元年春天可能更恰当。至于后诗，朱先生系在元和元年则没有问题。诗中末句言"尚残半月芸香俸，不作归粮作酒资"，可见白居易此时已罢校书郎，诗当作于罢职后不久，因此尚有半月余俸。综合两首诗来看，白居易罢校书郎确是在元和元年春天，而非永贞元年冬天。诗人对于自己第一个职务的任免情况，当不会有误记的可能。另外，《册府元龟》卷六三五《铨选部·考课第一》记开元四年四月诏云：

> 自今已后，官人初上年，宜听通计，年终以来满二百日，许其成考。②

这条规定也是论者判定白居易在永贞元年冬即可能提前离职迎考的依据之一。唐代官员任职一年为一考，初次任职的官员，若上半年入官，至年终只要满二百日就可以算作一考。白居易于贞元十九年春始授校书郎，按照规定，本年年底即可算作一考。但这仅是针对任职第一年的情况，对于白氏任职的后两年则不再适用。永贞元年冬天虽然要集中时间进行制举前的复习，但是白氏自言"两衙多请假"，明确说是请假而非去职迎考。即便可以提前

---

① ［唐］白居易撰，朱金城笺校《白居易集笺校》卷一三，上海古籍出版社 1988 年，第 739-740 页。

② ［宋］王钦若等编《册府元龟》卷六三五，中华书局 1989 年影宋本，第 2070 页。

去职，以白氏当时的经济条件而言，也不会在制举时间屡次变化的情况下做此决定。贞元二十年春，白居易将母、弟等由徐州符离迁移至离长安较近的下邽祖地，移家就要花费不少，此时又要照顾家人生活，于是本就微薄的校书郎俸禄更显捉襟见肘。此时白居易"春深官又满"的忧虑时常盘亘心头，除了有对仕途前景的考虑，也当有经济因素造成的压力。白氏参加制举只是为校书郎即将届满之后寻求更好的出路，且校书郎"三旬两入省"① 的生活相当清闲，提前去职迎考，实无任何必要。

三、《策林》的内容与永贞革新

《策林》乃是白居易为应制举而拟作的制策集。其写作的相关情况，白居易在《策林序》中有明确交代。其云：

> 元和初，予罢校书郎，与元微之将应制举。退居于上都华阳观，闭户累月，揣摩当代之事，构成策目七十五门。及微之首登科，予次焉。凡所应对者，百不用其一二，其余自以精力所致，不能弃捐，次而集之，分为四卷，命曰《策林》云耳。②

这里虽言"元和初"，但如前文所言，白居易准备参加制举从永贞元年春移居华阳观时就已经开始了，其临考前的集中复习也至少是从永贞元年冬天开始的。因此，《策林》的开始拟构不会晚于永贞元年冬天，甚至在白居易刚刚移居华阳观时就已经开始了相关思考，白居易的迎考生活可以说是与永贞革新相始终的。作为拟构的应考习作，对于并无多少政治经验的白居易来讲，必然会参考一系列资料。谢思炜先生已经指出，纳入白居易参考范围的主要资料当包括《贞观政要》、杜佑的《通典》及其精简本《理道要诀》、德宗朝的陆贽奏议等。③《通典》等书无论是在资料的丰富性还是实用性上

---

① 《常乐里闲居偶题十六韵兼寄刘十五公舆王十一起吕二炅吕四颖崔十八玄亮元九稹刘三十二敦质张十五仲方》，见［唐］白居易撰，朱金城笺校《白居易集笺校》卷五，上海古籍出版社 1988 年，第 265 页。

② ［唐］白居易撰，朱金城笺校《白居易集笺校》卷六二，上海古籍出版社 1988 年，第 3436 页。

③ 谢思炜《白居易集综论》，中国社会科学出版社 1997 年，第 225 页。

都可以给予白居易拟构制策以很大的帮助。如《理道要诀》一书，虽然是《通典》的精简本，但整本书的写作体式与《通典》颇有差异。杜佑自言其体式为"遂假问答，方冀发明"①，采用的是一问一答的形式，这种形式与制举考试的策文一样。且其"详古今之要，酌时宜可行"②，有很强的现实针对性。以此观之，《理道要诀》甚至可以直接作为制举考试的习题来使用，因此白居易参考这些资料也在情理之中。然白居易在《策林序》中自言"闭户累月，揣摩当代之事"，所谓"当代之事"，似不可简单地理解为唐一代的本朝事，白居易亲身经历的政坛事件也当成为他拟构《策林》时的一个思考背景。永贞革新期间，白居易虽然仅为官职卑微的校书郎，不可能直接参与改革，但对这一事件的关注是自始至终的。如永贞革新的中坚人物韦执谊于永贞元年正月十一日拜相，白居易于七日之后即有《为人上宰相书》，明确表达干谒求用之意。虽然题作代人上书，但有学者以为这实际上是白居易自己的干谒之举。③ 永贞元年十一月，韦执谊于改革失败后被贬为崖州司马，白居易又有《寄隐者》诗哀其贬谪之不幸。就白居易本人于顺宗即位后拟制举选人时即积极准备参加考试来看，这场政治改革运动对他也有不小的触动。另外，在永贞革新派的思想基础《春秋》学派的传播过程中，权德舆所主持的贞元十八年、十九年、二十一年的科举文化导向，曾起重要作用。这一时期正是顺宗东宫集团日渐壮大并最终走上政治前台的阶段。白居易与元稹都于贞元十九年中书判拔萃科，正是权德舆掌贡举时，他们作为参加科举考试的年轻士子，本身就受到了这一科场文化导向的影响。④ 因此，从这个角度来讲，《策林》七十五门并不能完全看作白居易模仿借鉴他人所作，而应包含白居易联系永贞革新的一些个人思考在内。

如白居易在《策林》三十二《议庶官迁次之迟速》中曾直接引用顺宗的一则规定：

---

① ［宋］王应麟编《玉海》卷五一引杜佑《进理道要诀表》，江苏古籍出版社 1987 年，第 971 页。
② ［宋］王应麟编《玉海》卷五一引杜佑《进理道要诀表》，江苏古籍出版社 1987 年，第 971 页。
③ 顾学颉《白居易与永贞革新》，见《顾学颉文学论集》，中国社会科学出版社 1987 年，第 53 页。
④ 详查屏球师《唐学与唐诗》第一、二章的相关论述，商务印书馆 2000 年。

臣窃见近来诸州刺史，有未两考而迁者。……又有逾一纪而不转者。……臣伏见顺宗皇帝诏曰："凡内外之职，四考递迁。"斯实革今之弊，行古之道也。然臣犹以为吏能有闻者，既以四考迁之；政术无取者，亦宜四考黜之。将欲循其名，辨其实，则在陛下奖纠察之吏，督考课之官，使别其否臧，明知白黑。仍命曰：虽久次者不得逾于四载，虽速迁者亦待及于三年。此先王较能之大方，致理之要道也。①

顺宗在登基之初发布的《即位赦》中针对官员任期不固定的情况规定："内外五品以上文官及台省常参官，宜至四考满与改转中外递任，量才叙用。其中政绩尤异需甄升者不在此限。"② 白居易在上引文中就是针对这一规定而言的。唐初沿袭隋制，官员的任期规定为四年，但这一规定在此后屡有变动，加上在实际操作中并不严格执行，因此常造成如白居易所言的，有未两年而迁转者，也有十多年而不调者。对于这种情况，很多人有不同看法。如高宗时，刘祥道以为四年一任太短，建议延长至八年。③ 德宗时，沈既济又认为三年、四年太短，六年、九年又太长，建议折中为五年一任。④ 白居易则对顺宗四年一任的规定深表赞同。但顺宗的规定仅针对五品以上文官及台省常参官，且仅言改转叙用而不及考绩黜罚。白居易则认为在四年一任的规定下，还需注意官员的考绩情况，真正做到能者升、庸者罢。在这一问题上，白居易并没有盲从儒家经典文献中关于三年一任的说法，而是赞同永贞革新期间的规定，并就自己的思考做了补充。

当然，官员的任期问题尚不是永贞革新的主要内容。永贞改革中最重要的措施乃是对德宗朝一些弊政的革除。这些内容在《策林》中也有所体现。白居易在《策林》中多次提及德宗朝政治，如十七《兴五福销六极》、二十九《请行赏罚以劝举贤》以及三十六《达聪明致理化》，都曾援引德宗朝政治作为论据，并且几乎都持批评态度。如三十六《达聪明致理化》有言："自贞元以来，抗疏而谏者，留而不行；投书于匦者，寝而不报；待制之官，

---

① ［唐］白居易撰，朱金城笺校《白居易集笺校》卷六三，上海古籍出版社1988年，第3492页。
② ［宋］宋敏求编《唐大诏令集》卷二，中华书局2008年，第10页。
③ ［后晋］刘昫等撰《旧唐书》卷八一，中华书局1975年，第2752页。
④ ［唐］杜佑撰，王文锦等点校《通典》卷一八，中华书局1988年，第452页。

经时而不见于一问；登闻之鼓，终岁而不闻于一声。"① 对德宗贞元年间的纳谏情况直接进行了批评。这一点提示我们，在对待德宗朝政治的批判态度上，白居易的《策林》与永贞改革在很大程度上是一致的。

顺宗登基之初，最早革除的德宗弊政之一乃是"宫市"。顺宗对于"宫市"之弊深恶痛绝，早在东宫时即与诸侍读论"宫市"之事，并欲进谏德宗，因王叔文劝阻而罢。② 于是，顺宗在永贞元年初登位时即禁"宫市"，至大赦时，又明令禁止。两月之中两下禁令，可见其革除"宫市"弊政的决心。韩愈《顺宗实录》卷二记德宗朝"宫市"之弊，曾录有一则当时的治安案件：

> 尝有农夫以驴负柴至城卖，遇宦者称"宫市"取之，才与绢数尺，又就索门户，仍邀以驴送至内。农夫涕泣，以所得绢付之，不肯受，曰："须汝驴送柴至内。"农夫曰："我有父母妻子，待此然后食。今以柴与汝，不取直而归，汝尚不肯，我有死而已！"遂殴宦者。街吏擒以闻，诏黜此宦者，而赐农夫绢十四。然"宫市"亦不为之改易。谏官御史数奏疏谏，不听。③

陈寅恪先生认为，白居易《新乐府》中的《卖炭翁》一诗所咏之事就是这一案件。④ 可见对这一由宦官主导的贞元弊政，白居易也是深恶痛绝，以至多年后还将其采摭为讽谕诗的主题。白居易现存的《策林》七十五篇并未有直接论及"宫市"的材料，但是对于同样由宦官主导的弊政——五坊使的革除则有论及。所谓五坊使，即充任雕坊、鹘坊、鹞坊、鹰坊、狗坊使臣的宦官，其危害百姓的恶行也见载于史籍。《顺宗实录》卷二记："贞元末，五坊小儿张捕鸟雀于闾里，皆为暴横，以取钱物。至有张罗网于门，不许人出入者。或有张井上者，使不得汲水，近之辄曰！'汝惊供奉鸟雀！'痛殴之，

---

① ［唐］白居易撰，朱金城笺校《白居易集笺校》卷六四，上海古籍出版社 1988 年，第 3500 页。
② ［后晋］刘昫等撰《旧唐书》卷一三五，中华书局 1975 年，第 3733-3734 页。
③ ［唐］韩愈撰，马其昶校注《韩昌黎文集校注》外集卷下，上海古籍出版社 1986 年，第 700-701 页。
④ 陈寅恪《元白诗笺证稿》，生活·读书·新知三联书店 2001 年，第 256 页。

出钱物求谢，乃去。或相聚饮食于肆，醉饱而去，卖者或不知，就索其直，多被殴骂。或时留蛇一囊为质，曰：'此蛇所以致鸟雀而捕之者，今留付汝，幸善饲之，勿令饥渴。'卖者愧谢求哀，乃携而去。上在春宫时，则知其弊，常欲奏禁之。至即位，遂推而行之，人情大悦。"①《策林》二十六《养动植之物》一篇则可以看作与此相关的一段议论。其云：

> 臣闻：天育物有时，地生财有限，而人之欲无极。以有时有限奉无极之欲，而法制不生其间，则必物暴殄而财乏用矣。先王恶其及此，故川泽有禁，山野有官，养之以时，取之以道。是以豺獭未祭，罝网不布于野泽；鹰隼未击，矰弋不施于山林。昆虫未蛰，不以火田；草木未落，不加斤斧。渔不竭泽，畋不合围。至于麛卵蚳蝝，五谷百果不中杀者，皆有常禁。夫然，则禽兽鱼鳖不可胜食矣，财货器用不可胜用矣。臣又观之，岂直若此而已哉？盖古之圣王，使信及豚鱼，仁及草木，鸟兽不狨，胎卵可窥，麟凤效灵，龟龙为畜者，亦由此途而致也。②

关于这一问题，被认为是《策林》范本的《贞观政要》和《通典》等书皆没有论及，当非白居易模仿所作，而应看作其根据顺宗革除的德宗弊政进行深入思考的结果。表面上看，白居易在策文中只是重复了前人不竭泽而渔、不合围而畋一类古训，但"臣又观之，岂直若此而已哉"一句以下论及君王之"信及豚鱼，仁及草木"云云，则隐约可见其议论的针对性。在《养动植之物》的论题之下，白居易又有小注标明此道策文的主旨乃是"以丰财物，以致麟凤龟龙"。麟凤龟龙之类，古人皆以为是祥瑞之物，乃是皇帝仁德、天下太平的体现，而德宗所蓄之雕、鹘、鹞、鹰、狗之类纯为一己之私欲，帝王蓄养这些动物历来被看作玩物丧志的表现。显然，白居易这里包含对德宗置五坊使驯养鹰犬的批评，也是对顺宗革除这一弊政的认同和对后来者的告诫。与此相反的是，顺宗登基之初不仅不蓄养鹰犬，反而出女乐、放宫人，甚至宪宗即位后也不敢公然违背。《资治通鉴》卷二三六"永贞元年"

---

① 〔唐〕韩愈撰，马其昶校注《韩昌黎文集校注》外集卷下，上海古籍出版社 1986年，第 701 页。

② 〔唐〕白居易撰，朱金城笺校《白居易集笺校》卷六三，上海古籍出版社 1988 年，第 3483 页。

条记：

> （八月）丙午，升平公主献女口五十。上曰："上皇不受献，朕何敢违！"遂却之。庚戌，荆南献毛龟二，上曰："朕所宝惟贤。嘉禾、神芝，皆虚美耳，所以《春秋》不书祥瑞。自今凡有嘉瑞，但准令申有司，勿复以闻。及珍禽奇兽，皆毋得献。"①

如此看来，则白居易拟作的此道策文实际上也迎合了宪宗当时的态度。

在顺宗革除之列的德宗朝弊政尚有盐铁使的进奉和各种苛捐杂税。《顺宗实录》卷二记："旧盐铁钱物悉入正库，一助经费。其后主此务者，稍以时市珍玩时新物充进献，以求恩泽。其后益甚，岁进钱物，谓之'羡余'；而经入益少，至贞元末，遂月有献焉，谓之'月进'。"② 为革此弊，顺宗在《即位赦》中即明确规定：

> 天下百姓应欠贞元二十一年二月三十日已前榷酒及两税钱物、诸色逋悬，一物已上，一切放免；京畿诸县一应今年秋夏青苗钱，并宜放免。天下诸州府应须夫役车牛驴马脚价之类，并以两税钱自备，不得别有科配，仍并以两税元敕处分，永为恒式，不得擅有诸色榷税。常贡外不得别进钱物、金银器皿、奇绫异锦、雕文刻镂之类。若已发在路者，并纳左藏库。③

顺宗又于永贞元年二月下诏停止盐铁使进献。关于盐铁及赋税问题，杜佑《通典》虽然有所涉及，但是《通典》成书献上的时间是在贞元十七年，其精简本《理道要诀》成书的时间是在贞元十九年，皆当贞元末。因此，其对德宗末年这一弊政必不敢妄作议论。而白居易在《策林》的相关篇目中则对这一问题议论风生。《策林》二十二《不夺人利》云：

---

① ［宋］司马光编撰，［元］胡三省音注《资治通鉴》卷二三六，中华书局 1956 年，第 7620 页。

② ［唐］韩愈撰，马其昶校注《韩昌黎文集校注》上海古籍出版社 1986 年，第 701-702 页。

③ ［宋］宋敏求编《唐大诏令集》卷二，中华书局 2008 年，第 10 页。

　　王者不殖货利，不言有无。耗羡之财不入于府库，析毫之计不行于朝廷者，虑其利穴开而罪梯构。然则圣人非不好利也，利在于利万人；非不好富也，富在于富天下。节欲于中，人斯利矣；省用于外，人斯富矣。故唐尧、夏禹、汉文之代，虽薄农桑之税，除关市之征，弃山海之饶，散盐铁之利，亦国足而人富安矣。何则？欲节而用省也。秦皇、汉武、隋炀之时，虽入太半之赋，征逆折之租，建榷酤之法，出舟车之算，亦国乏而人贫弊矣。何则？欲不节而用不省也。盖所谓山林不能给野火，江海不能实漏卮。夫利散于下，则人逸而富；利壅于上，则人劳而贫。故下劳则上无以自安，人富则君孰与不足？……是以善为国者不求非农桑之产，不重非衣食之货，不用计数之吏，不畜聚敛之臣。闻榷筦之谋，则思侵削于下；见羡余之利，则念诛求于人，然后德泽流而歌咏作矣。①

　　白居易策题下的小注称："议盐铁与榷酤，诫厚敛及杂税。"点明了本篇策文的主旨。策文中明确提及"羡余""榷管"之弊端，在顺宗登基革除这一弊政后，白居易的议论则不能简单地看成泛泛而言。在上引策文中，白居易将帝王厚敛的原因归结为"欲不节而用不省"，在另一些策文中，白居易则专就帝王要节欲、要为政清简等问题发表议论。如《策林》十《王泽流人心感》（题注：在恕己及物），十一《黄老术》（题注：在尚宽简，务清净；则人简朴，俗和平），二十一《人之困穷由君之奢欲》，及三十七《决壅蔽》（题注：在不使人知所欲）中言："壅蔽之生，生于君之好欲也。"都与此相关。

　　以上这些议论虽然并不新鲜，都可以看作传统话题，但若从白居易在贞元末、元和初创作的诗歌来看，这些也多是他关注的问题。《秦中吟序》云："贞元、元和之际，予在长安，闻见之间，有足悲者。因直歌其事，命为《秦中吟》。"说明这十首诗中所言主要就是永贞革新前后的社会现实。如其中的《重赋》言：

────────────

① ［唐］白居易撰，朱金城笺校《白居易集笺校》卷六三，上海古籍出版社1988年，第3475-3476页。

厚地植桑麻，所要济生民。生民理布帛，所求活一身。身外充征赋，上以奉君亲。国家定两税，本意在忧人。厥初防其淫，明敕内外臣。税外加一物，皆以枉法论。奈何岁月久，贪吏得因循。浚我以求宠，敛索无冬春。织绢未成匹，缲丝未盈斤。里胥迫我纳，不许暂逡巡。岁暮天地闭，阴风生破村。夜深烟火尽，霰雪白纷纷。幼者形不蔽，老者体无温。悲喘与寒气，并入鼻中辛。昨日输残税，因窥官库门。缯帛如山积，丝絮似云屯。号为羡余物，随月献至尊。夺我身上暖，买尔眼前恩。进入琼林库，岁久化为尘。①

这里批判的是两税法给人民带来的苦难，以及地方官吏以"羡余"为名搜刮人民、进奉财物的劣行。又其《轻肥》云：

意气骄满路，鞍马光照尘。借问何为者？人称是内臣。朱绂皆大夫，紫绶或将军。夸赴军中宴，走马去如云。樽罍溢九酝，水陆罗八珍。果擘洞庭橘，脍切天池鳞。食饱心自若，酒酣气益振。是岁江南旱，衢州人食人。②

所写的则是内廷宦官的骄奢生活，与《新乐府》中的《卖炭翁》一样，都是对宦官恶行的批判。可见，在贞元、元和之际，白居易所关心的社会问题与永贞革新所采取的改革措施多有相关。因此，若将《策林》所论放到永贞革新的背景下加以观照，则可以看出白居易对德宗朝政治多持批判态度，也是对永贞改革措施的一个回应。

总而言之，白居易的《策林》七十五篇，虽然可能会参考《贞观政要》《通典》等书，而且作为应举的习作，难免有程式化和空泛的毛病，但并不是简单的抄袭和模仿。因为白居易在永贞革新一开始即准备参加制举，对于永贞改革既亲身经历，又时刻保持关注，并深受永贞革新指导思想《春秋》学派的熏染，所以其拟构的制策在一定程度上必然与永贞改革运动有所关

---

① ［唐］白居易撰，朱金城笺校《白居易集笺校》卷二，上海古籍出版社 1988 年，第 82 页。

② ［唐］白居易撰，朱金城笺校《白居易集笺校》卷二，上海古籍出版社 1988 年，第 92 页。

联，包含了联系现实政治的一些个人思考在内。《策林》中所论的话题，在白居易嗣后的讽谕诗创作中又得到了进一步探讨，也可见这一时期的所见所闻对其嗣后文学创作的影响。因此，将《策林》置于永贞革新的大背景下来进行分析，我们就会对其价值与意义有更深入的认知。

第四章　畿县交游生活与《长恨歌》的创作

《长恨歌》是白居易最重要的一篇诗歌作品。长期以来，学界对其主题聚讼纷纭，莫衷一是。归结起来，主要有爱情说、讽谕说、隐事说、感伤说等不同的观点。在这其中，爱情说与讽谕说这两种针锋相对的观点最具代表性。持爱情说者，多据白居易自己所谓的"一篇长恨有风情"（《编集拙诗成一十五卷因题卷末戏赠元九李二十》）立论，通过对"风情"一词与男女情事相关的考察以证其说。持讽谕说者，则多认为《长恨歌》与陈鸿《长恨歌传》实为一体，《长恨歌传》中所谓"意者不但感其事，亦欲惩尤物，窒乱阶，垂于将来者也"的表述，亦即《长恨歌》的创作目的，明显具有讽谕之意。实际上，爱情说与讽谕说并不是不可调和的关系，而是一体两面的关系。《长恨歌》中所写的玄宗与杨贵妃之事，既是男女情事，也是唐王朝的重大历史事件，本身即兼具这两种内涵指向。至于其内涵最终指向何处，并不完全取决于作者自己的认知，而是与作品的社会接受和所处的政治氛围密切相关。社会政治氛围及与此相关的社会接受可以将文学文本中隐含的意旨凸显出来，甚至在一定程度可以重塑文本的主题，使作品的主题产生"变调"，生发出新的意蕴。本章拟以对白居易仕途迁转与《长恨歌》创作之关系的考察为切入点，结合《长恨歌》"故事会"性质的创作形式及元和朝的政治氛围，对《长恨歌》在不同时期的主题转换问题进行探讨。

一、白居易左拾遗、翰林学士转任原因的探讨

白居易于元和元年四月参加本年举行的制举考试，以才识兼茂明于体用科登第，旋即于当月二十八日被授予盩厔尉的职务。然而白居易盩厔尉的任职时间极短，元和元年七月一度权摄昭应，次年秋又由盩厔尉调充京兆府进士考试官，试毕帖集贤校理，元和二年十一月六日又入朝为翰林学士。在被

召为翰林学士后不到半年，白居易于元和三年四月即改官左拾遗、依前充翰林学士，由县尉成功跃升为"奉诏登左掖，束带参朝议"① 的清望朝官。白居易此段任职经历有两点颇可注意。

其一，据李商隐《刑部尚书致仕赠尚书右仆射太原白公墓志铭》记，白居易参加元和元年制举，"对宪宗诏策语切，不得为谏官，补盩厔尉"。② 李商隐此文是应白居易嗣子白景受的请托而撰，所言当有依据。白氏本年对策现载其集中，其首云："臣闻汉文帝时，贾谊上疏云：'可为痛哭者一，可为流涕者二，可为长太息者三。'是时汉兴四十载，万方大理，四海大和，而贾谊非不见。之所以过言者，以为词不切，志不激，则不能回君听，感君心，而发愤于至理也。"③ 可见，白居易的对策实是在效仿贾谊上书汉文帝切谏的行为。在策文中，他又对安史之乱以来的兵兴寇生、赋重人疲、君臣异位、上下道殊等问题加以论述，认为这些都是君王政德不修、待人不诚所致，要求宪宗"敬惜其时，重慎于事。既往者且追救于弊后，将来者宜早防于事先"，颇类耳提面命，白居易在策文中也屡屡称自己是"狂直""过言"。而这很可能会引起宪宗和宰臣的不满，其登科后授予盩厔尉一职，当与此有很大关系。今按《唐大诏令集》卷一〇六所载元和元年《放制举人敕》云：

> 才识兼茂明于体用科第三次等元稹、韦惇，第四等独孤郁、白居易、曹景伯、韦庆复，第四次等崔韶、罗让、元修、薛存庆、韦珩，第五上等萧俛、李蟠、沈传师、柴宿，达于吏理可使从政科第五上等陈岵，咸以待问之美，观光而来。询以三道之要，复于九变之选。得失之间，粲然可观。宜膺德懋之典，式叶言扬之举。其第三次等人，委中书门下优与处分；第四等、第五上等，中书门下即与处分。④

---

① 《初授拾遗》，见［唐］白居易撰，朱金城笺校《白居易集笺校》卷一，上海古籍出版社 1988 年，第 20 页。

② 刘学锴、余恕诚《李商隐文编年校注》，中华书局 2002 年，第 1808 页。

③ ［唐］白居易撰，朱金城笺校《白居易集笺校》卷四二七，上海古籍出版社 1988 年，第 2844 页。

④ ［宋］宋敏求编《唐大诏令集》卷一〇六，中华书局 2008 年，第 545 页。

唐中后期制举，第一、第二等例不录人，第三等实即第一等，第四等实即第二等。按照排名的先后顺序，元稹为本年的敕头，韦惇次之，二人获得"委中书门下优与处分"的待遇，其中元稹除左拾遗；韦惇当是"韦淳"之误，即韦处厚。刘禹锡《唐故中书侍郎平章事韦公集纪》云："公本名淳，举进士，登第贤良。既仕方更名处厚，字德载。……初为集贤殿校书郎，宰相李赵公监修国史，引直东观。就改咸阳尉，迁右拾遗，转左补阙。"① 《新唐书》卷一四二《韦处厚传》亦言："中进士第，又擢才识兼茂科，授集贤校书郎。"② 可知韦处厚及第后授集贤校书郎一职。第四等第一名的独孤郁，据韩愈《唐故秘书少监赠绛州刺史独孤府君墓志铭》："元和元年，对诏策，拜右拾遗。"③ 以上可见，除了韦处厚因刚刚进士及第即参加制举授官不高外，元稹与独孤郁的排名都高于白居易，其任职也都好于白居易。排在白居易之后的诸人授官情况，也多可考知。据杨敬之撰《唐故监察御史里行河东节度判官赐绯鱼袋韦府君墓志》，韦庆复在本年制举登科后"诏授京兆府渭南县主簿"。④ 据《旧唐书》卷一八八《罗让传》："让少以文学知名，举进士，应诏对策高等，为咸阳尉。"⑤ 据《旧唐书》卷一七二《萧俛传》："贞元七年进士擢第。元和初，复登贤良方正制科，拜右拾遗，迁右补阙。元和六年，召充翰林学士。"⑥ 据杜牧《唐故尚书吏部侍郎赠吏部尚书沈公行状》，沈传师"贞元末，举进士。……联中制策科，授太子校书，鄠县尉，直史馆，左拾遗，左补阙，史馆修撰，翰林学士"。⑦ 从以上排名在白居易之后诸人的授官情况来看，白氏的任职与同等第的韦庆复和第四次等的罗让相当，萧俛是第五上等，却被授予右拾遗，则显然是第一等的待遇，要好过白居易。从这一点来看，白居易制举登科后的处分并不算好，他被授予盩厔尉

---

① ［唐］刘禹锡撰，瞿蜕园笺证《刘禹锡集笺证》卷一九，上海古籍出版社 1989 年，第 485 页。
② ［宋］欧阳修、宋祁等撰《新唐书》卷一四二，中华书局 1975 年，第 4674 页。
③ ［唐］韩愈撰，马其昶校注《韩昌黎文集校注》卷六，上海古籍出版社 1986 年，第 448 页。
④ 安迪《韦应物一家四方墓志录文》，载《文汇报》2007 年 11 月 4 日，第 8 版。
⑤ ［后晋］刘昫等撰《旧唐书》卷一八八，中华书局 1975 年，第 4937 页。
⑥ ［后晋］刘昫等撰《旧唐书》卷一七二，中华书局 1975 年，第 4476 页。
⑦ ［唐］杜牧撰，吴在庆校注《杜牧集系年校注》卷一四，中华书局 2008 年，第 924 页。

一职，如李商隐所言，在一定程度上具有忤旨下放的性质。问题是，为何白居易又在短期内复受宪宗青睐并得到提拔与重用呢？

其二，唐制，集贤校理、翰林学士等职位乃是一种兼职或差遣，白居易在元和三年被授予左拾遗之前，其系禄之官仍是盩厔尉。虽然如李肇《翰林志》所言，翰林学士"下自校书郎，上及诸曹尚书，皆为之"。① 在白居易之前也确有校书郎、县尉一类低级别官员充任翰林学士的先例，但考虑到中晚唐时期翰林学士职位清贵，号称"内相""天子私人"，② 那么仅任职盩厔尉约一年半时间的白居易即入朝为翰林学士，这一跨度是相当大的，对其仕途迁转无疑具有重要意义。即从其元和三年即改官左拾遗来看，其盩厔尉的任期仅三年时间，这在唐中后期守选者多而官阙少，县级官吏往往有长达五年、六年乃至更长时间不得调的情况下，白居易被提拔的速度是相当快的。而由县尉跃升为左拾遗、翰林学士，这也是唐人十分钦羡的转任途径。如《唐语林》卷五记："议者戏云：'畿尉有六道：入御史为佛道，入评事为仙道，入京尉为人道，入畿丞为苦海道，入县令为畜生道，入判司为饿鬼道。'"③ 从白居易的迁转看，他由畿尉一跃为皇帝之近臣，可谓比"佛道""仙道"更好的待遇。且从与白氏同登科并也曾有任职翰林经历的独孤郁、萧俛等人来看，独孤郁于元和五年四月一日入翰林院（后因岳父权德舆为相，为避嫌，于九月辞职出院），萧俛于次年四月十二日入朝为翰林学士，④ 二人虽然在元和元年制举登科后被授予右拾遗，除官要好于白居易，入翰林却都晚于白居易。

从上文分析来看，白居易先是以对诏策语切不得为谏官，但嗣后不久即由盩厔尉跃升为左拾遗、翰林学士，不仅提升的速度非常迅速，而且提升的幅度也相当大，个中原因颇耐人寻味。对于白居易本次迅速升迁的原因，他自己并未做出说明，甚至提及这段经历的文字都极少。现有资料中，仅有《旧唐书》和《资治通鉴》对此做了说明。《旧唐书·白居易传》记云：

---

① ［宋］洪遵编《翰苑群书》卷一，文渊阁四库全书本。
② ［宋］欧阳修、宋祁等撰《新唐书》卷四六，中华书局1975年，第1184页。
③ ［宋］王谠撰，周勋初校证《唐语林校证》卷五，中华书局2008年，第447页。
④ 据丁居晦《重修承旨学士壁记》，见［宋］洪遵编《翰苑群书》卷六，文渊阁四库全书本。

居易文辞富艳，尤精于诗笔。自雠校至结绶畿甸，所著歌诗数十百篇，皆意存讽赋，箴时之病，补政之缺，而士君子多之，而往往流闻禁中。章武皇帝纳谏思理，渴闻谠言，二年十一月，召入翰林为学士。三年五月，拜左拾遗。居易自以逢好文之主，非次拔擢，欲以生平所贮，仰酬恩造。①

又《资治通鉴》卷二三七"元和二年十一月"条记：

盩厔尉、集贤校理白居易作乐府及诗百余篇，规讽时事，流闻禁中；上见而悦之，召入翰林学士。②

《资治通鉴》之说很可能是沿袭了《旧唐书》的说法。按照上述两则材料中的记载，白居易是因为此前的诗歌创作"意存讽赋，箴时之病，补政之缺"，在社会上产生影响甚至流入宫廷，最终为"纳谏思理，渴闻谠言"的宪宗所发现并加以"非次拔擢"的。那么这种说法的可信度有多大呢？

白居易得宪宗亲自拔擢这一说法有事实根据，《新唐书·白居易传》记录的一件事情可以说明：

后对殿中，论执强鲠，帝未谕，辄进曰："陛下误矣。"帝变色，罢，谓李绛曰："是子我自拔擢，乃敢尔，我叵堪此，必斥之！"绛曰："陛下启言者路，故群臣敢论得失。若黜之，是箝其口，使自为谋，非所以发扬盛德也。"帝悟，待之如初。③

由宪宗所谓"是子我自拔擢"一句看，白居易任职左拾遗、翰林学士，与宪宗对他的赏识与提拔有直接关系。而且，白居易在得到提拔后，也多次对宪宗的提拔任用满怀感恩。如其《初授拾遗》云：

① ［后晋］刘昫等撰《旧唐书》卷一六六，中华书局1975年，第4340-4341页。
② ［宋］司马光编撰，［元］胡三省音注《资治通鉴》卷二三七，中华书局1956年，第7646页。
③ ［宋］欧阳修、宋祁等撰《新唐书》卷一一九，中华书局1975年，第4302页。

奉诏登左掖，束带参朝议。何言初命卑，且脱风尘吏。杜甫陈子昂，才名括天地。当时非不遇，尚无过斯位。况予寒薄者，宠至不自意。惊近白日光，惭非青云器。天子方从谏，朝庭无忌讳。岂不思匪躬？适遇时无事。受命已旬月，饱食随班次。谏纸忽盈箱，对之终自愧。①

由上诗可见，白居易虽对就任左拾遗一职云"命卑"，实际上却是非常满意的，并且对于自己上任旬月以来的碌碌无为感到惭愧。白氏后来"五年为侍臣"期间屡屡上书进言，与其说是左拾遗、翰林学士职位的使命感使然，毋宁说是对宪宗的报恩思想使然。因而，《旧唐书》说其"欲以生平所贮，仰酬恩造"，大抵符合白居易的心理。

然而《旧唐书》和《资治通鉴》认为白氏得宪宗赏识是因其讽谕诗的创作这一说法，恐与事实不符。前文已言及，李商隐称白居易对诏策语切而不得为谏官，白氏何以又会以"箴时之病，补政之缺"的诗歌创作而复受重视呢？而且就目前留存的白集来看，白氏作于元和三年任职左拾遗、翰林学士之前的诗歌约有四百首，但他自己后来编在讽谕诗一类的仅有十余首，数量如此之少的讽谕诗很难产生重要的社会影响，也不大可能形成"士君子多之，而往往流闻禁中"的传播效果。与此相关的是，白居易在元和三年之前其实并无强烈的"箴时之病，补政之缺"意识，此前的诗歌创作，白居易自己的评价也不高，其有意识地创作讽谕诗并产生社会影响实际上是在入朝任职后。关于这一点，其在《与元九书》中有明言：

家贫多故，二十七方从乡赋。既第之后，虽专于科试，亦不废诗。及授校书郎时，已盈三四百首。或出示交友如足下辈，见皆谓之工，其实未窥作者之域耳。自登朝来，年齿渐长，阅事渐多。每与人言，多询时务，每读书史，多求理道。始知文章合为时而著，歌诗合为事而作。是时皇帝初即位，宰府有正人，屡降玺书，访人急病。仆当此日，擢在翰林，身是谏官，月请谏纸，启奏之外，有可以救济人病，裨补时阙，

---

① ［唐］白居易撰，朱金城笺校《白居易集笺校》卷一，上海古籍出版社1988年，第20页。

而难于指言者，辄咏歌之。欲稍稍递进闻于上。上以广宸聪，副忧勤；次以酬恩奖，塞言责；下以复吾平生之志。①

可见，白居易明确树立"文章合为时而著，歌诗合为事而作"的意识是"自登朝来"，也就是任职左拾遗、翰林学士之后，因此其讽谕诗产生社会影响断然不会在此之前。另外，据元稹《白氏长庆集序》记："会宪宗皇帝册召天下士，乐天对诏称旨，又登甲科。未几，入翰林，掌制诰，比比上书言得失。因为《贺雨》《秦中吟》等数十章，指言天下事，时人比之《风》《骚》焉。"② 说明白居易早期讽谕诗的代表作如《秦中吟》等，也是在任职翰林学士之后创作并产生社会影响的，之前并无有意识创作大量讽谕诗并产生影响的事实。

再从白居易的实际生活来看，先是于贞元十九年任职秘书省校书郎，再是元和元年制举及第后任职盩厔尉，在这两段任职期间，一是闲淡无事的校雠生活，二是平凡忙碌的畿尉生活，其间的诗歌或得意闲适，或牢骚满腹，皆与所谓的"意存讽赋"不合。如其作于校书郎任上的《常乐里闲居偶题十六韵》诗云：

> 帝都名利场，鸡鸣无安居。独有懒慢者，日高头未梳。工拙性不同，进退迹遂殊。幸逢太平代，天子好文儒。小才难大用，典校在秘书。三旬两入省，因得养顽疏。茅屋四五间，一马二仆夫。俸钱万六千，月给亦有余。既无衣食牵，亦少人事拘。遂使少年心，日日常晏如。勿言无知己，躁静各有徒。兰台七八人，出处与之俱。旬时阻谈笑，旦夕望轩车。谁能雠校间，解带卧吾庐。窗前有竹玩，门外有酒沽。何以待君子，数竿对一壶！③

---

① ［唐］白居易撰，朱金城笺校《白居易集笺校》卷四五，上海古籍出版社1988年，第2792页。

② ［唐］元稹撰，周相录校注《元稹集校注》卷五一，上海古籍出版社2011年，第1280页。

③ ［唐］白居易撰，朱金城笺校《白居易集笺校》卷五，上海古籍出版社1988年，第265-266页。

可以说，除了准备制举考试时比较紧张繁忙，白氏在任职校书郎时期大抵过的都是"三旬两入省""日日常晏如"一类生活。与任职校书郎时期的闲淡生活相反，白居易"结绶畿甸"的生活似乎陷入了另一个极端。如其作于元和元年七月的《权摄昭应早秋书事寄元拾遗兼呈李司录》一诗曰：

> 夏闰秋候早，七月风骚骚。渭川烟景晚，骊山宫殿高。丹殿子司谏，赤县我徒劳。相去半日程，不得同游遨。到官来十日，览镜生二毛。可怜趋走吏，尘土满青袍。邮传拥两驿，簿书堆六曹。为问纲纪掾，何必使铅刀？①

由诗可见，白居易在盩厔尉的任职不仅低卑而且非常忙碌，与元稹的左拾遗差别很大。因此，他称元氏为"纲纪掾"，而形容自己为"趋走吏"，其对盩厔尉一职显然是有颇多牢骚的。又如其《盩厔县北楼望山》一诗中言："一为趋走吏，尘土不开颜。辜负平生眼，今朝始见山。"②《酬李少府曹长官舍见赠》言："低腰复敛手，心体不遑安。一落风尘下，方知为吏难。"③白居易在这些诗中将自己描绘成一个摧眉折腰的风尘小吏形象，即使是在被召回朝任职之后，也仍然耿耿于怀地回忆道："忆昨为吏日，折腰多苦辛。归家不自适，无计慰心神。"④这些多次的表白，代表了白居易在任职盩厔尉时期的真实心绪。因此，任职盩厔尉时期的白居易不仅极少创作"意存讽赋"的诗歌作品，而且无强烈的用事之心，甚至不堪吏用，牢骚满腹。

另外，就白居易早期的社会形象来说，他也仅是作为一个科场得意者而非讽谕诗人的角色为人所熟知的。与韩愈、孟郊等不同，白居易是中唐时期科场得意的代表人物，进士试、吏部试、制试皆一举及第，这在竞争激烈的中唐时期科场上虽非绝无仅有，但也极为罕见。因此，有关白居易的传闻轶

---

① ［唐］白居易撰，朱金城笺校《白居易集笺校》卷九，上海古籍出版社1988年，第465页。

② ［唐］白居易撰，朱金城笺校《白居易集笺校》卷一三，上海古籍出版社1988年，第740页。

③ ［唐］白居易撰，朱金城笺校《白居易集笺校》卷九，上海古籍出版社1988年，第503页。

④ 《寄题盩厔厅前双松》，见［唐］白居易撰，朱金城笺校《白居易集笺校》卷九，上海古籍出版社1988年，第469页。

事，许多即与其早期的科考生活有关。如唐人张固《幽闲鼓吹》中所记的乐天前往长安赴考得顾况夸赞并为之延誉的著名传说，再如王定保《唐摭言》中所记载的两个故事：

> 白乐天一举及第，诗曰："慈恩塔下题名处，十七人中最少年。"乐天时年二十七，省试《性习相近远赋》《玉水记方流》诗。携之谒李凉公逢吉。公时为校书郎，于时将他适。白遽造之，逢吉行携行看，初不以为意，及览赋头曰："噫！下自人，上达君。咸德以慎立，而性由习分。"逢吉大奇之，遂写二十余本，其日十七本都出。①

> 贞元中，乐天应宏辞，试《汉高祖斩白蛇赋》，考落，盖赋有"知我者谓我斩白帝，不知我者谓我斩白蛇"也。然登科之人，赋并无闻，白公之赋，传于天下也。②

这些故事未必完全属实，如白居易拜谒顾况的故事即被证明属于子虚乌有，③ 但这些故事在唐时即广为流传，仍可看出白居易在世人心目中的形象。对此，白居易自己在《与元九书》中有夫子自道，其云：

> 十年之间，三登科第。名入众耳，迹升清贯。出交贤俊，入侍冕旒。始得名于文章，终得罪于文章，亦其宜也。日者又闻亲友间说，礼吏部举选人，多以仆私试赋判传为准的。其余诗句，亦往往在人口中。仆恧然自愧，不之信也。④

---

① ［五代］王定保撰，陶绍清校证《唐摭言校证》卷三，中华书局 2021 年，第 149 页。

② ［五代］王定保撰，陶绍清校证《唐摭言校证》卷一〇，中华书局 2021 年，第 404 页。

③ 顾况贞元五年贬饶州司户参军，早在白居易应举之前即离开长安，因此傅璇琮先生认为此事虚诞（《唐代诗人丛考·顾况考》，中华书局 2003 年，第 415—418 页）。谢思炜先生对此有不同意见，他认为顾况贬饶州曾途经苏、杭、睦等州赴任，而此时白居易随父在衢州任所，极有可能此时与顾况相见（谢思炜《白居易集综论》，中国社会科学出版社 1997 年，第 183—184 页）。

④ ［唐］白居易撰，朱金城笺校《白居易集笺校》卷四五，上海古籍出版社 1988 年，第 2793 页。

可见，在中唐狂热的科场文化氛围下，白居易科场得意者的形象更深入人心。

既然白居易此前既无强烈的用事之心，也无大量创作讽谕诗并产生影响的事实，那是什么使其得到宪宗的赏识并受到提拔任用的呢？此前的白居易"中朝无缌麻之亲，达官无半面之旧"①，其先后的任职经历也无所谓的政绩可言，因此，他不大可能靠自己的政治才干或与朝廷显贵的交往而接近权力中心。由于对诏策语切而在制举登科后不得为朝官，其依靠自己在科场打拼所赚取的名声显然不应是其由盩厔尉跃升为左拾遗、翰林学士的原因。那么白氏所能依靠的只能是自己的文学才华。既然《旧唐书》中所谓的"士君子多之，而往往流闻禁中"的不是白居易所作的讽谕诗作品，那么当是其他产生重要影响的作品。对此，我们不得不提到白氏创作于盩厔尉任上的，为其赢得生前身后名的千古名篇《长恨歌》。因为，从社会影响来看，白氏此前的诗歌似乎只有此篇"流闻禁中"的可能性最大，而且白氏在盩厔尉任上创作这篇歌行之后的半年多即得到升迁。那么《长恨歌》的创作与其嗣后的迅速升迁入朝有无关系呢？如果有，那么是否会影响人们对其主题内涵的认识呢？

二、"仙游寺故事会"与《长恨歌》的创作方式及其原初内涵

关于《长恨歌》的具体创作缘由，白居易并未有一言提及，而陈鸿的《长恨歌传》则有详细记载。但陈鸿的《长恨歌传》无论是在篇题还是内容上，都存在不同的版本。就目前流传下来的早期版本来说，主要有三种。其一载《太平广记》卷四八六，题作《长恨传》，其末云：

> 至宪宗元和元年，盩厔县尉白居易为歌，以言其事，并前秀才陈鸿作传，冠于歌之前，目为《长恨歌传》。②

其二载《文苑英华》卷七九四，题作《长恨歌传》，其末云：

---

① 《与元九书》，见［唐］白居易撰，朱金城笺校《白居易集笺校》卷四五，上海古籍出版社1988年，第2793页。

② ［宋］李昉等编《太平广记》卷四六八，中华书局1961年，第4000页。

　　元和元年冬十二月，太原白乐天自校书郎尉于盩厔，鸿与琅琊王质夫家于是邑，暇日相携游仙游寺，话及此事，相与感叹。质夫举酒于乐天前曰："夫希代之事，非遇出世之才润色之，则与时消没，不闻于世。乐天，深于诗多于情者也。试为歌之，如何？"乐天因为《长恨歌》。意者不但感其事，亦欲惩尤物，窒乱阶，垂于将来者也。歌既成，使鸿传焉。世所不闻者，予非开元遗民，不得知；世所知者，有《玄宗本纪》在，今但传《长恨歌》云尔。①

《文苑英华》在上文之外，又附录一段出于《丽情集》的版本，其末言：

　　元和年冬十二月，太原白居易尉于盩厔，予与琅琊王质夫家仙游谷，因暇日携手入山，质夫于道中语及于是。白乐天，深于思者也，有出世之才，以为往事多情而感人也深，故为《长恨词》以歌之，使鸿传焉。世所隐者，鸿非史官，不知。所知者，有《玄宗内传》今在。予所据，王质夫说之尔。②

　　除以上三种版本外，现存白集中的《长恨歌》前亦载《长恨歌传》一篇，文字同《文苑英华》正录之《长恨歌传》，署"前进士陈鸿撰"。③ 上述诸版本繁简不同，文字各异，到底哪一版本更符合陈鸿原作，学界聚讼纷纷。④ 实际上，不论哪种版本更符合陈鸿原作，仅从其中对于《长恨歌》创作缘由的记述来看，白氏创作《长恨歌》其实十分偶然，乃是在朋友聚谈中王质夫偶然言及李、杨之事，白氏认为此事多情而感人，于是便即兴创作了此诗。但其产生的巨大影响是诗人所料未及的。清人赵翼《瓯北诗话》卷四曾言：

① ［宋］李昉等编《文苑英华》卷七九四，中华书局1956年，第4201页。
② ［宋］李昉等编《文苑英华》卷七九四，中华书局1956年，第4202页。
③ ［唐］白居易撰，朱金城笺校《白居易集笺校》卷一二，上海古籍出版社1988年，第656页。
④ 详周相录《〈长恨歌〉研究》（巴蜀书社2003年）第二章、张中宇《白居易〈长恨歌〉研究》（中华书局2005年）第一章。也有学者认为陈鸿本无所谓《长恨歌传》的作品，其乃宋人伪撰（王万岭《〈长恨歌〉考论》第六章"唐代陈鸿没有写作《长恨歌传》"，南京大学出版社2010年）。

香山诗名最著，及身已风行海内，李谪仙后一人而已。……是古来诗人，及身得名，未有如是之速且广者。盖其得名，在《长恨歌》一篇。其事本易传；以易传之事，为绝妙之词，有声有情，可歌可泣，文人学士既叹为不可及，妇人女子亦喜闻而乐诵之。是以不胫而走，传遍天下。①

赵翼认为，白居易诗名显赫，主要是得自《长恨歌》一篇，这种判断应该符合实际。唐人对于《长恨歌》流传之广的论述也可以从侧面印证赵翼的判断。如孟棨《本事诗》中所记的张祜与白居易分别以对方的得意之作相互调谑的故事，被张祜称为"目莲变"的就是《长恨歌》中的"上穷碧落下黄泉，两处茫茫皆不见"两句。② 唐宣宗在悼念白居易的诗中亦言："童子解吟长恨曲，胡儿能唱琵琶篇。"③ 这些足以说明，白居易主要是以《长恨歌》作者的身份获得诗名及社会认同的。

《长恨歌》所写的是以安史之乱作为背景的唐玄宗与杨贵妃的爱情故事。前后持续八年之久的安史之乱，使开天盛世的繁华烟消云散，成为唐王朝由盛而衰的转折点。这一重大事件，对于中晚唐时期的人来说是挥之不去的痛苦记忆。唐人对此的记载极多，除《玄宗实录》《肃宗实录》等官方史料对此详细记载外，文人笔记小说也对此多有涉及，如郭湜《高力士外传》、李德裕《次柳氏见闻》、姚汝能《安禄山事迹》、包谞《河洛春秋》、郑处诲《明皇杂录》、郑綮《开天传信记》、温畬《天宝乱离西幸记》等，皆专力或有相当笔墨记载开天轶事。其中，玄宗奔蜀及杨贵妃缢死马嵬一事，尤为人所关注，不仅史书详细记载、文人笔记小说着力铺排，在民间也为人津津乐道。李肇《国史补》卷上记：

　　玄宗幸蜀，至马嵬驿，命高力士缢贵妃于佛堂前梨树下。马嵬店媪

---

① ［清］赵翼《瓯北诗话》卷四，人民文学出版社1963年，第37页。
② ［唐］孟棨《本事诗·嘲戏》，见上海古籍出版社编，丁如明等点校《唐五代笔记小说大观》，上海古籍出版社2000年，第1252页。
③ 《吊白居易》，见［清］彭定求等编，陈尚君增订《全唐诗》（增订本）卷四，中华书局1999年，第50页。

收得锦靿一只。相传过客每一借玩，必须百钱，前后获利极多，媪因至富。①

相传贵妃的一只锦靿，居然被一妇人当作挣钱的由头，而时人对此趋之若鹜也能说明对这一事件本身怀有极大的兴趣。

在白居易创作《长恨歌》之前，与李、杨相关的题材就已成为诗歌创作的热点话题。据靳极苍先生所编《长恨歌及同题材诗详解》②统计，仅有唐一代吟咏开天之事尤其是李、杨之事的诗歌就有百余首。杜甫的《哀江头》和《北征》是此类诗歌的开山之作。嗣后的文人创作逐渐集中在两个主题，一是对明皇与妃子盛世享乐的描写，二是对贵妃缢死马嵬一事的咏叹。这两个主题在后人的吟咏过程中，李、杨享乐的地点逐步被固定在骊山、华清宫、长生殿，成为后人追忆盛世的文学场，如张继、皇甫冉、卢纶、李益等皆有关于华清宫题材的诗作，其中，王建此类题材的诗作独多，有《温泉宫行》《华清宫感旧》《晓望华清宫》《华清宫前柳》等。马嵬坡则逐渐成为后人凭吊贵妃的典型文学意象，相关作品有李益的《过马嵬二首》《又过马嵬》，刘禹锡的《马嵬行》等。在中晚唐时期，这类题材的诗歌往往会为诗人赢得巨大的声名。如陆龟蒙《和过张祜处士丹阳故居诗序》言："祜元和中作宫体小诗，辞曲艳发，当时轻薄之流能其才，合噪得誉"。③张祜成名于宫词，而其宫词中颇多开天宫廷逸事的描写。洪迈《容斋随笔》卷九云：

> 唐开元、天宝之盛，见于传记、歌诗多矣，而张祜所咏尤多，皆他诗人所未尝及者。如《正月十五夜灯》云："千门开锁万灯明，正月中旬动帝京。三百内人连袖舞，一时天上着词声。"《上巳乐》云："猩猩血染系头标，天上齐声举画桡。却是内人争意切，六宫红袖一时招。"《春莺啭》云："兴庆池南柳未开，太真先把一枝梅。内人已唱《春莺啭》，花下偬偬软舞来。"又有《大酺乐》《邠王小管》《李谟笛》《宁哥

---

① ［唐］李肇撰，聂清风校注《唐国史补校注》卷上，中华书局 2021 年，第 34 页。
② 靳极苍《长恨歌及同题材诗详解》，山西古籍出版社 2002 年。
③ ［唐］陆龟蒙撰，宋景昌、王立群点校《甫里先生文集》卷一〇，河南大学出版社 1996 年，第 135 页。

来》《邠娘羯鼓》《退宫人》《耍娘歌》《悖拏儿舞》《阿㑚汤》《雨霖铃》《香囊子》等诗，皆可补开天遗事，弦之乐府也。①

张祜“可补开天遗事”的宫词，虽然在内容上已经不再集中对安史之乱及贵妃缢死一事进行直接描写，但其创作在当时所产生的巨大影响，仍可看出其时社会上对于开天遗事关注的极大热情和怀旧心理。这应该是《长恨歌》这一题材能产生巨大影响的社会基础。从这一点来看，白居易创作的《长恨歌》作为同类题材的集大成者，其“其事本易传”无疑是一重要因素。

与史家谈及开天轶事多持批评态度不同，文人笔下的李、杨之事更多的是一种怀旧或者凭吊的文学意象，而且由于并不需要严格地以史实和政治伦理为依据，其创作的自由度也更大。作为一篇本就具有极强叙事功能的长篇歌行，白氏的《长恨歌》用天马行空的笔触，充分吸收野史、传说等素材，拼接出更跌宕的故事。如历来被认为是最具创造性的《长恨歌》后半部分，陈寅恪先生论曰：“若依唐代文人作品之时代，一考此种故事之长成，在白歌与陈传之前，故事大抵尚局限于人世，而不及于灵界，其畅述人天生死形魂离合之关系，似以《长恨歌》及《传》为始创。此故事既不限现实之人世，遂更延长而优美。”② 实际上，这些并非白氏首创，而很可能是吸收了汉武帝李夫人的故事和民间的相关传说乃至佛教故事敷衍而成。③ 但无论如何，这些脱离现实的故事情节，既让诗歌具有传奇般的故事性，也更符合一般民众的审美需求，迎合了世俗情感的需要。后来，与《长恨歌》题材类似的元

---

① ［宋］洪迈撰，孔凡礼点校《容斋随笔》卷九，中华书局2005年，第124页。

② 陈寅恪《元白诗笺证稿》，生活·读书·新知三联书店2001年，第13页。

③ 陈鸿《长恨歌传》中已言贵妃“如汉武帝夫人”，陈寅恪《元白诗笺证稿·长恨歌》也曾指出汉武帝李夫人故事对《长恨歌》中灵界叙事的影响。李剑国亦言：“道士索魂，乃祖袭《史记》《汉书》《汉武故事》《拾遗记》等所载汉武帝见李夫人亡魂事”［李剑国《唐五代志怪传奇叙录》（增订本），中华书局2017年，第357页］。至于其受民间此类传说的影响，赵翼《瓯北诗话》卷四云：“此必无之事，特一时俚俗传闻，易于耸听；香山竟为诗以实之，遂成千古耳”。（《瓯北诗话》，人民文学出版社1963年，第43页。）又王运熙据《丽情集》本《长恨歌传》，认为白氏是从王质夫的口中听得此类民间传说感而作诗的（王运熙《略谈〈长恨歌〉内容的构成》，载《复旦学报》1959年第7期）；陈允吉先生则认为，《长恨歌》受到《欢喜国王缘》这一变文讲唱文学形式的影响（《从〈欢喜国王缘〉变文看〈长恨歌〉故事的构成》，见陈允吉《唐音佛教辨思录》，上海古籍出版社1988年）。

稹《连昌宫词》和郑嵎《津阳门诗》与白氏不同，二者皆设置了一个不具有全能视角的叙述者——老翁的角色，以开天遗民的第一人称的口吻进行叙述，这种叙述策略使其写作自由度受到极大的限制，而且在末尾多加上如同史书一般的评述，带上伦理价值评判的印记。不得不说，这种为了竭力营造一种真实氛围的"白头宫女在，闲坐说玄宗"[①] 外加作者主观评判式的处理方法，在一定程度上失去了文学作品应有的以情动人的感染力。白居易所谓的"一篇长恨有风情"，则是以传说代替现实、以理解与同情代替政治伦理的批判，专力营造一个可歌可泣的悲剧爱情故事，使之更符合世俗的审美标准，因此才会产生"妇人女子亦喜闻而乐诵之"的接受效果。

当然，除题材与艺术上的成功之外，《长恨歌》具体的创作与传播方式也是其产生巨大影响的重要原因。如陈鸿《长恨歌传》所言，《长恨歌》是白、陈、王三人在仙游寺聚会之际偶然创作的。这类聚会与京城里正式的社交活动不同，而是私人的娱乐活动。其时，文人多以交流各类故事作为一种流行的休闲娱乐方式，唐代传奇小说的创作多与此类具有"故事会"性质的朋友聚谈有关。日本学者内山知也指出："唐代的小说多半是在一些志同道合的文人小圈子中被津津乐道地阅读传诵，之后逐渐扩展到其他圈子里，又多在经历一段传播过程后才广为世间所知的。这样的小说完成过程曾在一些故事的末尾如《任氏传》《莺莺传》《长恨歌传》等作品中被记录下来。……它们多以在一些好事者中流传的话语、传说（传闻）为基础写成并被广为阅读。"[②] 内山氏所言，正是唐代许多传奇小说创作的一个突出特点。比如，他提及的《任氏传》和《莺莺传》：

> 建中二年，既济自左拾遗于金吾将军裴冀，京兆少尹孙成，户部郎中崔需，右拾遗陆淳，皆谪居东南，自秦徂吴，水陆同道。时前拾遗朱放，因旅游而随焉。浮颍涉淮，方舟沿流，昼宴夜话，各征其异说。众君子闻任氏之事，共深叹骇，因请既济传之，以志异云。（沈既济《任氏传》）[③]

---

① 元稹《行宫》，见 [唐] 元稹撰，周相录校注《元稹集校注》卷一五，上海古籍出版社 2011 年，第 477 页。
② [日] 内山知也《隋唐小说研究》，复旦大学出版社 2010 年，第 273 页。
③ 李时人编校《全唐五代小说》，陕西人民出版社 1998 年，第 541—542 页。

予常于朋会之中，往往及此意者，夫使知者不为，为之者不惑。贞元岁九月，执事李公垂宿于予靖安里第，语及于是，公垂卓然称异，遂为《莺莺歌》以传之。崔氏小名莺莺，公垂以命篇。（元稹《莺莺传》）①

再如，以下诸例：

予伯祖尝牧晋州，转户部，为水陆运使，三任皆与生为代，故谙详其事。贞元中，予与陇西公佐话妇人操烈之品格，因遂述汧国之事。公佐拊掌竦听，命予为传。乃握管濡翰，疏而存之。（白行简《李娃传》）②

元和六年夏五月，江淮从事李公佐使至京，回次汉南，与渤海高钺、天水赵儹、河南宇文鼎会于传舍。宵话征异，各尽见闻。钺具道其事，公佐因为之传。（李公佐《庐江冯媪传》）③

元和十年，亚之以记室从陇西公军泾州，而长安中贤士皆来客之。五月十八日，陇西公与客期，宴于东池便馆。既坐，陇西公曰："余少从邢凤游，得记其异，请语之"。……是日，监军使与宾府郡佐及宴客：陇西独狐铉、范阳卢简辞、常山张又新、武功苏涤，皆叹息曰："可记。"故亚之退而著录。明日，客有后至者，渤海高允中、京兆韦谅、晋昌唐炎、广汉李瑀、吴兴姚合，洎亚之复集于明玉泉，因出所著以示之。（沈亚之《异梦录》）④

在这类活动中产生的传奇作品，多是由讲述者引出话题，听者或是讲述者在故事的感染下，或是在众人的鼓动下进行创作的，实际上可以视为由多人共同完成。由于是多人参与设计构思，作品创作完成之后，第一读者不会是一个人，而是一群人。对于作者而言，其所记的是一种公开化的故事，必须考虑受众群的审美需求，而不是一种单项的功能。娱乐化是其基本功能，

---

① 李时人编校《全唐五代小说》，陕西人民出版社 1998 年，第 662-663 页。
② 李时人编校《全唐五代小说》，陕西人民出版社 1998 年，第 631 页。
③ 李时人编校《全唐五代小说》，陕西人民出版社 1998 年，第 646 页。
④ 李时人编校《全唐五代小说》，陕西人民出版社 1998 年，第 687-689 页。

流行化则是其自然的追求。因此，在这种"故事会"中形成的作品一般都具有较强的传播效应。

陈鸿《长恨歌传》及白居易《长恨歌》的创作过程即与此类似。在上引的《文苑英华》本《长恨歌传》中，王质夫讲述了李、杨的故事，白居易应王质夫的要求创作《长恨歌》，这段记载在《丽情集》版本中虽然不见王质夫的劝说之语，但从行文来看，白氏由被劝说作《歌》变成"以为往事多情而感人也深，故为《长恨词》以歌之，使鸿传焉"的主动创作姿态。无论是《歌》还是《传》，实际上都可以视为三人合力完成的作品，创作的目的则是使这一"希代之事"长久、广泛地传播。白居易在仙游寺故事会中，能汲取多人叙事之细节与技巧，以长篇歌行的形式加以演绎，完成了聚会中形成的默认目标，自然也就具有较佳的传播效应。

由上可见，《长恨歌》在继承既有题材的基础上，以传奇小说的笔法创作出了一篇符合世俗审美品位并追求传播效应的风情故事，其产生的巨大影响是作者预设的结果。至于如《文苑英华》本所谓的"不但感其事，亦欲惩尤物，窒乱阶，垂于将来者也"的创作意图，联系白氏此前的经历和行为，尤其是在盩厔尉任上的闷闷不乐与牢骚满腹来看，实际上未必是其看重的一点。白居易自言："一篇长恨有风情，十首秦吟近正声。"显然，在他看来，《长恨歌》是有别于"正声"的风情之作。换句话说，白居易在县尉任上以《长恨歌》名动天下，与本诗有无讽谕意义关涉不大。尉官身份较低，同事间交往无宫廷礼仪之限制，仍保留了科场才士的名望，使其可自由抒写这一悲剧，以迎合世俗的审美，娱乐化则是其中的内核。但是白居易若因此诗而受到帝王的赏识并得到拔擢，那么在相应的政治氛围中，其主题及内涵就会因主、客观方面的原因而产生一定程度的变化，导致作品"变调"。

三、元和朝政治与《长恨歌》讽谕内涵的凸显及主题变调

白居易的《长恨歌》于元和元年十二月在盩厔尉任上创作之后，加上有陈鸿《长恨歌传》一篇与其并行，其传播的速度应相当快。从盩厔县的位置来看，作为畿县，离政治文化中心的长安不远，《长恨歌》在完成后不久即可能传入长安。那么这首取材于本朝史事的长篇歌行流入禁中并得唐宪宗注意也是完全有可能的。这一点，我们可以从元和朝对玄宗朝政事的评价与统治阶层对相关文学作品的态度上加以考察。

如上所言，安史之乱作为本朝的一个重大历史事件，唐人对此事的关注度颇高，不仅史家对其进行记录评价，文人形诸小说、吟咏，而且统治阶层也多并不避讳谈及此事，还将其作为探讨理、乱之源的一个极好案例。这一话题，在具有极强中兴意识的宪宗朝廷，曾不止一次地被讨论。宪宗对于本朝治、乱之事颇多留意。《旧唐书》卷一四《宪宗纪上》记：

> 上谓宰臣曰："朕览国书，见文皇帝行事，少有过差，谏臣论诤，往复数四。况朕之寡昧，涉道未明，今后事或未当，卿等每事十论，不可一二而止。"①

此事发生在宪宗即位初期的元和二年，所谓"朕览国书"，可见其对本朝历史的关注。元和四年七月，宪宗又"御制《前代君臣事迹》十四篇，书于六扇屏风。是月，出书屏以示宰臣，李藩等表谢之"②。虽然这十四篇书于屏风的前代君臣事迹内容不明，但想来必然包括宪宗所关注的本朝君臣之事。此外，宪宗还十分喜爱《霓裳羽衣曲》及舞蹈。白集卷二一《霓裳羽衣歌》中曾经回忆道："我昔元和侍宪皇，曾陪内宴宴昭阳。千歌百舞不可数，就中最爱霓裳舞。"③《霓裳羽衣曲》，据白居易歌中所言，乃是"杨氏创声君造谱"，相传为开元中西凉节度使杨敬述所献，唐玄宗据此创为乐舞，还曾与杨贵妃于华清宫演唱，在开元、天宝年间盛行一时。在后人看来，此舞曲已被视为开天繁华的一种盛世象征。同时，如杜牧所云："《霓裳》一曲千峰上，舞破中原始下来。"④这套舞曲又被视为玄宗耽于享乐的象征。宪宗朝廷演奏之，恐怕也包含着这种复杂的心理。

可以说，在宪宗的意识里，开天盛世既是其追慕的对象，也让其怀有复杂的感情。宪宗对玄宗朝由治而乱的发生过程进行讨论，更是鲜明地体现了这一点。宪宗曾多次与臣下探讨此类话题，如《旧唐书·李绛传》记：

① ［后晋］刘昫等撰《旧唐书》卷一四，中华书局1975年，第423页。
② ［后晋］刘昫等撰《旧唐书》卷一四，中华书局1975年，第428页。
③ ［唐］白居易撰，朱金城笺校《白居易集笺校》卷二一，上海古籍出版社1988年，第1410页。
④ 《过华清宫绝句三首》其三，见［唐］杜牧撰，吴在庆校注《杜牧集系年校注》卷二，中华书局2008年，第225页。

他日延英，上曰："朕读《玄宗实录》，见开元致理，天宝兆乱。事出一朝，治乱相反，何也？"绛对曰："臣闻理生于危心，乱生于肆志。玄宗自天后朝出居藩邸，尝莅官守，接时贤于外，知人事之艰难。临御之初，任姚崇、宋璟，二人皆忠鲠上才，动以致主为心。明皇乘思理之初，亦励精听纳，故当时名贤在位，左右前后，皆尚忠正。是以君臣交泰，内外宁谧。开元二十年以后，李林甫、杨国忠相继用事，专引柔佞之人，分居要剧，苟媚于上，不闻直言。嗜欲转炽，国用不足，奸臣说以兴利，武夫说以开边。天下骚动，奸盗乘隙，遂至两都覆败，四海沸腾，乘舆播迁，几至难复。盖小人启导，纵逸生骄之致也。至今兵宿两河，西疆削尽，甿户凋耗，府藏空虚，皆因天宝丧乱，以至于此。安危理乱，实系时主所行。陛下思广天聪，亲览国史，垂意精赜，鉴于化源，实天下幸甚。"①

《旧唐书·崔群传》又记：

度支使皇甫镈阴结权倖，以求宰相，群累疏其奸邪。尝因对面论，语及天宝、开元中事，群曰："安危在出令，存亡系所任。玄宗用姚崇、宋璟、张九龄、韩休、李元纮、杜暹则理，用林甫、杨国忠则乱。人皆以天宝十五年禄山自范阳起兵，是理乱分时，臣以为开元二十年罢贤相张九龄，专任奸臣李林甫，理乱自此已分矣。用人得失，所系非小。"词意激切，左右为之感动。②

可见，宪宗在位期间不仅常读《玄宗实录》，好言开元、天宝间的政事，且主动与群臣探讨。从李绛、崔群二人所言来看，对于开天政治得失，宪宗君臣有清醒深刻的认识，而且往往引以为鉴，作为指导本朝政治的反面教材。以上所引李绛事发生在元和四年，崔群事则发生在元和十四年，虽然时间都非宪宗初即位时，但这种讨论很可能发生在宪宗即位早期。李绛于元和二年入朝为翰林学士，崔群于同年十一月充翰林学士，二人皆以直言极谏称

① ［后晋］刘昫等撰《旧唐书》卷一六四，中华书局1975年，第4288-4289页。
② ［后晋］刘昫等撰《旧唐书》卷一五九，中华书局1975年，第4189页。

于时,而且颇得宪宗重视。史称李绛自元和二年入翰林至元和五年知制诰"皆不离内职,孜孜以匡谏为己任"①。《新唐书·崔群传》亦记:"累迁右补阙、翰林学士、中书舍人。数陈谠言,宪宗嘉纳,因诏学士:'凡奏议,待群署乃得上。'"② 因此,李绛、崔群二人在宪宗即位早期即为翰林学士,作为皇帝身边的近臣,他们与宪宗可能经常讨论开天治乱的话题。宪宗处二人为翰林学士,嗣后更是经此而拜相,也很能见出宪宗的用人态度。

既然宪宗君臣对开天之事如此关注,那么白居易之《长恨歌》能否流入禁中为宪宗所知呢?目前虽无直接的材料证明,但是揆以唐时的一般情况,这件事完全有可能发生。

首先,唐代翰林学士是具有帝王私人秘书性质的官职,其职责之一就是出纳王命、撰写诏敕。因此,从唐玄宗设翰林学士开始,所选之人如韦执谊《翰林院故事记》所言,乃是"朝官有词艺学识者"③,文学才华是选用翰林学士最重要的考察标准之一。在唐代翰林学士选任的考核中,主要的测试内容是制诏、诗赋。白居易在元和二年入翰林院所考核的内容,据其《奉敕试制书诏批答诗等五首》记载,包括制诏三篇、批答一篇、诗一篇。④可见,重点考察的是他的文学才华。这说明,白居易之所以能有入翰林的机会,首先是因为其文学才华得到了认可。其次,唐代帝王有以文学创作选用秘书的传统。即就中唐时期而言,韩翃为德宗所用,元稹为穆宗所用可为代表。《新唐书·韩翃传》记:"翃,字君平,南阳人。侯希逸表佐淄青幕府,府罢,十年不出。李勉在宣武,复辟之。俄以驾部郎中知制诰。时有两韩翃,其一为刺史,宰相请孰与,德宗曰:'与诗人韩翃。'终中书舍人。"⑤ 对此,《唐才子传》卷二所记更为详细:

> 德宗时,制诰阙人,中书两进除目,御笔不点,再请之,批曰:"与韩翃。"时有同姓名者为江淮刺史,宰相请孰与,上复批曰:"'春城

① [后晋] 刘昫等撰《旧唐书》卷一六四,中华书局 1975 年,第 4285 页。
② [宋] 欧阳修、宋祁等撰《新唐书》卷一六五,中华书局 1975 年,第 5080 页。
③ [清] 董诰等编《全唐文》卷四五五,中华书局 1983 年,第 4648 页。
④ [唐] 白居易撰,朱金城笺校《白居易集笺校》卷四二七,上海古籍出版社 1988 年,第 2868 页。
⑤ [宋] 欧阳修、宋祁等撰《新唐书》卷二〇三,中华书局 1975 年,第 5786 页。

无处不飞花'韩翃也。"俄以驾部郎中知制诰。①

《新唐书》及《唐才子传》中所言，本于唐人孟棨《本事诗·情感》篇中的相关记载，虽是小说家言，但唐人记此事并非一例。姚合《极玄集》中亦言韩翃"以《寒食》诗受知德宗，官至中书舍人"②。以上可知，韩翃以《寒食》诗被德宗擢为中书舍人，实有其事，非仅道听途说。③

又《旧唐书·元稹传》记：

> 穆宗皇帝在东宫，有妃嫔左右尝诵稹歌诗以为乐曲者，知稹所为，尝称其善，宫中呼为"元才子"。荆南监军崔潭峻甚礼接稹，不以掾吏遇之，常征其诗什讽诵之。长庆初，潭峻归朝，出稹《连昌宫辞》等百余篇奏御，穆宗大悦，问稹安在，对曰："今为南宫散郎。"即日转祠部郎中、知制诰。④

此处所记元稹一事本于白居易所撰的《元稹墓志》，白居易言："公凡为文，无不臻极，尤工诗。在翰林时，穆宗前后索诗数百篇，命左右讽咏，宫中呼为'元才子'。"⑤ 与《旧唐书》所记在时间上虽稍有不同，⑥ 但元稹以文学创作而得穆宗赏识并被拔擢是可以确定的。

以上两例，一则发生在德宗朝，另一则发生在穆宗朝。韩翃、元稹二人皆是以诗名得到重用乃至执掌王言，足见是时帝王选任秘书班子人员，文学尤其是诗歌才华是其考虑的一个重要标准，起码是获得关注的契机。就宪宗来说，他虽不以文雅著称，甚至未有一首诗歌留存于世，但其对诗歌创作并非不予关注。今存唐人选唐诗有令狐楚所编的《御览诗》一卷，傅璇琮先生

---

① 傅璇琮编《唐才子传校笺》（第二册），中华书局1989年，第28页。
② 傅璇琮等编《唐人选唐诗新编》（增订本），中华书局2014年，第692页。
③ 关于此事的详细考证，可参傅璇琮《关于〈柳氏传〉与〈本事诗〉所载韩翃事迹考实》，载氏著《唐代诗人丛考》，中华书局2003年，第469-490页。
④ ［后晋］刘昫等撰《旧唐书》卷一六六，中华书局1975年，第4333页。
⑤ 《唐故武昌军节度处置等使正议大夫检校户部尚书鄂州刺史兼御史大夫赐紫金鱼袋赠尚书右仆射河南元公墓志铭》，见［唐］白居易撰，朱金城笺校《白居易集笺校》卷七〇，上海古籍出版社1988年，第3738页。
⑥ 详参滕汉洋《"元才子"得名小考》，载《理论界》2012年第7期。

据书中所题令狐楚"翰林学士朝议郎守中书舍人"的题衔，考定此书的撰进当在元和九年至元和十二年之间，乃是令狐楚应宪宗之命而编选的。① 由书名来看，其编选的目的当是为宪宗宫廷提供一本唐诗读本。这一选本至少可以说明其时宫廷对于文学的好尚。上引穆宗东宫嫔妃左右尝诵元稹歌诗以为乐曲一事，也可说明其时著名诗人的作品可以在宫廷传唱。因此，白居易之产生巨大影响的《长恨歌》流入宫廷也是完全有可能的。

日本学者静永健指出，白氏后来创作《新乐府》中的《骊山高》《胡旋女》《李夫人》《上阳白发人》等诗，都是以《长恨歌》为样板的，他认为这是白居易在有意突出自己《长恨歌》作者的身份——虽然其中的杨贵妃形象与之前相比已经发生了巨大变化。② 如果我们考虑到白氏讽谕诗的创作目的乃是"难于指言者，辄咏歌之，欲稍稍递进闻于上"③，静永氏的说法应该是符合实际的。白氏这种在题材选择上的策略，可能正与他因《长恨歌》得宪宗赏识有关。

宪宗用人重文，更重具有讽谏意识之人。《旧唐书·裴垍传》记："李吉甫自翰林承旨拜平章事，诏将下之夕，感出涕，谓垍曰：'吉甫自尚书郎流落远地，十余年方归，便入禁署，今才满岁，后进人物，罕所接识。宰相之职，宜选擢贤俊，今则懵然莫知能否。卿多精鉴，今之才杰，为我言之。'垍取笔疏其名氏，得三十余人，数月之内，选用略尽，当时翕然称吉甫有得人之称。"又云，"垍在翰林，举李绛、崔群同掌密命"④。裴垍自永贞元年十二月由考功员外郎充翰林学士，至元和三年四月出院拜户部侍郎。李吉甫于元和二年拜相，李绛、崔群就是因裴垍推荐而得李吉甫及宪宗任用，并最终入翰林学士的。就宪宗朝的人才储备来说，早期的翰林学士是一重要的人才来源。刘禹锡为李绛所撰的《唐故相国李公集纪》言："唐之贵文至矣哉！后王纂承，多以国柄付文士。元和初，宪宗遵圣祖故事，视有宰相器者贮之

---

① 傅璇琮等编《唐人选唐诗新编》（增订本），中华书局 2014 年，第 533 页。
② ［日］静永健撰，刘维治译《白居易写讽谕诗的前前后后》，中华书局 2007 年，第 109 页。
③ 《与元九书》，见［唐］白居易撰，朱金城笺校《白居易集笺校》卷四五，上海古籍出版社 1988 年，第 2792 页。
④ ［后晋］刘昫等撰《旧唐书》卷一四八，中华书局 1975 年，第 3989、3992 页。

内庭，绵是释笔砚而操化权者十八九。公实得时而光焉。"① 李绛因此入为翰林学士，崔群当亦类似。翰林学士一职，始设于玄宗朝，最早仅是代替中书舍人的一部分职能，为皇帝起草诏敕文书。嗣后其权力逐步扩展，甚至可以对现实政治产生巨大影响，如永贞革新中的王叔文、王伾等人即出身翰林。在宪宗时期，翰林学士之宠任更甚前朝。宪宗即位之后，首先于翰林院设承旨学士一职，已见出其对翰林学士的重视程度。又宪宗一朝，郑絪、李吉甫、裴垍、李绛、崔群、王涯等皆由承旨学士拜相，可见翰林学士一职在宪宗一朝之地位，无疑十分重要。宪宗早期曾于翰林院罗致多人，如刘禹锡所言，实际上有储备人才的考虑。从这些人的思想和行为来看，都具有积极用事之心和强烈的谏净意识。

虽然笔者并不认为白氏在创作《长恨歌》时含有所谓的"欲惩尤物，窒乱阶，垂于将来"的明确意识，但这似乎并不妨碍宪宗因这首诗歌肯定其文学才华而加以擢用。因为作为文学作品来说，白居易《长恨歌》中描述的悲剧爱情故事，至少可以表达出一种盛世的感怀情绪，也与宪宗对玄宗一朝的认识类似。固然如静永健所说，《新乐府》中的几首与《长恨歌》同题材作品中的杨贵妃形象，已发生了巨大的逆转，由一个多情的女子变为妒妇与红颜祸水，白居易在这些后来创作的作品中增加了讽谕意识。但就《长恨歌》的题材而言，其本身就有潜在的以史为鉴的内涵。尤其是在宪宗朝廷的政治文化氛围中，这种内涵更容易凸显出来。前文所引《旧唐书·白居易传》和《资治通鉴》，虽然认为白居易是因讽谕诗的创作而为宪宗拔擢与事实不符，但其认为白居易是因具有讽谕意识的作品而得宪宗赏识的推测符合逻辑。因此，在宪宗朝的政治文化氛围中，以讽谕诗人自命且创作大量有影响的讽谕诗作品的白居易，其早期的《长恨歌》中不为诗人当时所强调却隐含以史为鉴的内涵得以凸显，也是必然的。

综上，笔者以为，白居易于元和元年在盩厔尉任上创作了《长恨歌》，这首声情并茂的作品迅速地传播开来，使诗人获得了巨大的声名。而白氏在不久后即得到宪宗的拔擢，很难说不是和这首诗歌传播所获得的巨大声名有关。虽然白居易在创作《长恨歌》时未必具有明确的讽谕意识，但这一题材

---

① ［唐］刘禹锡撰，瞿蜕园笺证《刘禹锡集笺证》卷一九，上海古籍出版社1989年，第479页。

很容易契合宪宗朝早期的政治氛围和宪宗本人的政治意识，生发出讽谕内涵。而且，后来白居易"职为学士，官是拾遗"① 鼓荡起的用事之心，并且在同类题材中有意识地增加了讽谕内容，进一步强化了《长恨歌》这种潜在的主题倾向，从而使此诗由"风情"变调为"讽谕"。因此，可以说，《长恨歌》的讽谕内涵，正是在宪宗朝特定的政治文化氛围中凸显并确定的。明确这一点后，我们也就不难理解讽谕说为何会在对《长恨歌》主题的讨论中长期占据主导地位了。

---

① 《论制科人状》，见［唐］白居易撰，朱金城笺校《白居易集笺校》卷五八，上海古籍出版社 1988 年，第 3328 页。

第五章　下邽丁忧生活与《新乐府》的创作

白居易的《新乐府》五十首，是其生平最重要的一组讽谕诗作品。对其创作过程，学界一般据元稹《和李校书新题乐府十二首》之序，认为是李绅首创"乐府新题"二十首赠元稹，元稹选和其中十二首，白居易又在李、元二人基础上推广之，成五十首之数。由于李绅的二十首作品已佚，元稹十二首和作虽然留存，但写作时间无明确记载，则白居易在《新乐府序》末"元和四年为左拾遗时作"的时间记载，成为判断三人《新乐府》大体创作时间以及所谓的"新乐府运动"开展时间的一个重要证据。然而，关于白居易《新乐府》五十首的创作时间是否在元和四年，却存在争议。这一问题涉及对这组作品价值与意义的评价，实有重新加以梳理的必要。本章结合对白居易下邽丁忧期间生活的分析，对此提出自己的看法。

一、《新乐府》创作时间的公案与疑案

历来最通行的明代马调元刊本《白氏长庆集》中的《新乐府序》末尾云："元和四年为左拾遗时作。"这一关乎《新乐府》写作时间的文字虽然与绍兴本、那波本《白氏文集》中的题写位置不同①，但诸本皆有这段文字。因此，《新乐府》五十首创作于元和四年，白居易时任左拾遗时期，这一点似乎没有疑问。然清人卢文弨《群书拾补》校正《白氏文集》，其中《新乐府》部分参校了明代海宁卫指挥使严震所刊之《白氏讽谏》，但"元和四年为左拾遗时作"一行文字题写在"卷三、讽谕三、凡二十首、新乐府并序"的卷题之后，而在《新乐府序》之末尾又署"唐元和壬辰冬长至日左拾遗兼翰林学士白居易序"一行文字，卢文弨并加按语云："序末别行，二十一字，

---

① 绍兴本和那波本这段文字皆在序末另行退两格署，与序本不相连。

严本有。"① 这一记录颇有问题，两署时间，且有龃龉：元和壬辰即元和七年，与前言元和四年显然不符；另外，其结衔也不合唐人惯例。对此，岑仲勉先生最早提出疑问，其云：

> 　　按：唐世翰学结衔，放在官前或官后，虽无一定，惟唐中叶已还，"兼"字率就兼两官者用之。左拾遗、官也，翰林学士、差遣也，于义不为兼。况翰学固极贵重之差遣，宁肯着一兼字以自歧视之乎（行制俱云充，不曰兼）。今且不必他征，即就居易《谢官状》："新授将仕郎守左拾遗翰林学士臣白居易，新授朝议郎守尚书库部员外郎翰林学士云骑尉臣崔群。"洎《初授拾遗献书》之"翰林学士将仕郎守左拾遗臣白居易"，已见"兼"字之可疑；况苟有此行，前文又何须自注"元和四年为左拾遗时作"耶。②

岑先生虽然注意到"兼"字有问题，也认为"元和壬辰"与前文的"元和四年"自相矛盾，但他并未对《新乐府》的创作时间提出怀疑，而认为是"明人好行小慧擅改旧籍"造成的，可能是严本妄加了序末的一段题署文字，仍然认为《新乐府》创作于元和四年。

嗣后，陈寅恪先生则据此就《新乐府》之完成时间问题提出新说。其承岑仲勉先生之说进一步指出："元和壬辰即元和七年，是年乐天以母忧退居渭上。乐天于前二年即元和五年已除京兆府户曹参军，其所署官衔左拾遗，自有可议。且翰林学士之言，似更与唐人题衔惯例不类。"陈寅恪先生考证了《新乐府》中的《海漫漫》《杏为梁》两诗皆不作于元和四年，又据乐天《诗解》"旧句时时改，无妨悦性情"句，认为《新乐府》五十首恐非全部作于元和四年，其云：

> 　　或者此新乐府虽创作于元和四年，至于七年犹有改定之处，其"元

---

① ［清］卢文弨《白氏长庆集校正》，见王云五《群书拾补》（十），丛书集成初编本，商务印书馆 1935 年，第 821 页。

② 《论〈白氏长庆集〉源流并评东洋本〈白集〉》，见岑仲勉《岑仲勉史学论文集》，中华书局 1990 年，第 135 页。

和壬辰冬长至日"数字，乃改定后随笔所记之时日耶？否则后人传写，亦无无端增入此数字之理也。①

　　陈说虽然提出较早，但是并未获得学界的普遍认可。究其原因，主要是集本《新乐府序》中"元和四年"的版本依据无法推翻，而明本《白氏讽谏》中的题署又存在明显错误。这就使我们对明刊《白氏讽谏》本《新乐府序》题署的真实性不能不有所保留。但中日两国学界对此问题皆有反响和进一步的考察。就笔者目力所及，主要有以下数家。

　　其中，基本沿袭陈寅恪先生观点又加以发挥者有汤华泉、谢思炜二位先生。汤华泉承义宁先生之说，进一步认为《新乐府》的创作时间不当早于《秦中吟》，虽然其中大部分篇章创作于元和四年左拾遗任上，但其定稿的时间应在元和八年至元和九年间。其主要理由是：《新乐府》中的《八骏图》《涧底松》《古冢狐》《黑龙潭》《鸦九剑》《秦吉了》六首诗歌明显受到元稹元和五年贬江陵后所作的《说剑》等诗的影响。另外，《秦吉了》《紫毫笔》二诗旨在抨击谏官之不言，当作于白居易卸任左拾遗后。汤先生另举白居易《效陶潜体诗十六首》其六中"我有乐府诗，成来人未闻"句为例，认为此处所谓的"乐府诗"当即《新乐府》五十首，并结合此诗的写作时间（汤氏认为是元和九年）推断，《新乐府》最后的修改定稿时间当在元和八年至元和九年间。② 谢思炜先生则从白集版本流传的角度对"元和四年"和"元和壬辰"两个题署时间提出折中的解释。据其考察，现存几种《白氏讽谏》本，除光绪翻刻宋刊《新雕校证大字白氏讽谏》外，皆有"唐元和壬辰冬长至日左拾遗兼翰林学士白居易序"一行文字。他认为：

　　　"壬辰"是《新乐府序》撰写时所记时间，"元和四年"却是指《新乐府》诗创作的时间（当然有可能是指开始创作的上限时间），故两者出现矛盾。其形成过程应该是：作者先于元和四年开始创作《新乐府》诗，其后于元和七年撰成《新乐府序》并署"元和壬辰"，最后在

---

① 陈寅恪《元白诗笺证稿》，生活·读书·新知三联书店 2001 年，第 133 页。
② 汤华泉《〈秦中吟〉〈新乐府〉写作先后辨》，载《安徽师大学报》（哲学社会科学版）1982 年第 1 期。

若干年后编集文集时加注"元和四年为左拾遗时作"。①

　　谢先生并未完全否定明刊本《新乐府序》中"元和壬辰"的时间记录，而是认为"左拾遗兼翰林学士"的职衔为后人妄增。他认为，宋朝以后刊行的《白氏讽谏》是从唐末五代流传的《白氏文集》抄本中抽出的。至于"元和壬辰"之署名何以只出现在《白氏讽谏》本中，而"元和四年"之题注只出现在《文集》各本中，谢先生认为这可能是白居易自己手定的五本文集中之《新乐府序》的文字本就有所不同，并未经过作者本人的严格划一。② 谢先生提出这种观点的一个重要依据是敦煌本《白香山诗集》。敦煌文献中的 P.2492 唐抄本录诗 17 首，除白居易的《寄元九微之》及元稹的和作《和乐天韵同前》两首外，其他的《上阳人》等十六首诗皆为白居易《新乐府》中的作品。王重民《敦煌古籍叙录》及黄永武《敦煌的唐诗》曾对此进行过较为详细的研究，认为这当是元和年间的《新乐府》单行传抄本，王先生甚至认为此即严震刊《白氏讽谏》之祖本。谢思炜先生踵武其说，又以其诗篇排序与元稹和李绅之作的一致性、文字上与集本《新乐府》的诸多不同及此抄本录有元稹针对《寄元九微之》之和作等几个方面，判定敦煌抄本当是保留了《新乐府》组诗未经写定前的面貌。因此，他认为敦煌本所依据的可能是元和七年《新乐府》最后编定之前的一个单行流传本。③

　　而在另一些学者看来，《新乐府》五十首并非作于元和四年，"元和四年为左拾遗时作"的时间题署并不可信，相反，"元和壬辰"这一题署是其创作于白氏下邽丁忧期间的重要证据。日本学者下定雅弘详细考察了白居易本人论及"新乐府"的几种情况，认为之前的学者将《新乐府》和白氏的其他讽谕诗作品如《秦中吟》等混为一谈，其实白居易自己在论及这两类作品的创作与写作时间时有明显区别。下定氏又对严震刊本系统的诸本进行校勘，考证卢文弨《白氏长庆集校正》中"元和壬辰"的记述可信，据此对《新乐府》这组大型组诗写于元和四年的通行说法提出质疑，认为其完成时间当

① 谢思炜《白居易集综论》，中国社会科学出版社 1997 年，第 98 页。
② 谢思炜《白居易集综论》，中国社会科学出版社 1997 年，第 99 页。
③ 谢思炜《白居易集综论》，中国社会科学出版社 1997 年，第 64 页。

在白居易退居渭上的元和七年，至于其全部公开发表的时间则更晚。① 嗣后中国学者殷祝胜也得出几乎一致的结论。他通过对元稹《和李校书新题乐府十二首》创作于元和七年的考定，认定"元和四年"的题署时间并不可信。和汤华泉一样，他也认为"我有乐府诗，成来人未闻"中之"乐府诗"当指《新乐府》诸篇，并结合诗歌的创作时间（殷氏认为是元和八年），推定《新乐府》集中创作于元和七年，即明刊本"元和壬辰"所标明的时间。殷先生还大胆推测，集本"元和四年"的小注乃是白居易有意改换创作时间，这与乐天元和十年以触犯名教被贬江州一事有关，白之政敌引以为口舌的所谓《新井》《赏花》诗，实即《新乐府》中的《牡丹芳》和《井底引银瓶》二诗。②

综合以上诸家观点，分歧仍然很大，主要集中在以下几点。

第一，明刊本《白氏讽谏》"元和壬辰"的题署可信度到底有多大？岑仲勉对此持保留态度，陈寅恪、谢思炜二人并未完全否定其合理性，下定雅弘则认为这一题署可信。

第二，《新乐府》是始创于元和四年而后又有修改补充，还是集中创作于某一段时期？下定雅弘和殷祝胜认为这五十首诗歌集中创作于元和七年，而陈寅恪、谢思炜则承认白氏在元和四年开始创作，嗣后又有增补修订并最终定稿的事实。

第三，与第二点相关的是，敦煌本《白香山诗集》是否为《新乐府》元和年间的单行本？也就是说，白居易的《新乐府》五十首是否有部分早期流传的证据。谢思炜先生沿袭王重民等人的观点，将其作为《新乐府》在未最终完成之前有单行传抄本的重要证据提出。

第四，白氏《效陶潜体诗十六首》其六中所言的"乐府诗"是否即指《新乐府》五十首？若是，那么此诗的创作时间是在元和八年还是元和九年？汤华泉、殷祝胜二人虽然承认所谓的"乐府诗"即指《新乐府》，但在该诗的系年上意见不一。

对于以上第一点分歧，虽然据谢思炜、下定雅弘的调查，现存明刊本

---

① ［日］下定雅弘《白氏文集解读》第一章《讽谕诗——围绕〈新乐府〉五十章的成立》，诚勉社 1996 年。

② 殷祝胜《元白"新乐府"创作时间考辩》，《中国韵文学刊》2004 年第 4 期。

《白氏讽谏》都有"元和壬辰"的时间题署文字，但正如前文所言，针对其存在的明显错误始终无法做出合理解释。谢思炜先生认为"左拾遗兼翰林学士"的题衔为后人妄增而取信"元和壬辰"的时间，也缺乏可信的材料支持。因此，在无新的材料出现之前，论述的空间十分有限。而后几个问题，实际上已经超越了《新乐府》创作时间问题本身，而是涉及《新乐府》的创作方式以及白氏诗文在当时的流传接受情况。另外，以上诸家无论是承认《新乐府》定稿于元和七年，还是元和八年、九年，显然都明确了这一阶段正是白居易丁母忧退居下邽渭村期间，但对白居易在丁忧这一特殊的时间段里或是改定旧稿，或是新撰组诗，其心态和目的皆没有说明，而这重要的一点显然不应该被忽略。

二、《新乐府》流传情况考察

考察《新乐府》的流传情况，无疑是判定其写作时间的一个基本立足点。从白居易在元和诗坛上的巨大影响力来看，作为其最重要的一组大型诗歌作品，以常理推之，《新乐府》当在很大程度上为当时人所熟知并在社会上广泛流传。若其全部或者其中的一部分篇章在元和四年左拾遗任上就已经完成，那么诗歌的流传与接受也当始于此时。这种推测是否符合《新乐府》流传的实际情况呢？除前文言及的诸家对此曾做过初步考察外，日本学者静永健也从《新乐府》与《秦中吟》的同时代评价的不同角度做过先行研究。他所依据的主要是白居易《与元九书》《伤唐衢二首》等诗文对于自己讽谕诗所产生影响的自述材料，发现在白居易的讽谕诗中，为唐衢、妓女等熟知的是《秦中吟》而非《新乐府》。按照静永健的解释，这是二者针对的读者不同所致，即《秦中吟》的读者群主要是白居易身边与其境遇相似的友人，具有私的性质，因此更容易在社会上传播；而《新乐府》的读者设定为皇帝本人，具有公的性质，这也就限制了诗歌在底层社会的传播与评价。① 但是，我们若从白居易的两位至交——元稹和李绅对《新乐府》的接受情况加以考察，则又不得不对这种说法提出疑问。

之所以选择元稹与李绅，是因为二人与白居易特殊的友情，尤其是二人

---

① ［日］静永健《讽谕诗的读者群——〈秦中吟〉与〈新乐府〉》，见《白居易写讽谕诗的前前后后》，中华书局 2007 年，第 140 页。

都创作过《新题乐府》，且被认为对白居易的《新乐府》创作具有启发意义。元、白二人早在贞元十九年就已经相识，白居易与李绅嗣后又通过元稹的介绍而相识。① 据元稹回忆，三人在早期交游时，曾经共同探讨过新乐府创作的理论问题：

> 近代唯诗人杜甫《悲陈陶》《哀江头》《兵车》《丽人》等，凡所歌行，率皆即事名篇，无复倚傍。予少时与友人乐天、李公垂辈谓是为当，遂不复拟赋古题。②

因此，元稹为何在看到李绅的二十首《新题乐府》后即进行拟作，我们也就不难理解了；而我们认为白居易的《新乐府》五十首是受李绅、元稹影响而创作的这一判断，也是基于他们共同的诗歌理念和频繁的交流互动这一事实。因此，李、元二人在理论上应当是白居易《新乐府》组诗的第一读者，起码也应当对这一创作情况熟知，但是实际情况无法支持这一常识性的判断。

元和四年二月，元稹丁母忧期满，除监察御史，三月按狱东川，旋分司东都，直到元和五年春被贬为江陵士曹参军。③ 其间，元、白二人虽然大部分时间并未在一起，但其诗文交流依然频繁。现存白集中不仅有白居易因思念出使东川的元稹而创作的《同李十一醉忆元九》《禁中九日对菊花酒忆元九》等诗，更有《酬和元九东川路诗》十二首这一大型的唱和作品。从这一段时间元、白来往酬唱的密度来看，他们相互间的交流并未因身处异地而减少，对彼此创作情况的了解丝毫不亚于面对面交流。但无论是白居易自己还是元稹，对于《新乐府》组诗，哪怕是其中某些已经完成的篇章，二人皆未有一言提及。若白居易于元和四年开始创作《新乐府》这一组重要作品，而元稹又有同题之作在先，这种情况则很难理解。又元和五年元稹被贬江陵之

---

① 白居易与元稹初识于贞元十九年，详陈才智《元稹白居易"初识"之年再辨》，《文学遗产》2001 年第 5 期。白居易与李绅通过元稹的介绍相识，详王拾遗《白居易生活系年》，宁夏人民出版社 1981 年，第 54 页。
② 《乐府序》，见 [唐] 元稹撰，周相录校注《元稹集校注》卷二三，上海古籍出版社 2011 年，第 674 页。
③ 参见周相录《元稹年谱新编》各年条下考证，上海古籍出版社 2004 年。

日，白居易在其临行前曾有赠诗之举。白氏《和答诗十首序》云：

> 五年春，微之从东台来。不数日，又左转为江陵士曹掾。……仆职
> 役不得去，命季弟送行，且奉新诗一轴，致于执事，凡二十章，率有兴
> 比，淫文艳韵，无一字焉。意者欲足下在途讽读，且以遣日时，销忧
> 懑，又有以张直气而扶壮心也。及足下到江陵，寄在路所为诗十七章，
> 凡五六千言。言有为，章有旨，迫于宫律体裁，皆得作者风。发缄开
> 卷，且喜且怪。……然窃思之：岂仆所奉者二十章，遽能开足下聪明，
> 使之然耶？抑又不知足下是行也，天将屈足下之道，激足下之心，使感
> 时发愤而臻于此耶？①

　　白居易在这里明确提及在元稹临行前自己有赠诗一轴二十章之事，并且
认为自己所赠的作品可能对元稹贬谪途中的创作产生重要影响。白居易所赠
的作品是什么并未明言，但据白氏所言"率有兴比，淫文艳韵，无一字焉"
的特点，按照白居易自己的诗歌四分类加以判断，当属于讽谕诗一类，而且
这二十章诗歌作品性质类似，似乎是系列作品。那么其中是否即包括《新乐
府》的部分篇章呢？元稹之作，现在完整地保留在其文集中，这组作品如
《思归乐》《四皓庙》《大觜乌》等，白居易概括其特点是"言有为，章有
旨，迫于宫律体裁，皆得作者风"。正是因为其与自己的赠诗具有十分相似
的艺术特色，白居易才推测己作可能启发了元稹的诗思。但是元稹这组诗歌
作品立意措辞皆幽微隐晦，与元稹早期之作固不同，与《新乐府》诸篇"首
句标其目，卒章显其志"的特点更是迥异其趣。这从白居易的和作中也可见
出。白居易的《新乐府》中包括大量颂美帝王的内容，而元稹在含冤被贬的
途中创作的十七首诗歌作品，表达的却是仕途失意的伤感与落寞，隐藏在文
字背后的是激愤不平之气。白居易的赠诗中若包括《新乐府》这类诗歌，似
乎并不能达到使元稹"销忧懑""张直气而扶壮心"的目的。因此，与《新
乐府》诸篇相比，二者虽然同属乐府题材，但艺术特点相差极大。白居易在
得到元诗后所表现出的惊讶态度，也从侧面证明了这一点。据此，我们可以

---

① ［唐］白居易撰，朱金城笺校《白居易集笺校》卷二，上海古籍出版社 1988 年，第
104-105 页。

推测出白居易在元稹临行前的赠诗不应包括《新乐府》中的部分篇章。又白居易《与元九书》中言：

> 自足下谪江陵至于今，凡所赠答诗仅百篇。每诗来，或辱序，或辱书，冠于卷首。皆所以陈古今歌诗之义，且自叙为文因缘，与年月之远近也。①

可见，在元稹被贬江陵后，直到元和十年白居易被贬江州，二人之间的交流互动依然不断，且来往酬唱之间多"自叙为文因缘，与年月之远近"，然而我们依然无法找到提及《新乐府》的只言片语。作为白居易最亲密的友人，元稹对于白氏《新乐府》的陌生让人感到吃惊。

白居易的另一位朋友李绅的情况如何呢？元和四年春，李绅由浙东返长安，拜校书郎，除了元和七年、八年间有以校书郎的身份从役苏、常二州之行，大部分时间皆在长安任职（详后文）。若此，则当时同在长安任职且来往频繁的白、李二人在诗歌创作上当不会没有交流互动，他们对彼此的诗歌创作情况应该是熟悉的。但实际情况不然，作为三人当中新题乐府的最早尝试者，李绅直到元和十年左右才得见白居易的《新乐府》五十首。关于这一点，有白居易《编集拙诗成一十五卷因题卷末戏赠元九李二十》一诗可以说明。诗云：

> 一篇长恨有风情，十首秦吟近正声。每被老元偷格律，元九向江陵日，尝以拙诗一轴赠行，自后格变。苦教短李伏歌行。李二十常自负歌行，近见予乐府五十首，默然心伏。世间富贵应无分，身后文章合有名。莫怪气粗言语大，新排十五卷诗成。②

其中，"苦教短李伏歌行"句下自注中的"李二十"即李绅。白居易此诗作于元和十年江州司马任上，与《与元九书》作于同时。其中所言"乐府

---

① ［唐］白居易撰，朱金城笺校《白居易集笺校》卷四五，上海古籍出版社1988年，第2789页。

② ［唐］白居易撰，朱金城笺校《白居易集笺校》卷一六，上海古籍出版社1988年，第1053页。

五十首"显然是指《新乐府》诸篇。但其所言"近见"，可知白居易的五十首《新乐府》直到元和十年左右才为李绅所见。据诗意，白居易对李绅的《新题乐府》二十首早已有所了解，李绅亦颇以此自矜，而白居易在诗中也将自己的《新乐府》五十首看作可以传诸久远，使自己身后得名的作品之一，自信之情溢于言表。因此，若白居易早在元和四年即创作有《新乐府》，即使尚未达到五十首之数，也没有理由对李绅秘而不宣。考虑到元和七年、八年李绅有苏、常之行，则在元和四年至元和六年期间，李绅并不知道白居易有《新乐府》。

实际上，白居易在《编集拙诗成一十五卷因题卷末戏赠元九李二十》中对于自己代表性作品的先后顺序表述，已经透露出《新乐府》创作时间的信息。诗歌首联先言《长恨歌》，次言《秦中吟》。其中，《长恨歌》创作于元和元年，白居易时任盩厔尉；《秦中吟》十首，据白居易自己在诗序中所言，当是创作于"贞元、元和之际"，写作时间都无疑议。诗歌颔联首句的自注表明，其中所言的应是自己在元和五年元稹被贬江陵时的赠诗，从白氏所言的"偷格律"来看，其赠元稹的诗可能是格律诗。这也印证了笔者在前文的推测，即白居易的赠诗并非《新乐府》之类的讽谕诗；次句所言则显然是《新乐府》五十首。白居易在这里记述自己的作品时，显然有一个明确的时间先后顺序，则排在最后的《新乐府》五十首也应是最后完成的作品。

以上所论提供了至少在元和六年之前并无《新乐府》流传的证据。当然，在此还必须对敦煌本《白香山诗集》是否为《新乐府》早期流传本加以辨析。对于法藏写本 P. 2492 所抄的诗歌残卷，王重民先生以为："此敦煌小册子，似即当时单行之原帙。所可疑者，《寄元九》一诗，不应列入《讽谏》之内；更以时代考之，同为元和四年作品，则此小册子，盖据元和间白氏稿本。白氏诗歌，脱稿后即传诵天下，故别本甚多，即白氏所谓通行本也。"①这里存在两个方面的问题。首先，《寄元九》作于元和五年，而非如王先生所言是在元和四年；其次，据徐俊先生研究，法藏写本 P. 2492 实际上并非完整的抄本。其中所抄最后一诗为《新乐府》中的《盐商妇》一诗，且仅存诗题和首行：

---

① 王重民《敦煌古籍叙录》，中华书局 2010 年，第 295 页。

> 盐商妇，多金帛，不事田农与蚕绩，南北东西不失

从其末句来看，显然并不完整，之后当有缺失。而现存的俄藏 Дx. 3865 敦煌唐诗抄本首行为：

> 家，风水为乡舡作宅。本是扬州小家女，嫁与西江

这与法藏 P. 2492 的末尾恰好衔接。因此，徐俊先生认为这两份分藏不同地方的敦煌抄本原本应该是一体的。若将法藏 P. 2492 与俄藏 Дx. 3865 这两份唐抄残卷当作一体来看，法藏 P. 2492 残卷的主体部分虽然是《新乐府》中的十六首作品，但其前面载有元、白二人的两首唱和诗；俄藏 Дx. 3865 残卷则依次录有《盐商妇》的主要部分、李季兰的一首阙题诗（"故朝何事谢承恩"）、白居易的《叹旅雁》和《红线毯》、岑参的《招北客词》，十分庞杂。基于此，徐俊先生得出如下结论：

> 首先，敦煌写本非但不是《白氏讽谏》，也不是白氏别集的通行本，而是一个既钞有元白唱和诗、白氏《新乐府》，又钞有岑参《招北客词》及女冠李季兰诗等多人作品的诗文丛钞。其次，写本所载白氏作品不仅有元和四年始作的《新乐府》、元和五年所作的元白唱和诗，还有作于元和十年的《叹旅雁》——这是一首《新乐府》以外的白氏作品。新增的两首白居易诗，也没有像研究者所期望的那样按照某种依据排列顺序，而是接钞在李季兰诗之后，并且将《新乐府》之一的《红线毯》钞在了《叹旅雁》之后。①

因此，敦煌抄本诗歌残卷，不仅非《新乐府》的早期单行本，也并不能确定其抄写时间在元和年间。王重民、谢思炜等将其作为《新乐府》早期流传的单行本，这一说法显然不能成立。

综上所论，《秦中吟》与《新乐府》设定的读者不同，这一点正如静永健所说，可能会对其在社会上的传播产生一定影响。但是，元稹、李绅二人

---

① 徐俊《敦煌诗集残卷辑考》，中华书局 2000 年，第 24 页。

作为与白居易交往酬唱频繁的好友和新乐府理论的共同探讨者、实践者，在李绅从役苏、常的元和七年之前，他们对白居易的《新乐府》五十首毫不知情，揆之常理，还是颇令人费解。而且敦煌本白居易诗并不能为我们提供《新乐府》早期就有部分诗作单行流传的证据。因此，笔者以为，白居易在元和六年丁母忧之前可能根本没有题名为《新乐府》的相关作品，否则以上的疑问很难有合理解释。

三、《效陶潜体诗十六首》中的"乐府诗"

白居易《效陶潜体诗十六首》其六云：

> 天秋无片云，地静无纤尘。团团新晴月，林外生白轮。忆昨阴霖天，连连三四旬。赖逢家醖熟，不觉过朝昏。私言雨霁后，可以罢余樽。及对新月色，不醉亦愁人。床头残酒榼，欲尽味弥淳。携置南檐下，举酌自殷勤。清光入杯杓，白露生衣巾。乃知阴与晴，安可无此君？我有乐府诗，成来人未闻。今宵醉有兴，狂咏惊四邻。独赏犹复尔，何况有交亲。①

其中，所谓的"乐府诗"是否是指《新乐府》五十首，前文所提及的汤华泉及殷祝胜二位先生对此皆持肯定意见，但其所论未详。笔者同意其观点，这里再做补充论证。

白居易称己作为"乐府诗"的，除此之外还有三处。其《寄唐生》云：

> 我亦君之徒，郁郁何所为？不能发声哭，转作乐府诗。篇篇无空文，句句必尽规。功高虞人箴，痛甚骚人辞。非求宫律高，不务文字奇。惟歌生民病，愿得天子知。……寄君三十章，与君为哭词。②

此诗一向被视为白居易《新乐府》的创作宣言，那么此处所谓的"乐府诗"

---

① ［唐］白居易撰，朱金城笺校《白居易集笺校》卷五，上海古籍出版社 1988 年，第 305 页。

② ［唐］白居易撰，朱金城笺校《白居易集笺校》卷一，上海古籍出版社 1988 年，第 43-44 页。

是否是指《新乐府》五十首呢？白居易《伤唐衢二首》其二云：

> 忆昨元和初，忝备谏官位。是时兵革后，生民正憔悴。但伤民病痛，不识时忌讳。遂作秦中吟，一吟悲一事。贵人皆怪怒，闲人亦非訾。天高未及闻，荆棘生满地。惟有唐衢见，知我平生志。一读兴叹嗟，再吟垂涕泗。因和三十韵，手题远缄寄。致吾陈杜间，赏爱非常意。①

这是唐衢卒后白居易回忆自己在左拾遗任上与其交往的悼念诗。由诗可见，使唐衢"一读兴叹嗟，再吟垂涕泗"的乃是《秦中吟》。因此，白居易在前诗中所谓的"乐府诗"当非《新乐府》。白居易言及"乐府诗"的另外两处见于《与元九书》以及上引《编集拙诗成一十五卷因题卷末戏赠元九李二十》的自注，皆显而易见特指《新乐府》五十首。可见白居易在使用"乐府诗"这一概念时，有时候是概指讽谕诗诸作，有时则是特指《新乐府》五十首。那么效陶诗中所谓的"乐府诗"是否是《新乐府》呢？判断的关键在于白居易自言的"人未知"。白居易的《秦中吟》《贺雨》等诗早已为人所知，并且产生了很大的影响。这一点从其《与元九书》《伤唐衢》的自述以及元稹的《白氏长庆集序》中可以获知。而据上文，《新乐府》五十首的社会评价远不及《秦中吟》及其他的讽谕诗作品，甚至白氏好友元稹、李绅等人也知之甚晚。排除掉为人熟知的《秦中吟》以及遭到权贵侧目的《贺雨》等诗，那么这里所谓的"人未知"的"乐府诗"只能理解为是《新乐府》五十首。如此，这十六首拟陶诗的创作时间则为我们判断《新乐府》的创作情况提供了重要依据。

如前文所言，关于这首诗歌的系年问题，尚存在争论，争论主要在其中的第七首展开。诗云：

> 中秋三五夜，明月在前轩。临觞忽不饮，忆我平生欢。我有同心人，邈邈崔与钱。我有忘形友，迢迢李与元。或飞青云上，或落江湖

---

① [唐] 白居易撰，朱金城笺校《白居易集笺校》卷一，上海古籍出版社 1988 年，第 47 页。

间。与我不相见，于今三四年。①

诗中虽然明确言及"三四年"时间，但由于是概指，且有异文②，不可据此判断本诗的写作时间，当从其他内容推求。诗中所言之"崔"应是崔群，"钱"指钱徽。崔群于元和九年六月除礼部侍郎，钱徽于元和九年拜中书舍人③，仕宦情况皆合"飞青云"之喻。白诗后文所提及的"元"，毫无疑问当是白之挚友元稹。元稹于元和五年被贬江陵，于元和十年初始回长安与白相见。以上崔、钱、元三人都可以确定是谁，唯诗中提及的"李"是何人尚有异议，或以为是李绅，或以为是白氏的另一位好友李建（字杓直）。④按白集卷四一《有唐善人墓碑》一文，乃是白居易在李建去世后所撰，其中记李建任职经历云："历校书郎，左拾遗，詹府司直，殿中侍御史，比部、兵部、吏部员外郎，兵部、吏部郎中，京兆少尹，澧州刺史。"⑤又白集卷一六《东南行一百韵》"播迁分郡国，次第出京都"句自注云："十年春，微之移佐通州。其年秋，予出佐浔阳。明年冬，杓直出牧澧州。"⑥综合上引白氏自己所记的两则文字可知，李建在元和十一年冬天始出牧澧州，而在此前一直在长安任职，并未有"落江湖"的经历。可知，白诗所言之"李"非李建，应是白居易的另一个好友李绅。因此，此诗当作于元和九年中秋。

元和七年，李绅曾以校书郎身份从役常州、苏州，元和八年年底回朝任

---

① ［唐］白居易撰，朱金城笺校《白居易集笺校》卷五，上海古籍出版社1988年，第305页。

② 一为"四五年"，详朱金城关于此诗的校记，参见［唐］白居易撰，朱金城笺校《白居易集笺校》卷五，上海古籍出版社1988年，第309页。

③ 白居易元和九年于下邽时所作的《渭村退居寄礼部崔侍郎翰林钱舍人诗一百韵》一诗可证。另，《旧唐书》卷一六八《钱徽传》亦记钱于元和九年拜中书舍人。

④ 陶敏等人亦认为是李建。详见傅璇琮主编，陶敏等撰《唐五代文学编年史》（中唐卷），辽海出版社1998年，第718页。

⑤ ［唐］白居易撰，朱金城笺校《白居易集笺校》卷四一，上海古籍出版社1988年，第2677页。

⑥ ［唐］白居易撰，朱金城笺校《白居易集笺校》卷一六，上海古籍出版社1988年，第967页。

国子助教①，直到次年暮秋，其回长安的消息才为白居易所知。② 因此，李绅元和九年的行迹与我们将十六首拟陶诗的写作时间系在元和九年中秋并不矛盾。还需说明的是，白氏谓崔、钱二人"飞青云上"，而谓元、李二人"落江湖间"，明显是以前两人的得意与后两人的失意作为对比来行文。元稹以贬谪之故在外任官，当然是失意之人，但李绅以校书郎的身份从役常、苏是否可以视为失意呢？李绅江南之行的目的自己并未明言，但所谓"从役"当是出于公事。据赖瑞和先生研究，唐代常有京官被派往地方上寻访搜集图书，如司空曙有《送李嘉祐正字括图书兼往扬州觐省》，钱起有《送集贤崔八叔承恩括图书》，储光羲有《送沈校书吴中搜书》等诗。③ 可见，朝廷括书，江淮吴越是一重要地区，且所派遣者多是校书郎、秘书正字等一类基层文官，李绅江南之行或与之有关。虽然在诸人的赠诗中多有美言，但是这种工作似乎并不是好差事。李绅以"从役"称自己的工作，似其自己也并未将此当成一种乐意从事的工作。因为在唐人的话语体系中，"役"字多有劳役、役使等意，偏于贬义。如白居易就有《祗役骆口驿喜萧侍御书至兼觌新诗吟讽通宵因寄八韵》一诗，对于自己"吏役正营营"颇多牢骚。因此，李绅的江南之行比之元稹的失意，并不显得突兀。

综上所述，《效陶潜体诗十六首》创作于元和九年秋为我们提供了《新乐府》创作时间下限的证据。白居易之母陈氏夫人于元和六年卒于长安④，白居易随即移居下邽丁忧。据前文所考，至少在此前白居易不应有题名为《新乐府》的讽谕诗作品。若这种推测不误的话，则《新乐府》五十首的创作时间当在元和六年丁忧至元和九年秋之间。但是这段时间长达四年，仍然

① 关于李绅何年回长安任国子助教，卞孝萱认为是元和八年或九年（卞孝萱《李绅年谱》，载《安徽史学》1960 年第 3 期）；卢燕平则进一步确定为元和八年末（卢燕平《李绅集校注》附《李绅生平系年笺证》，中华书局 2009 年，第 342 页）。今从卢说。

② 白居易《渭村酬李二十见寄》诗云："百里音书何太迟，暮秋把得暮春诗。柳条绿日君相忆，梨叶红时我始知。莫叹学官贫冷落，犹胜村客病支离。形容意绪遥看取，不似华阳观里时。"据诗意，李绅元和九年暮春寄白诗有对自己任职国子助教职低官冷之叹，白于九年暮秋才因得诗获知李绅回长安任职，而白之拟陶诗作于是年中秋。

③ 赖瑞和《唐代基层文官》，中华书局 2008 年，第 59 页。

④ 《太原白氏家状二道·襄州别驾府君事状》，见［唐］白居易撰，朱金城笺校《白居易集笺校》卷四二六，上海古籍出版社 1988 年，第 2836 页。

十分宽泛，对于考定《新乐府》的创作时间意义并不大，也与前文提及的诸家观点多有重合。并且，考虑到丁忧退居这段时间的特殊性，我们又不得不提出这样的疑问：《新乐府》为何成于丁忧退居期间，这种大型组诗的创作心理或者说创作目的究竟是什么？

四、丁忧退居期间的心态与《新乐府》的创作

父母之丧，凡为官之子，皆需去官丁忧，这是儒家一贯的伦理规定。丁忧期间有一些基本的礼仪规定。就唐代而言，其规定如下：

> 王公以下三月而葬，葬而虞，三虞而卒哭。十三月小祥，二十五月大祥，二十七月禫祭。①

按照这一规定，白居易须守丧二十七个月。白母卒于元和六年四月，至元和八年七月白居易丁忧期满。但白居易丁忧结束后并未立即回朝任职，直到元和九年冬才重新回朝任左赞善大夫。也就是说，白居易在丁忧期满后，又有近一年半的时间处于闲居状态。因此，白氏下邽退居期间的生活，以元和八年七月为界，可分为前后两个阶段。

根据目前系年最完备的朱金城《白居易集笺校》的编年，白居易从元和六年丁忧，至元和九年冬回朝任左赞善大夫，在此期间所作诗歌除《新乐府》《效陶潜体诗十六首》外，按照他自己的诗歌四分类，有讽谕诗 6 首、闲适诗 33 首、感伤诗 34 首、杂律诗 30 首，合计 103 首。除去朱氏编年未定的诗歌，其中系在元和六年、七年丁忧早期的诗歌共有 33 首（其中，闲适诗 20 首、感伤诗 11 首、杂律诗 2 首），系在元和九年的诗歌共 38 首（其中，闲适诗 6 首、感伤诗 6 首、杂律诗 26 首），而系在元和八年的诗歌最少，只有 8 首（其中，讽谕诗 3 首、闲适诗 1 首、感伤诗 4 首）。这些诗歌记录了白氏在此期间的生活内容与情感实态。对此，我们可做如下分析。

第一，以元和八年七月为界，在白居易前后期诗歌数量的对比中，我们注意到闲适诗的数量悬殊比较大。仅从数量上来看，前期闲适诗相对于后期所占比例较大，似乎说明诗人在丁忧结束后，闲暇时光较以往大大减少。但

---

① ［宋］欧阳修、宋祁等撰《新唐书》卷二〇，中华书局 1975 年，第 443 页。

是实际情况并非如此。考虑到在丁忧未除服期间，诗人生活需要受礼制的限制，必须处理母亲的丧葬事宜，则其后期的闲暇时光相对于前期来说，并无多少差别。因此，仅仅从时间上来看，这种对比意义不大，还必须回到闲适诗所表达的情感和内容本身。按照白居易自己在《与元九书》中的解释，闲适诗乃是"或退公独处，或移病闲居，知足保和，吟玩情性者"① 的作品。但在这一时期，白居易的闲适诗虽然有闲适的情绪，其内心实际上并不闲适。仍以《效陶潜体诗十六首》为例做一分析。按照上文所考，这十六首诗作于元和九年中秋时节，应该算是其后期闲适诗的代表性作品。作者在诗首有一段意味深长的序言，其曰：

> 余退居渭上，杜门不出，时属多雨，无以自娱。会家酝新熟，雨中独饮，往往酣醉，终日不醒。懒放之心，弥觉自得。故得于此而有以忘于彼者。因咏陶渊明诗，适与意会，遂效其体，成十六篇。醉中狂言，醒辄自哂，然知我者，亦无隐焉。②

白居易一生所作的拟陶诗并不少，在元和十年被贬为江州司马后，这类诗歌的创作达到一个高潮。但是白氏拟陶诗创作的时间背景无疑值得关注。被贬后的拟作可以视为一种仕途失意的排遣，而此处的拟作是否具有同样的含义呢？从前文所引的十六首诗其六所表达的情感来看，对于自己诗歌创作不为人所知的现实，作者显然只是保持一种表面上的豁达，而对于读者的期待应是其强调的核心内容。并且，在这十六首诗中，白氏的拟作与陶诗的淡雅趣味并不一致。如其中的第十四首云：

> 有一燕赵士，言貌甚奇瑰。日日酒家去，脱衣典数杯。问君何落魄？云仆生草莱。地寒命且薄，徒抱王佐才。岂无济时策，君门乏良媒。三献寝不报，迟迟空手回。亦有同门生，先升青云梯。贵贱交道绝，朱门叩不开。及归种禾黍，三岁旱为灾。入山烧黄白，一旦化为

---

① [唐]白居易撰，朱金城笺校《白居易集笺校》卷四五，上海古籍出版社1988年，第2794页。
② [唐]白居易撰，朱金城笺校《白居易集笺校》卷五，上海古籍出版社1988年，第303页。

灰。蹉跎五十余，生世苦不谐。处处去不得，却归酒中来。①

最后一首云：

> 济水澄而洁，河水浑而黄。交流列四渎，清浊不相伤。太公战牧
> 野，伯夷饿首阳。同时号贤圣，进退不相妨。谓天不爱民，胡为生稻
> 梁？谓天果爱民，胡为生豺狼？谓神福善人，孔圣竟栖遑。谓神祸淫
> 人，暴秦终霸王。颜回与黄宪，何辜早夭亡？蝮蛇与鸠鸟，何得寿延
> 长？物理不可测，神道亦难量。举头仰问天，天色但苍苍。唯当多种
> 黍，日醉手中觞。②

　　虽然白居易在诗歌的末尾都有饮酒取乐这一达观的举动，但就诗歌表达
的核心内容来看又有颇多牢骚。考虑到诗歌创作于元和九年——在丁忧结束
后近一年半时间，白居易仍未重新回朝任职，那么其此处的牢骚实可视为一
种埋怨。因为其下邽村居生活与陶渊明主动辞官归隐不同，乃是丁忧结束后
仍未得到叙用这一客观现实造成的。因此，从诗序表达的情感来看，与其说
是白氏拟陶诗以自娱，毋宁说是通过自己村居生活与陶渊明的相似性排遣不
为人所知的郁闷心情。在白居易退居下邽期间的闲适诗中，这一组诗编在首
位，应该不是诗人的无意之举。之所以有这样的安排，很可能是因为诗人以
这一组诗为退居期间闲适诗的情感定下一个比较清晰的基调，即这种闲适并
非诗人的有意选择，而是丁忧生活以及丁忧期满未能及时复官的现实造
成的。

　　第二，元和八年所能确定的篇目最少，这主要是因为元和八年七月诗人
已经丁忧结束而未立即回朝任职，其行迹存在一定的模糊性。以此为界，许
多诗歌的创作时间也存在不确定性。杜佑《通典》对唐人丁忧期间的饮食有
如下规定：

---

① ［唐］白居易撰，朱金城笺校《白居易集笺校》卷五，上海古籍出版社 1988 年，第
　　307 页。
② ［唐］白居易撰，朱金城笺校《白居易集笺校》卷五，上海古籍出版社 1988 年，第
　　307-308 页。

自卒哭之后，……疏食饮水。……周而小祥。小祥之后，……始食菜果，饭素食，饮水浆。……又周而大祥。……自大祥之后，外无哭者，食有醯酱。……自禫之后，内无哭者，始饮醴酒，食干肉。①

也就是说，在长达二十七个月的丁忧期间，守丧者按照规定不能饮酒，否则就是一种公然的违礼行为。杜佑卒于元和七年，与白居易为同时代人，其书中所言，白居易当不会违背。而且类似的记载也见于《大唐开元礼》卷一五〇。据此，则朱先生对许多诗歌的系年可以重新加以考定，即从饮酒这一典型行为来看，比如《适意二首》其一云："朝睡足始起，夜酌醉即休。"② 明言诗人有饮酒醉眠之事，朱先生将其定在元和七年丁忧尚未结束期间，则与实际的规定相抵触。与此类似的还有系在元和六年的《秋霁》，元和七年的《晚春沽酒》《九日登西园宴望》《观稼》《同友人寻涧花》《城上对月期友人不至》，元和八年的《东园玩菊》，以及编年未定的《对酒》《喜友至留宿》《村居卧病三首》等诗。对这些诗歌写作时间的重新认定可以说明，仅以诗篇的排列顺序推定白诗的系年，其准确性值得怀疑。

又如朱先生系在元和六年的《渭上偶钓》一诗，仅从题目上来看就很容易让人联想到姜尚渭滨垂钓，最终为周文王起用的典故。白居易诗中确实也提及了这一事件，其言"微风吹钓丝，嫋嫋十尺长。身虽对鱼坐，心在无何乡。昔有白头人，亦钓此渭阳。钓人不钓鱼，七十得文王"，又言"况我垂钓意，人鱼亦兼忘。无机两不得，但弄秋水光"。③ 若将诗歌隐含的指向与姜尚的典故联系起来，马上便豁然开朗，即诗人委婉表达了自己对于早日回朝任职的渴望。而此诗结句"兴尽钓亦罢，归来饮我觞"又明确提及饮酒之事，可以确定其写作时间当在丁忧结束后。因此，这首诗应是白氏丁忧结束后渴望朝廷再次召用心理的反映。再如朱先生系在元和七年的《归田三首》其一有云：

---

① [唐]杜佑撰，王文锦等点校《通典》卷一三九，中华书局1988年，第3549-3553页。

② [唐]白居易撰，朱金城笺校《白居易集笺校》卷六，上海古籍出版社1988年，第318页。

③ [唐]白居易撰，朱金城笺校《白居易集笺校》卷六，上海古籍出版社1988年，第313-314页。

莫恋长安道，莫寻方丈山。西京尘浩浩，东海浪漫漫。金门不可入，琪树何由攀？①

《长安道》乃是乐府旧题，以叙写长安繁华为题旨；"金门"即金马门，乃是汉武帝时学士的待诏之处。考虑到白居易在丁忧之前即为翰林学士，这种明显表达出仕无望的诗句，若是出自一个刚刚丁忧守阙的诗人之口，无论如何都显得不恰当。其二又曰："种田计已决，决意复何如？"诗人之所以怀着决绝的心情做出种田谋生的打算，其原因正是前首所言的"金门不可入"，是对前首所言情况的自然反应。而其中的第三首则更可以看作是诗人自我心绪的表白，其曰：

三十为近臣，腰间鸣佩玉。四十为野夫，田中学锄谷。何言十年内，变化如此速？此理固是常，穷通相倚伏。为鱼有深水，为鸟有高木。何必守一方，窘然自牵束。②

诗人对于自己"三十为近臣"的生活以"通"来形容，而对"四十为野夫"则是以"穷"来看待，并且对这种穷通之间的倏忽变化感到惊讶，因此，后面几句以理自遣的诗句，只能看成对这种无奈现实的自我安慰了。这三首诗歌明显构成了一个因→果→自解的逻辑整体。联系诗人丁忧结束后未能立即复职的现实，我们便可体会到隐藏在字里行间的等待成空的失落感。因此，将其系在丁忧结束后似更为合理。

从以上诗歌所表达的诗人对于闲居生活的无奈情绪来看，则白居易前期闲适诗的创作数量便可大大削减，因为与这些诗歌所表达的情感类似的诗篇，其创作时间很可能并不是作于丁忧生活的前期，而是作于丁忧结束又尚未回朝任职期间。这样一来，也就印证了上文对于十六首拟陶诗性质与功能的推定，即其所表达的情感正是贯穿了其中绝大部分闲适诗，诗人所表达的无奈的闲适可能与其丁忧结束却迟迟不能回朝任职的失望情绪有关。而如果

---

① ［唐］白居易撰，朱金城笺校《白居易集笺校》卷六，上海古籍出版社 1988 年，第322-323 页。

② ［唐］白居易撰，朱金城笺校《白居易集笺校》卷六，上海古籍出版社 1988 年，第323 页。

我们进一步将这种认识推广到此时期的一系列感伤诗中来看，年仅四十余岁的诗人，反复吟叹身体的疾病以及白发、衰老等内容，虽然有写实的成分，但显然并非没有所指，这种伤感情绪在丁忧结束后之所以仍在持续，应该是和这一时期的闲适诗所表达的情感具有某种趋同性——对身体的衰老与病痛的关注，正体现了诗人等待回归仕途的焦灼感。

第三，在白居易的诗歌四分类中，所谓讽谕诗、闲适诗、感伤诗乃是就诗歌所表达的情感内容而言，而杂律诗则是按照诗歌格式来划分的。其分类标准的不统一，使对于丁忧后期占相当数量的杂律诗一类作品的探讨显得相当必要。朱先生系在元和九年的这类诗歌有 26 首之多，其中有一部分诗歌如《病气》《眼暗》《病中作》等与其感伤诗所表达的情感，《昼卧》《夜坐》《暮立》《村夜》等与其闲适诗所表达的内容，区别并不是很大，唯其体裁不同，一是古体，一是近体。其中，值得重点关注的是记录诗人与在朝中任职的旧识来往的诗篇。以《渭村退居寄礼部崔侍郎翰林钱舍人诗一百韵》一诗为例。此诗长达二百句，因其特别能说明白氏当时的心态，故不惮其烦，引录如下：

> 圣代元和岁，闲居渭水阳。不才甘命舛，多幸遇时康。朝野分伦序，贤愚定否臧。重文疏卜式，尚少弃冯唐。由是推天运，从兹乐性场。笼禽放高翥，雾豹得深藏。世虑休相扰，身谋且自强。犹须务衣食，未免事农桑。薙草通三径，开田占一坊。昼扉扃白版，夜碓扫黄粱。隙地治场圃，闲时粪土疆。枳篱编刺夹，薤垄擘科秧。稚力嫌身病，农心愿岁穰。朝衣典盂酒，佩剑博牛羊。困倚栽松锸，饥提采蕨筐。引泉来后涧，移竹下前冈。生计虽勤苦，家资甚渺茫。尘埃常满甑，钱帛少盈囊。弟病仍扶杖，妻愁不出房。传衣念褴褛，举案笑糟糠。犬吠村胥闹，蝉鸣织妇忙。纳租看县贴，输粟问军仓。夕歇攀村树，秋行绕野塘。云容阴惨澹，月色冷悠扬。荞麦铺花白，棠梨间叶黄。早寒风撼撼，新霁月苍苍。园菜迎霜死，庭芜过雨荒。檐空愁宿燕，壁暗思啼螀。眼为看书损，肱因运甓伤。病骸浑似木，老鬓欲成霜。少睡知年长，端忧觉夜长。旧游多废忘，往事偶思量。忽忆烟霄路，常陪剑履行。登朝思检束，入阁学趋跄。命偶风云会，恩覃雨露霶。沾枯发枝叶，磨钝起锋芒。崔阁连镳鹜，钱兄接翼翔。齐竽混韶

夏，燕石厕琳琅。同日升金马，分宵直未央。共词加宠命，合表谢恩光。厩马骄初跨，天厨味始尝。朝晡颂饼饵，寒暑赐衣裳。对秉鹅毛笔，俱含鸡舌香。青缣衾薄絮，朱里幕高张。昼食恒连案，宵眠每并床。差肩承诏旨，连署进封章。起草偏同视，疑文最共详。灭私容点窜，穷理析毫芒。便共输肝胆，何曾异肺肠。慎微参石奋，决密学张汤。禁闼青交琐，宫垣紫界墙。井栏排菡萏，檐瓦斗鸳鸯。楼额题鹓鹭，池心浴凤凰。风枝万年动，温树四时芳。宿露凝金掌，晨晖上璧珰。砌筍涂绿粉，庭果滴红浆。晓从朝兴庆，春陪宴柏梁。传呼鞭索索，拜舞佩锵锵。仙仗环双阙，神兵辟两厢。火翻红尾旆，冰卓白竿枪。溷潗经鱼藻，深沉近浴堂。分庭皆命妇，对院即储皇。贵主冠浮动，亲王辔闹装。金钿相照耀，朱紫间荧煌。毬簇桃花骑，歌巡竹叶筋。洼银中贵带，昂黛内人妆。赐禊东城下，颁醣曲水傍。樽罍分圣酒，妓乐借仙倡。浅酌看红药，徐吟把绿杨。宴回过御陌，行歌入僧房。白鹿原东脚，青龙寺北廊。望春花景暖，避暑竹风凉。下直闲如社，寻芳醉似狂。有时还后到，无处不相将。鸡鹤初虽杂，萧兰久乃彰。来燕隗贵重，去鲁孔恓惶。聚散期难定，飞沉势不常。五年同昼夜，一别似参商。屈折孤生竹，销摧百炼钢。途穷任憔悴，道在肯彷徨？尚念遗簪折，仍怜病雀疮。恤寒分赐帛，救馁减余粮。药物来盈里，书题寄满箱。殷勤翰林主，珍重礼闱郎。煦沫诚多谢，搘扶岂所望？提携劳气力，吹籥不飞扬。拙劣才何用？龙钟分自当。妆媒徒费黛，磨甗讵成璋？习隐将时背，干名与道妨。外身宗老氏，齐物学蒙庄。疏放遗千虑，愚蒙守一方。乐天无怨叹，倚命不劬勤。愤懑胸须豁，交加臂莫攘。珠沉犹是宝，金跃未为祥。泥尾休摇掉，灰心罢激昂。渐闲亲道友，因病事医王。息乱归禅定，存神入坐亡。断痴求慧剑，济苦得慈航。不动为吾志，无何是我乡。可怜身与世，从此两相忘！①

从"圣代元和岁，闲居渭水阳。不才甘命舛，多幸遇时康"之后，诗人

---

① ［唐］白居易撰，朱金城笺校《白居易集笺校》卷一五，上海古籍出版社 1988 年，第 874—876 页。

首先叙述自己在渭村的闲居务农生活。其言生计勤苦、家资渺茫、尘埃满甑、钱帛囊空、弟病妻愁、纳租输粟，可见，此时的诗人完全与一个农夫无异。面对故人崔群与钱徽，白居易对自己的村居生活反复加以强调，竭力形容自己困顿的生活。其次，诗人用大量的笔墨回忆当年与二人"同日升金马，分宵直未央"的生活，这部分内容占据全诗的大半，其用意实是为了强调与二人的昔日友情。最后，又云"煦沫诚多谢，抟扶岂所望？提携劳气力，吹嘘不飞扬。拙劣才何用？龙钟分自当。妆媒徒费黛，磨甋讵成璋？"很显然，诗人这里是在正话反说，他期望的是"飞青云上"的崔、钱二人的"抟扶"与"提携"，这应该是此诗要表达的关键内容。全诗如此巧妙委婉的安排，实可见诗人的良苦用心。另外，值得注意的是诗题，其所用的是"寄"，而非"酬"，说明此诗是诗人主动投寄给两位身登高位的故人的。因为在整个丁忧期间，白居易与外界来往并不频繁，主动投寄的诗仅有三四首。联系前文所分析的效陶诗其七，与此诗应该作于同时，并且其期待援引的心态也并无二致。此时距离元和八年七月白居易丁忧结束，已经有近一年的时间。如此漫长的等待却未能授官，诗人自然要投寄朝中的好友，希望得到他们的帮助。

综合上面的分析来看，白居易丁忧期间的诗歌反映的心态十分明显。尤其是元和八年七月丁忧结束后的诗歌，不论是闲适诗、感伤诗还是杂律诗，这些诗歌具有趋同的倾向，即都与诗人丁忧结束后渴望早日回朝任官的心理相关。即使是在丁忧期间写作的讽谕诗中，白居易的心态也颇可玩味，如其《纳粟》诗云：

> 有吏夜扣门，高声催纳粟。家人不待晓，场上张灯烛。扬簸净如珠，一车三十斛。犹忧纳不中，鞭责及僮仆。昔余谬从事，内愧才不足。连授四命官，坐尸十年禄。常闻古人语，损益周必复。今日谅甘心，还他太仓谷。①

丁忧守阙，按例停俸，还需与普通庶民一样缴纳租税。这一点让白氏再

---

① ［唐］白居易撰，朱金城笺校《白居易集笺校》卷一，上海古籍出版社 1988 年，第 59 页。

次体会到了与及第之前作为和籴户类似的"实不堪命"的感受。其所言"甘心"，恐怕与其对自己复官无望的失落有很大关系。

因此，白氏丁忧结束后既有不能复官的失望情绪，又有强烈等待回朝任职的渴望，这种心理可能就是其创作五十首《新乐府》的激发因素。静永健在分析元稹的《和李校书新题乐府》十二首时认为，其创作的时间当在元和三年十二月至元和四年二月拜监察御史之间。此时元稹丁母忧结束，正在等待回朝任职，而且在这十二首诗歌中也表达了其渴望早日被登用的心愿。因此，他认为元稹的新乐府具有"行卷"的性质，其中暗含着"讽谕＝求官"的结构。① 这个观点颇具启发性，笔者以为，白居易的《新乐府》五十首似也可作如是观。白居易丁忧守阙，结束后又未能及时得到叙用，这不仅是仕途上一大挫折，而且丁忧期间的生活也陷入困顿，要靠元稹分禄济之。② 对于深感宪宗知遇之恩、深怀效死之心的白居易来说，如何重新回到朝中应该是其在丁忧结束后首要考虑的事情。《新乐府》五十首"为君、为臣、为民、为物、为事而作"的创作宣言实际上已透露出白氏在《读张籍古乐府》中所言的"愿播内乐府，时得闻至尊"的创作目的，即如静永健所言，其设定的第一读者无疑是皇帝本人，而非普通人。白居易在拟陶诗中对自己的乐府诗"成来人未闻"的感慨正透露出希望此组诗歌迅速流传的迫切心理。因此，在元和八年五月丁忧结束至元和九年冬这一段时间，无论是从时间上，还是从动机和目的上来看，白居易都最有可能创作五十首《新乐府》。而隐含在这组诗歌背后的内容，与元稹一样，可能都具有讽谕求官的意识。

以上的推测还可从白集现存的大量"拟制"中得到旁证。白集有 122 道翰林制诏，其中一些翰林制诏涉及的许多人事都发生在白居易丁忧退居下邽的元和六年四月之后，白氏此时已经不再担任翰林学士，因此，从南宋的陈振孙开始即怀疑这些作品的真实性，岑仲勉先生在《〈白氏长庆集〉伪文》③

---

① ［日］静永健《白居易写讽谕诗的前前后后》中编第一章第四、五节，中华书局2007 年，第 95 页。

② 由其《寄元九》诗可知，诗云："怜君为谪吏，穷薄家贫褊。三寄衣食资，数盈二十万。岂是贪衣食，感君心缱绻。念我口中食，分君身上暖。"参见［唐］白居易撰，朱金城笺校《白居易集笺校》卷一〇，上海古籍出版社 1988 年，第 526 页。

③ 详参岑仲勉《〈白氏长庆集〉伪文》，见岑仲勉《岑仲勉史学论文集》，中华书局1990 年，第 170 页。当然，岑氏判断伪文的依据除了时间因素之外，这些拟制撰写程序、用语等方面不符惯例也是其考虑的因素。

一文中更有系统考证，认为这些作品都是他人伪撰。今举两例予以说明。白集卷五五有《杜佑致仕制》一篇。据《旧唐书》卷一五《宪宗纪下》及卷一四七《杜佑传》，杜佑致仕时在元和七年六月癸巳，此时白居易居下邽丁忧，前一年已罢翰林学士，岑先生据此认为此制乃伪撰。白集同卷又有《除韦贯之平章事制》。据《旧唐书》卷一五《宪宗纪》，韦贯之以中大夫、守尚书右丞入相时在元和九年十二月，此时白氏虽然丁忧结束，但仍在下邽村居，岑先生亦断其为伪作。经过岑先生的研究，与此类似的作于元和六年四月之后的"拟制"共有 46 篇（即岑氏文中第四、第五类之总数），数量惊人。并且岑氏认为此类制文多为牛党余孽盗窃白氏姓名所作。然据谢思炜先生研究，将这些"拟制"定为伪作并无确切依据。因为白集文本在后世的流传过程中并未发生大规模的错乱和混淆，而是相当完整地保存了白氏生前手定的文本形态，所以发生如此大规模混入伪文的情况几乎不可能。另外，宋绍兴本及明代马元调本白集卷五四"翰林制诏一"的卷题下都有"拟制附"的字样，可见这部分翰林制诏中有相当数量是"拟制"。所谓"拟制"，乃是白氏本人拟构的作品，与其不在翰林并不矛盾。因此，这部分作品并不能被简单地断为伪作，[①] 笔者同意这样的判断。至于白氏何以在丁忧及村居期间大量拟构这类翰林制诏，谢先生的解释是白居易对于执掌纶言使命的重视和强烈的好文心态使然。实际上，由上文对于白居易丁忧期间诗歌创作及心态的分析来看，这种解释可能并未触及问题的核心。如果白氏在此期间有大量的精力拟构翰林制诏，那么集中精力创作《新乐府》五十首也不成问题。从动机上来看，拟构翰林制诏实可视为白氏为重新回朝执掌纶言所做的准备，这与《新乐府》五十首设定以帝王作为第一读者的创作目的可谓殊途同归。

---

① 谢氏的观点参看《白居易集综论》第一章《〈白氏文集〉的传布及"淆乱"问题辨析》，第 4-28 页。对此也有持不同意见者，如付兴林认为，根据元稹《白氏长庆集序》中所言的时人对于元、白诗文"盗窃名姓，苟求自售，杂乱间厕，无可奈何"的记载及白集中《李德裕相公贬崖州三首》等显然是伪诗却能流传至宋等情况来看，白集中的制诏很可能也已掺杂了一部份他人的伪作。又某些拟制中所涉人物的迁转情况与嗣后发生的事实相符，或是与之前发生的事实不符，这可能是与白氏同时期的某人利用白集"拟制附"所留有的余地伪撰制文并掺入白集（详氏著《白居易散文研究》，中国社会科学出版社 2007 年，第 306-324 页）对于付先生的质疑，谢先生又撰有《拟制考》一文（载《文学遗产》2009 年第 1 期），进一步证成"拟制"确是白居易拟撰。

如此，则白氏在丁忧期间创作《新乐府》，虽然时间特殊，显得突兀，但是又包含着必然的合理性。

基于上文所论，元和八年七月丁忧结束后至元和九年冬重新回朝任左赞善大夫期间，白居易集中创作《新乐府》五十首的可能性最大。作为惯例，二十七个月的丁忧生活是必须遵守的。虽然唐人夺情起用的例子并非没有，但是这种可能性在白居易身上并未发生。白氏自元和二年开始，虽然任官不同，但一直为翰林学士，作为皇帝身边执掌纶言的近臣，颇得宪宗赏识，其上书进言，宪宗也多有采纳。然而在元和八年七月丁忧结束后，白氏迟迟未能复官，这种焦急等待重新被起用的心态，应是其创作《新乐府》五十首的心理基础。

五、白居易改换创作时间的原因蠡测

如前文所言，《新乐府序》中"元和四年为左拾遗时作"的时间记载有版本依据，这行文字为白居易自己所加可以从信。而据上文所考，这五十首作品可能集中创作于元和八年、九年白居易丁母忧结束后的渭上闲居时期。因此，对于这种自记时间与实际不符的原因还需做出解释。

是否是白居易的误记呢？白居易喜欢记载自己作品的写作时间，这在唐代诗人中非常典型，但偶尔也有与实际不符的情况。如《曲江感秋》一诗，白居易自注此诗作于元和五年，但实际上作于元和四年。[①] 当然，此诗作于早期，且是单篇，白氏后来编订诗集造成误记尚可理解，若以同样的观点看待五十首《新乐府》写作时间的记载则很难讲通。首先，其创作时间在元和八年、九年，白居易在元和十年冬江州司马任上编订自己诗集时已将其归入"讽谕诗"一类，时间相差如此之短，几乎不可能误记；其次，这组作品白居易十分看重，并将其当成可以传诸久远的力作，也不可能误记。而由于版本依据无法推翻，传抄过程中致误的可能性也基本可以排除。因此，此问题当另有隐情。对此，殷祝胜先生已经从元和十年白居易被贬一事做过推测。那么这种推测是否符合实际呢？

关于白居易被贬江州一事，史书有明确记载。《旧唐书·白居易传》记：

---

① 详见朱金城所考，见［唐］白居易撰，朱金城笺校《白居易集笺校》卷九，上海古籍出版社1988年，第484-485页。

（元和）十年七月，盗杀宰相武元衡，居易首上疏论其冤，急请捕贼以雪国耻。宰相以宫官非谏职，不当先谏官言事。会有素恶居易者，掎摭居易，言浮华无行，其母因看花堕井而死，而居易作《赏花》及《新井》诗，甚伤名教，不宜置彼周行。执政方恶其言事，奏贬为江表刺史。诏出，中书舍人王涯上疏论之，言居易所犯状迹，不宜治郡，追诏授江州司马。①

《新唐书·白居易传》所记与此略同。综合二史的记载，白居易被贬的原因主要有两个：其一，以左赞善大夫的职位首上书请求捕贼，乃是越职言事；其二，白母因看花坠井而亡，白居易却作有《赏花》《新井》二诗，被认为是"甚伤名教""浮华无行"。有这两个原因，加上当时中书舍人王涯的落井下石，白居易最终于元和十年七月被贬为江州司马。然考唐制，并无越职言事的罪名，且在白居易之前，唐代也未有上书言事而获罪的先例。② 因此，当时官方的罪名绝非"越职言事"，只能是以有违礼教作为贬斥白居易的理由。这一点从白居易《与杨虞卿书》中的自辩也可看出：

赞善大夫诚贱冗耳！朝廷有非常事，即日独进封章，谓之忠，谓之愤，亦无愧矣！谓之妄，谓之狂，又敢逃乎？且以此获辜，顾何如耳？况又不以此为罪名乎？……仆之是言不发于他人，独发于师皋，师皋知我者，岂有愧于其间哉？苟是愧于师皋，固是言不发矣。且与师皋，始于宣城相识，迨于今十七八年，可谓故矣。又仆之妻，即足下从父妹，可谓亲矣。亲如是，故如是，人之情又何加焉？然仆与足下相知则不在此。何者？夫士大夫家，闺门之内，朋友不能知也；闺门之外，姻族不能知也；必待友且姻者，然后周知之。足下视仆莅官事、择交友、接宾客何如哉？又视仆抚骨肉、待妻子、驭僮仆，又何如哉？小者近者尚不敢不尽其心，况大者远者乎？③

---

① ［后晋］刘昫等撰《旧唐书》卷一六六，中华书局 1975 年，第 4344-4345 页。

② 详参顾学颉《白居易贬谪江州的前因后果》，见《顾学颉文学论集》，中国社会科学出版社 1987 年，第 84 页。

③ ［唐］白居易撰，朱金城笺校《白居易集笺校》卷四四，上海古籍出版社 1988 年，第 2770-2771 页。

白居易在此明言，越职言事虽然在外人看来显得狂妄，但在自己看来是忠愤之举，若以此获罪，虽不敢逃，却问心无愧。官方却并不以此作为贬斥白居易的罪名，官定的罪名是什么？信中并未明言，但从言语间推测，应是因作诗被视为有违礼教。明明是因为上书言事而触怒执政，最终却落得一个莫须有的罪名。白居易在信中从"抚骨肉、待妻子、驭僮仆"等方面对自己的品行做出辩解，实际上就是为了洗刷母丧期间有违礼教这一道德上的侮辱。因此，越职言事虽然是白氏遭贬的主导因素，罪名却是丁忧期间的诗歌创作有违礼教。

唐代对于丁忧期间违礼行为的处罚相当严厉。《册府元龟》卷一五三记：

> （元和九年）京兆府奏故法曹陆庚男慎余与兄博文，居丧衣华服，饮酒食肉于坊市。诏各决四十，慎余流循州，博文递归本贯。①

《旧唐书》卷一五《宪宗纪下》"元和十二年"记：

> 驸马都尉于季友居嫡母丧，与进士刘师服欢宴夜饮。季友削官爵，笞四十，忠州安置；师服笞四十，配流连州；于頔不能训子，削阶。②

这两件事，一件发生在元和九年白居易被贬前，另一件发生在元和十二年白居易被贬后，可见宪宗朝对于丁忧期间礼法规定的执行并不含糊。明白这一点后，我们也就不难理解白居易何以竟因违背礼法而遭贬了。

关于白居易被贬之由的《赏花》《新井》二诗，今本白集不存。据陈振孙《白文公年谱》引晚唐高彦休《唐阙史》的记载，高氏一方面以从白居易晚年的方外之友佛光（僧满）和尚弟子口中听闻而证成白居易确有诗犯名教遭贬一事，另一方面认为"乐天长于情，无一春无咏花之什，因欲袚藻其罪。又验《新井》篇是尉盩厔时作，隔官三政，不同时矣"③为白居易开脱，似其确见《新井》诗。而据陈振孙《白文公年谱》所记，宋本白集未收

---

① ［宋］王钦若等编《册府元龟》卷一五三，中华书局1989年影宋本，第289页。
② ［后晋］刘昫等撰《旧唐书》卷一五，中华书局1975年，第459页。
③ ［宋］陈振孙《白文公年谱》"元和十年"条引，见［清］汪立名校订《白香山诗集》附，文渊阁四库全书本。

《新井》诗，并推测是白居易自己删去的。若如高氏所言，其所见《新井》诗乃白居易在盩厔尉任上所作，那么白之政敌以此诗攻白，并不足以证成其罪。又白居易《与元九书》《与杨虞卿书》中对自己上书得罪一事都曾有过辩解，而对政敌以"隔官三政，不同时"的《新井》诗这种明目张胆的落井下石行为却未置一词，似不合情理。若真有《新井》诗而并非作于丁忧期间，白氏编己集时删除此诗，岂不是"此地无银三百两"的行为？并且，高彦休所见的白集已在白氏卒后，白居易也不可能有删诗之举。而《南部新书》卷一记：

> 白乐天之母因看花坠井，后有排摈者，以《赏花》《新井》之作左迁。穆皇尝题柱曰："此人一生争得水吃。"①

这一点又可以证明《旧唐书》中所言白居易因《赏花》《新井》二诗被贬的记载无法推翻。因此，笔者以为高彦休所见的《新井》诗可能的确是白居易自作，至于其是否是在盩厔尉任上所作则不得而知。但是，在白居易元和十年江州编集时，此诗与《赏花》诗显然不会被收入白集。高彦休所见《新井》诗可能是在社会上流传的，而非直接见于白集。基于此，殷祝胜先生以为白之政敌引以为落井下石之口舌的《赏花》《新井》二诗当是《新乐府》中的《牡丹芳》和《井底引银瓶》二诗的推断，可能并不符合事实。

客观来讲，白居易在丁忧期间的行为当不至于有违礼教，尤其是饮酒食肉等公然违礼的行为，更不敢在诗歌中加以表现。这些诗歌作于丁忧结束后应该没有疑问。但正如上文所言，白居易下邽村居的生活在时间上存在模糊性，这些诗歌到底是创作于丁忧期间还是创作于丁忧结束后，外人并不能明确判断。白居易退居期间的诗歌创作尤其是闲适诗，本身就是一种娱乐行为，且涉及饮酒赏乐的内容又颇多。这种创作时间上的模糊性以及诗歌内容上的非正统性，正给别有用心之人制造口舌提供了可乘之机，从而引发对其丁忧退居期间诗歌创作及其本人道德品格的争议。而据前文所引的陆慎余、陆博文兄弟和于季友之事来看，社会上对这类事件深恶痛绝，唐律的处罚也相当严厉。如此看来，作为白居易得意之作的《新乐府》既然作于这一时

---

① ［宋］钱易撰，黄寿成点校《南部新书》卷甲，中华书局2002年，第10页。

期，其改换时间的动机应该是出于避讳，不愿意这组诗歌成为后世纷纭的口舌。

综上所述，白居易的五十首《新乐府》很可能并非作于元和四年，而是作于下邽丁忧结束后的闲居期间。笔者前章指出，白氏由盩厔尉入为左拾遗、翰林学士，《长恨歌》的创作是其得宪宗青睐的重要原因之一，白居易凭借的主要是其文学才华，这一点对其嗣后的诗歌创作必然产生影响。他在《新乐府》中写了很多与《长恨歌》题材类似的作品，有意凸显自己《长恨歌》作者的身份，可能即与此有关。从这一点也可以看出，《新乐府》讽谕求官的意识很明显。另外，从写作时间上来看，白氏的《新乐府》与李绅、元稹之作并不同时，三人虽然曾经共同探讨过相关的诗学思想，但其社会影响实际上并不大，而且牵涉的作品并不多，将他们三人的创作称作"新乐府运动"，恐怕也有拔之过高的嫌疑。

第六章 江州贬居生活与白居易的编集活动

　　白居易一生多次自编文集，这一行为虽然使其文集较为完整地流传于后世，但常常受人诟病，被视为好身后之名的庸俗表现。如清人赵翼即云："才人未有不爱名，然莫有如香山之甚者。所撰诗文，曾写五本：一送庐山东林寺经藏堂，一送苏州南禅寺经藏内，一送东都圣寿寺钵塔院律库楼，一付侄龟郎，一付外孙谈阁童。此香山所自记也。……以香山诗笔之精当，处处有鬼神呵护，岂患其不传！乃及身计虑及此，一如杜元凯欲刻二碑，一置岘山之巅，一沉襄江之底。才人名心如此！"① 赵翼之言代表了后世学者的共识，但这一评价主要是就白氏晚年的编集与收藏行为而言的。实际上，在白居易的历次编集中，元和十年的江州编集是最早的一次，也是最重要的一次。元和十年的江州之贬，作为白氏人生的转折点，这一时间点与白氏最早也最重要的编集行为的重合，为我们探讨白居易文学观念的演变提供了极有意义的视角。本章通过对江州十五卷诗集的还原及其分类、分体的考察，探讨江州贬谪时期的编集行为对白居易思想和文学观念的影响。

一、江州十五卷诗集的原貌考察

　　白居易自编的江州诗集仅有十五卷，之后他又多次自编文集，加上历代流传过程中文本形态的变异，江州诗集的原貌难免会发生变异。幸而白居易在编集后撰写的《与元九书》中，对本次编集的情况有比较详细的记录。其曰：

　　　　仆数月来，检讨囊箧中，得新旧诗各以类分，分为卷目。自拾遗

---

① ［清］赵翼《瓯北诗话》卷四，人民文学出版社 1963 年，第 55 页。

来，凡所遇所感，关于美刺兴比者，又自武德讫元和，因事立题，题为《新乐府》者，共一百五十首，谓之讽谕诗。又或退公独处，或移病闲居，知足保和，吟玩情性者一百首，谓之闲适诗。又有事物牵于外，情理动于内，随感遇而形于叹咏者一百首，谓之感伤诗。又有五言七言长句绝句，自一百韵至两韵者四百余首，谓之杂律诗。凡为十五卷，约八百首。①

　　其中，对十五卷诗集中四类诗歌的写作主题进行了说明，更重要的一点是记载了相对准确的篇目数量，这为我们考察江州十五卷诗集的原貌提供了原始依据。对此，已有学者做过初步研究②，但尚有待发之覆。笔者在这里再做一次系统考察。

　　（一）讽谕诗与江州诗集的时间范围

　　为了说明相关问题，先来看其中的讽谕诗一类。按照《与元九书》的记载，江州诗集中的讽谕诗诸作，最早的写作时间当在白居易始任左拾遗时。白居易任左拾遗时是在元和三年，则江州诗集中讽谕诗的创作时间不得早于此时。又江州编集的时间在元和十年岁末，据此我们可以判定，江州十五卷诗集中讽谕诗的创作区间在元和三年至元和十年。如果白氏编集的实际操作与这种表述一致的话，那么这一区间内的讽谕诗才应是江州诗集讽谕诗的原始作品。今存白集卷一至卷四为讽谕诗，按照每卷题下标示的数量，其中，卷一录有作品六十四首，卷二有五十八首，卷三与卷四则是《新乐府》五十首。这四卷共有诗一百七十二首，与《与元九书》中所言的一百五十首之数，多出二十二首。③

　　但在卷一、卷二所录的作品中，许多诗歌的创作时间并不在元和三年至

_____

① ［唐］白居易撰，朱金城笺校《白居易集笺校》卷四五，上海古籍出版社 1988 年，第 2794 页。

② 参看文艳蓉《白居易生平与创作实证研究》第五章《白居易诗分类原论》，上海古籍出版社 2016 年。

③ 这里需要说明的是计算标准的问题。在卷一与卷二的作品中，有很多诗歌是一题多首，如卷一的《杂兴三首》《伤唐衢二首》《秋池二首》《丘中有一士二首》《浔阳三题》等，卷二中的《序古诗十首》《秦中吟十首》《赠友五首》《寓意诗五首》《读史五首》《和答诗十首》《有木诗八首》《叹鲁二首》等，这些诗歌都按诗题中标示的诗歌首数加以计算。

元和十年内。如卷一的《观刈麦》，白氏题注"时为盩厔县尉"①；同卷《京兆府新栽莲》题注"时为盩厔尉趋府作"②。以上两诗作于白氏任职盩厔县尉期间，皆在入朝为左拾遗前。实际上，本卷中尚有许多诗歌的写作时间更在此之前。如卷一的《赠元稹》诗云："自我从宦游，七年在长安。"朱金城先生据此考定此诗作于元和元年。③ 又同卷《哭刘敦质》诗，朱金城先生考定刘敦质卒于贞元二十年，而白诗中言"小树两株柏，新土三尺坟"，可知诗歌当作于刘敦质初卒时，那么其写作时间当在贞元二十年。④ 同卷又有《初入太行路》诗。按白集卷一三有《除夜宿洺州》诗云："家寄关西住，身为河北游。萧条岁除夜，旅泊在洺州"⑤，又有《邯郸冬至夜思家》诗一首。白氏移家下邽在贞元二十年，这些诗歌应当都是作于其校书郎任上北行幽、燕等地时。如此则其《初入太行路》也当作于贞元二十年前后。再如卷一的《寄隐者》诗，一般认为此诗乃是因永贞元年韦执谊被贬崖州而作，诗当作于本年。

以上所列举的诗歌都是作于白氏任职左拾遗的元和三年前。除此之外，现存四卷讽谕诗中尚有一些诗歌作于元和十年后。如卷一《放鱼》题注："自此后诗到江州作"⑥，朱先生系此诗在元和十年至十三年。诗中有云："晓日提竹篮，家僮买春蔬。"按白氏于元和十年冬方至江州贬所，而此诗言"买春蔬"，据此可以判定此诗当作于元和十年之后，其中以作于元和十一年春的可能性最大。编在此后的诗歌又有朱先生系在元和十年至十三年的《浔阳三题》，其中的《东林寺白莲》一首云："东林北塘水，湛湛见底清。中生白芙蓉，菡萏三百茎。白日发光彩，清飚散芳馨。泄香银囊破，泻露玉盘

---

① ［唐］白居易撰，朱金城笺校《白居易集笺校》卷一，上海古籍出版社1988年，第11页。

② ［唐］白居易撰，朱金城笺校《白居易集笺校》卷一，上海古籍出版社1988年，第18页。

③ ［唐］白居易撰，朱金城笺校《白居易集笺校》卷一，上海古籍出版社1988年，第20-21页。

④ ［唐］白居易撰，朱金城笺校《白居易集笺校》卷一，上海古籍出版社1988年，第22-23页。

⑤ ［唐］白居易撰，朱金城笺校《白居易集笺校》卷一三，上海古籍出版社1988年，第758页。

⑥ ［唐］白居易撰，朱金城笺校《白居易集笺校》卷一，上海古籍出版社1988年，第70页。

倾。……夏萼敷未歇,秋房结才成。"① 此诗所写乃是秋天白莲生时之景色,如上所言,白氏至江州是在元和十年冬,则此诗当作于元和十年后,而非元和十年初到江州之时。再如此后的《大水》诗:"浔阳郊郭间,大水岁一至。间阎半飘荡,城堞多倾坠。苍茫生海色,渺漫连空翠。风卷白波翻,日煎红浪沸。工商彻屋去,牛马登山避。况当率税时,颇害农桑事。独有佣舟子,鼓枻生意气。不知万人灾,自觅锥刀利。吾无奈尔何,尔非久得志。九月霜降后,水涸为平地。"② 由诗可见,当作于白氏对于江州风土人情充分了解之后,白氏到江州至少一年才可能了解"大水岁一至""九月霜降后,水涸为平地"的情况,因此,本诗也不应作于元和十年,朱先生将其系在元和十一年至十三年,应是比较恰当的。

可见,现存的四卷讽谕诗中,许多诗歌作于元和三年白居易任左拾遗前,又有一些诗歌作于编集的元和十年后。按照白居易自己框定的讽谕诗的写作时间范围,其中已经掺入了一些其他时期的作品。对于作于元和十年后的作品,显然是在白氏后来编集时补入的。而正如上文所言,其中尚有一些诗歌作于白氏任左拾遗前,这部分诗歌是否包括在原始讽谕诗范围内呢? 笔者以为回答当是肯定的。白居易已经明确指出江州诗集中的讽谕诗共一百五十首,从朱金城先生的系年来看,系在元和十年后的诗歌有二十一首,加上笔者上文考定的作于元和十年后的《放鱼》《浔阳三题》四首诗歌,那么作于元和十年后的诗歌当有二十五首。若考虑到许多讽谕诗的系年依据比较模糊,朱先生的系年可能存在误差,二十五首作于元和十年之后的诗歌与多出总数二十二首的差距并非很大,几乎可以忽略不计。因此,元和十年前的讽谕诗数量与《与元九书》中所言的江州诗集讽谕诗数量基本一致,元和三年前的讽谕诗显然应包括在江州诗集原始讽谕诗内。从这一点也可以看出,白居易为原始讽谕诗划定的时间界限,实际上并非完全严密。这一点从其闲适、感伤、杂律等类诗歌所选录的作品中也可以看出。如在《与元九书》中,白氏将讽谕诗与闲适诗对举,赋予前者"兼济"、后者"独善"的内涵,

---

① [唐]白居易撰,朱金城笺校《白居易集笺校》卷一,上海古籍出版社1988年,第75页。

② [唐]白居易撰,朱金城笺校《白居易集笺校》卷一,上海古籍出版社1988年,第76页。

称闲适诗乃是"退公独处，或移病闲居"的作品，从行文上来看，显然是说闲适诗也是自任职左拾遗始，其与讽谕诗的区别不过一乃因公，一乃退公。但在闲适诗一类所选录的作品中，如《及第后归觐留别诸同年》《永崇里观居》《感时》《祗役骆口因与王质夫同游秋山偶题三韵》等诗，皆作于任左拾遗的元和三年前。这种现象也存在于感伤诗与杂律诗中。因此，江州十五卷诗集中收录的作品，最晚的至元和十年冬，最早的则在元和三年前。《与元九书》中所谓的"自拾遗以来"只是一种模糊的说法。

（二）闲适诗、感伤诗和杂律诗的原始作品

以上对于江州诗集中讽谕诗篇目的考察方法，也可推广到其他三类诗歌中。现存白集卷五至卷八为闲适诗。其中，卷五收诗五十三首，卷六收诗四十八首，卷七收诗五十八首，卷八收诗五十七首，凡二百一十六首。据《与元九书》中所言，江州集有闲适诗一百首，现存诗歌数量多出一百一十六首。据朱金城先生对这部分诗歌的系年，元和十年前（含十年）的闲适诗共有一百零一首，可见元和十年江州编集时的一百首闲适诗，当是完整地保存白集中。至于多出的一百余首诗歌，多集中在卷七、卷八中，其中，卷七的闲适诗大都作于元和十年后的江州司马任上，卷八的闲适诗创作时间则主要集中在长庆二年至宝历元年这五年间。卷七、卷八闲适诗显然是后来补入的。

现存白集卷九至卷十二乃是感伤诗。其中，卷九有诗五十五首，卷十有诗七十八首，卷十一有诗五十三首，卷十二有诗二十九首，凡二百一十九首，比《与元九书》中所言的感伤诗数量多出一百一十五首。据朱金城先生对这部分诗歌的系年，其中作于元和十年前（含十年）的一百一十二首，与白氏自言的数量尚有十余首的悬殊，这种悬殊也当是诗歌系年的不确定性造成的。由多出的十余首感伤诗来看，这些诗歌都集中在卷十一至卷十二两卷中。其中，卷十一所占的比例最大，甚至没有一首作于江州期间，最早的作品《初入峡有感》作于元和十四年由江州赴忠州途中；卷十二中的作品比较混杂，时间跨度也最大，最早的作品有朱先生系在贞元十六年的《生离别》，最晚的则是宝历二年的《真娘墓》等诗。这些诗歌乃是"歌行曲引杂体"，白居易可能因为其体裁比较杂乱，所以才将其编在同一卷中。

现存杂律诗的情况要更复杂。卷十三有诗九十九首，据朱金城先生的系年，皆作于元和十年前（含十年）。谢思炜先生认为据日本要文抄本和天海校本白集，当在本卷补入《歙州山行怀故山》，据日本管见抄本和天海校本补入《听琵琶劝殷协律酒》。① 这两首诗歌目前编在白集的外集卷中。其中《歙州山行怀故山》，朱先生系在贞元十五年至十七年间②，《听琵琶劝殷协律酒》系在长庆二年、三年。③ 若此，则本卷当有一百零一首诗歌，作于元和十年前（含十年）的有一百首。卷十四有诗一百首，据朱先生的系年，皆作于元和十年（含十年）之前。谢思炜先生认为据宋绍兴本白集，当在本卷补入《村居二首》之第二首。④ 关于《村居二首》，笔者之前已将其作为两首诗计入一百首之内。因此，第二首的补入并不影响起初的统计数字。卷十五有诗九十九首，据朱先生的系年，皆作于元和十年前（含十年）。谢先生以为据日本要文抄本和天海校本白集，当在本卷补入《城西别元九》一首。此诗现载白集的外集卷中，朱先生系在元和十年作。⑤ 若此，则本卷有诗一百首，全部作于元和十年前（含十年）。在卷十六中，收诗一百首，其中除《谪居》《初到江州寄翰林张李杜三学士》二诗朱先生系在元和十年外，其他诗歌皆系在元和十年后。另外，卷十八有诗九十九首，据朱先生的系年，其中有十七首诗歌作于元和十年前（含十年）。

综合以上统计可知，作于元和十年前（含十年）的杂律诗共有三百一十九首，基本都包括在卷十三、卷十四、卷十五之中。但与《与元九书》中所言的"四百余首"的数量，少了约八十首。可见，相对于其他类诗歌来讲，江州诗集中的杂律诗一类的缺失最严重。至于原因，一则可能是白氏自己在嗣后编集时有所删改，剔除了部分作品；二则可能是在后世流传过程中发生的缺失。其中，前一个原因可能性最大，因为元稹在长庆四年为白居易编集时"尽征其文，手自排缵，成五十卷，凡二千一百九十一首"⑥，这五十卷

---

① 谢思炜《白居易集综论》，中国社会科学出版社1997年，第29页。

② ［唐］白居易撰，朱金城笺校《白居易集笺校》外集卷中，上海古籍出版社1988年，第3903-3904页。

③ ［唐］白居易撰，朱金城笺校《白居易集笺校》外集卷中，上海古籍出版社1988年，第3901页。

④ 谢思炜《白居易集综论》，中国社会科学出版社1997年，第29页。

⑤ ［唐］白居易撰，朱金城笺校《白居易集笺校》外集卷中，上海古籍出版社1988年，第3887页。

⑥ 《白氏长庆集序》，见［唐］元稹撰，周相录校注《元稹集校注》卷五一，上海古籍出版社2011年，第1281页。

凡二千一百九十一首作品被白氏称为《前集》。据谢思炜先生对白集的复原，《前集》共得作品二千一百八十八首，与元稹所言《前集》二千一百九十一首仅有三首的误差。① 可见《前集》的保存相当完整，江州诗集中八十余首杂律诗在流传过程中散佚的可能性基本可以排除，当是白氏自己删除的。白氏在《与元九书》中曾表示其所编的江州诗集"失于繁多"，且认为其中的杂律诗"他时有为我编集斯文者，略之可也"。虽然现存江州十五卷诗集中的杂律诗大部分被保留了下来，但不排除白氏在嗣后整理文集的过程中删除一些无足轻重的作品。谢思炜先生曾举出两个例子。一是白氏《与元九书》中曾说："如今年春游城南时，与足下马上相戏，因各诵新艳小律诗，不杂他篇。自皇子陂归昭国里，不绝声者二十里余。樊、李在旁，无所措口。"但在现存白集中，这些所谓的"新艳小律"无法指实为哪些作品，谢先生认为是被白氏自己删除的。二是白氏有《江南喜逢萧九彻因话长安旧游戏赠五十韵》一诗，此诗白集不载，赖五代时韦縠所编的《才调集》收录而得以流传。作为长篇诗歌，白氏编集时偶然遗漏的可能性非常小，因此，谢先生认为也是白氏自己删除了此诗。② 在谢先生所列举的两例中，后一诗不作于元和十年编集之前，可以不论。其中前一例尤能说明问题。这里我们还可以补充一个例证。白集卷十五有《微之到通州日授馆未安见尘壁间有数行字读之即仆旧诗其落句云绿水红莲一朵开千花百草无颜色然不知题者何人也微之吟叹不足因缀一章兼录仆诗本同寄省其诗乃是十五年前初及第时赠长安妓人阿软绝句缅思往事杳若梦中怀旧感今因酬长句》一诗，诗云："十五年前似梦游，曾将诗句结风流。偶助笑歌嘲阿软，可知传诵到通州。昔教红袖佳人唱，今遣青衫司马愁。惆怅又闻题处所，雨淋江馆破墙头。"③ 元稹江州得见白诗并作书告知，其书今不存，但有一诗记其事，其《见乐天诗》诗云："通州到日日平西，江馆无人虎印泥。忽向破檐残漏处，见君诗在柱心题。"④ 由白诗来看，此事对他触动很大，但其赠阿软诗现存白集并未收录。

---

① 谢思炜《白居易集综论》，中国社会科学出版社 1997 年，第 30 页。
② 谢思炜《白居易诗集校注》，中华书局 2006 年，第 16 页注⑥。
③ [唐] 白居易撰，朱金城笺校《白居易集笺校》卷一五，上海古籍出版社 1988 年，第 922 页。
④ [唐] 元稹撰，周相录校注《元稹集校注》卷二〇，上海古籍出版社 2011 年，第 605 页。

赠阿软诗乃是绝句，笔者推测，此诗在江州编集时当被收录到杂律诗一类中，嗣后编集过程中则被白氏删落。可见，白氏对于自己不甚看重的杂律诗，确有剔除的可能性。与白氏自言的江州诗集数量有出入的八十余首杂律诗，可能正是其主动剔除的结果。

（三）结论与推理

综合以上的考察，元和十年的十五卷江州诗集目前的存诗情况，可见表2。

表2　元和十年十五卷江州诗集情况

类别及原数量		卷次	各卷总收诗数/首	属于江州诗集的诗歌篇数/首	备注
类别	数量/首				
讽谕诗	150	卷一	64	55	本卷《放鱼》《浔阳三题》等诗作于元和十年后
		卷二	58	43	
		卷三	20	20	
		卷四	30	30	
		合计	172	148	
闲适诗	100	卷五	53	53	
		卷六	48	48	
		卷七	58	0	
		卷八	57	0	
		合计	216	101	
感伤诗	100	卷九	55	50	
		卷十	78	53	
		卷十一	53	0	
		卷十二	29	9	
		合计	215	112	

续表

类别及原数量		卷次	各卷总收诗数/首	属于江州诗集的诗歌篇数/首	备注
类别	数量/首				
杂律诗	400余	卷十三	99+2	100	补入外集卷中的《歙州山行怀故山》《听琵琶劝殷协律酒》
		卷十四	100	100	本卷《村居二首》仅有诗一首,计数则作两首
		卷十五	99+1	100	补入外集卷中的《城西别元九》
		卷十六	100	2	
		卷十八	99	17	
		合计	500	319	

从表2可以看出,在白居易的江州十五卷诗集中,杂律诗可能在白氏后来整理文集的过程中被剔除了八十余首,其他三类诗歌都基本完整地保存在现存文集中。就讽谕诗一类来看,白氏后来编集时曾增补过极少量的作品,在四类诗歌中,可以说讽谕诗最大限度地保持了江州编集时的原貌。闲适诗主要集中在卷五与卷六,卷七、卷八的闲适诗大多作于元和十年后,后来增补的痕迹非常明显,而且增补的数量巨大。类似的情况也存在于感伤诗与杂律诗中。可见,白居易后来修订文集时,在原编的十五卷本诗集中,按照原本的诗歌四分类方式,又增补了许多此后创作的作品。至于增补的方式,主要是按照时间先后顺序予以续接。

在此还需要指出一点。白居易在《与元九书》中对于四类诗歌的数量予以记录,又说明诗集总共十五卷,但对于各类诗歌分别占几卷则未做说明。从目前的白集编次来看,在四类诗歌中,讽谕诗、闲适诗、感伤诗各占四卷,但这未必是江州编集时各卷所占的比例。因为,从上文的考察来看,讽谕诗增补了极少量元和十年后的作品,其编为四卷,当符合江州诗集的原貌;元和十年前的杂律诗几乎全部集中在卷十三、卷十四、卷十五中,也当符合江州诗集的原貌。在目前编次的闲适诗中,作于元和十年后的作品基本集中在卷七、卷八,感伤诗中作于元和十年后的作品都集中在卷十一、卷十二，卷十一中甚至没有一首作于江州任上。这些作品都显而易见是之后增补的。这两类诗歌原本皆为一百首，白居易最初也当是各以四卷分别予以编集的。但从增补的大量之后的作品都集中在每类的后两卷来看，白居易在后来编集时很可能是将原来分别属于不同卷次的闲适诗、感伤诗作品移入同一卷中，而在空出的卷次中以相应的诗歌分类补入之后创作的作品，然后再加以调整，使各卷的诗歌数量大体平衡。这种改动虽然未改变原始诗歌的分类，但使诗歌的数量骤然增加。从中也可以看出，在江州十五卷诗集中，讽谕、闲适、感伤三类诗歌虽然篇数相差不大，但从篇幅上来看，各卷之间非常不平衡。若与杂律诗比较，则这种数量上的不平衡更为明显。《与元九书》中言："凡人为文，私于自是，不忍于割截，或失于繁多。其间妍蚩，益又自惑。必待交友有公鉴无姑息者，讨论而削夺之，然后繁简当否，得其中矣。况仆与足下为文尤患其多。己尚病之，况他人乎！今且各纂诗笔，粗为卷第。待与足下相见日，各出所有，终前志焉。"① 可见，江州编集作为白氏第一次自编文集的尝试，还存在粗疏的地方，白居易对此也有明确认知。目前所见四类诗歌的编排无论是数量还是内容方面都相对平衡，无疑是白居易在后来编集时调整的结果。

因此，在四类诗歌中，除了杂律诗可能在后来整理文集的过程中由白居易自己剔除了一部分，其他三类诗歌在数量上都与《与元九书》中所言的江州十五卷诗集篇目基本吻合。但在后来白氏分类增补诗歌的过程中，前十五卷中一些原本收录江州诗集作品的卷次可能发生过平移。

二、江州诗集的分类与分体考察

（一）江州诗集编排方式的独特之处

万曼先生曾言："大抵唐人诗集率不分类，也不分体。宋人编定唐集，喜欢分类，等于明人刊行唐集，喜欢分体一样，都不是唐人文集的原来面目。"② 万先生此言是就宋人王钦臣编订的《韦苏州集》而发。在《韦苏州集》中，王钦臣将韦应物五百七十一篇诗歌厘为十卷，共分古赋、杂拟、燕

① ［唐］白居易撰，朱金城笺校《白居易集笺校》卷四五，上海古籍出版社 1988 年，第 2796 页。
② 万曼《唐集叙录》，中华书局 1980 年，第 87 页。

集、寄赠、送别、酬答、逢遇、怀思、行旅、感叹、登眺、游览、杂兴、歌行十四类，颇为烦琐。这种情况在宋人编订唐集时确实多有存在，如宋敏求在其编订的《孟东野集》中，将其搜集的五百一十一篇孟郊诗分为乐府、感兴、咏怀、游适、居处、行役、纪赠、怀寄、酬答、送别、咏物、杂题、哀伤、联句十四类。至于徐居仁编、黄鹤补注的《集千家注分类杜工部诗》，把杜诗按诗题分为纪行、述怀、怀古、古迹、时事及星河、雨雪、云雷、鸟、兽、虫、鱼、花、草等七十二个门类，分门别类如同类书一般，显然与唐人编集的通行体例差别更大。经过明人整理的唐集也发生了较大的变异。万先生所谓的唐人诗集不分体，当是指不像明人编集时常常做古、绝、律、排等繁琐的划分。如明代熊相刊行的七卷本《岑嘉州集》，各卷细分为五古、七古、五律、七律、五绝、七绝等体。又如《李嘉祐集》，宋代著录的李嘉祐诗集或一卷或两卷，而到明人刘成德编订时则分为五卷，卷一至卷四分别为七言古诗、五言律诗、五言排律、七言律诗，五言、七言绝句又合编在第五卷中。可见，无论是分类还是分体的编集方式，皆如万先生所说，多不符合唐人编集的原貌。

与唐人通常不分类也不分体的编集方式相比，白居易江州编集时所做出的诗歌分类与分体的编排方式，无疑显得非常特殊。将江州十五卷诗集的分体与分体编排方式列表3，可以更直观地看出白居易编集时明确的分类与分体意识。

表3　白居易编集分类与分体

卷次	类别	诗体
卷一	讽谕一	古调诗五言
卷二	讽谕二	古调诗五言
卷三	讽谕三	新乐府
卷四	讽谕四	新乐府
卷五	闲适一	古调诗
卷六	闲适二	古调诗五言
卷七	闲适三	古调诗五言
卷八	闲适四	古调诗五言

卷次	类别	诗体
卷九	感伤一	古调诗五言
卷十	感伤二	古调诗五言
卷十一	感伤三	古体五言
卷十二	感伤四	歌行曲引杂体
卷十三	杂律	五言、七言
卷十四	杂律	五言、七言
卷十五	杂律	五言、七言

从表 3 来看，江州十五卷诗集首先分诗歌为讽谕诗、闲适诗、感伤诗和杂律诗四大类，前三类属于古体诗，后一类杂律诗则属于近体诗。其次，在古体诗的前十二卷中，前两卷与卷六至卷十一都是五言，卷三、卷四的《新乐府》五十首属于杂言诗，卷十二的"歌行曲引杂体"则属于古体诗中相对比较特殊的歌行等诗。在全录近体的卷十三至卷十五中，虽然每卷都是五言和七言混编，显得庞杂，但这种粗疏的情况可能主要是这类诗歌数量巨大和作者编集时间仓促造成的。前文认为江州十五卷诗集大体保存完整，尚主要是就诗歌数量而言的，若从《与元九书》中所言"各以类分，分为卷目"和"又有五言、七言、长句、绝句，自百韵至两韵者，四百余首，谓之杂律诗"的表述来看，现存十五卷诗集的分类与分体编集方式也完全符合元和十年编集的原貌。由此可见，白居易的江州编集具有明确的分类与分体意识，尤其是其中的诗歌四分类方式，的确是前无古人的提法。

（二）江州集诗歌分类、分体意识与元稹的关系

白氏的这种分类与分体意识来源于何处？笔者以为首先是直接受其好友元稹江陵编集的影响。元稹在《叙诗寄乐天书》中详细记载了自己江陵编集的分体与分类方式。其曰：

其中有旨意可观而词近古往者为古讽，意亦可观而流在乐府者为乐讽，词虽近古而止于吟写性情者为古体，词实乐流而止于模象物色者为新题乐府，声势沿顺属对稳切者为律诗，仍以七言五言为两体，其中有

稍存寄兴与讽为流者为律讽。不幸少有伉俪之悲，抚存感往，成数十诗，取潘子悼亡为题。又有以干教化者，近世妇人晕淡眉目，绾约头鬓，衣服修广之度，及匹配色泽，尤剧怪艳，因为艳诗百余首，词有古今，又两体。自十六时至是元和七年，已有诗八百余首。色类相从，共成十体，凡二十卷。自笑冗乱，亦不复置之于行李。昨来京师，偶在箧笥，及通行，尽置足下，仅亦有说。……昨行巴南道中，又有诗五十一首，文书中得七年以后所为向二百篇，繁乱冗杂，不复置之执事。前所为《寄思玄子》者，小岁云为，文不能自足其意，贵其起予之始，且志京兆翁见遇之由，今亦写为古讽之一，移诸左右。①

元稹此书作于元和十年通州司马任上，由文中"昨来京师""昨行巴南道中"云云，可知元稹寄书当在其到通州后不久，白居易此时尚在长安未贬。元稹于元和十年春自江陵返长安，不久即被贬为通州司马离京。据稹书，其离开长安之前曾将在江陵时应李景俭之请而编辑的二十卷诗集留赠白居易。又白居易在《与元九书》中亦言：

自足下谪江陵至于今，凡所赠答诗仅百篇。每诗来，或辱序，或辱书，冠于卷首，皆所以陈古今歌诗之义，且自叙为文因缘，与年月之远近也。仆既受足下诗，又谕足下此意，常欲承答来旨，粗论歌诗大端，并自述为文之意，总为一书致足下前。累岁已来，牵故少暇。间有容隙，或欲为之。又自思所陈亦无出足下之见。临纸复罢者数四，卒不能成就其志，以至于今。今侯罪浔阳，除盥栉食寝外，无余事。因览足下去通州日所留新旧文二十六轴，开卷得意，忽如会面。心所畜者，便欲快言，往往自疑，不知相去万里也。②

可见，白居易在《与元九书》中所论述的诗歌分类与分体的编集安排方式，正是其与元稹长期以来讨论"古今歌诗之义"和"为文因缘"的过程中

---

① [唐]元稹撰，周相录校注《元稹集校注》卷三〇，上海古籍出版社2011年，第855–856页。
② [唐]白居易撰，朱金城笺校《白居易集笺校》卷四五，上海古籍出版社1988年，第2789–2790页。

形成的，而且书中明确提及元稹于元和十年春赴通州前所赠的诗文对自己的
影响。有元稹的编集理论和方法在先，白居易受到其影响可以想见。

　　据元稹书，其在江陵时期所编的二十卷诗集"色类相从，共成十体"，
具体为古讽、乐讽、古体、新题乐府、律诗（五言、七言两体）、律讽、
悼亡、艳诗（古、今两体）。其所分的十体实际上比较庞杂，而且标准不
一。如其中的五言、七言两体律诗和律讽及艳诗中的今体，凡四体，都属
于近体诗歌；古讽、乐讽、古体、新题乐府及艳诗中的古体，皆属于古体
诗。这些分类主要是就古、近两体的差别作大的划分。其中，又将律诗细
分为五言、七言两体，古诗细分为古讽、乐讽、古体、新题乐府。这些分
类可以说既以古近诗体为依据，又杂糅了五言、七言的标准。在元稹的上
述分类中，有以诗歌内容划分者，如其中的悼亡、艳诗两大类，又以"旨
意可观"与否的标准将诗歌分为古讽、乐讽、律讽等。以上可见，元稹在
江陵编辑的二十卷诗集，分类与分体杂糅在一起，因此显得比较凌乱。但在
白居易之前的唐人中，即使是这种划分也属罕见。在论述具体的诗歌分类与
分体方式之前，元稹在《叙诗寄乐天》中曾对自己诗歌的写作内容有一个概
括，其云：

　　　　习惯性灵，遂成病蔽，每公私感愤，道义激扬，朋友切磨，古今成
败，日月迁逝，光景惨舒，山川胜势，风云景色，当花对酒，乐罢哀
余，通滞屈伸，悲欢合散，至于疾恙躬身，悼怀惜逝，凡所对遇异于常
者，则欲赋诗。①

　　白居易的讽谕、闲适、感伤三类诗歌，于元稹所言中呼之欲出。如元稹
所言"公私感愤，道义激扬，朋友切磨，古今成败"与白居易所谓的讽谕诗
乃是关于"凡所遇所感，关于美刺兴比者"，实际上具有很大的相似性。胡
适认为元稹所分的诸体中实际上只有"讽诗"和"非讽诗"两大类②，这种
明确标举"讽诗"的理念显然对白居易产生了相当大的影响。他如"日月迁

———————

　①　[唐]元稹撰，周相录校注《元稹集校注》卷三〇，上海古籍出版社 2011 年，第
　　　854 页。
　②　胡适《白话文学史》，上海古籍出版社 1999 年，第 265 页。

逝，光景惨舒，山川胜势，风云景色"与白居易闲适诗所谓"或退公独处，或移病闲居，知足保和，吟玩性情者"，"当花对酒，乐罢哀余，通滞屈伸，悲欢合散，至于疾恙穷身，悼怀惜逝"与白居易感伤诗所谓"事物牵于外，情理动于内，随感遇而形于叹咏者"，从内容上来说，也基本上是重合的。这种重合绝非偶然，从白居易诗歌分类与分体的具体操作来看，其对元稹的编集方式显然有所借鉴，又在借鉴中加以改造与提炼，最终形成了自己的诗歌四分类方式。

（三）江州集诗歌分类、分体意识的文学渊源

白居易江州编集所体现的分类与分体意识可能受元稹的直接影响，已如上文所言。但从某种程度上来说，这又是对前代诗歌创作内容和形式的总结。从白居易诗歌分类的名称上来说，固然在之前并未有人明确提出，尤其是讽谕诗、闲适诗等名目，但从白居易之前的诗歌传统上来看，白氏的提法实渊源有自。如其最看重的讽谕诗，白氏在《与元九书》中曾历数前代创作与此关涉者：

> 洎周衰秦兴，采诗官废，上不以诗补察时政，下不以歌泄导人情。乃至于谄成之风动，救失之道缺。于时六义始刓矣。国风变为骚辞，五言始于苏、李。苏、李骚人，皆不遇者，各系其志，发而为文。故河梁之句，止于伤别；泽畔之吟，归于怨思。彷徨抑郁，不暇及他耳。然去《诗》未远，梗概尚存。故兴离别，则引双凫一雁为喻；讽君子小人，则引香草恶鸟为比。虽义类不具，犹得风人之什二三焉。于时六义始缺矣。晋、宋已还，得者盖寡。以康乐之奥博，多溺于山水。以渊明之高古，偏放于田园。江、鲍之流，又狭于此。如梁鸿《五噫》之例者，百无一二焉。于时六义寖微矣。陵夷至于梁、陈间，率不过嘲风雪、弄花草而已。……唐兴二百年，其间诗人不可胜数。所可举者，陈子昂有《感遇诗》二十首，鲍防《感兴诗》十五首。又诗之豪者，世称李、杜，李之作才矣奇矣，人不逮矣。索其风雅比兴，十无一焉。杜诗最多，可传者千余篇，至于贯穿古今，覼缕格律，尽工尽善，又过于李。然撮其《新安吏》《石壕吏》《潼关吏》《塞芦子》《留花门》之章，"朱门酒肉臭，路有冻死骨"之句，亦不过三四十首。杜尚如此，况不逮杜者乎？

仆常痛诗道崩坏，忽忽愤发，或食辄哺，夜辄寝，不量才力，欲扶
起之。①

从其胪列来看，白氏的讽谕诗主要是取法《诗》《骚》，接续本朝陈子昂
等人的《感遇》诸篇和杜甫等人"即事名篇，无复依傍"的新乐府创作。如
其《新乐府序》中言："首句标其目，卒章显其志，《诗》三百之义也。"②
明言其取法《诗经》。又如其《寄唐生》云："我亦君之徒，郁郁何所为？
不能发声哭，转作乐府诗。篇篇无空文，句句必尽规。功高虞人箴，痛甚骚
人辞。"③ 也可见其踵武楚骚怨刺传统之义。至于其《和答诗十首》《续古诗
十首》《寓意诗五首》《有木诗八首》等作品，显然与陈子昂《感遇》诸篇
所标举的"兴寄"一脉相承。因此，讽谕诗可以说是在对诗歌兴寄怨刺传统
总结的基础上提出的，是对中国自古就有的诗歌政治与社会功用传统的提炼
和升华。

白氏的其他诗类也是在对前人创作传统或创作风格总结的基础上提出
的。如其闲适诗，清人赵翼论曰：

香山诗恬淡闲适之趣，多得之于陶、韦。其《自吟拙什》云："时
时自吟咏，吟罢有所思。苏州及彭泽，与我不同时。此外复谁爱？惟有
元微之。"又《题浔阳楼》云："常爱陶彭泽，文思何高玄。又怪韦苏
州，诗情亦清闲。"此可以观其趣向所在也。晚年自适其适，但道其意
所欲言，无一雕饰，实得力于二公耳。④

白居易在《与元九书》中也称韦应物之五言诗"高雅闲澹，自成一家之

---

① ［唐］白居易撰，朱金城笺校《白居易集笺校》卷四五，上海古籍出版社 1988 年，
第 2790－2791 页。
② ［唐］白居易撰，朱金城笺校《白居易集笺校》卷三，上海古籍出版社 1988 年，第
136 页。
③ ［唐］白居易撰，朱金城笺校《白居易集笺校》卷一，上海古籍出版社 1988 年，第
43 页。
④ ［清］赵翼《瓯北诗话》卷四，人民文学出版社 1963 年，第 41 页。

体"①，陶渊明《自祭文》中有言："勤靡余劳，心有常闲。乐天委分，以致百年。"② 可以说，白氏一方面在创作思维上追慕陶、韦，另一方面在创作实践中受到了二人诗歌风格的影响。虽然从文化渊源上来看，闲适的理念实与儒家所谓的"闲居养志"和道家所追求的"身闲"与"心闲"的境界乃至佛家的出世思想都有微妙的联系③，但陶、韦二人对白居易的影响可能更为直接。赵翼认为，白居易闲适诗的创作应是直接导源于陶渊明、韦应物，当是符合实际的。

再如其感伤诗，从渊源上来看，实与古人离愁别绪、悲秋、伤逝等创作主题具有明显的承续性。如《昭明文选》所分诗歌诸类中即有"哀伤""挽歌"等类。据笔者统计，在江州编集所存的一百首感伤诗中，与因伤秋而触发哀伤情绪相关的作品有四十余首，伤逝悼亡题材的作品有九首，至于离别、怀人、叹老主题的作品也比比皆是。这些诗歌显然与前人诗歌具有极大的相似性。白居易所谓的感伤诗，其渊源正在此。

至于其古、律之分与元稹的相似性及其原因与意义，钱大昕《十驾斋养新录》卷一六"古诗律诗之别"条曾有论及，其云：

> 唐人诗自开元、天宝以前，未有古、律之分。大历、贞元，词句渐趋稳顺。白乐天自言，新旧诗各以类分，有讽谕诗，有闲适诗，有感伤诗，又有五言、七言、长句、绝句、自一百韵至两韵者，四百余首，谓之杂律诗，是绝句亦律诗之一体，未尝别而异之也。元微之诗，亦以类相从，分为十体，曰古讽，曰乐讽，曰古体，曰新题乐府，曰悼亡，曰艳诗，曰古艳。其声势沿顺、属对稳切者为律诗，仍以七言、五言为两体。其中稍存寄兴与讽为流者为律讽。古、律之别，其在元

---

① ［唐］白居易撰，朱金城笺校《白居易集笺校》卷四五，上海古籍出版社 1988 年，第 2795 页。

② ［晋］陶渊明撰，龚斌校笺《陶渊明集校笺》（修订本）卷七，上海古籍出版社 2011 年，第 488 页。

③ 可参看毛妍君《白居易闲适诗研究》第三章《白居易闲适诗的思想渊源》，中国社会科学出版社 2010 年；汪涌豪《闲：一种对文学自在超越特性的范畴设说》，见《美学与艺术评论》第 9 辑，山西教育出版社 2011 年，第 102 页。

和之世乎？李汉编次昌黎集，亦分古诗、联句、律诗为三体。韩与元白同时。①

钱大昕认为，元、白二人编集时区分古、律，乃是与中唐古、律之分的时代意识相关。其中尚论及李汉为韩愈编集一事。李汉《昌黎先生集序》云：

> 长庆四年冬，先生殁。门人陇西李汉辱知最厚且亲，遂收拾遗文，无所失坠。得赋四、古诗二百一十、联句十一、律诗一百六十、杂著六十五、书启序九十六、哀词祭文三十九、碑志七十六、笔砚鳄鱼文三、表状五十二，总七百，并目录合为四十一卷，目为《昌黎先生集》传于代。②

李汉为韩愈编集时，明确列出古诗、律诗等；又刘禹锡于元和十四年为柳宗元编《河东先生集》三十卷，其中两卷诗即题为"古今诗"。可见，当时唐人确有古、律之分的意识。在编辑文集时，将古诗与律诗分列，也是这种意识的体现。一般认为，律诗在初唐沈、宋等人手里已经定型。元稹《唐故工部员外郎杜君墓系铭》云："唐兴，官学大振，历世之文，能者互出，而又沈宋之流，研练精切，稳顺声势，谓之为律诗。"③ 与沈、宋同属"珠英学士"并编撰《珠英学士集》的崔融，曾撰写《唐朝新定诗体》一书，可知律诗为唐朝"新定诗体"，这一诗体借助科举试诗这一文化导向，逐渐成为科场诗歌范式。元、白二人又是中唐科场得意的代表人物，他们对于律诗的熟稔与擅长是可以想见的，这也可能对其编集时的诗歌分体安排产生影响。

三、江州编集的动机考察

元和十年的江州之贬，作为白居易人生的重要转折点，对其嗣后立身行

---

① ［清］钱大昕《十驾斋养新录》卷一六，上海书店 1983 年，第 377 页。
② ［唐］韩愈撰，马其昶校注《韩昌黎文集校注》，上海古籍出版社 1986 年，第 2 页。
③ ［唐］元稹撰，周相录校注《元稹集校注》卷五六，上海古籍出版社 2011 年，第 1361 页。

事的影响无疑是巨大的。在此贬窜之际整理自己的诗集，即集中地体现了其思想的变化。白氏编集后撰写的《编集拙诗成一十五卷因题卷末戏赠元九李二十》云：

> 一篇长恨有风情，十首秦吟近正声。每被老元偷格律，苦教短李伏歌行。世间富贵应无分，身后文章合有名。莫怪气粗言语大，新排十五卷诗成。①

其《与元九书》中亦言：

> 然千百年后，安知复无如足下者出而知爱我诗哉？故自八九年来，与足下小通则以诗相戒，小穷则以诗相勉，索居则以诗相慰，同处则以诗相娱。知吾最要，率以诗也。②

以诗集直面后世评价的观念表达得非常清楚，后人认为白氏编集乃是汲汲于身后之名，也大多是由此推导出的。

白氏的这种观念，一方面与古人"三不朽"的观念有关，另一方面与魏晋南北朝文学自觉时代士人观念变化的趋势一脉相承。魏晋南北朝时期，社会动乱，王朝更迭频繁，士人立德无由、立功无门，原本在"三不朽"中处于最末位的"立言"的意义因此得到凸显。所以，曹丕《典论·论文》说："盖文章经国之大业，不朽之盛事。年寿有时而尽，荣乐止乎其身，二者必至之常期，未若文章之无穷。是以古之作者，寄身于翰墨，见意于篇籍，不假良史之辞，不托飞驰之势，而声名自传于后。"③ 这种观念又集中体现在文人对于编撰别集的热衷上。梁元帝萧绎《金楼子·立言》云："诸子兴于战

---

① ［唐］白居易撰，朱金城笺校《白居易集笺校》卷一六，上海古籍出版社 1988 年，第 1053 页。

② ［唐］白居易撰，朱金城笺校《白居易集笺校》卷四五，上海古籍出版社 1988 年，第 2795 页。

③ ［魏］曹丕撰，夏传才、唐绍忠校注《曹丕集校注》，河北教育出版社 2013 年，第 238 页。

国，文集盛于二汉，至家家有制，人人有集。"①《隋书·经籍志》进一步总结云：

> 别集之名，盖汉东京之所创也。自灵均已降，属文之士众矣，然其志尚不同，风流殊别。后之君子，欲观其体势，而见其心灵，故别聚焉，名之为集。辞人景慕，并自记载，以成书部。②

别集的编订被认为承载了后人了解作者并"观其体势，而见其心灵"的独特功能，而这一功能在之前，正如前述曹丕所言，主要是借助"良史之辞"与"飞驰之势"得以实现的。可见，编撰别集已成为"立言"以求不朽的主要方式。

就唐人而言，无论穷通，编辑文集已成为当时的风尚。尤其是在不遇之际，整理斯文以传诸久远，几乎成为士人独善的主要内容。如初唐名士张鷟，开元初因事下狱，以《陈情表》上玄宗云：

> 臣忝朝班，幸蒙驱策，不了一使，罪应至死。自可钳口吞声，伏待刑书；灰身粉骨，甘从斧钺。岂可昆虫惜命，雀鼠贪生？区区微心，有所未尽。臣平生好学，颇爱文章。虽不逮于词人，滥流传于视草。近来撰集诗赋表记等若干卷，编集拟进，缮写未周。负谴明时，方从极典。恐士衡止息，华亭之唳不闻；嵇康顾影，广陵之音永绝。缺简零落，抱痛幽泉。昔司马迁请就腐刑，以终《史记》。汉武帝愍其至恳，矜而许之。伏愿陛下遂臣万请之心，宽臣百日之命，集录缮写，奉进阙庭，微愿获申，就死无恨。然则归罪廷尉，肆诸市朝。腰领横分，有同仙化；肝脑涂地，百代如生；骸骨埋尘，千载不朽。③

张鷟在表中援引司马迁忍辱负重撰写《史记》等事为例，要求宽限时日

---

① ［南朝梁］萧绎撰，许逸民校笺《金楼子校笺》卷四，中华书局 2011 年，第 852 页。

② ［唐］魏征、令狐德棻撰《隋书》卷三五，中华书局 1973 年，第 1081 页。

③ ［清］董诰等编《全唐文》卷一七二，中华书局 1983 年，第 1749–1750 页。

将自己的文集编辑完毕，认为这样一来即使就死也可使自己"百代如生""千载不朽"。白居易的好友元稹在江陵编集时，也持类似的想法。其《叙诗寄乐天书》云：

> 仆闻上士立德，其次立事，不遇立言。……授通之初，有习通之俗者曰："通之地，湿垫卑褊，人士稀少，近荒札，死亡过半。邑无吏，市无货，百姓茹草木，刺史以下计粒而食。大有虎貘蛇虺之患，小有蜈蚋浮尘蜘蛛蛒蜂之类，皆能钻啮肌肤，使人疮痏。夏多阴霾，秋为痢疟。地无医巫，药石万里，病者有百死一生之虑。"夫何以仆之命不厚也如此，智不足也又如此，其所诣之忧险也又复如此，则安能保持万全，与足下必复京辇，以须他日立言事之验耶？但恐一旦与急食者相扶而终，使足下受天下友不如己之诮，是用悉所为文，留秘箱笥，比夫格弈、樗塞之戏，犹曰愈于饱食，仆所为不又愈于格弈樗塞之戏乎？①

元稹的江陵编集显然是受"不遇立言"观念的影响。可见唐人这种编集斯文以立言求不朽的观念十分普遍。宋人晁公武说别集的编撰"其原起于东京，而极于有唐，至七百余家"②，唐人编集的动机大多与此相关。

方之白居易的江州编集，其动机无疑与张鷟、元稹等人具有相似性。元和十年六月，淄青节度使李师道遣人刺杀宰相武元衡，白居易首上疏请求捕盗以雪国耻，不料却因《赏花》《新井》二诗被冠以不孝的罪名贬去江州。这是白居易仕途中的第一次重大挫折。其《与元九书》中言："古人云：'穷则独善其身，达则兼济天下。'仆虽不肖，常师此语。大丈夫所守者道，所待者时。时之来也，为云龙，为风鹏，勃然突然，陈力以出。时之不来也，为雾豹，为冥鸿，寂兮寥兮，奉身而退。"③其认为，江州之贬是"时之不

---

① [唐]元稹撰，周相录校注《元稹集校注》卷三〇，上海古籍出版社2011年，第855-856页。
② [宋]晁公武撰，孙猛校证《郡斋读书志校证》卷一七，上海古籍出版社1990年，第801页。
③ [唐]白居易撰，朱金城笺校《白居易集笺校》卷四五，上海古籍出版社1988年，第2794页。

来也"，已准备"奉身而退"独善其身。因此，白居易在此时自编诗集，显然具有"不遇立言"的考量。

当然，除了传统观念和时代风气的影响，白居易的江州编集行为还有具体的现实动机。江州集将诗歌分为讽谕、闲适、感伤、杂律四类，但在白居易看来，这四类诗歌之于自己的意义并不一样。《与元九书》云："谓之讽谕诗，兼济之志也。谓之闲适诗，独善之义也。故览仆诗，知仆之道焉。其余杂律诗，……非平生所尚者，……他时有为我编集斯文者，略之可也。……今仆之诗，人所爱者，悉不过杂律诗与《长恨歌》已下耳。时之所重，仆之所轻。"① 他将讽谕诗、闲适诗对举，赋予前者"兼济"后者"独善"的内涵，而对于感伤、杂律两类诗歌并不看重，甚至认为杂律诗在以后的编集过程中完全可以删除。可见，白居易具有明显的推尊讽谕诗和闲适诗的倾向。而这一切当与其对自己被贬原因的认识有关。

关于白居易被贬江州之由，本书前章已经言及，官方理由是其在母丧丁忧期间创作《赏花》《新井》二诗违反礼教，而实际原因则是越职言事。但在白居易自己看来，这两个都不是真正的原因。在《与元九书》中，白居易第一次正面记录了讽谕诗在当时的接受情况：

> 凡闻仆《贺雨》诗，而众口籍籍，已谓非宜矣。闻仆《哭孔戡》诗，众面脉脉，尽不悦矣。闻《秦中吟》，则权豪贵近者相目而变色矣。闻《乐游园》寄足下诗，则执政柄者扼腕矣。闻《宿紫阁村》诗，则握军要者切齿矣。大率如此，不可遍举。不相与者，号为沽名，号为诋讦，号为讪谤。……乃至骨肉妻孥皆以我为非也。其不我非者，举世不过三两人。……始得名于文章，终得罪于文章，亦其宜也。②

讽谕诗的创作不仅没有让诗人实现扶起诗道的壮志，反而被认为是"沽名""诋讦""讪谤"，导致自己最终贬谪远郡。关于这一点，其在作于元和十一年的《与杨虞卿书》中也有明言，其云：

---

① ［唐］白居易撰，朱金城笺校《白居易集笺校》卷四五，上海古籍出版社 1988 年，第 2794—2795 页。
② ［唐］白居易撰，朱金城笺校《白居易集笺校》卷四五，上海古籍出版社 1988 年，第 2792—2793 页。

然仆始得罪于人也，窃自知矣。当其在近职时，自惟贱陋，非次宠擢，夙夜腼愧，思有以称之。性又愚昧，不识时之忌讳，凡直奏密启外，有合方便闻于上者，稍以歌诗导之，意者欲其易入而深诫也。不我同者得以为计，媒蘖之辞一发，又安可君臣之道间自明白其心乎？加以握兵于外者，以仆洁慎不受赂而憎；秉权于内者，以仆介独不附己而忌；其余附丽之者，恶仆独异，又信狺狺吠声，唯恐中伤之不获。以此得罪，可不悲乎？①

白居易认为，自己创作讽谕诗只不过是为了报答宪宗的知遇之恩，是其忠心王事的证明；只不过自己"不识时之忌讳"，触怒了"握兵于外者"与"秉权于内者"，遭到他们的中伤。总之，白居易坚信自己是因为讽谕诗创作触怒了权贵才遭贬的。

白氏的这种认识自然影响他对江州集中四类诗歌的评价，其推尊讽谕诗与闲适诗，在一定程度上是他表白忠心的一种方式，是对自己因讽谕诗创作被贬的一个回应。所以，在《与元九书》中，白居易将讽谕诗的渊源追溯至《诗》《骚》、陈子昂的《感遇》、杜甫的新乐府等，并对其创作原则、动机和目的进行详细说明，反复强调讽谕诗的意义。如其言："自登朝来，年齿渐长，阅事渐多。每与人言，多询时务，每读书史，多求理道。始知文章合为时而著，歌诗合为事而作。是时皇帝初即位，宰府有正人，屡降玺书，访人急病。仆当此日，擢在翰林，身是谏官，月请谏纸，启奏之外，有可以救济人病，裨补时阙，而难于指言者，辄咏歌之。欲稍稍递进闻于上。上以广宸聪，副忧勤；次以酬恩奖，塞言责；下以复吾平生之志。"② 又其在讽谕诗的代表作《新乐府序》中明确宣示"为君、为臣、为民、为物、为事而作，不为文而作也"③ 的创作目的。可以说，正是因为白居易认为自己是因讽谕诗创作而得罪了权贵，才在《与元九书》中精心构建了一个解说体系，通过

---

① ［唐］白居易撰，朱金城笺校《白居易集笺校》卷四四，上海古籍出版社 1988 年，第 2770 页。

② ［唐］白居易撰，朱金城笺校《白居易集笺校》卷四五，上海古籍出版社 1988 年，第 2792 页。

③ ［唐］白居易撰，朱金城笺校《白居易集笺校》卷三，上海古籍出版社 1988 年，第 136 页。

对讽谕诗意义的强调表达自己的忠心。因此，白氏编集除了受"不遇立言"观念的影响，也有为自己含冤被贬做出辩解的现实动机。

四、编集取舍的矛盾与白居易诗学观念的变化

正如上文所言，白居易竭力推崇讽谕诗与闲适诗，对于感伤诗与杂律诗不甚看重。但其理论宣示与编集的实际操作并不一致，白居易仍将感伤、杂律两类诗歌予以保留。而在《编集拙诗成一十五卷因题卷末戏赠元九李二十》中，白居易亦言："一篇长恨有风情，十首秦吟近正声。每被老元偷格律，苦教短李伏歌行。"① 将属于感伤诗的《长恨歌》与《秦中吟》等讽谕诗并提。诗中"每被老元偷格律"句又自注云："元九向江陵日，尝以拙诗一轴赠行，自后格变"，认为自己的杂律诗歌对元稹的创作产生了重要影响，同样没有贬抑杂律诗之意。因此，他认为杂律诗"他时有为我编集斯文者，略之可也"云云，只能视为客套之语。对于讽谕诗、闲适诗之外的作品之价值，白居易有清醒的认识。这种矛盾之处，一方面可以反证笔者认为其推崇讽谕诗是出于辩解需要的判断，另一方面也可以窥见白居易其时诗学观念微妙的变化。

白居易自贞元十九年任职秘书省校书郎，至元和十年被贬江州，其活动空间基本局限于长安及其附近地区。这一阶段的白居易积极用事，仕途上也可谓一帆风顺，其扶起诗道的壮志也正是在这一阶段鼓荡起来。但此时白居易看重的主要是能发挥"补察时政""泄导人情"作用的讽谕诗。元稹《白氏长庆集序》有言："贞元末，进士尚驰竞，不尚文，就中六籍尤摈落。礼部侍郎高郢始用经艺为进退，乐天一举擢上第。明年，拔萃甲科。由是《性习相近远》《求玄珠》《斩白蛇》等赋，及百道判，新进士竞相传于京师矣。"② 又其《酬乐天余思不尽加为六韵之作》"众推贾谊为才子，帝喜相如作侍臣"句自注云："乐天先有《秦中吟》及百节判，皆为书肆市贾题其卷

---

① ［唐］白居易撰，朱金城笺校《白居易集笺校》卷一六，上海古籍出版社1988年，第1053页。

② ［唐］元稹撰，周相录校注《元稹集校注》卷五一，上海古籍出版社2011年，第1280页。

云'白才子文章'。"① 但白居易在当时对于这些作品流传之于自身的意义似乎并无清醒的认识，所以他的态度是"恧然自愧，不之信也"。在热衷于讽谕诗创作之时，其他作品的价值在白居易的心中并未凸显出来。

但从元和六年丁忧下邽开始，白居易似乎认识到通过讽谕诗创作实现自己政治理想已经不可能了。白氏自元和六年丁忧而退居下邽渭村，直到元和九年冬方被召回长安任左赞善大夫。任职后，由之前的皇帝近臣转为东宫冷官，其失落的心态在诗中屡有表达。如其《初授赞善大夫早朝寄李二十助教》云："病身初谒青宫日，衰貌新垂白发年。寂寞曹司非热地，萧条风雪是寒天。远坊早起常侵鼓，瘦马行迟苦费鞭。一种共君官职冷，不如犹得日高眠。"② 又其作于此时期的《自诲》云："乐天乐天，可不大哀！汝胡不惩往而念来？人生百岁七十稀，设使与汝七十期，汝今年已四十四，却后二十六年能几时？汝不思二十五六年来事，疾速倏忽如一瞬。往日来日皆瞥然，胡为自苦于其间？乐天乐天，可不大哀！而今而后，汝宜饥而食，渴而饮，昼而兴，夜而寝。无浪喜，无妄忧。病则卧，死则休。此中是汝家，此中是汝乡。汝何舍此而去，自取其遑遑？"③ 其心态之落寞、消极，由此可见一斑。在这种心态下，白氏对文学作品的价值与意义的认识也产生了微妙变化，对诗人偃蹇的命运开始有所认识。如在《读张籍古乐府》中，白氏一方面称赞张籍"尤工乐府诗，举代少其伦"，一方面又感叹"时无采诗官，委弃如泥尘"，对张籍"如何欲五十，官小身贫贱"也表示出惋惜之情；在《寄唐生》中，白氏对自己乐府诗创作"人竟无奈何，呼作狂男儿"的现状也表示了不满。这两首诗向来被视为白氏讽谕诗创作的理论宣言，但在此时，白居易对讽谕诗无法实现"补察时政"的功能已有清醒的认知，自己及张籍、唐衢等友人的境遇已是最好的说明。又如其《赠杨秘书巨源》诗云：

---

① [唐] 元稹撰，周相录校注《元稹集校注》卷二二，上海古籍出版社 2011 年，第 658-659 页。
② [唐] 白居易撰，朱金城笺校《白居易集笺校》卷一五，上海古籍出版社 1988 年，第 886 页。
③ [唐] 白居易撰，朱金城笺校《白居易集笺校》卷三九，上海古籍出版社 1988 年，第 2640 页。

早闻一箭取辽城，相识虽新有故情。清句三朝谁是敌？白须四海半
为兄。贫家薙草时时入，瘦马寻花处处行。不用更教诗过好，折君官职
是声名。①

　　白氏此诗自注："杨尝有《赠卢洺州》诗云：'三刀梦益州，一箭取辽
城。'由是知名。"杨巨源生于天宝十四载，贞元五年于刘太真榜下以第二人
及第。其诗名卓著，刘禹锡称誉云："渤海归人将集去，梨园弟子请词
来。"② 明人王夫之《唐诗评选》赞其七言"平远深细，是中唐第一高
手"。③ 但这样一个知名的诗人，元和十年五十岁之际仅是从六品的秘书郎。
《唐宋诗醇》卷三谓白诗"结是戏语，欧阳修谓愈穷愈工，则有慨乎其言之
也"④，白氏所言并非戏言，实乃对诗人偃蹇的命运感同身受之语。白居易已
然认识到，在官职与声名之间，二者似乎不可兼得，诗名与仕途也不是一一
对应的关系，诗歌作品的价值在仕途得意与否的评价标准之外还存在一个民
间、世俗的评价体系。而这一评价体系似乎更重要，尤其是在诗人不遇
之际。
　　白居易的这种观点，在其丁忧结束回朝尤其是贬江州途中有了进一步的
升华。在《与元九书》中，白居易记载了丁忧结束回朝任职时的两件事情：
一是妓女因诵读《长恨歌》而增价，二是从元稹书中得知自己一首赠妓诗远
传到通州。白氏对这两件事情的一再致意，实际上正体现了诗歌传播效应对
白居易诗学思维的影响。这种影响在其赴江州贬所的途中得到进一步强化。
《与元九书》中"昨过汉南日，适遇主人集众娱乐，他宾诸妓见仆来，指而
相顾曰：此是《秦中吟》《长恨歌》主耳"云云，当是指白居易于元和十年
赴江州途中路过襄阳时的所见所闻。白集卷一五有《襄阳舟夜》云"下马襄

①　[唐]白居易撰，朱金城笺校《白居易集笺校》卷一五，上海古籍出版社1988年，
　　第914页。
②　《酬杨司业巨源见寄》，见 [唐] 刘禹锡撰，瞿蜕园笺证《刘禹锡集笺证》外集卷
　　五，上海古籍出版社1989年，第1330页。
③　[明] 王夫之评选，王学太点校《唐诗评选》卷四，文化艺术出版社1997年，第
　　202页。
④　[清] 乾隆御定《唐宋诗醇》卷三，文渊阁四库全书本。

阳郭，移舟汉阴驿"①，当即此时。写于途中的诗歌又有《卢侍御与崔评事为予于黄鹤楼致宴宴罢同望》《江楼偶宴赠同座》《听崔七妓人筝》等。白居易此行是其自贞元十九年任职秘书省校书郎后的第一次远行。此行出蓝关、发商州、下襄阳、过郢州、宿鄂州，冬初到达江州，走的是商洛荆襄道，一路上水陆兼行，行程近四千里，历时近三个月。这种长途跋涉，对于其全面认识自己诗歌的社会流传情况提供了一个极好的机会，使其认识到"自长安抵江西，三四千里，凡乡校、佛寺、逆旅、行舟之中，往往有题仆诗者。士庶、僧徒、孀妇、处女之口，每每有咏仆诗者"的流传盛况，也使白居易对诗歌价值的认识产生了根本性的改变。其临近江州时所写的《读李杜诗集因题卷后》云：

> 翰林江左日，员外剑南时。不得高官职，仍逢苦乱离。暮年逋客恨，浮世谪仙悲。吟咏流千古，声名动四夷。文场供秀句，乐府待新词。天意君须会，人间要好诗。②

这与其在《与元九书》中认为李白"风雅比兴，十无一焉"和杜甫"三吏""三别"等新乐府诸作"亦不过十三四"的贬抑态度，明显不同。相反，白居易认为他们失落之际的作品乃是"好诗"，李杜二人的价值不在于他们仕途与命运是否亨通，而在于他们的诗歌在后世的巨大影响力。程大昌《考古编》卷七"诗穷乃工"评此诗云："白乐天题李杜诗卷，历叙二公流落而诗名动四夷者，末乃曰：'天意君须会，人间要好诗'，此欧公所谓非诗穷人穷而后工者也。"③白氏对于李杜的这种认识，与其对自己诗文巨大传播效应的认识是直接相关的，使其重新认识到文学创作对于诗人本身的意义——讽谕诗的创作及其希望达到的政治功能可能因仕途的转变而失败，但民间、世俗的接受与评价能使自己的文学作品获得长久的生命力。正是这种认识，使白居易在《与元九书》中，一方面出于辩解的需要贬抑感伤诗、杂

---

① ［唐］白居易撰，朱金城笺校《白居易集笺校》卷一五，上海古籍出版社 1988 年，第 937 页。

② ［唐］白居易撰，朱金城笺校《白居易集笺校》卷一五，上海古籍出版社 1988 年，第 956 页。

③ ［宋］程大昌《考古编》卷七，文渊阁四库全书本。

律诗；另一方面将其编在江州集中，并在编集后所作的诗中将其与讽谕诗并提，肯定其价值。因此，江州编集时的取舍矛盾及其对四类诗歌价值判断的不一致处，正体现了白居易此时诗学观念的变化。

总而言之，江州之贬是白居易仕途上的重大挫折，但让他获得了了解自己作品巨大传播效应的契机，重新找回了因政治失败而丧失的人生自信。同时让白居易发现文学创作的功能及其评价标准除与政治进行捆绑之外，还有多种可能性。从江州贬居开始，白居易基本中断了讽谕诗的创作，取而代之的是在官场之外发现了更多凡俗生活之美，获取了更多文学素材，扩大了诗歌的表现范围，故闲适、感伤类作品明显增多。因此，自编江州十五卷诗集，既是白居易对自己前期诗歌创作的一次回顾与总结，也透露出后期诗歌创作转变的若干信息。

第七章 郡斋生活与白居易的吏隐实践

——以江、忠、杭、苏等州的任职为中心

白居易从元和十年被贬江州，至大和三年以太子宾客分司洛阳，在这十五年的时间内转任频繁。其中，元和十年冬至十三年底在江州司马任上，元和十四年春至次年夏任忠州刺史，长庆二年七月至四年五月任杭州刺史，宝历元年三月至次年九月任苏州刺史，合计有九年左右的时间都是任职州郡官，占据这一生活区间三分之二的时间。而且值得注意的是，白居易这些任职经历，几乎都不是诗人自己的主动选择。被贬江州自不用说，忠州刺史的任职乃是江州之贬后的量移，仍未走出贬谪的阴影，即使是嗣后出为杭州刺史和苏州刺史，也多少带有外放的性质。① 白居易作为州郡官员的这一段生活经历，对理解其后期的生活理念与生活方式，考察其思想由"兼济"向"独善"的转变乃至"中隐"思想的形成，皆有重要的价值。本章以其对于

---

① 关于白居易出为杭州刺史的缘由，《新唐书·白居易传》言："时天子荒纵不法，执政非其人，制御乖方，河朔复乱。居易累上疏论其事，天子不能用，乃求外任。七月，除杭州刺史。"似白居易此次出牧乃是自求外任，后人也多从此说。但李商隐《白文公墓志铭》则言："燕、赵相杀不已，公又上疏列言河朔畔岸，复不报，又贬杭州。"又白居易作于赴杭途中的《长庆二年七月自中书舍人出守杭州路次蓝溪作》云："既居可言地，愿助朝廷理。伏阁三上章，戆愚不称旨。圣人存大体，优贷容不死。凤诏停舍人，鱼书除刺史。"可知，乐天为杭州刺史，当是被贬外放（详参〔日〕芳村弘道《白居易杭州刺史转任考》，见《唐代文学研究》第六辑，广西师范大学出版社 1996 年，第 433 页）。又，白氏出为苏州刺史虽然并非贬谪，但他此前实际上并未有外任的打算。长庆四年，乐天作《求分司东都寄牛相公十韵》求分司获准，其《分司》诗云："散秩留司殊有味，最宜病拙不才身。行香拜表为公事，碧洛青嵩当主人"，可见对于分司生活是非常满意的。其作于赴苏途中的《答刘和州禹锡》云："换印虽频命未通，历阳湖上又秋风。不教才展休明代，为罚诗争造化功"；《赴苏州至常州答贾舍人》云："未酬恩宠年空去，欲立功名命不来。一别承明三领郡，甘从人道是粗才"，也可见其并不乐于外任。

"吏隐"的发现与实践为中心，考察其在州郡官任上的生活，以揭示这种思想和实践对其"中隐"观提出的先导意义。

一、白居易早期对居官如隐生活的追求及其矛盾

学界一般的观点认为，白居易在元和十年被贬江州之前奉行"兼济"之志，被贬之后将"独善"的理念加以放大，并贯彻到生活的实践中。这样的观点固然不错，但细析之下很容易遮蔽一个事实。既然白居易在《与元九书》中将闲适诗与讽谕诗对举，并且在讽谕创作的同时大量写作闲适诗，至少表明，对于这两种生活理念，我们无法完全按照元和十年这一时间界限做硬性区分。也就是说，在奉行"兼济"的同时，对于闲居生活的追求应该在其生活的早期就已经存在。在此，有必要先对白居易前期的生活理念进行回顾和审视。

事实上，在白居易因积极用事而热衷于讽谕诗创作的时候，他对那种制度夹缝中优游从容的闲居生活的喜爱就每每形诸诗文。在走上仕途的第一份工作校书郎任上，白居易曾创作《常乐里闲居偶题十六韵》一诗：

> 帝都名利场，鸡鸣无安居。独有懒慢者，日高头未梳。工拙性不同，进退迹遂殊。幸逢太平代，天子好文儒。小才难大用，典校在秘书。三旬两入省，因得养顽疏。茅屋四五间，一马二仆夫。俸钱万六千，月给亦有余。既无衣食牵，亦少人事拘。遂使少年心，日日常晏如。勿言无知己，躁静各有徒。兰台七八人，出处与之俱。旬时阻谈笑，旦夕望轩车。谁能雠校间，解带卧吾庐。窗前有竹玩，门外有酒沽。何以待君子，数竿对一壶。①

白居易此诗充满了对平生第一份工作的满意，甚至有些沾沾自喜的味道。考虑到白氏早年辗转于荥阳、符离、越中、襄州以及父亲早亡、家庭贫困、苦节读书等一系列经历，我们显然应对此持同情与理解。值得注意的是，其中"三旬两入省，因得养顽疏"两句，这两句总结了白氏在之后所写

---

① ［唐］白居易撰，朱金城笺校《白居易集笺校》卷五，上海古籍出版社1988年，第265-266页。

的让人钦羡的生活状态，也就是说，"三旬两入省"这一时间的优裕，是其"顽疏"生活的必要条件。在这首诗中，白居易闲适诗中常见的一些诗歌意象，诸如俸钱数目、居住条件、慵懒的生活状态以及酒、竹、车马、童仆等内容，几乎都可以找到。在现存白集中，从写作时间上来看，此诗并非其最早的闲适诗，但被他编在闲适诗的首篇，恐怕不是偶然的。它直接提示我们，白居易从一开始踏上仕途就十分享受为官之外闲淡无事、慵懒晏如的生活状态。

在白居易的早期诗歌中，诗人竭力塑造的"独"的状态，可谓是其追求并享受闲居生活的一个典型形象。"独宿""独直""独坐""独立""独啸"等词汇，在其诗歌中一再出现。元和二年，时任盩厔县尉的白居易已然感受到这种独处状态的快乐。其《仙游寺独宿》云："沙鹤上阶立，潭月当户开。此中留我宿，两夜不能回。幸与静境遇，喜无归侣催。从今独游后，不拟共人来。"① 《早秋独夜》云："井梧凉叶动，邻杵秋声发。独向檐下眠，觉来半床月。"② 从烦琐的生活中抽身而出的私人时间和夜晚万籁俱寂的宁静空间，给诗人提供了一个自我休憩的难得机会。即使是在工作的间隙，白居易仍能从中找到片刻的欢愉。如其元和二年为左拾遗、翰林学士时的《夏日独直寄萧侍御》云："宪台文法地，翰林清切司。鹰猜课野鹤，骥德责山麋。课责虽不同，同归非所宜。是以方寸内，忽忽暗相思。夏日独上直，日长何所为？澹然无他念，虚静是吾师。形委有事牵，心与无事期。中臆一以旷，外累都若遗。地贵身不觉，意闲境来随。但对松与竹，如在山中时。情性聊自适，吟咏偶成诗。此意非夫子，余人多不知。"③ 虽然身处禁中，有课责之虞，但独自一人上值且清净无事，万事皆忘，外累皆遗，便有山中之趣。显然，这种"独"的状态并非自然形成的，而是诗人故意规避了外界的纷扰以享受片刻的宁静，或者说是一种心设的宁静。因此，在一些诗歌中，外界的纷扰与独处的宁静形成了鲜明的对比。如其元和二年所作之《松声》云：

① ［唐］白居易撰，朱金城笺校《白居易集笺校》卷五，上海古籍出版社1988年，第278页。

② ［唐］白居易撰，朱金城笺校《白居易集笺校》卷五，上海古籍出版社1988年，第280页。

③ ［唐］白居易撰，朱金城笺校《白居易集笺校》卷五，上海古籍出版社1988年，第284页。

"月好好独坐，双松在前轩。西南微风来，潜入枝叶间。萧寥发为声，半夜明月前。寒山飒飒雨，秋琴泠泠弦。一闻涤炎暑，再听破昏烦。竟夕遂不寐，心体俱翛然。南陌车马动，西邻歌吹繁。谁知兹檐下，满耳不为喧。"① 长安乃名利之地，尘世营营，如果不是有意追求，显然无法获得清净。但诗人的月下独坐，静听松声，使外界的喧嚣被阻隔在另外一个世界，这个时候，南陌车马和西邻歌吹反而成为这个宁静世界的一部分，并不觉得喧闹。白居易诸如此类的诗歌还有很多，如"园中独立久，日淡风露寒"②，"独啸晚风前，何人知此意"③，"眼前无一人，独掩村斋卧"④，等等。

有学者认为："退避于公共场合的全部个人生活，就是闲适诗产生的背景。"⑤ 但白居易这种人为营造的"独"的生活状态显然与隐士的遗世独立不同，其所追求的闲居生活从一开始就与传统的隐逸谱系划清了界限。传统的隐逸无论是退避深山的小隐，还是隐于市的大隐，都是与世俗生活的背离为目的和追求的。而白居易所追求的"独"的状态，始终是以世俗生活为背景的。在《赠吴丹》这首闲适诗中，白居易说道："官曹称心静，居处随迹幽。冬负南荣日，支体甚温柔。夏卧北窗风，枕席如凉秋。南山入舍下，酒瓮在床头。人间有闲地，何必隐林丘？顾我愚且昧，劳生殊未休。一入金门直，星霜三四周。主恩信难报，近地徒久留。终当乞闲官，退与夫子游。"⑥ 所谓"人间有闲地，何必隐林丘"，可见白居易一开始就认识到，退居山林的隐逸生活并不是自己的追求，在世俗生活中依然可以获得隐逸的乐趣，其条件是"官曹称心静，居处随迹幽"的环境，也就是所谓的"闲地"。而获得这样的生活状态，退居山林也不是必要条件，还要得到一个"闲官"即可

---

① ［唐］白居易撰，朱金城笺校《白居易集笺校》卷五，上海古籍出版社 1988 年，第 284-285 页。

② 《东园玩菊》，见［唐］白居易撰，朱金城笺校《白居易集笺校》卷六，上海古籍出版社 1988 年，第 328 页。

③ 《闲居》，见［唐］白居易撰，朱金城笺校《白居易集笺校》卷六，上海古籍出版社 1988 年，第 334 页。

④ 《冬夜》，见［唐］白居易撰，朱金城笺校《白居易集笺校》卷六，上海古籍出版社 1988 年，第 336 页。

⑤ ［日］川合康三撰，刘维治等译《终南山的变容：中唐文学论集》，上海古籍出版社 2007 年，第 247 页。

⑥ ［唐］白居易撰，朱金城笺校《白居易集笺校》卷五，上海古籍出版社 1988 年，第 286 页。

达成。正如其《禁中》诗所言："门严九重静，窗幽一室闲。好是修心处，何必在深山?"① 甚至是在权力核心的禁中大内，也可以成为一个修身养性的场所，与退避深山的隐居生活具有同等的效用。

当然，这种生活状态的达成必须依赖一定的物质条件。比如，俸禄足以养家就是一个重要的物质条件。正如宋人洪迈所言："白乐天仕宦，从壮至老，凡俸禄多寡之数，悉载于诗。"② 好言俸禄在其早期的诗歌中就颇为常见。前引《常乐里闲居偶题十六韵》即曾表达"俸钱万六千，月给亦有余"的满足感。俸钱足以养家养身，可见是其十分在意的一件事。在《初除户曹喜而言志》一诗中，白居易对作为衣食之资的物质生活的贪恋表达得更直接："诏授户曹掾，捧诏感君恩。感恩非为己，禄养及吾亲。弟兄俱簪笏，新妇俨衣巾。罗列高堂下，拜庆正纷纷。俸钱四五万，月可奉晨昏。廪禄二百石，岁可盈仓囷。……我有平生志，醉后为君陈。人生百岁期，七十有几人? 浮荣及虚位，皆是身之宾。唯有衣与食，此事粗关身。苟免饥寒外，馀物尽浮云。"③ 在白居易看来，名位带来的幸福感毕竟过于抽象，而衣与食关涉身体能否免于饥寒之苦。对生理需求的强调，可以说是白居易闲适诗中始终不离不弃的一个思想背景。这与陶渊明"不以躬耕为耻，不以无财为病"④ 显然是有很大差别的。在俸禄之外，居住环境的优雅与否，也是白居易十分在意的。白居易任职校书郎时的居处在"常乐里故关相国私第之东亭"，据其《养竹记》，此地有已故宰相关播手植的修竹一片，遭到后来居住者的破坏，于是"居易惜其尝经长者之手，而见贱俗人之目，翦弃若是，本性犹存。乃芟翳荟，除粪壤，疏其间，封其下，不终日而毕。于是日出有清阴，风来有清声，依依然，欣欣然，若有情于感遇也"。⑤ 这种热衷于为自己

---

① [唐] 白居易撰，朱金城笺校《白居易集笺校》卷五，上海古籍出版社 1988 年，第 285 页。

② [宋] 洪迈撰，孔凡礼点校《容斋随笔·五笔》卷八，中华书局 2005 年，第 921 页。

③ [唐] 白居易撰，朱金城笺校《白居易集笺校》卷五，上海古籍出版社 1988 年，第 287-288 页。

④ [南朝梁] 萧统《陶渊明集序》，龚斌《陶渊明集校笺》（修订本）附录一，上海古籍出版社 2011 年，第 496 页。

⑤ [唐] 白居易撰，朱金城笺校《白居易集笺校》卷四三，上海古籍出版社 1988 年，第 2745 页。

营造一个舒适生活环境的习惯，在白居易后来的生活中一直延续。其作于盩厔尉时的《新栽竹》云："佐邑意不适，闭门秋草生。何以娱野性？种竹百余茎。见此溪上色，忆得山中情。有时公事暇，尽日绕栏行。勿言根未固，勿言阴未成。已觉庭宇内，稍稍有余清。最爱近窗卧，秋风枝有声。"① 栽竹这一美化居所的行为，被白居易赋予去除佐邑不适感和娱乐情性的内涵。而在元和十年任职左赞善大夫时所作的《酬吴七见寄》一诗中，白居易也借吴丹的居住环境表达了类似的认识："尝闻陶潜语，心远地自偏。君住安邑里，左右车徒喧。竹药闭深院，琴樽开小轩。谁知市南地，转作壶中天？君本上清人，名在石堂间。不知有何过，谪作人间仙。常恐岁月满，飘然归紫烟。莫忘蜉蝣内，进士有同年。"② 竹药琴樽、小轩深院，在白居易看来即是如同谪仙一般的生活，在长安这一热闹喧嚣的纷争之地，俨然是一片足以修心养性的壶中天地，与陶渊明式的隐居具有同样的意义。

有了足以养家养身的俸禄和足以庇身养性的居处环境，白居易对闲居生活的追求似乎很容易达成，但这显然不符合事实。在白居易长达七十五年的人生经历中，从贞元十九年任职秘书省校书郎至会昌二年以刑部尚书致仕，有四十年的时间是以官人的身份辗转于仕途。也就是说，白居易一生未离官场。实际上，白居易追求的闲居生活并不是无所事事的彻底闲适，而是闲官生活。但在其早期职位低卑的时候，牵于王事，又不得不从事一些十分辛苦的工作。因此，作为一种生活理想，闲官生活在白居易的早期生活中只是偶然获得的短暂享受。白居易早期的诗歌中的对于吏役的牢骚也说明，官人身份尤其是职位低卑的官人身份，限制了他生活理想的实现。将吏役辛劳视为闲居生活的对立面加以表达，可以说贯穿了白居易早期诗歌的始终。早在"三旬两入省"的校书郎任上，白居易就表达了"散职无羁束，羸骖少送迎"③的庆幸，显然"散职无羁束"应是其"日日常晏如"的前提。与校书郎任上的闲淡无事相比，白居易盩厔尉上的任职则陷入了另一个极端，吏役营营

---

① ［唐］白居易撰，朱金城笺校《白居易集笺校》卷九，上海古籍出版社 1988 年，第466 页。

② ［唐］白居易撰，朱金城笺校《白居易集笺校》卷六，上海古籍出版社 1988 年，第350 页。

③ 《早春独游曲江》，见［唐］白居易撰，朱金城笺校《白居易集笺校》卷一三，上海古籍出版社 1988 年，第 764 页。

的牢骚几乎充斥了白居易整个盩厔尉任职时期的诗歌。如《病假中南亭闲望》："欹枕不视事，两日门掩关。始知吏役身，不病不得闲。闲意不在远，小亭方丈间。"① 《寄李十一建》："分手来几时？明月三四盈。……岂不思命驾？吏职坐相萦。"② 《酬杨九弘贞长安病中见寄》："伏枕君寂寂，折腰我营营。"③ 因此，在白居易盩厔尉时期的诗歌中，闲适诗歌最少，实是因为吏役生活占据了诗人绝大部分时间，很难有自我凝视的闲暇。至于在长安任职左拾遗、翰林学士时期的生活，虽然较盩厔尉时期有所好转，但本质上依然没有改变。如其元和七年退居下邽时回顾以往生活的《适意二首》其一云："十年为旅客，常有饥寒愁。三年作谏官，复多尸素羞。有酒不暇饮，有山不得游。岂无平生志？拘牵不自由。"④ 同样以"拘牵不自由"形容之。在任职左拾遗、翰林学士时期，白居易曾有《秋山》一首："久病旷心赏，今朝一登山。……人生无几何，如寄天地间。心有千载忧，身无一日闲。何时解尘网，此地来掩关？"⑤ 辛劳的官人生活使白居易已经认识到，"身无一日闲"是为官生活的常态，甚至萌生了退避深山以求解脱尘网的想法，而这与其在另外一些诗歌中所谓的"好是修心处，何必在深山"的表达显然不类。因此，吏役的牵绊始终被他看作与自己的闲居生活背道而驰的。即使有了丰足的俸禄和优雅的居处环境，但王事的牵绊足以打消这一切，使其闲居生活流为一种难以实现的理想。而这种牵绊，只能留待其后期生活加以摆脱。

二、"独善"之志与白居易对"吏隐"的发现

中国封建社会士人曾长期在仕、隐之间徘徊不定。自孔子提出"学而优则仕"（《论语·子张》）和"不仕无义"（《论语·微子》）的说法后，读

---

① ［唐］白居易撰，朱金城笺校《白居易集笺校》卷五，上海古籍出版社 1988 年，第277 页。

② ［唐］白居易撰，朱金城笺校《白居易集笺校》卷五，上海古籍出版社 1988 年，第292 页。

③ ［唐］白居易撰，朱金城笺校《白居易集笺校》卷五，上海古籍出版社 1988 年，第295 页。

④ ［唐］白居易撰，朱金城笺校《白居易集笺校》卷六，上海古籍出版社 1988 年，第317-318 页。

⑤ ［唐］白居易撰，朱金城笺校《白居易集笺校》卷五，上海古籍出版社 1988 年，第298 页。

书求仕几乎成为中国封建社会士人既定的生活方式。无论是在中国历史上的大一统时期还是在分裂割据时期，走上仕途谋求自身价值的实现，成为绝大多数读书人选择的道路。因而，自古以来，出仕被视为正途，也几乎是社会正统观念对于一个人价值评判的基点。如孟子曾言："士之失位也，犹诸侯之失国家也"，"士之仕也，犹农夫之耕也"。（《孟子·滕文公下》）但追求隐居之乐，在古代中国也有很强的精神传统。尤其是在老庄无为思想和佛教出世观念的影响下，以隐居生活追求身心之乐，始终在士人思想观念中占据一席之地。这种"独立不惧，遁世无闷"（《周易·大过》）的选择，常常被视为一种难能可贵的节操而为世人推崇。

通常情况下，仕与隐二者被视为无法兼容的两端，如孔子即提出"邦有道，则仕；邦无道，则可卷而怀之"（《论语·卫灵公》）的处世之道，孟子也有所谓"穷则独善其身，达则兼善天下"（《孟子·尽心上》）的处世原则。但无论是孔子的还是孟子的处世原则，在实际操作过程中都会产生一定困难。正如韩愈《从仕》诗所言："居闲食不足，从仕力难任。两事皆害性，一生恒苦心。"① 物质生活与精神生活的两难选择，使在仕与隐中单单选择一方都会让人身心煎熬。因而，在两者中追求一种恰到好处的平衡，也成为中国文人时时需要思考的问题之一。这种追求集中表现在隐的多样形态和种种名目上，如所谓的朝隐、酒隐、禅隐、吏隐等。在这其中，"吏隐"与为官从政者的生活关涉颇大，因此成为他们热衷的话题。南朝谢朓"既欢怀禄情，复协沧洲趣"② 的生活态度，可以说是"吏隐"观念最早也最形象的表达。但这一观念为士大夫所接受并付诸实践是在唐代完成的。唐代不乏居官如隐的典型士大夫。如盛唐时期的王维等山水田园诗人，融合佛禅与道家思想，在仕、隐之间寻找到一条仕隐兼得无碍的生活方式。中唐大历时代的文人追慕谢朓标榜以禄代耕的生活方式，也与"吏隐"的方式类似。③ 尤其是韦应物，虽立性高洁，但一生仕宦不断，隐于郡斋之中，可谓是践行"吏

① ［唐］韩愈撰，钱仲联集释《韩昌黎诗系年集释》卷一，上海古籍出版社1984年，第113页。

② 《之宣城郡出新林浦向板桥》，见［南朝齐］谢朓撰，曹融南校注《谢朓集校注》卷三，中华书局2019年，第218页。

③ 参看蒋寅《大历诗风》第三章，上海古籍出版社1992年。

隐"的典型。① 正因如此，"吏隐"一词在唐人诗文中屡次出现。据笔者统计，仅在《全唐诗》中就有三十余首诗歌言及"吏隐"，其中，不乏宋之问、杜甫、韩翃、权德舆、刘禹锡、姚合等著名诗人。唐人对此再三致意，说明他们对这一生活方式的认同，同时在一定程度上参与了"吏隐"的生活实践。

元和十年的江州之贬，作为白居易生平仕宦经历的重要转折点，对其嗣后的思想和行为产生了非常重要的影响。白氏此前怀有强烈的用事之心，被贬之后则宦情日减。其《端居咏怀》诗云："贾生俟罪心相似，张翰思归事不如。斜日早知惊鹏鸟，秋风悔不忆鲈鱼。"②《岁暮》诗云："名宦意已矣，林泉计何如？拟近东林寺，溪边结一庐。"③ 可见，这次贬谪对诗人仕进之心的巨大打击。在到达江州之初所撰的《与元九书》中，白居易言："古人云：'穷则独善其身，达则兼济天下。'仆虽不肖，常师此语。大丈夫所守者道，所待者时。时之来也，为云龙，为风鹏，勃然突然，陈力以出。时之不来也，为雾豹，为冥鸿，寂兮寥兮，奉身而退。进退出处，何往而不自得哉？故仆志在兼济，行在独善。"④ 白居易认为，"独善"还是"兼济"主要取决于"时"之来与不来，来则行"兼济"，不来则行"独善"。而江州之贬恰是"时之不来也"，因此，奉身而退以行"独善"之志，自然成为其选择的生活道路。于是，唐人热衷的"吏隐"之道，也开始影响白居易的思想和生活方式。

在元和十三年于江州司马任上所撰之《江州司马厅记》中，白居易对他当时的思想和生活方式有集中表达：

> 自武德以来，庶官以便宜制事，大摄小，重侵轻，郡守之职，总于诸侯帅，郡佐之职，移于部从事。故自五大都督府至于上、中、下郡，

---

① 参看蒋寅《大历诗人研究》，中华书局 1995 年，第 97-101 页。
② [唐]白居易撰，朱金城笺校《白居易集笺校》卷一六，上海古籍出版社 1988 年，第 1004 页。
③ [唐]白居易撰，朱金城笺校《白居易集笺校》卷七，上海古籍出版社 1988 年，第 376 页。
④ [唐]白居易撰，朱金城笺校《白居易集笺校》卷四五，上海古籍出版社 1988 年，第 2794 页。

司马之事尽去，唯员与俸在。凡内外文武官左迁右移者，第居之；凡执伎事上与给事于省、寺、军府者，遥署之；凡仕久资高耄昏软弱不任事而时不忍弃者，实莅之。莅之者，进不课其能，退不殿其不能，才不才一也。若有人畜器贮用、急于兼济者居之，虽一日不乐。若有人养志忘名、安于独善者处之，虽终身无闷。官不官，系乎时也。适不适，在乎人也。江州，左匡庐，右江湖，土高气清，富有佳境。刺史，守土臣，不可远观游；群吏，执事官，不敢自暇佚；惟司马，绰绰可以从容于山水诗酒间。由是郡南楼，山北楼，水溢亭、百花亭、凤篁、石岩、瀑布、庐宫、源潭洞、东西二林寺、泉石松雪，司马尽有之矣。苟有志于吏隐者，舍此官何求焉？案《唐典》：上州司马，秩五品。岁廪数百石，月俸六七万。官足以庇身，食足以给家。州民康，非司马功；郡政坏，非司马罪。无言责，无事忧。噫！为国谋，则尸素之尤蠹者；为身谋，则禄仕之优稳者。予佐是郡，行四年矣！其心休休如一日二日，何哉？识时知命而已，又安知后之司马不有与吾同志者乎？因书所得，以告来者。①

据《唐六典》卷三〇《州县官》记："上州，刺史一人，从三品。别驾一人，从四品下；长史一人，从五品上；司马一人，从五品下"，② "别驾、长史、司马掌贰府、州之事，以纪纲众务，通判列曹，岁终则更入奏计"。③ 司马和别驾、长史一样，虽然都属刺史的佐官，但实际上并无具体的职事。尤其是在唐代中后期，贬官者则多授长史、司马一类官职，但多是以"员外置同正员"安置。如《杨炎崖州司马制》云"可崖州司马同正"④；《韦执谊崖州司马制》云"可崖州司马员外置同正员"⑤，刘禹锡《上杜司徒书》署"故吏守朗州司马员外置同正员刘某"⑥，柳宗元被贬永州时作《与顾十郎

---

① [唐] 白居易撰，朱金城笺校《白居易集笺校》卷四三，上海古籍出版社 1988 年，第 2732–2733 页。

② [唐] 李林甫等撰，陈仲夫点校《唐六典》卷三〇，中华书局 1992 年，第 745 页。

③ [唐] 李林甫等撰，陈仲夫点校《唐六典》卷三〇，中华书局 1992 年，第 747 页。

④ [宋] 宋敏求编《唐大诏令集》卷五七，中华书局 2008 年，第 303–304 页。

⑤ [宋] 宋敏求编《唐大诏令集》卷五七，中华书局 2008 年，第 304 页。

⑥ [唐] 刘禹锡撰，瞿蜕园笺证《刘禹锡集笺证》卷一〇，上海古籍出版社 1989 年，第 237 页。

书》自署"守永州司马员外置同正员柳宗元"①。据代宗广德元年七月敕：
"员外及摄试，不得厘务。"② 也就是说，这些贬谪为长史、司马等职的人，
都不从事具体的事务。就白居易而言，其贬官江州司马之制今不存，但揆以
上述诸例，也当与其类似。因此，白居易上文所言并非为情造文，而是写
实。他认为司马之职"安于独善者处之，虽终身无闷"，这一禄仕优稳的职
位也是有志于吏隐者的极好选择。在这里，他将自己的"独善"之志与江州
司马的"吏隐"生活联系起来，以这一生活作为达成自己"独善"之志的方
式。而在此前，虽然"吏隐"一词已成为唐人诗文的热门话题，但白居易从
未提及。因此可以说，江州之贬是白居易发现"吏隐"价值的契机。

如果说江州时的白居易将自己的生活方式形容为"吏隐"，只是抒发被
贬牢骚的话，那么他在嗣后多次提及"吏隐"则可视为对这一生活方式的服
膺与践行。白居易长庆三年任杭州刺史期间所撰《奉和李大夫题新诗二首各
六韵》之《因严亭》中言：

> 箕颍人穷独，蓬壶路阻难。何如兼吏隐，复得事跻攀。岩树罗阶
> 下，江云贮栋间。③

宝历元年任苏州刺史期间所作之《郡西亭偶咏》中亦言：

> 常爱西亭面北林，公私尘事不能侵。共闲作伴无如鹤，与老相宜只
> 有琴。莫遣是非分作界，须教吏隐合为心。可怜此道人皆见，但要修行
> 功用深。④

宝历二年任苏州刺史期间所作之《仲夏斋居偶题八韵寄微之及崔湖州》中
又言：

---

① 尹占华、韩文奇《柳宗元集校注》卷三〇，中华书局 2022 年，第 2018 页。
② ［后晋］刘昫等撰《旧唐书》卷一一，中华书局 1975 年，第 273 页。
③ ［唐］白居易撰，朱金城笺校《白居易集笺校》卷二〇，上海古籍出版社 1988 年，第 1378 页。
④ ［唐］白居易撰，朱金城笺校《白居易集笺校》卷二四，上海古籍出版社 1988 年，第 1633 页。

腥血与荤蔬，停来一月余。肌肤虽瘦损，方寸任清虚。体适通宵坐，头慵隔日梳。眼前无俗物，身外即僧居。水榭风来远，松廊雨过初。褰帘放巢燕，投食施池鱼。久别闲游伴，频劳问疾书。不知湖与越，吏隐兴何如？①

大和二三年作于长安的《和朝回与王炼师游南山下》中言：

蔼蔼春景余，哉哉夏云初。蹴蹀退朝骑，飘摇随风裾。晨从四丞相，入拜白玉除。暮与一道士，山寻青溪居。吏隐本齐致，朝野孰云殊。道在有中适，机忘无外虞。但愧烟霄上，鸾凤为吾徒。又惭云水间，鸥鹤不我疏。坐倾数杯酒，卧枕一卷书。兴酣头兀兀，睡觉心于于。以此送日月，问师为何如？②

由上引诸诗可见，白居易不仅将李德裕的润州刺史生活、元稹的越州刺史生活和崔玄亮的湖州刺史生活视为一种"吏隐"，而且自己在具体的官员生活中开始践行"吏隐"的生活理念，并将其当作一种修行，颇为用功。可以说，此时白居易的"吏隐"生活已经大抵形成。直到大和三年白居易正式提出"中隐"观念后，友人刘禹锡仍以"吏隐"看待其生活。刘禹锡《酬乐天醉后狂吟十韵》云：

散诞人间乐，逍遥地上仙。诗家登逸品，释氏悟真诠。制诰留台阁，歌词入管弦。处身于木雁，任世变桑田。吏隐情兼遂，儒玄道两全。八关斋适罢，三雅兴尤偏。文墨中年旧，松筠晚岁坚。鱼书曾替代，香火有因缘。欲向醉乡去，犹为色界牵。好吹杨柳曲，为我舞金钿。③

---

① ［唐］白居易撰，朱金城笺校《白居易集笺校》卷二四，上海古籍出版社 1988 年，第 1669 页。

② ［唐］白居易撰，朱金城笺校《白居易集笺校》卷二二，上海古籍出版社 1988 年，第 1488–1489 页。

③ ［唐］刘禹锡撰，瞿蜕园笺证《刘禹锡集笺证》外集卷四，上海古籍出版社 1989 年，第 1267 页。

刘诗作于文宗开成二年五月间，乃是针对白居易《分司洛中多暇数与诸客宴游醉后狂吟偶成十韵因招梦得宾客兼呈思黯奇章公》的酬和之作。白诗言："性与时相远，身将世两忘。寄名朝士籍，寓兴少年场。老岂无谈笑？贫犹有酒浆。随时求伴侣，逐日用风光。数数游何爽？些些病未妨。天教荣启乐，人恕接舆狂。改业为逋客，移家住醉乡。不论招梦得，兼拟诱奇章。要路风波险，权门市井忙。世间无可恋，不是不思量。"① 刘禹锡在这里则以吏隐兼情、儒道两全形容之，可谓是对白居易当时生活状态的准确概括。此诗作于白氏提出"中隐"观念后，可以看出白氏所谓的"中隐"观念实际上是在"吏隐"观念进行继承和升华的基础上提出的立身处世之道。

以上可见，白居易早期的闲官理想，由于当时诗人秉持"兼济"之志，加上他或职位低卑，或职居近密，只能是偶尔获得的短暂享受。与此相关的是，在其代表闲官理想的早期闲适诗中，常常将吏役辛劳当成闲居生活的对立面加以表达，闲适之情最终外化为职业焦虑。江州之贬后，诗人的"兼济"之志受到沉重打击而日渐消沉，"独善"成为其人生追求的主流，之前尚属理想状态的闲官理念也逐渐转变为更清晰的吏隐生活方式，而且已经具有了"须教吏隐合为心"的自觉意识。可以说，从江州时期开始对"吏隐"的发现，在一定程度上破除了"兼济"与"独善"的二元对立关系，也在嗣后相当长的时间内影响其生活态度和生活方式。而其忠、杭、苏等州的任职生活，正是其吏隐实践的重要时期，为其嗣后正式提出"中隐"观念奠定了基础。

三、衙鼓制度与郡斋中的官人生活

如蒋寅先生所言："吏隐一名既然包含着吏和隐两种不同的生活内容，其结构中就必然存在对立和均衡的张力。"② 因此，如何处理这种对立以达到均衡，无疑是实践"吏隐"生活的核心内容。就白居易而言，在其忠、杭、苏三州时的郡斋生活中，既显示出对立的存在，也显示出诗人追求平衡的努力。

---

① [唐] 白居易撰，朱金城笺校《白居易集笺校》卷三四，上海古籍出版社 1988 年，第 2323-2324 页。
② 蒋寅《古典诗歌中的"吏隐"》，载《苏州大学学报》（哲学社会科学版）2004 年第 2 期。

在吏与隐二者之中，吏是现实的社会角色，也是处于第一位的。作为一名官员，与真正的隐士最大的不同，在于其生活必须受制度的约束，这也是构成吏与隐矛盾最主要的原因。在唐人的制度规定中，官吏本有流内、流外之别，流内为官，流外则为吏。官掌判案，吏掌庶务，地位、待遇本不相同。但在唐代中后期，官与吏的界限已不像以前那样判若云泥，胥吏可以带有官职，而原本所谓的官则需要躬亲庶务，出现职官胥吏化的倾向。① 因此，中晚唐时期的一些官员对执掌繁剧的牢骚每每形诸诗文。如戴叔伦《答崔载华》云："文案日成堆，愁眉拽不开"②；刘禹锡《早夏郡中书事》云："将吏俨成列，簿书纷来萦"③；元稹《醉题东武》云："役役行人事，纷纷碎簿书。功夫两衙尽，留滞七年余"④。簿书堆案，庶务繁忙，成为这些官员自我展示时最常见的形象。白居易早年为盩厔尉和权摄照应县令时，也有与此类似的表达。如《病假中南亭闲望》云，"欹枕不视事，两日门掩关。始知吏役身，不病不得闲"⑤；《权摄昭应早秋书事寄元拾遗兼呈李司录》云，"邮传拥两驿，簿书堆六曹"⑥。由上引诸例可知，作为官员，处理公务成为他们生活中的主要内容，勤于政务也是为官的角色赋予的责任和义务。因此，作为州郡长官的白居易，首先面对的就是公务对于其私人空间的挤占。这主要由主、客观两方面造成。

其一，为官一任造福一方的思想促使诗人要勤于职事。如前文所言，白居易量移忠州及出刺杭、苏二州多少皆带有外放的性质，但其用事之心并未完全泯灭，而是转化为在地方上的行政实践。如其在忠州时期所作的《东坡

---

① 关于唐代官与吏的区别，参看张广达《论唐代的吏》，载《北京大学学报》（哲学社会科学版）1989 年第 2 期。中晚唐时期职官的胥吏化现象，可参看黄正建主编《中晚唐社会与政治研究》第一章第四节的论述，中国社会科学出版社 2006 年。

② ［唐］戴叔伦撰，蒋寅校注《戴叔伦诗集校注》，上海古籍出版社 2010 年，第 103 页。

③ ［唐］刘禹锡撰，瞿蜕园笺证《刘禹锡集笺证》外集卷二，上海古籍出版社 1989 年，第 1123 页。

④ ［唐］元稹撰，周相录校注《元稹集校注》续补遗卷一，上海古籍出版社 2011 年，第 1563 页。

⑤ ［唐］白居易撰，朱金城笺校《白居易集笺校》卷五，上海古籍出版社 1988 年，第 277 页。

⑥ ［唐］白居易撰，朱金城笺校《白居易集笺校》卷九，上海古籍出版社 1988 年，第 465 页。

种花二首》其二云:

> 东坡春向暮,树木今何如?漠漠花落尽,翳翳叶生初。每日领童仆,荷锄仍决渠。划土壅其本,引泉溉其枯。小树低数尺,大树长丈余。封植来几时?高下齐扶疏。养树既如此,养民亦何殊?将欲茂枝叶,必先救根株。云何救根株?劝农均赋租。云何茂枝叶?省事宽刑书。移此为郡政,庶几甿俗苏!①

忠州刺史虽然是针对江州司马的量移,但当时的白居易仍具有迁谪心态。其《我身》诗云:"昔游秦雍间,今落巴蛮中。昔为意气郎,今作寂寥翁"②;《岁晚》诗云:"何此南迁客,五年独未还。命迟分已定,日久心弥安"③。其心态之寂寥可见一斑。但白氏由种花养树这一生活中的琐事,推及理政安民之道,可见其并未忘却自己作为刺史的责任,因而时有"且喜赋敛毕,幸闻闾井安"④ 的自我安慰。

白氏嗣后在杭、苏二州任职期间,也是勤于职事。其作于赴杭途中的《初下汉江舟中作寄两省给舍》云:"尚想到郡日,且称守土臣。犹须副忧寄,恤隐安疲民。"⑤《苏州刺史谢上表》中言:"当今国用,多出江南。江南诸州,苏最为大。兵数不少,税额至多。土虽沃而尚劳,人徒庶而未富。宜择循良之吏,委以抚绥;岂臣琐劣之才,合当任使?然既奉成命,敢不誓心。必拟夕惕夙兴,焦心苦节。唯诏条是守,唯人瘼是求。谕陛下忧勤之心,布陛下慈和之泽。则亭育之下,疲人自当感恩;而岁时之间,微臣或希

---

① [唐]白居易撰,朱金城笺校《白居易集笺校》卷一一,上海古籍出版社 1988 年,第 600 页。

② [唐]白居易撰,朱金城笺校《白居易集笺校》卷一一,上海古籍出版社 1988 年,第 597 页。

③ [唐]白居易撰,朱金城笺校《白居易集笺校》卷一一,上海古籍出版社 1988 年,第 613 页。

④ 《征秋税毕题郡南亭》,见 [唐]白居易撰,朱金城笺校《白居易集笺校》卷一一,上海古籍出版社 1988 年,第 608 页。

⑤ [唐]白居易撰,朱金城笺校《白居易集笺校》卷八,上海古籍出版社 1988 年,第 428 页。

报政。"① 可见其理政安民的理念一以贯之。在杭州时期所作的《醉后狂言酬赠萧殷二协律》中，白居易更是表达了与杜甫"大庇天下寒士俱欢颜"类似的情怀：

> 余杭邑客多羁贫，其间甚者萧与殷。天寒身上犹衣葛，日高甑中未拂尘。江城山寺十一月，北风吹砂雪纷纷。宾客不见绨袍惠，黎庶未沾襦袴恩。此时太守自惭愧，重衣复裘有余温。因命染人与针女，先制两裘赠二君。吴绵细软桂布密，柔如狐腋白似云。劳将诗书投赠我，如此小惠何足论？我有大裘君未见，宽广和暖如阳春。此裘非缯亦非纩，裁以法度絮以仁。刀尺钝拙制未毕，出亦不独裹一身。若令在郡得五考，与君展覆杭州人。②

白氏在这里虽然自称是醉后狂言，实际上并非冠冕堂皇的说辞，其在杭、苏二州任职期间还是颇有政绩的。如在杭州刺史任上，白氏治理钱塘江，修筑堤坝，灌溉良田，更立《钱塘湖石记》谆谆告诫后任者治湖之利害与要点。离任之际又言"税重多贫户，农饥足旱田。唯留一湖水，与汝救凶年"，③ 显然也有以此自矜之意。其《自咏五首》其二言其在苏州刺史任上的为政云："一家五十口，一郡十万户。出为差科头，入为衣食主。水旱合心忧，饥寒须手抚。何异食蓼虫，不知苦是苦。"④ 也可见其事必躬亲，不以为苦。因此，刘禹锡称白氏离任之际"苏州十万户，尽作婴儿啼"⑤，虽然未免夸大其词，但从白氏自言苏民送别时"青紫行将吏，班白列黎氓。一时

---

① ［唐］白居易撰，朱金城笺校《白居易集笺校》卷六八，上海古籍出版社 1988 年，第 3672 页。

② ［唐］白居易撰，朱金城笺校《白居易集笺校》卷一二，上海古籍出版社 1986 年，第 700 页。

③ ［唐］白居易撰，朱金城笺校《白居易集笺校》卷二三，上海古籍出版社 1986 年，第 1564 页。

④ ［唐］白居易撰，朱金城笺校《白居易集笺校》卷二一，上海古籍出版社 1986 年，第 1427 页。

⑤ ［唐］刘禹锡撰，瞿蜕园笺证《刘禹锡集笺证》外集卷一，上海古籍出版社 1986 年，第 1045 页。

临水拜，十里随舟行"①的景况来看，其深得民心大抵符合实际。

其二，官员严格的坐衙制度，使诗人的日常起居必须遵循制度的规定。唐代中后期的官员执掌繁剧，因此，关于其日常作息时间的安排也有严格的规定。日僧圆仁《入唐求法巡礼行记》卷二记：

> 唐国风法：官人政理一日两衙（朝衙、晚衙），须听鼓声，方知坐衙。公私宾客候衙时即得见官人也。②

由这一记载可知，以鼓声为号的早衙、晚衙，乃是唐代官员处理公事的时间。圆仁在这里并未记坐衙时间及办公时间长短。唐制："凡内外百僚日出而视事，既午而退，有事则直官省之；其务繁，不在此例。"③这里所谓的"日出而视事，既午而退"当是指早衙的时间，对于晚衙则未做说明。韩愈贞元十五年为徐泗濠节度使张建封幕下推官时有《上张仆射书》云：

> 受牒之明日，在使院中，有小吏持院中故事节目十余事来示愈。其中不可者，有自九月至明年二月之终，皆晨入夜归，非有疾病事故辄不许出。……若此者，非愈之所能也。抑而行之，必发狂疾。……若宽假之使不失其性，加待之使足以为名，寅而入，尽辰而退；申而入，终酉而退，率以为常，亦不废事。④

韩愈对张建封幕府晨入夜归的办公时间安排抱有不满，认为"寅而入，尽辰而退；申而入，终酉而退"的安排比较合适，按照黄正建先生的解释，

---

① ［唐］白居易撰，朱金城笺校《白居易集笺校》卷二一，上海古籍出版社 1986 年，第 1434 页。
② ［日］圆仁撰，白化文等校注《入唐求法巡礼行记校注》卷二，中华书局 2019 年，第 207 页。
③ ［唐］李林甫等撰，陈仲夫点校《唐六典》卷一，中华书局 1992 年，第 12 页。
④ ［唐］韩愈撰，马其昶校注《韩昌黎文集校注》卷三，上海古籍出版社，第 180-182 页。

就是早上五点上班，九点下班；下午三点上班，七点下班，中午则可以休息。① 这可能即是唐人所谓的早、晚衙的大体办公时间。这一时间规定，从现代眼光来看，实比较宽松，但每日两衙制度限制了官员对日常时间的支配。如方干《赠山阴崔明府》云："用心何况两衙间，退食孜孜亦不闲。压酒晒书犹检点，修琴取药似交关。"② 由于执掌繁剧，坐衙时未处理完的公务，甚至要挤占退食休闲的时间。因此，唐人对此有颇多牢骚。如王建《昭应官舍书事》即云："两衙早被官拘束，登阁巡溪亦属忙。"③ 将坐衙制度视为一种身不自由的拘束，大抵代表了唐代官员对这一制度的感受。

白居易在任职郡守时期的诗作中，对自己的作息时间也多有记录。从这些记载来看，他是严格遵循这一制度安排的。如杭州时期 "凌晨亲政事"④ "平旦起视事"⑤，足见其遵守了 "日出而视事" 的制度规定。又如，其在苏州任职时期所作的《秋寄微之十二韵》云："清旦方堆案，黄昏始退公。可怜朝暮景，销在两衙中"⑥；《题西亭》云："朝亦视簿书，暮亦视簿书。簿书视未竟，蟋蟀鸣座隅"。⑦ 可见坐衙占据了诗人日常的大部分时间。因此，衙鼓这一典型的官人生活意象，曾多次出现在白氏的诗歌中。如忠州时期的《南宾郡斋即事寄杨万州》云："衙鼓暮复朝，郡斋卧还起。"⑧ 杭州时期的

① 黄正建《韩愈日常生活研究》，《唐研究》第四卷，北京大学出版社 1998 年，第 266 页。后收入氏著《走进日常——唐代社会生活考论》，中西书局 2016 年，第 262 页。

② ［清］彭定求等编，陈尚君增订《全唐诗》（增订本）卷六五二，中华书局 1999 年，第 7543 页。

③ ［唐］王建撰，尹占华校注《王建诗集校注》卷八，上海古籍出版社 2020 年，第 376 页。

④ 《初领郡政衙退登东楼作》，见［唐］白居易撰，朱金城笺校《白居易集笺校》卷八，上海古籍出版社 1988 年，第 431 页。

⑤ 《郡亭》，见［唐］白居易撰，朱金城笺校《白居易集笺校》卷八，上海古籍出版社 1988 年，第 433 页。

⑥ ［唐］白居易撰，朱金城笺校《白居易集笺校》卷二四，上海古籍出版社 1988 年，第 1631 页。

⑦ ［唐］白居易撰，朱金城笺校《白居易集笺校》卷二一，上海古籍出版社 1988 年，第 1401 页。

⑧ ［唐］白居易撰，朱金城笺校《白居易集笺校》卷一一，上海古籍出版社 1988 年，第 587 页。

《城上》云："城上咚咚鼓，朝衙复晚衙。"① 作为州郡长官的白居易，其作息安排已经不似被贬江州时期的"日高公府归"和"太守知慵放晚衙"一般闲淡无事了。

综上可见，除江州司马时期由于遭贬而不必厘务外，白居易在忠州、杭州、苏州等地的郡守任上，虽然曾自谦"为郡已多暇，犹少勤吏职"，② 偶尔也不免有"唯憎小吏樽前报，道去衙时水五筒"③ 的牢骚，但基本上还是很好地履行了一个刺史的职责和义务。其在诗文中对自己生活情况的记录，也给我们展示了一个勤政忧民的循吏形象。当然，这一角色的履行挤占了诗人很多追求身心之乐的时间，如其《喜罢郡》一诗所言：

> 五年两郡亦堪嗟，偷出游山走看花。自此光阴为己有，从前日月属官家。樽前免被催迎使，枕上休闻报坐衙。睡到午时欢到夜，回看官职是泥沙。④

"为己有"的光阴被"属官家"的日月所挤占，这也使公与私之矛盾凸显出来，因此诗人对于自己的罢郡怀着欣喜之情。但从这一时期诗歌中所表达的理政安民的职业满足感来看，相比于之前任职盩厔县尉的牢骚满腹和翰林学士期间的战战兢兢，白居易州郡任职时期的心态无疑已经有了很大程度的调整。一方面，此时的诗人固然无法摆脱制度的约束，但其身份已由职位低卑的属吏或皇帝身边的近臣变为地方首长，时间安排的自由度大为增加；另一方面，与身份转变相关的是，诗人不再有课责之虞的压迫感。因此，官人生活不再是沉重的负担，相反为其追求居官如隐提供了空间。

---

① ［唐］白居易撰，朱金城笺校《白居易集笺校》卷二〇，上海古籍出版社1988年，第1356页。
② 《自余杭归宿淮口作》，见［唐］白居易撰，朱金城笺校《白居易集笺校》卷八，上海古籍出版社1988年，第448页。
③ 《偶饮》，见［唐］白居易撰，朱金城笺校《白居易集笺校》卷二四，上海古籍出版社1988年，第1640页。
④ ［唐］白居易撰，朱金城笺校《白居易集笺校》卷二四，上海古籍出版社1988年，第1697页。

四、休假制度与郡斋中的吏隐兼情

白居易曾言："先务身安闲，次要心欢适"①，身闲乃是心适的先决条件，而心适则是隐居之乐的终极追求。既然白居易在地方任上的官人角色挤占了生活中大量的时间，公共生活与私人生活产生了矛盾，那么白氏是如何处理这种对立并达到平衡的呢？回答这一问题，首先需要说明为何"吏隐"在唐代成为文人士大夫所津津乐道的话题。葛晓音先生在论述盛唐山水田园诗人亦官亦隐生活时指出，唐人十日一旬的"休澣"制度为他们这种生活方式奠定了重要基础。② 可以说，这指出了唐人吏隐生活的一个重要先决条件，即唐人的休假制度保证了官员在公务之余对私人生活空间的享有。"休澣"制度即旬休制度，这一政治制度始于汉代，并为嗣后的历朝历代所沿袭。汉代官员五日一休沐，主要目的是给官吏一个调整身心及与家人团聚的时间。在唐代，这一制度则演变成"九日驱驰一日闲"③。表面上看，十日一休的安排在时间上较前代有所减少，但唐人在旬休之外，更有大量的其他假期。如《唐六典》卷二"尚书吏部"条云：

> 内外官吏则有假宁之节。谓元正、冬至各给假七日，寒食通清明四日，八月十五日、夏至及腊各三日。正月七日十五日、晦日、春秋二社、二月八日、三月三日、四月八日、五月五日、三伏日、七月七日十五日、九月九日、十月一日、立春、春分、立秋、秋分、立夏、立冬、每旬，并给休假一日。五月给田假，九月给授衣假，为两番，各十五日。私家祔庙，各给假五日。四时祭，各四日。父母在三千里外，三年一给定省假三十五；五百里，五年一给拜扫假十五日，并除程，五品以上并奏闻。冠，给三日；五服内亲冠，给假一日，不给程。婚嫁，九日，除程。周亲婚嫁，五日；大功，三日；小功，一日，不给程。齐衰

---

① 《咏怀》，见［唐］白居易撰，朱金城笺校《白居易集笺校》卷八，上海古籍出版社1988年，第434页。
② 葛晓音《盛唐田园诗和文人的隐居方式》，见《诗国高潮与盛唐文化》，北京大学出版社1998年，第94页。
③ 《休暇日访王侍御不遇》，见陶敏、王友胜《韦应物集校注》（增订本）卷五，上海古籍出版社2011年，第365页。

周，给假三十日；葬，三日；除服，二日。小功五月，给假十五日；葬，二日；除服，一日。缌麻三月，给假七日；葬及除服皆一日。周已上亲皆给程。若闻丧举哀，并三分减一。私忌给假一日，忌前之夕听还。①

从这一规定来看，唐代休假的种类繁多，既有整个社会普遍享有的传统节假日，也有针对政府官员的旬假、给田假、授衣假及各类事假如省亲假、拜扫假、婚丧假等。若按照这一规定计算，即使除去省亲假、拜扫假、婚丧假等一系列非常规假期，每年每位官员仅旬假和节日假就有八十天之多。若再加上非常规的假期及唐代帝王的生日、佛诞日等假日，唐人每年的休假要超过百日。也就是说，一年有三分之一的时间处于休假状态。可见，较前代而言，唐人休假时间之长，可谓前无古人。因此可以说，唐人居官如隐的"吏隐"生活，一个重要先决条件就是这种法律规定上充裕的休假时间。唐代前期如是，后期亦然。德宗朝贞元年间的享乐风潮，即与德宗自我作古设"三令节"以粉饰太平相关。② 唐代后期诸帝王多于年幼登基，如穆宗、敬宗等，追欢务游，骄奢淫逸，对此又起推波助澜之效。中晚唐社会的世俗享乐风气在一定程度上与这种上自朝廷下至闾阎的节假日游赏活动有关。休假制度对唐人的思想、生活乃至文学创作都产生了重要影响。初盛唐文人宴集，有相当多是在旬休日或其他节假日举行的。在这些场合创作的诗歌中，对隐逸之乐趣的强调及相互之间以兼吏隐于一身的推崇，成为典型的写作程式。③ 如储光羲《同张侍御鼎和京兆萧兵曹华岁晚南园》诗云：

> 公府传休沐，私庭效陆沉。方知从大隐，非复在幽林。阙下忠贞志，人间孝友心。既将冠盖雅，仍与薜萝深。寒变中园柳，春归上苑禽。池涵青草色，山带白云阴。潘岳闲居赋，钟期流水琴。一经当自

---

① ［唐］李林甫等撰，陈仲夫点校《唐六典》卷二，中华书局 1992 年，第 35 页。
② 详参刘航《中唐诗歌嬗变的民俗观照》第二章第一节，学苑出版社 2007 年。
③ 参看查正贤《论初唐休沐宴赏诗以隐逸为雅言的现象》，载《文学遗产》2004 年第 6 期。

足，何用遗黄金。①

公府休沐的时间安排，使诗人有足够的时间享受私人生活，也使他们为了追求隐居之趣，不用退避深山，在朝阙之下也有享有的可能。显然，这种制度安排为士人居官如隐的生活奠定了基础。

白居易在州郡官任上言及假日的诗文有很多。如忠州时期有《九日登巴台》《九日题涂溪》《三月三日》《冬至夜》等，杭州时期有《小岁日对酒吟钱湖州所寄诗》《岁假内命酒赠周判官萧协律》《除夜寄微之》《正月十五日夜月》等，苏州时期有《正月三日闲行》《清明夜》《九日寄微之》等。在《郡斋旬假命宴呈座客示郡寮》一诗中，白居易对于旬假制度之于自己郡斋生活的意义做了如下表述：

> 公门日两衙，公假月三旬。衙用决簿领，旬以会亲宾。公多及私少，劳逸常不均。况为剧郡长，安得闲宴频？下车已二月，开筵始今晨。初黔军厨突，一拂郡榻尘。既备献酬礼，亦具水陆珍。萍醅箬溪醑，水鲙松江鳞。侑食乐悬动，佐欢妓席陈。风流吴中客，佳丽江南人。歌节点随袂，舞香遗在茵。清奏凝未阕，酡颜气已春。众宾勿遽起，群寮且逡巡。无轻一日醉，用犒九日勤。微彼九日勤，何以治吾民？微此一日醉，何以乐吾身？②

诗人在公务时间扮演官员的角色，履行自己的职责；而在公务之暇的假日期间，则与亲友宴集，或是自寻其乐。虽然公多私少，劳逸不均，但在身心之间，已摆脱了韩愈式的矛盾与煎熬。这一表述正是对自己"吏隐"形象的准确表达。

因此，在白居易任职州郡官时期的生活中，公与私之间虽然存在一定程度的矛盾，但并非不可调和。诗人在为政之暇也有可以充分享受自己的私人

---

① ［清］彭定求等编，陈尚君增订《全唐诗》（增订本）卷一三九，中华书局 1999 年，第 1415 页。
② ［唐］白居易撰，朱金城笺校《白居易集笺校》卷二一，上海古籍出版社 1988 年，第 1399-1400 页。

空间，或宴饮，或独处，都成为诗人暇日追求身心调和的主要休闲方式。在白居易之前，韦应物作为一个典型的"吏隐"实践者，其诗酒风流的郡守形象曾给幼年的白居易留下深刻印象。其《吴郡诗石记》云：

> 贞元初，韦应物为苏州牧，房孺复为杭州牧，皆豪人也。韦嗜诗，房嗜酒，每与宾友一醉一咏，其风流雅韵，多播于吴中。或目韦、房为诗酒仙。时予始年十四五，旅二郡，以幼贱不得与游宴，尤觉其才调高而郡守尊。以当时心言异日苏、杭苟获一郡，足矣。及今自中书舍人间领二州，去年脱杭印，今年佩苏印，既醉于彼，又吟于此。酣歌狂什亦往往在人口中。则苏、杭之风景，韦、房之诗酒，兼有之矣。岂始愿及此哉？然二郡之物状人情，与曩时不异。前后相去三十七年，江山是而齿发非，又可嗟矣。韦在此州歌诗甚多，有《郡宴》诗云："兵卫森画戟，燕寝凝清香。"最为警策。今刻此篇于石，传贻将来，因以予《旬宴》一章亦附于后。虽雅俗不类，各咏一时之志。偶书石背，且偿其初心焉。宝历元年七月二十日，苏州刺史白居易题。①

白居易此文所署的时间在宝历元年七月二十日。唐人旬休在每月的十日、二十日、三十日（或二十九日），以此观之，其题记的时间正是旬休日，文中所谓的"《旬宴》一章"，应当就是上引的《郡斋旬假命宴呈座客示郡寮》一诗。可见，白居易在苏州刺史任上命宴赋诗，实是追慕乃至直接模仿韦应物的郡斋生活。白居易在杭、苏时期的此类活动频多，如《郡楼夜宴留客》《花楼望雪命宴赋诗》《与诸客空腹饮》《岁假内命酒赠周判官萧协律》《九日宴集醉题郡楼兼呈周殷二判官》《自到郡斋仅经旬日方专公务未及宴游偷闲走笔题二十四韵兼寄常州贾舍人湖州崔郎中仍呈吴中诸客》等，皆属此类。正如其《对酒吟》中所言："公门衙退掩，妓席客来铺。"② 宴饮成为其公门衙退之际重要的休闲方式。

在《与元九书》中，白居易给闲适诗所下的定义就是"退公独处，移病

---

① ［唐］白居易撰，朱金城笺校《白居易集笺校》卷六八，上海古籍出版社 1988 年，第 3663 页。

② ［唐］白居易撰，朱金城笺校《白居易集笺校》卷二四，上海古籍出版社那 1988 年，第 1639 页。

闲居"期间的作品，而闲适诗又被其视为表达"独善"之志的作品。因此，从其地方官任上的闲适诗中，我们可以直接看出诗人居官如隐的生活情态。虽然白居易这些闲适诗中不乏外出游赏的诗歌作品，但作为一名官员，其活动的空间仍是以郡斋为主，这一生活空间最能投射出他的"吏隐"生活。唐代的官宅建筑宽敞，设施完备。如南唐刘仁赡《袁州厅壁记》记廉使彭城公"所建立郡斋使宅，堂宇轩廊。东序西厅，州司使院，备武厅、毬场，上供库、甲仗库，鼓角楼、宜春馆，衙堂职掌，三院诸司，总六百余间"。① 这里所记的虽然是南唐时代的袁州郡斋，但是可窥见唐时州郡官宅的大体规模。元稹在越州刺史任上曾致书白居易并"大夸州宅似仙居"②，足见当时官员的生活居住环境非常优越。这一环境也为有志吏隐者提供了一个诗意的栖居之所。如白居易记其杭州时期的官舍云：

> 高树换新叶，阴阴覆地隅。何言太守宅，有似幽人居。太守卧其下，闲慵两有余。起尝一瓯茗，行读一卷书。早梅结青实，残樱落红珠。稚女弄庭果，嬉戏牵人裾。是日晚弥静，巢禽下相呼。喷喷护儿鹊，哑哑母子乌。岂唯云鸟尔，吾亦引吾雏。③

记其苏州时期的郡斋西园云：

> 闲园多芳草，春夏香靡靡。深树足佳禽，旦暮鸣不已。院门闭松竹，庭径穿兰芷。爱彼池上桥，独来聊徙倚。鱼依藻长乐，鸥见人暂起。有时舟随风，尽日莲照水。谁知郡府内，景物闲如此。④

这些郡斋不仅亭台楼阁颇多，而且景色优美，有园林之致。诗人为政之

---

① ［清］董诰等编《全唐文》卷八七六，中华书局1983年，第9158页。
② 《答微之夸越州州宅》，见［唐］白居易撰，朱金城笺校《白居易集笺校》卷二三，上海古籍出版社1988年，第1528页。
③ 《官舍》，见［唐］白居易撰，朱金城笺校《白居易集笺校》卷八，上海古籍出版社1988年，第438页。
④ 《郡中西园》，见［唐］白居易撰，朱金城笺校《白居易集笺校》卷二一，上海古籍出版社1988年，第1402页。

暇身处其中，其获得的身心安适，较之江州时期庐山草堂生活，实无二致。这一生活条件也使诗人不必退避深山，可谓郡斋之内，居官如隐。因此，郡斋成为白居易在忠、杭、苏等州任职刺史时期诗歌创作的主要生成背景。

白居易于大和三年分司东都洛阳，并创作了著名的《中隐》诗，正式提出"中隐"观念。这一观念的提出，标志着白氏"独善"之志的最终达成，并指导着嗣后十七年的东都晚年生活。作为一种生活理念，"中隐"观念的形成显然不是一蹴而就的，而是白居易在长期的为官过程中总结出的生活智慧。元和十年被贬江州是白居易思想转变的分水岭，更是其生活方式转变的契机，白氏嗣后的仕宦经历，尤其是地方官任上践行"吏隐"生活方式所获得的制度夹缝中的从容与自得，调和了生活中的公私矛盾，实可视为其"中隐"生活的早期实践，对其"中隐"观念的提出，无疑具有先导意义。

第八章　个人生活史的文本及其意蕴

——白居易的诗歌自注

白居易现存诗文共三千七百余篇，其中五百余首诗歌有注，有的诗歌作注甚至不止一次。这些自注内容繁复，涉及白诗的写作时间及与之有关的人物、事件，乃至字词读音与典故出处等，不仅保存了白居易生平事迹的大量资料，对唐代政治、经济、社会文化等方面也多有涉及，历来为治唐代文史者所重视，客观上已经获得了超越文学文本之外的价值。然就目前的研究现状来看，对白诗自注做专门而深入研究的成果既不多见，而且白诗自注往往只被当作史料加以运用，自注本身作为诗歌作品的有机组成部分，其与当时的文学风尚及白氏文学观念和诗歌风格的关系，反而受到有意无意的忽视。实际上，白氏晚年通过自编文集并通过添加诗歌自注的方式所呈现的文本，是其毕生生活理念的总结与定型，具有重要的认识价值。本章即拟对白氏自注做一考察，重点在于考察白诗自注作为史料之外，其与白氏本人生活理念、诗学思维与文学创作风貌的关系，庶几有补于相关问题的探讨。

一、白诗自注辨析三则

唐人文集留存至今者，《白氏文集》最称完璧。因此，对于白诗中存在的大量注文，出自白居易之手，已然获得普遍的认可，似无须多论。如白诗的很多自注往往以第一人称行文，仅从此点即可判断其真乃出自白氏之手。而且，从内容上来看，自注不仅可以与白诗做内部的相互参证，其中涉及的人物、事件，也往往获得他人诗歌乃至史籍的证明，若是后人妄加，则断然不会如此深细，各注之间也不会如此天衣无缝。然所谓《白氏文集》能保存其原貌，仅是大要言之，经过长时间的流传、抄写、刊刻，《白氏文集》的文本难免会发生一定程度的变异、错讹。如白氏生前手订的文集七十五卷，据其各篇《文集纪》，当是前集、后集、续集连缀的形式，然当今通行本如宋绍兴本、明马元调校本，皆为先诗后笔本。其文本形态的变异不可谓不大。至于抄写、刊刻过程中导致的文字错讹，更是所在多有。当代学者校订白集，往往要用诸多版本互校，以求最大限度还原白集原貌。对于白集中留存的大量自注，其中一些也曾引起学者的怀疑。因此，虽然这类有争议的白诗自注数量极少，但在论述之先，对于现存白集自注的真实性有必要加以简单的说明。兹就前辈学者提出怀疑的或存在问题的白诗注文，举三例说明相关问题。

（一）关于"唐书"的理解问题

白集卷二四《自到郡斋仅经旬日方专公务未及宴游偷闲走笔题二十四韵兼寄常州贾舍人湖州崔郎中仍呈吴中诸客》"愧无铛脚政"句注云："河北三郡相邻，皆有善政，时为铛脚刺史。见《唐书》。"① 此是诗内夹注，注诗语之典故出处。然其中所谓的"唐书"让人生疑。朱金城先生笺校白集时综录了对于此则自注评述的相关材料：

> 何义门云："'河北'二十字疑非本注。"城按：何校是。又注中"见唐书"三字，汪本误作"见汉书"。考唐薛大鼎贞观时为沧州刺史，时与瀛洲刺史贾敦颐、曹州刺史郑德本俱有美政，河北称为"铛脚刺史"。见《旧唐书》卷一八五上《薛大鼎传》②

清人何焯疑此注非白居易本人所加，但未说明原因。汪立名径直将《唐书》改作《汉书》，已见出注中称《唐书》大为可疑，但汪氏并未说明这一典故出自《汉书》何处。朱金城赞成何说，进一步考证出"铛脚刺史"源自《旧唐书·薛大鼎传》。五代后晋时所编《旧唐书》实不当为白氏所见，因此，他们认为此注乃后人妄增。

实际上，这里涉及所谓"唐书"的理解问题，白诗此处所言的实非后人

---

① ［唐］白居易撰，朱金城笺校《白居易集笺校》卷二四，上海古籍出版社 1988 年，第 1624 页。

② ［唐］白居易撰，朱金城笺校《白居易集笺校》卷二四，上海古籍出版社 1988 年，第 1626 页。

编修的唐史，而是唐人编修的本朝史书。岑仲勉先生《〈旧唐书逸文〉辨》一文在论及《唐书》时，曾举白氏此注为例，另外还列举了两则材料。一是德宗贞元六年李愐所撰的李邕之子李岐的墓志，其中有云：

> 考邕，皇朝北海郡太守，赠秘书监，有文集一百八卷行于代，《唐书》有传。

二是朱景玄《唐朝名画录》中关于韩滉的记载：

> 韩滉，德宗朝宰相，……按《唐书》，公天纵聪明，神干正直。

以上材料都出自唐人，因此岑先生认为"李愐、白居易所谓《唐书》，当指吴、韦旧著"。① 这里提及的吴、韦，乃是指吴兢和韦述，二人皆曾撰有唐史著作。据《旧唐书·吴兢传》："兢卒后，其子进兢所撰《唐史》八十余卷，事多纰缪，不逮于壮年。"② 又据同书《韦述传》，韦述早年撰《唐春秋》三十卷，嗣后更有国史之作：

> 述在书府四十年，居史职二十年，嗜学著书，手不释卷。《国史》自令狐德棻至于吴兢，虽累有修撰，竟未成一家之言。至述始定类例，补遗续阙，勒成《国史》一百一十三卷，并《史例》一卷，事简而记详，雅有良史之才，兰陵萧颖士以为谯周、陈寿之流。③

吴、韦之作虽然在上引传记中被称为《唐史》《唐春秋》《国史》，但在唐人刘知几所撰的《史通》中，吴兢所撰之书即被称为《唐书》④，韦述的《国史》在《新唐书》中与嗣后柳芳、令狐峘等所撰的《国史》同被著录为

---

① 岑仲勉《岑仲勉史学论文集》，中华书局1990年，第594页。
② ［后晋］刘昫等撰《旧唐书》卷一〇二，中华书局1975年，第3182页。
③ ［后晋］刘昫等撰《旧唐书》卷一〇二，中华书局1975年，第3184页。
④ ［唐］刘知几撰，张振珮笺注《史通笺注》，中华书局2022年，第650页。

《唐书》。① 在此，笔者还可补充两则现存唐诗中称本朝史为"唐书"的例子。王建《上武元衡相公》云："褒贬唐书天历上，捧持尧日庆云中"②；皮日休《七爱诗·卢征君》云："万世唐书中，逸名不可比"③。由此可见，唐人称本朝人所编的本朝史为"唐书"，是非常普遍的现象。

实际上，唐代官修的本朝史除吴兢和韦述的撰著外还有很多。早在贞观元年即有姚思廉以纪传体编写的一部本朝史，高宗显庆元年，长孙无忌等人又撰成《武德贞观两朝史》八十卷，许敬宗于龙朔年间又将此书增补成一百卷。则天革命后，牛凤及于长寿年间撰一百卷唐史，直接题名为《唐书》。至于各朝帝王《实录》的编修，一直持续到武宗朝。④ 可见，在《旧唐书》成书之前，唐人所撰的本朝史书多有存在，唐人对本朝史有足够多的了解渠道。这些史料也是刘昫等修撰《旧唐书》、欧阳修等修撰《新唐书》及宋时《册府元龟》《唐会要》等书修撰的基础。因此，白居易自注中所谓"唐书"，诚如岑仲勉先生所言，乃是吴、韦等唐人所编之本朝史，而非《旧唐书》或《新唐书》。何焯、汪立名等或疑此注为后人增衍，或径直改动原文，乃是出于对"唐书"的误解。据此判断此条自注为后人妄增，未免过于武断。

（二）关于"鶗鴃"的音注问题

白集卷一六《东南行一百韵寄通州元九侍御澧州李十一舍人果州崔二十二使君开州韦大员外庾三十二补阙杜十四拾遗李二十助教员外窦七校书》"残芳悲鶗鴃"句中"鶗鴃"二字下注："音啼决，见《楚词》。"⑤ 对于这条注文，朱金城先生校云：

① 《新唐书·艺文志》记："《唐书》一百卷。又一百三十卷，吴兢、韦述、柳芳、令狐峘、于休烈等撰。"详见［宋］欧阳修、宋祁等撰《新唐书》卷五八，中华书局1975年，第1458页。

② ［唐］王建撰，尹占华校注《王建诗集校注》卷七，上海古籍出版社2020年，第315页。

③ ［清］彭定求等编，陈尚君增订《全唐诗》（增订本）卷六〇八，中华书局1999年，第7072页。

④ 参见［英］杜希德著，黄宝华译《唐代官修史籍考》，上海古籍出版社2010年，第146-165页。

⑤ ［唐］白居易撰，朱金城笺校《白居易集笺校》卷一六，上海古籍出版社1988年，第967页。

此下那波本、《才调》俱无注。卢校："本注：'音啼决，见《楚词》。'案上四字不应皆平声。疑此亦后人所加。'鶗'当依《广韵》作'特计切'"。①

白居易此诗属于长篇律诗，因此卢文弨疑此注为后人所加，主要是从格律方面加以判断。但唐人律诗也有不完全合律者，仅依此并不能否定此条注释乃白居易本人所加。另外，诚如朱金城先生所言，那波本、《才调集》所录白居易此诗俱无注，但也可以有合理的解释。那波本乃是影印朝鲜所传白集的翻刻本，其所用原本时代或早于中土流传的南宋绍兴本白集②，也曾因其前后续集本的形式被认为保存了白集最初的编貌而倍受推崇。但那波本一方面较宋绍兴本文本质量差；另一方面因其为活字本，字体大小一致，几乎将白集中所有的自注删除，只保留了极少量的题下注。如所录的白居易此诗，其中有十一条注文皆被删除。因此，那波本不存此条注文并不难理解，更不能成为此条注乃后人增衍的证据。《才调集》编成于韦縠仕后蜀时，其序中虽言"暇日因阅李、杜集，元、白诗，……遂采摭奥妙"③，似其直接抄录自亲见的诸家诗集，但其选录白居易诗歌十九首④，其中九首现存绍兴本白集有题注或诗内夹注，而《才调集》仅有《初与元九别后忽梦见之及寤而书适至兼寄桐花诗怅然感怀因以此寄》一诗保留了题下"时元九初谪江陵"的注文。仅从这一保留的题注形式来看，它也可能是韦縠将其当作标题而留下的。而其中所选入的白居易此诗，其中的十一条注释皆被删除。可见，《才调集》不留白诗自注，当是韦縠直接删除的结果。这与其作为唐诗选本的特点有关，作为唐诗选本，为了控制篇幅和便于阅读，保留烦琐的注文并无必要。因此，那波本、《才调集》俱无注并不能否定此条自注的真实性。

---

① [唐]白居易撰，朱金城笺校《白居易集笺校》卷一六，上海古籍出版社1988年，第976页。
② 静永健认为其祖本极有可能是南宋中后期的某个本子。详参《论日本旧抄本〈白氏文集〉校定方法》，见静永健、陈翀《汉籍东渐及日藏古文献论考稿》，中华书局2011年，第142页。
③ 傅璇琮等编《唐人选唐诗新编》（增订本），中华书局2014年，第919页。
④ 《才调集》卷三选题名张籍的《苏州江岸留别乐天》，实际上是白居易的《武丘寺路宴留别诸妓》，见傅璇琮等编《唐人选唐诗新编》（增订本）的考证。

除中土现存最早的《白氏文集》刊本宋绍兴本中保存了这条注文外，若与马元调刊本白集中诸多音注比较，此条注释较为特殊的形式也从侧面证明了其真实性。《白氏文集》在中土最通行的明代马元调校刻本，颇多以反切的方式注音者。即以白居易此诗为例，其中的"舳舻"，马本分别以"直六切""龙都切"予以注音。但这些音注显然非白氏自注，因为现存白集最早的版本中，鲜有此种"××切"的注音方式，现代学者校订白集，皆统统删除宋本不存而独存马本的反切音注。而与马本所加的注音方式不同，白氏自注多以同音字代替反切注音的方式加以训读，或者直接注明是四声中的某声。如《月夜登阁避暑》，"中去人若燔烧"①；《初入太行路》，"太行峰苍上声莽"②；《初入峡有感》，"苒蒻竹篾苶音念"③ 等，皆属此类。这种迥异于马本所增之注的形式，正是其乃白氏自注的一个有力反证。

（三）关于"半月之间四人死"的理解问题

白集卷二二《和自劝二首》其二"请看韦孔与钱崔，半月之间四人死"句注云："韦中书、孔京兆、钱尚书、崔华州，十五日间相次而逝。"④ 以上所列四人分别是韦处厚、孔戡、钱徽和崔植。韦处厚卒于大和二年十二月壬申（二十一日），孔戡卒于大和三年正月丁亥（六日），钱徽卒于大和三年正月庚寅（九日），崔植卒于大和三年正月甲辰（二十三日）。但白氏诗及注中所谓"半月之间""十五日间"，与上述史实略有出入。岑仲勉先生在《唐史余渖》"白居易诗之半月"条中已指出此点，其云：

由旧纪所书计之，自二年十二月壬申至三年正月甲辰，前后三十三日，不止半月也。若谓诗取概数，则"半月"尽可改作"一月"；如谓"半月"即"一月"之讹，则注文之"十五日"亦须讹。唯旧纪本实

---

① ［唐］白居易撰，朱金城笺校《白居易集笺校》卷一，上海古籍出版社1988年，第19页。

② ［唐］白居易撰，朱金城笺校《白居易集笺校》卷一，上海古籍出版社1988年，第55页。

③ ［唐］白居易撰，朱金城笺校《白居易集笺校》卷一一，上海古籍出版社1988年，第576页。

④ ［唐］白居易撰，朱金城笺校《白居易集笺校》卷二二，上海古籍出版社1988年，第1484页。

录，实录往往书报到之日，钱徽致仕，不审是否留京，倘据外报，则壬申至庚寅，前后凡十九日；但华州崔植，密迩京辅，又不应逾半月而报始上也。白集卷六〇，《祭中书韦相公》文："去年腊月，胜业宅中，公云必结佛缘，……曾未经旬，公即捐馆。"处厚之卒，白尚在京。又陈振孙《白文公年谱》，大和"三年己酉春，以病免官，除太子宾客分司，有喜除宾客诗，将至东都有寄令狐留守诗云：'惜逢金谷三春尽'，盖以春暮至洛也"。则三年正月，当未离京，辇毂之下，非道路传闻者比，故白诗之"半月"，与旧纪如何调和，尚待他证云。①

岑仲勉先生在这里并未怀疑此注乃后人妄增，但仍怀疑文字上有讹误。实际上，这里仍是理解上的问题。首先必须明确的是，现存较早的各本《白氏文集》中，"半月之间四人死"一句并无异文。另就本句下的注文来看，宋本及日藏的金泽文库本和管见抄本白集皆留存此注。金泽本、管见抄本中的注有异文，"十五日间相次而逝"之"而"作"薨"。② 对于与史实有所出入的"十五日间"，却与宋本相同。因此，从版本学的角度来看，无法怀疑此注的真实性。但是白氏诗及注中所言，何以竟与史书所记微有差异呢？白居易所谓的"十五日间"实际上可以做这样的理解：孔戣与钱徽之卒日前后相距不过三日，二人实可视为同时离世，此时距之前的韦处厚卒约半月，距之后的崔植卒，也恰为半月。因而，白氏所谓的"半月之间""十五日间"非谓四人半月之内离世，而是他们大约间隔半月而相次去世。自注中所说的"十五日间相次而逝"正是这个意思。因此，白诗与《旧唐书》等书所记并无龃龉不合之处，文献内部所提供的信息是统一的。白诗乃是概指，而且由于文言文在数字表达方面具有一定的模糊性，也往往使今人对于古文的理解产生歧义。对于白诗与自注，无须胶柱于字面而武断地判定其是非。

综合以上列举的三例来看，学者提出怀疑的注文，实际上都不能视为伪注。白居易诗歌的版本流传，相对于其他唐代诗人如杜甫、韩愈等人的诗歌来说，比较单纯。一方面，白居易自己注意文本保存，身前曾将自己的诗歌抄写五本，分五地收藏，其诗歌保存的完整性提供了白诗自注真实性最原始

---

① 岑仲勉《唐史余渖》卷三，中华书局 2004 年，第 171 页。
② 谢思炜《白居易诗集校注》卷二二，中华书局 2006 年，第 1756 页。

的依据；另一方面，与杜甫、韩愈等人的文集不同，白诗向来以浅俗称于世，与宋人的千家注杜、五百家注韩的盛况相比，为白诗编年或作注者，历来鲜有其人。这在客观上避免了后人对白诗文本的改篡等武断的行为。现存杜甫诗中，由于注家众多，后人注文与杜诗原注往往夹缠不清，使对于杜诗自注的还原存在较大困难。① 后人的注文，虽然对于杜诗的研究有所发明，但从另一方面来看，又可视为对本就散佚不全的杜诗文本的第二次破坏。而对白诗来说，却并不存在这种情况。因此，现存白集自注的真实性可以基本确定。

二、"诗史"意识与白诗自注的生成

宋人王楙"野客丛书"卷二七"白乐天诗纪岁时"条云：

> 白乐天诗多纪岁时，每岁必纪其气血之如何，与夫一时之事，后人能以其诗次第而考之，则乐天平生大略可睹，亦可谓"诗史"者焉。仆不暇详摘其语，姑摭其略。如曰"未年三十生白发"，"不展愁眉欲三十"，"三十生二毛"，"三十为近臣"，"又过三十二"，"忆昔初年三十二"，"忽年三十四"，"年已三纪余"，"我年三十六"。……又有"去时十二三"之句，及"数行乡泪一封书"，则题曰："年十五时作。"《王昭君词》则题曰："年十七时作。""少年已多病"则题曰："年十八时作。"②

王楙指出白居易诗歌具有"多纪岁时"的特点，即在作品中直接点明年龄、日期等信息。如其所举的"忽年三十四""年已三纪余""我年三十六"等例，都是在诗歌正文中直接记载自己的年龄。除此之外，他还举出一些在诗歌自注中直接记载年龄的例子。如其中提到的"数行乡泪一封书"句，出自白集卷一三《江南送北客因凭寄徐州兄弟书》一诗，此诗题下自注云：

---

① 关于杜诗自注问题，可参看谢思炜《宋本杜工部集注文考辨》，见中国历史文献研究会《中国历史文献研究集刊》第五集，岳麓书社 1984 年，第 136 页。
② ［宋］王楙《野客丛书》卷二七，上海古籍出版社 1991 年，第 399-400 页。

"时年十五。"①《王昭君词》即白集卷一四的《王昭君二首》，此诗题下自注云："时年十七。"②"少年已多病"应为"年少已多病"，出自白集卷一三《病中作》一诗，此诗题下自注云："时年十八。"③ 这种在诗歌正文和自注中频繁记录自己年龄与诗歌写作时间的做法，的确是白居易诗歌的一个重要特点。

王楙所谓白居易诗"多纪岁时"，实际上说的是白诗在时间上的明确性，这在诗歌自注中反映得尤其明显。从形式上来说，白居易诗歌自注主要包括题注和诗内夹注两种类型，这两种注释都包含大量的时间信息，尤其是题注。白诗的一些题注常简略注明诗歌的写作时间和作者的任职情况。如《观刈麦》题注"时为盩厔县尉"④；《题海图屏风》题注"元和己丑年作"⑤；《舟行》题注"江州路上作"⑥。通过这些题注，我们可以非常清晰地把握作者的行迹，了解与诗歌相关的信息。此外，白居易还常常以"自此后……时所作"的题注方式，将一段时期的诗歌集中编排在一起，形成一个特定时期的作品群。如《放鱼》题注："自此后诗到江州作。"⑦ 从此诗到《大水》，连续有六首诗皆作于江州。《遣怀》题注："自此后诗在渭村作。"⑧ 从此诗至《游悟真寺诗》，连续有三十五首诗歌皆作于下邽渭村退居时期。在白集中，像这类作品群的数量相当多，这与编年诗十分相似，而且由于是出自作者本人之手，其真实度也更高，信息也更准确。可以说，白集本身就是一部

① ［唐］白居易撰，朱金城笺校《白居易集笺校》卷一三，上海古籍出版社1988年，第767页。
② ［唐］白居易撰，朱金城笺校《白居易集笺校》卷一四，上海古籍出版社1988年，第870页。
③ ［唐］白居易撰，朱金城笺校《白居易集笺校》卷一三，上海古籍出版社1988年，第770页。
④ ［唐］白居易撰，朱金城笺校《白居易集笺校》卷一，上海古籍出版社1988年，第11页。
⑤ ［唐］白居易撰，朱金城笺校《白居易集笺校》卷一，上海古籍出版社1988年，第12页。
⑥ ［唐］白居易撰，朱金城笺校《白居易集笺校》卷六，上海古籍出版社1988年，第356页。
⑦ ［唐］白居易撰，朱金城笺校《白居易集笺校》卷一，上海古籍出版社1988年，第70页。
⑧ ［唐］白居易撰，朱金城笺校《白居易集笺校》卷六，上海古籍出版社1988年，第313页。

个人的编年史。宋人洪迈认为白集"玩味庄诵，便如阅年谱"①，就是从这个意义上来说的。

前引王楙文中尚提及白诗多记"一时之事"的特点，这在自注中也多有涉及。如在其讽谕诗的代表作《新乐府·七德舞》中，几乎逐句注明诗中所涉的贞观朝史事。又如其《寄唐生》中云：

太尉击贼日，段太尉以笏击朱泚。尚书叱盗时。颜尚书叱李希烈。大夫死凶寇，陆大夫为乱兵所害。谏议谪蛮夷。阳谏议左迁道州。②

四句逐一注明其中所涉人物及其事迹。此外，与这些直接记录史实的自注不同的是，白居易的一些自注文字往往会对某些重大历史事件做出个体化的反应。典型的如《咏史》题注："九年十一月作。"③ 如果我们抛开题注不论的话，白居易此诗中感叹李斯被斩、郦食其遭烹的命运，与其早年所撰的《读史五首》等借前贤遭殃哀叹士之不遇的诗歌并无多少差别。但若考虑到题注与文宗大和九年十一月"甘露事变"在时间上的重叠，则可显而易见白诗的明确指向性，实是以历史人物的遭遇比拟现实政治。再如其《九年十一月二十一日感事而作》题注云："其日独游香山寺。"诗中有云："祸福茫茫不可期，大都早退似先知。当君白首同归日，是我青山独往时。"④ 从诗题来看，此诗与《咏史》在主题上具有相似性，都是对"甘露事变"这一重大历史事件的反应，其指向性已经非常明确。而其题注则是直接对诗中"青山独往"句的解释，更加深化了白氏对"甘露事变"这一血腥事件的深切感悟。

以上是白诗自注所呈现的纪实性特征的表现。值得注意的是，王楙将白诗的这一特点与"诗史"概念联系起来。我们知道，"诗史"一说最早出现于中唐，主要用来指称杜甫的诗歌。孟棨《本事诗·高逸》篇详细铺排李白

---

① ［宋］洪迈撰，孔凡礼点校《容斋随笔·五笔》卷八，中华书局 2005 年，第 920 页。
② ［唐］白居易撰，朱金城笺校《白居易集笺校》卷一，上海古籍出版社 1988 年，第 43 页。
③ ［唐］白居易撰，朱金城笺校《白居易集笺校》卷三〇，上海古籍出版社 1988 年，第 2082 页。
④ ［唐］白居易撰，朱金城笺校《白居易集笺校》卷三二，上海古籍出版社 1988 年，第 2230 页。

一生行迹之后云:"杜所赠二十韵,备叙其事,读其文,尽得其故迹。杜逢禄山之难,流离陇蜀,毕陈于诗,推见至隐,殆无遗事,故当时号为'诗史'。"① 此乃杜甫"诗史"说之滥觞。既然杜甫"当时号为'诗史'",可见这在当时是知识界的共识。白居易与孟棨为同时期人,对于杜甫这一称号当不会陌生,何况白居易本人对杜甫及其诗歌十分熟悉,也竭力推崇。其《初授拾遗》云:"杜甫陈子昂,才名括天地。"②《与元九书》中亦云:

> 杜诗最多,可传者千余篇,至于贯穿今古,覼缕格律,尽工尽善,又过于李。然撮其《新安吏》《石壕吏》《潼关吏》《塞芦子》《留花门》之章,"朱门酒肉臭,路有冻死骨"之句,亦不过三四十首。③

白居易在这里虽然对杜甫有所批评,但从其所言来看,他对杜甫"千余首"诗歌是十分熟悉的。其所推崇的"三吏"、《塞芦子》《留花门》及《自京赴奉先县咏怀五百字》等诗向来被认为是体现杜诗"诗史"特色的代表性作品。另外,白居易《新乐府》等诗,正是在学习杜甫此类作品的基础上创作的。对此,元稹记云:"近代唯诗人杜甫《悲陈陶》《哀江头》《兵车》《丽人》等,凡所歌行,率皆即事名篇,无复倚傍。予少时与友人乐天、李公垂辈谓是为当,遂不复拟赋古题。"④ 可见,白居易在文学理念和创作实践中,皆受到杜甫作品的深刻影响。王棋将白诗自注体现的"多纪岁时"和多记"一时之事"的特点与专门指称杜甫诗歌的"诗史"概念联系起来,提示我们,白诗自注当与白居易所认同的"诗史"观念有密切联系。

在白居易早期的诗学理念中,诗歌是泄导人情、裨补时阙的工具,其直接的思想渊源来自中国传统的"采诗观风"说,这在白居易的讽谕诗创作及理论宣示中有明确表达。如在早年应制举所拟构的《策林》六十九《采诗》

---

① 上海古籍出版社编,丁如明等点校《唐五代笔记小说大观》,上海古籍出版社2000年,第1247页。
② [唐]白居易撰,朱金城笺校《白居易集笺校》卷一,上海古籍出版社1988年,第20页。
③ [唐]白居易撰,朱金城笺校《白居易集笺校》卷四五,上海古籍出版社1988年,第2791页。
④ 《乐府序》,[唐]元稹撰,周相录校注《元稹集校注》卷二三,上海古籍出版社2011年,第674页。

中，在元和二年为京兆府考试官时所拟的第三道进士策问中，以及《新乐府·采诗官》中，白居易屡次提及采诗一说，对这种昭示政治兴衰的体察民情、人心、风俗的制度大加揄扬，对其失落不彰则十分痛心。白氏提倡的"采诗观风"说，强调的是诗歌的现实针对性和纪实性。这一点在其早期的讽谕诗创作中就有直接体现。如其《秦中吟序》言："贞元元和之际，予在长安，闻见之间，有足悲者。因直歌其事，命为《秦中吟》。"① 从序文来看，白居易创作这组诗的目的就在于真实地记录贞元、元和之际的社会现实，如其中的《重赋》《立碑》《轻肥》《歌舞》等篇，对德宗之聚敛、宦官之跋扈等都有直接的记录与反映。这一理念在《新乐府》的创作中也得到了继承与延续，其《新乐府序》中即强调"其事核而实，使采之者传信也"。②白居易自元和十年江州之贬后，其思想与立身行事皆发生了较大变化，诗歌创作也与之前推重讽谕诗不同，但与前期讽谕诗相同的创作理念是：诗歌除了作为表情达意的工具外，也是一时之社会情况与个人生活的忠实记录。如其《序洛诗》云：

> 自三年春至八年夏，在洛凡五周岁，作诗四百三十二首。除丧朋、哭子十数篇外，其他皆寄怀于酒，或取意于琴。闲适有余，酣乐不暇。苦词无一字，忧叹无一声。岂牵强所能致耶！……予尝云：治世之音安以乐，闲居之诗泰以适。苟非理世，安得闲居？故集洛诗别为序引，不独记东都履道里有闲居泰适之叟，亦欲知皇唐大和岁有理世安乐之音。集而序之，以俟夫采诗者。③

此序写于文宗大和八年，所言的诗歌创作区间在大和三年至八年间，主要集中在文宗朝前期。文宗得宦官辅立而登帝位，登基后受制于内宫家奴，郁郁不得志。在大和九年任用郑注、李训谋诛宦官未果而致朝野震惊的"甘

---

① ［唐］白居易撰，朱金城笺校《白居易集笺校》卷二，上海古籍出版社 1988 年，第 80 页。

② ［唐］白居易撰，朱金城笺校《白居易集笺校》卷三，上海古籍出版社 1988 年，第 136 页。

③ ［唐］白居易撰，朱金城笺校《白居易集笺校》卷七〇，上海古籍出版社 1988 年，第 3757-3758 页。

露之变"爆发之前，也曾于大和五年与宋申锡商议诛除宦官以"清君侧"。这一时期正是内廷宦官与外廷士大夫尖锐对立的时期，也是外廷牛、李两党斗争相持不下的阶段，政治气氛十分紧张。而乐天文中谓"皇唐大和岁有理世安乐之音"，颇有粉饰太平的嫌疑，历来受到后人非议。实际上，如果我们抛开政治情势不论，白居易"以俟夫采诗者"的创作目的是颇可注意的。如果说早期的"采诗观风"说更多的属于政治话语，那么其后期仍标榜的这一说法，已然偏重于诗人个体的生活记录。从这一点可以看出，即使是在后期，白居易仍具有与前期类似的对诗歌纪实性的强调，"诗史"观念的影响一以贯之。只不过，白居易此时秉持的"诗史"观念，与杜诗所代表的"诗史"观念有所不同。

从元和十年被贬江州时期自编十五卷诗集开始，白居易一生多次自编文集。而从内容来看，白诗中的自注基本都可以判断是其自编文集时所加，如大量涉及作者私人生活的自注和寄赠酬唱之作中的自注，作者本人和赠诗的对象不会不清楚。因此，白居易的诗歌自注可以说是直接面向后世读者的，以诗存史的目的非常明确。这就要求其诗集必须具有完整性的特点，以使后人对其生平思想获得全面了解。但文学作品毕竟与史传等纪实性作品不同，记录事实并非其主要的功能和目的。而在编集时添加注释，恰是比较适合承担这一功能的方法。刘勰认为"注者主解"①，虽然"注"最早只是儒生解经的方式之一，但这一特点使其在史书中得到广泛运用。章学诚《文史通义·史注》云：

> 太史《自叙》之作，其自注之权舆乎？明述作之本旨，见去取之从来，已似恐后人不知其所云，而特笔以标之。所谓不离古文，乃考信六艺云云者，皆百三十篇之宗旨，或殿卷末，或冠篇端，未尝不反复自明也。②

史书是一种客观记录的文本，全面、系统、准确记录事实是其主要目

---

① 《文心雕龙·论说》，见［南朝宋］刘勰撰，范文澜注《文心雕龙注》，人民文学出版社1958年，第326页。

② ［清］章学诚撰，叶瑛校注《文史通义校注》，中华书局1985年，第238页。

的，因而在原本作为经典解释方式的诸种体例中，"主解"之注是比较适合承担这种功能的。司马迁将这种方式引入史书的撰写中，以"叙例"的方式增强史书的纪实功能，如章氏所言，乃是出于"恐后人不知其所云，而特笔以标之"的考虑。由司马迁开创的这一方式，嗣后逐渐定型为史书编撰的传统体例之一。班固撰《汉书》即承袭之，司马彪作《续汉书》亦踵武其法。这种方式更对嗣后形成的注史高潮产生影响，如裴松之注《三国志》、刘孝标注《世说新语》、郦道元注《水经》。直到唐代，这种注史的风气依然不减，唐初即出现了颜师古注《汉书》、李贤注《后汉书》等经典的史注专著。虽然自司马迁后，更多的仍是史注并非自注，但是在由这一风气所引领的社会文化氛围中，为自己的文学作品作注也开始出现，如据《宋书·谢灵运传》记，谢灵运曾"作《山居赋》并自注，以言其事"。① 从以上所引诸例来看，自注这一形式是史书的编撰体例之一，之后又及于文学作品，而且其运用与作者"恐后人不知其所云，……反复自明""自注以言其事"的目的相关。

综上可见，白居易诗歌中繁多的自注，与其以诗歌作为社会和个人生活记录的认识和目的有直接联系，而这恰是其受到"诗史"观念影响造成的文学创作在文本形式上的变化。以诗存史的目的使其试图通过诗歌自注在文学作品上附加类似于史书的纪实性特征，从而使诗歌由文学文本转变成为一部个人的生活史。白居易珍爱自己的诗歌作品，从元和十年江州之贬后，他对自己诗歌在当世能发挥的功能已不再抱持希望，相反，对于流传后世和获得异代知音则怀有强烈的期待，越到晚年对自己诗歌之传存越坚信，相信自己的生命会因作品的流传获得永生。这一理念正是其晚年屡次自编文集并添加烦琐自注的生成动因。

三、自注与白居易的浅俗诗风

李肇《国史补》云："元和以后，诗章……学浅切于白居易。"② 李肇与白居易是同时代人，可见白居易的诗歌在当时即获得"浅切"的评价。嗣后

---

① ［南朝梁］沈约《宋书》卷六七，中华书局 1974 年，第 1754 页。
② ［唐］李肇撰，聂清风校注《唐国史补校注》卷下，中华书局 2021 年，第 268 页。

司空图直斥元、白为"都市豪估",① 至宋代,苏东坡又提出"元轻白俗"一说,浅与俗逐渐成为评定白居易诗歌风格的核心概念。形成"白俗"诗风的原因来自多方面,中晚唐社会的世俗化风气及白居易"下偶俗好"的主观创作倾向,是"白俗"形成的重要客观和主观原因。从白居易诗歌本身来看,其艳俗内容及好言官职、俸禄、富贵等,以及白诗语言上的平易、好以口语词入诗的特点,都进一步强化了其诗文"浅俗"的风格。除以上所言的原因外,似乎也不能忽视诗歌自注在形成这种批评定势过程中的影响。

宋人严羽《沧浪诗话·诗辨》中的一段关于盛唐诗歌的评语历来为人所重视,其曰:

> 诗者,吟咏情性也。盛唐诸人惟在兴趣,羚羊挂角,无迹可求。故其妙处透彻玲珑,不可凑泊,如空中之音,相中之色,水中之月,镜中之象,言有尽而意无穷。近代诸公乃作奇特解会,遂以文字为诗,以才学为诗,以议论为诗。夫岂不工,终非古人之诗也。盖于一唱三叹之音,有所歉焉。②

这一段话极好地概括了盛唐诗歌的艺术风格。在严羽看来,"言有尽而意无穷"的盛唐诗歌,是诗歌美学的最高境界,诗歌作为一种文学作品,是空灵的、模糊的而非切实的,是含蓄的、高远的而非浅露的。要而言之,追求含蓄蕴藉的意境和耐人琢磨的韵味,是诗歌应具有的基本美学特征。严羽在这里所说的虽然是盛唐诗歌,实际上也是中晚唐诗人对诗歌美学的基本观点。如司空图《与杨极浦书》引戴叔伦语:"诗家之景,如蓝田日暖,良玉生烟,可望而不可置于眉睫之前也。"③ 可以说,追求含蓄蕴藉的风格和具有言外之意的韵味,是唐人诗歌美学的基本观点。盛唐诗人在这方面树立了典范,中唐大历、贞元年间的诗人虽然气格稍弱,但在这方面有所继承。虽然这种艺术追求未必能通过实际创作达成,但作为一种理想的创作状态,其获

---

① 《与王驾评诗书》,[唐]司空图撰,祖保泉、陶礼天笺校《司空表圣诗文集笺校》,安徽大学出版社 2002 年,第 189 页。

② [宋]严羽撰,郭绍虞校释《沧浪诗话校释》,人民文学出版社 1983 年,第 26 页。

③ 祖保泉、陶礼天《司空表圣诗文集笺校》,安徽大学出版社 2002 年,第 215 页。

得了普遍认同。这种诗歌美学的追求，从某种意义上来说，主要建立在诗歌语言的模糊性和意义的多重性上，诗歌意象的营造和语言的表达一旦失去了模糊性和多义性，也就失去了含蓄蕴藉之美感。如严羽列举的以文字为诗、以才学为诗、以议论为诗，其特点都是对诗歌语言的模糊性和多义性的消解。

就白居易的诗歌创作而言，浅切、直露是其突出的特点。钱钟书先生言："香山才情，昭映古今，然词沓意尽，调俗气靡，于诗家远微深厚之境，有间未达。其写怀学渊明之闲适，则一高玄，一琐直，形而见绌矣。其写实比少陵之真质，则一沉挚，一铺张，况而自下矣。故余尝谓：香山作诗，欲使老妪都解，而每似老妪作诗，欲使香山都解；盖使老妪解，必语意浅易，而老妪使解，必词气烦絮。浅易可也，烦絮不可也。"① 可知白居易诗含蓄蕴藉之味本就不浓。罗宗强先生更以"尚实、尚俗、务尽"形容之。② 在这种情况下，白诗的自注又扮演了一个推波助澜的角色。诗歌自注作为解释说明性的文字，追求将其中所涉及的人、物、事落到实处，使读者原本就不多的想象空间进一步固定化、现实化，与含蓄蕴藉的诗歌美学追求背道而驰。如以下几方面的表现。

第一，诗注与正文提供的信息重复，造成拖沓累赘。白居易有些诗歌自注纯粹是一种历史记录性的文字，如大量的关于诗歌写作时间、地点、诗歌中所涉及人物的注释，绝大多数与诗歌的情感表达没有密切联系。有的甚至与诗句所表达的内容重复，如《河亭晴望》题注："九月八日。"而此诗结句云："明朝是重九，谁劝菊花杯?"③ 即使没有题注，从诗歌的尾联也可以推知写作时间，因此这一题注纯属多余。又如《和刘郎中伤鄂姬》："不独君嗟我亦嗟，西风北雪杀南花。不知月夜魂归处，鹦鹉洲头第几家?"末句注云："姬，鄂人也。"④ 诗题中已经明言"鄂姬"，而诗歌末尾又加上了一个蛇足的注释，实无必要。再如《初入峡有感》诗云：

---

① 钱钟书《谈艺录》，生活·读书·新知三联书店 2001 年，第 580 页。
② 罗宗强《隋唐五代文学思想史》，中华书局 2003 年，第 169 页。
③ ［唐］白居易撰，朱金城笺校《白居易集笺校》卷二四，上海古籍出版社 1988 年，第 1685 页。
④ ［唐］白居易撰，朱金城笺校《白居易集笺校》卷二五，上海古籍出版社 1988 年，第 1734 页。

上有万仞山，下有千丈水。苍苍两崖间，阔狭容一苇。瞿唐呀直泻，滟滪屹中峙。未夜黑岩昏，无风白浪起。大石如刀剑，小石如牙齿。一步不可行，况千三百里。自峡州至忠州，滩险相继，凡一千三百里。①

仅从诗歌本身来看，其对于峡中道路之险阻、难行、漫长等已进行了多角度全方位的形容，即使不借助诗歌自注，读者也完全可想象出危石险滩之景象和诗人行役之艰难。而诗歌自注则在这种本就详尽的描写后又加一赘笔，虽然更明确地指出了行役的艰难，但显然没有必要。这种类型的注释在白诗自注中数量颇多，其《思竹窗》"不忆西省松，不忆南宫菊"句注云"西省大院有松，南宫本厅有菊"②，《朱陈村》"一村唯两姓，世世为婚姻"句注"其村唯朱、陈二姓而已"③，皆属此类。

第二，自注对诗歌做几乎是逐句的解释、串讲，使诗歌等同于记述的文章，具有"以文为诗"的特点。如白集卷二一《霓裳羽衣歌》的开头部分记其元和年间观看《霓裳羽衣舞》云：

我昔元和侍宪皇，曾陪内宴宴昭阳。千歌百舞不可数，就中最爱霓裳舞。舞时寒食春风天，玉钩栏下香案前。案前舞者颜如玉，不着人家俗衣服。虹裳霞帔步摇冠，钿璎累累佩珊珊。娉婷似不任罗绮，顾听乐悬行复止。磬箫筝笛递相搀，击擫弹吹声迤逦。凡法曲之初，众乐不齐，唯金石丝竹次第发声，霓裳序初亦复如此。散序六奏未动衣，阳台宿云慵不飞。散序六遍无拍，故不舞也。中序擘騞初入拍，秋竹竿裂春冰拆。中序始有拍，亦名拍序。飘然转旋回雪轻，嫣然纵送游龙惊。小垂手后柳无力，斜曳裾时云欲生。四句皆霓裳舞之初态。烟蛾敛略不胜态，风袖低昂如有情。上元点鬟招萼绿，王母挥袂别飞琼。许飞琼、萼绿华，皆女仙也。繁音急节十二遍，跳珠撼玉何铿铮。霓裳曲十二遍而终。翔鸾舞了却收翅，唳鹤曲终长引声。凡

---

① ［唐］白居易撰，朱金城笺校《白居易集笺校》卷一一，上海古籍出版社1988年，第576页。

② ［唐］白居易撰，朱金城笺校《白居易集笺校》卷八，上海古籍出版社1988年，第422页。

③ ［唐］白居易撰，朱金城笺校《白居易集笺校》卷一〇，上海古籍出版社1988年，第511页。

曲将毕，皆声拍促速，唯霓裳之末，长引一声也。当时乍见惊心目，凝视谛听殊
未足。①

诗中关于歌舞、音乐的描写，通过诗歌模糊性的语言，本来可以给读者
以想象的空间，让读者自己体味霓裳羽衣舞仙袂飘飘的姿容。但白居易显然
不满足于此，其诗歌自注将读者的想象空间进行了限制，通过详细的注释，
将霓裳羽衣歌舞的姿容、曲拍等一一道来，更像是现场表演记录。虽然自注
使我们对歌舞的了解更具体详细，但原本具有诗味的语言，在注释的消解
下，显得枯淡无味。再如《自到郡斋仅经旬日方专公务未及宴游偷闲走笔题
二十四韵兼寄常州贾舍人湖州崔郎中仍呈吴中诸客》一诗：

> 渭北离乡客，江南守土臣。涉途初改月，入境已经旬。甲郡標天
> 下，环封极海滨。版图十万户，兵籍五千人。自顾才能少，何堪宠命
> 频。冒荣惭印绶，虚奖负丝纶。除苏州制云："藏于己为道义，施于物为政能。在
> 公形骨鲠之志，阃境有袴襦之乐。"候病须通脉，防流要塞津。救烦无若静，补
> 拙莫如勤。削使科条简，摊令赋役均。以兹为报效，安敢不躬亲？襦袴
> 提于手，韦弦佩在绅。敢辞称俗吏，且愿活疲民。常常州未征黄霸，湖湖
> 州犹借寇恂。愧无铛脚政，河北三郡相邻，皆有善政，时为铛脚刺史。见唐书。徒
> 忝犬牙邻。制诏夸黄绢，美贾常州也。诗篇占白蘋。美崔吴兴也。铜符抛不
> 得，自谓也。琼树见无因。警寐钟传夜，催衙鼓报晨。唯知对胥吏，未暇
> 接亲宾。色变云迎夏，声残鸟过春。麦风非逐扇，梅雨异随轮。武寺山
> 如故，武丘寺也。王楼月自新。郡内东南楼名也。池塘闲长草，丝竹废生尘。
> 暑遣烧神酎，晴教晒舞茵。待还公事了，亦拟乐吾身。②

此诗虽然写的是比较私人化的内容，但对读者来说毫无隔阂，一方面固然是
诗歌谋篇布局方面的脉络清晰，另一方面诗歌自注进一步阐明了诗意。如为

---

① ［唐］白居易撰，朱金城笺校《白居易集笺校》卷二一，上海古籍出版社 1988 年，
第 1410-1411 页。
② ［唐］白居易撰，朱金城笺校《白居易集笺校》卷二四，上海古籍出版社 1988 年，
第 1624-1625 页。

了说明"冒荣惭印绶，虚奖负丝纶"两句，白氏不惜引录自己除苏州刺史的
制词。尤其诗歌的后半部分，多以"……也"的形式加注，几乎与汉儒解经
的方式一致。通过以上的这些注释，诗人所要表达的意思和盘托出，通透明
白。然而从读者的角度来看，这些注释实际上并非不可或缺的，即使没有白
氏的自注，也丝毫不妨碍我们对诗歌的理解。即使"铦脚"这一典故对读者
来说是陌生的，也可以判断是白氏的自谦之语。因此，这种类似于汉儒章句
传疏的自注方式，其尚实、务尽的倾向十分明显。经过自注对内容的增补、
记录，已与一封呈寄友人的书信无异，除形式上像诗之外，诗歌本身已经不
再具有"吟咏情性"的特点。

　　第三，将人们耳熟能详的内容当作典故出注，使诗歌略无余韵。如前文
曾对《东南行一百韵》"残芳悲鶗鴂"句中"鶗鴂"二字下"音啼决，见
《楚辞》"的注释做过分析。此注出自屈原《离骚》，《离骚》在汉代王逸作
《楚辞章句》时即被推尊为《离骚经》，历来是儒家的经典作品之一，是士人
知识结构中最基础的部分，读书人对其不可能不熟悉。而且从历代诗文来
看，对"鶗鴂"一典的使用极其频繁，此篇又被收入《文选》，李善又专门
对"鶗鴂"做注。因而，唐人在诗歌中也屡屡称引此典。如陈子昂《感遇》
之七云："众芳委时晦，鶗鴂鸣悲耳。"[1] 岑参《暮秋山行》云："鶗鴂昨夜
鸣，蕙草色已陈。"[2] 即使是白居易自己的《江州赴忠州至江陵以来舟中示
舍弟五十韵》也有"鶗鴂鸣还歇，蟾蜍破又盈"[3]句。而这些用典的诗歌，
都没有注释，可见这已是俗典、常典。因此，就"鶗鴂"一词来说，无论是
读音还是出处，实际上都无须做注。与此类似的是，白居易诗中常常有化用
前人诗句者，也往往出注。如卷二七《想东游五十韵》：

　　余芳认兰泽，遗咏思蘋洲。古诗云："兰泽多芳草。"又柳恽诗云："汀洲采白
蘋。"菡萏红涂粉，菰蒲绿泼油。鳞差渔户舍，绮错稻田沟。紫洞藏仙

---

① ［唐］陈子昂撰，徐鹏点校《陈子昂集》卷一，上海古籍出版社 2013 年，第 4 页。
② ［唐］岑参撰，廖立笺注《岑嘉州诗笺注》卷一，中华书局 2004 年，第 255 页。
③ ［唐］白居易撰，朱金城笺校《白居易集笺校》卷一七，上海古籍出版社 1988 年，
　 第 1139 页。

窟，玄泉贮怪湫。精神昂老鹤，姿彩媚潜虬。大谢诗云："潜虬媚幽姿。"①

此诗前注出自古诗《涉江采芙蓉》和柳恽《江南曲》，后注则出自谢灵运的《登池上楼》。其中《涉江采芙蓉》和《登池上楼》皆收在《文选》中，柳恽《江南曲》虽然《文选》未收，但此诗歌影响很大，也为唐人所熟知，如柳宗元《酬曹侍御过象县见寄》云："春风无限潇湘忆，欲采苹花不自由。"② 即用柳恽诗为典。白居易自己的《白苹洲五庭记》亦曾言及柳恽赋诗一事。因此，白诗自注之典故，都为常典，无论是对同时代的读者还是后人，都显得多余。又如《首夏》"酒足愧渊明"句注："陶潜诗云：'饮酒常不足。'"③；《书事咏怀》"酒足胜陶潜"句注："陶潜诗云：'常苦酒不足。'"④；与谢灵运等一样，陶渊明是唐人非常熟悉的前代诗人之一，其好酒拔俗的形象深入人心。因此，即使没有白诗自注，读者对诗意的理解也不会产生障碍。而白居易不仅作注，并且在不同的地方多次雷同，虽然对诗歌所言的典故有明确的指向性，但对读者来说显得多余。可以说，白氏对这些常典加以注明，不仅无法显示其学识与诗才，而且很可能会影响读者的阅读兴趣。

明人陆时雍比较盛唐诗歌与中唐诗歌时曾云：

> 中唐人用意，好刻好苦，好异好详。求其所自，似得诸晋人《子夜》、汉人乐府居多。盛唐人寄趣，在有无之间。可言处常留不尽，又似合于风人之旨，乃知盛唐人之地位故优也。⑤

这里所谓的"好刻好苦"，应该指的是"郊寒岛瘦"之流。"好异"则与李贺、韩愈等人的创作风格相吻合。至于"好详"，则十分贴合白居易的

① ［唐］白居易撰，朱金城笺校《白居易集笺校》卷二七，上海古籍出版社 1988 年，第 1873 页。
② 尹占华、韩文奇《柳宗元集校注》卷四二，中华书局 2022 年，第 2886 页。
③ ［唐］白居易撰，朱金城笺校《白居易集笺校》卷二九，上海古籍出版社 1988 年，第 2007 页。
④ ［唐］白居易撰，朱金城笺校《白居易集笺校》卷三四，上海古籍出版社 1988 年，第 2380 页。
⑤ 《诗境总论》，见丁福保辑《历代诗话续编》，中华书局 1983 年，第 1417 页。

诗歌风格。这一表述与李肇所谓"元和之风尚怪"实乃同调，体现了中唐诗歌之于盛唐诗歌的新变特色，白诗的自注即是这种新变在形式上的表现之一。清人袁枚在评价元稹的诗歌自注时说："吟诗自注出处，昔人所无。"①实际上，为自己的诗歌作注并非始于元稹等人，杜甫、王维就曾为自己的某些诗歌做注，但像元稹、白居易这样为自己的诗歌频繁做注，的确是前所未有。白诗中的自注基本都可以判断是其自编文集时所加，直接面向普通的读者。考虑到白居易的诗歌在当时即广为传唱甚至流播海外，诗歌自注无疑是其"下偶俗好"的具体手段之一，具有明显的读者意识。期待读者更清晰、准确地了解自己的诗歌，应是白居易诗歌自注的初衷所在。客观来看，白居易诗歌中的大量自注，对于当时的读者和后人知人论世地解读其作品是有益的，但事无巨细的烦琐自注使诗歌已经没有多少诗味，对于读者的接受已经产生适得其反的效果。

俄国形式主义文学批评的代表人物什克洛夫斯基提出的"陌生化"理论认为，艺术的技巧就是使对象变得陌生，增加感觉的难度和时间的长度，因为感觉过程本身就是审美目的，必须设法延长。"陌生化"是与"自动化"相对立的，自动化语言是那种习惯成自然的缺乏原创性和新鲜感的语言，而"陌生化"就是力求运用新鲜的语言或奇异的语言，去破除这种自动化语言的壁垒，给读者带来新奇的阅读体验。实际上，这种理论所揭示的文学审美经验与前文论及的严羽等人的说法具有异曲同工之处。"言有尽而意无穷"就是强调以诗歌语言的跳跃性和意象营造的模糊性，创造留白的效果，使读者通过联想、感悟等方式进一步延长乃至强化自身的阅读体验，追求的其实就是一种陌生化的效果。所谓的诗味，就是在这种陌生化的阅读体验中获得的。而白居易的诗歌自注希望达成的效果却与此截然相反，通过自注的增补，诗歌语言与生活中的其他语言已经产生等同化的效果，成为一种不具有联想空间和新鲜感的语言，直接削弱或者限制了读者阅读体验的拓展。应该说，历来对于白居易诗歌"浅俗"的评价，在一定程度上与读者对于白诗陌生化效果消失之后的阅读体验密切相关。白居易晚年自编文集时，为自己的诗歌加入大量的注释，希望后代读者知其人而论其世，却在一定程度上强化了后人对其诗歌"俗"的评价，这恐怕是他自己始料未及的。

---

① ［清］袁枚撰《随园诗话》卷四，人民文学出版社 1982 年，第 119 页。

附　论白居易与韩愈复古文学之分野

——从皇甫湜与白居易争名一事说起

　　作为中唐文坛皆具影响力且交往广泛的著名文人，白居易与韩愈却疏于交往，二人相互往来的诗歌仅有寥寥几首。对于他们私人关系的冷淡，相关的揣测颇多。有的学者从二人性格方面立论，认为韩、白二人骄傲自负的性格是他们疏于交往的主要原因。① 有的学者则从政治理念的角度切入，认为二人在一些重大政治事件上的态度截然相反，导致二人之间存有隔阂。② 在这其中，也有从文学理念与文学创作的分歧角度加以阐述的。如一些学者认为元白诗派的异军突起对韩孟诗派造成严重冲击，二人在诗歌创作的主张上还曾产生过争执，韩、白之争具有争夺文坛盟主的性质。③ 客观来讲，以上这些观点立论的基础都稍显不足。韩、白二人性格虽然不同，但他们的交往圈也存在诸多交集。如清人赵翼曾言："香山集中与张籍诗最多，自其为太祝、为博士、为水部员外，皆见集中。其交之久可知。此外韩门弟子樊宗师、李翱，亦见香山集。"④ 可见，性格不同与交游对象的差异似不能成为判定韩、白疏远的依据。又韩、白二人直接交往的诗歌数量非常少，且从内容上来看，并未涉及政治观点和文学理念的交流，以他们在政治和文学创作方面存在争执，也缺乏坚实的依据。然而一个不可否认的事实是，韩、白二人的作品确实显示出不同的文学风貌和文化品格，代表了两种不同的创作倾

---

① 刘国盈《韩愈和白居易交游考》，载《北京社会科学》1977 年第 1 期。
② 王鹭鹏《长庆前后韩愈与白居易交游探微》，载《北京教育学院学报》2005 年第 3 期。
③ 朱琦《韩白关系考》，载《中国韵文学刊》1994 年第 1 期；朱琦《论韩愈与白居易》，见《唐代文学研究》第四辑，广西师范大学出版社 1993 年。
④ ［清］赵翼《瓯北诗话》卷四，人民文学出版社 1963 年，第 53 页。

，对此进行探讨仍然具有文学史的意义。限于材料的缺乏，笔者拟将韩愈门人皇甫湜与白居易争名一事作为一则重要史料提出，通过分析这一传闻蕴含的文学史信息，考察韩、白二人复古文学的基本分野。

一、皇甫湜与白居易争名一事考实

晚唐高彦休《唐阙史》卷上"裴晋公大度"条记载了关于唐人皇甫湜与白居易争名的一则故事，兹引如下：

> 皇甫郎中湜，气貌刚质，为文古雅，恃才傲物，性复褊而直。为郎南宫时，乘酒使气，忤同列者。及醒，不自适，求分务温、洛。时相允之。值伊瀍仍岁歉食，正郎滞曹不迁，省俸甚微，困悴且甚。尝因积雪，门无辙迹，庖突无烟。晋公时保厘洛宅，人有以为言者，由是卑辞厚礼，辟为留守府从事。正郎感激之外，亦比比乖事大之礼。公优容之如不及。先是，公讨淮西日，恩赐巨万，贮于集贤私第。公信浮屠教，且曰："燎原之火，漂杵之诛，其无玉石俱焚者乎？"因尽舍讨叛所得，再修福先佛寺。危楼飞阁，琼础璇题，就有日矣。将致书于秘监白乐天，请为刻珉之词。公与乐天，俱兴平年传法堂师子弟子。值正郎在座，忽发怒曰："近舍某而远征白，信获戾于门下矣。且某之文，方白之作，自谓瑶琴宝瑟，而比之桑间濮上之音也！然何门不可以曳长裾？某自此请长揖而退。"座客旁观，靡不股栗。公婉词敬谢之，且曰："初不敢以仰烦长者，虑为大手笔见拒。是所愿也，非敢望也。"正郎颓怒稍解，则请斗酿而归。至家独饮其半，寝酣数刻，呕哕而兴，乘醉挥毫，黄绢立就。又明日洁本以献。文思古謇，字复怪僻。公寻绎久之，目瞪舌涩，不能分其句。读毕叹曰："木玄虚、郭景纯《江》、《海》之流也。"其碑在寺西北廊玉石幢院，洛中人家往往有本在。因以宝车名马缯彩器玩千余缗，置书命小将就第酬之。正郎省札大愆，掷书于地，叱小将曰："寄谢侍中，何相待之薄也！某之文，非常流之文也，曾与顾况为集序外，未尝造次许人。今者请制此碑，盖受恩深厚尔。其辞约三千余字，每字三匹绢，更减五分钱不得。"已上实录正郎语，故不文。小校既恐且怒，跃马而归。公门下之僚属列校，咸扼腕切齿，思脔其肉。公闻之笑曰："真命世不羁之才也。"立遣依数酬之。愚幼年尝数其字，得三千二百五十有四，计送绢九千七百

有二。后逢寺之老僧曰师约者，细为愚说，其数亦同。自居守府至正郎里第，辇负相属，洛人聚观，比之雍绛泛舟之役。正郎领受之，无愧色。①

此事往往被用来证明皇甫湜的高傲自负和裴度的大度容人，但其中不仅提及了白居易，而且涉及皇甫湜对白居易的直接评价，可以说是一则重要的文学史料。四库馆臣即谓此事"足以资考证，不尽小说荒怪之谈也"。② 关于皇甫湜的事迹，现存的史料并不多，高彦休的记载最早也最生动，《新唐书》卷一七六《韩愈传》附《皇甫湜传》即据高彦休的记载敷衍成篇，《太平广记》卷二四四"褊急"亦收录此一故事。宋人一方面将其采入正史，另一方面将其看作传说，已见出态度的暧昧，后人对此也有不同意见。因此，在论述之先，还需要对此事的真实性做简单辨析。

故事发生在裴度留守东都时期。据《旧唐书》卷一六《穆宗纪》，长庆二年二月丁亥，"以河东节度使、司空、兼门下侍郎、平章事裴度守司徒、平章事，充东都留守，判东都尚书省事、都畿汝防御使、太微宫等使"。③ 又据《旧唐书》卷一七下《文宗纪》，大和八年三月庚午，"以山南东道节度使裴度充东都留守，依前守司徒、兼侍中"。④ 可知，裴度被诏任东都留守凡两次，一次在穆宗长庆二年，一次在文宗大和八年。但裴度第一次并未到洛阳任职。《资治通鉴》卷二四二"长庆二年"记：

（二月）元稹怨裴度，欲解其兵柄，故劝上雪庭凑而罢兵。丁亥，以度为司空、东都留守，平章事如故。谏官争上言："时未偃兵，度有将相全才，不宜置之散地。"上乃命度入朝，然后赴东都。……（三月）戊申，裴度至长安，见上，谢讨贼无功。……壬子，以裴度为淮南节度使。……言事者皆谓裴度不宜出外，上亦自重之。戊午，制留度辅政；以中书侍郎、同平章事王播同平章事，代度镇淮南。……王庭凑之围牛元翼也，和王傅于方欲以奇策干进，言于元稹，请"遣客王昭、于友

---

① ［唐］高彦休撰《唐阙史》卷上，见上海古籍出版社编，丁如明等点校《唐五代笔记小说大观》，上海古籍出版社 2000 年，第 1331—1332 页。
② ［清］永瑢等撰《四库全书总目提要》，中华书局 1965 年，第 1210 页。
③ ［后晋］刘昫等撰《旧唐书》卷一七上，中华书局 1975 年，第 495 页。
④ ［后晋］刘昫等撰《旧唐书》卷一七下，中华书局 1975 年，第 553 页。

明，间说贼党，使出元翼。仍赂兵、吏部令史，伪出告身二十通，令以便宜给赐。"稹皆然之。有李赏者，知其谋，乃告裴度，云方为稹结客刺度，度隐而不发。赏诣左神策告其事。丁巳，诏左仆射韩皋等鞠之。……三司按于方刺裴度事，皆无验。六月，甲子，度及元稹皆罢相，度为右仆射，稹为同州刺史；以兵部尚书李逢吉为门下侍郎、同平章事。……谏官上言："裴度无罪，不当免相，元稹与于方为邪谋，责之太轻。"上不得已，壬申，削稹长春宫使。①

长庆元年，成德王庭凑作乱，杀节度使田弘正。次年魏博节度使田布被逼自杀，牙将史宪诚为留后，外奉朝廷，实与王庭凑、朱克融等勾结，唐廷招讨无功。裴度时为太原尹、北都留守、河东节度使，以本官充镇州四面行营招讨使参与平叛。元稹此时曾因与魏弘简阻挠裴度用兵，二人发生冲突，导致元稹解翰林职。长庆二年二月元稹为相后，即建言授裴度东都留守，解其兵权。但是，裴度回朝后并未赴东都，而是被穆宗诏留辅政。虽然不久后又因刺客案与元稹再次发生冲突，导致二人皆罢相，但朝廷舆论仍然偏向裴度。嗣后李逢吉代裴度为相，逢吉与李仲言、张又新等时号"八关十六子"，立朋党以沮裴度，裴度不久即出为山南东道节度使，至敬宗宝历二年曾一度回朝为相，但囿于党争，始终无法施展其政治抱负，只能转任地方。大和八年始由山南东道节度使出守东都，立第于洛阳集贤里，与白居易、刘禹锡等诗酒酬唱，避地而居。

从皇甫湜的行迹来看，大和八年前后，他也当在洛阳任职。上引故事中，皇甫湜曾提及其昔年为顾况文集作序一事。这篇序文即皇甫湜集中的《唐故著作佐郎顾况集序》，文中有云：

> 去年从丞相凉公襄阳，有曰顾非熊生者，在门讯之，即君之子也。出君之诗集二十卷，泣请余发之。凉公适移莅宣武军，余装归洛阳，诺而未副。今又稔年矣，生来速文，乃题其集之首为序。②

---

① ［宋］司马光编撰，［元］胡三省音注《资治通鉴》卷二四二，中华书局 1956 年，第 7810-7818 页。

② ［唐］皇甫湜撰《皇甫持正集》卷二，四部丛刊本。

　　文中提及的"丞相凉公"指李逢吉。李逢吉于大和二年十月由山南东道节度使移镇宣武军。① 则皇甫湜于大和元年入李逢吉幕，于大和二年归洛阳。又由"今又稔年矣"一句可知，皇甫湜此序当写于大和三年的洛阳。皇甫湜嗣后的任职经历无法详考。《新唐书》本传称其仕至工部郎中，而晚唐司空图《题柳柳州集后》称其为"皇甫祠部"②，未知孰是，但其嗣后当曾一度在长安任职。大和四年正月，牛僧孺入相。皇甫湜与牛僧孺同登元和三年制科，曾经引发一场科场案件。作为同年友人，皇甫湜入为尚书省郎官，或与牛僧孺对其汲引有关。但以皇甫湜的为人，其为郎官时因酒忤同列而求分司东都，是符合其性格的。因此，裴度当是在皇甫湜分司东都后辟其为留守府从事的。

　　那么皇甫湜与白居易争名一事是否可能呢？皇甫湜为福先寺所撰碑文其本集不载，但就高彦休文中的自注来看，碑文在晚唐时期尚保存在福先寺，而且洛中人家往往有抄本在。又裴度按照皇甫湜的要求送给他丰厚的酬金和财物，引得洛阳人纷纷围观，这也是轰动一时的大事。高彦休幼时既亲见其碑文，至于裴度赠钱财一事又得福先寺老僧师约的证实。可见皇甫湜撰碑文得裴度丰厚回报应是确有其事的。而此时白居易也在洛阳任职。白氏于大和三年春罢刑部侍郎，以太子宾客分司洛阳，嗣后一直在洛阳生活，直到去世。然在前引故事中，称白居易为"白监"。据《旧唐书》卷一七上《文宗纪》，大和元年三月戊寅，白居易由苏州刺史转任秘书监，至次年二月即罢去，时间极短。但唐人由京官调任外职，时人多称其原先在京的官职，这一点并不少见。即如白居易而言，其长庆二年自中书舍人出为杭州刺史，他自己以及时人仍旧以"舍人"称之。如其《醉戏诸妓》云："席上争飞使君酒，歌中多唱舍人诗。"③ 因此，上引故事中称乐天为"白监"者，不过是沿袭了白居易旧官职的称谓。

　　乐天与皇甫湜交好，乐天集中现存《寄皇甫七》《访皇甫七》等诗，皆作于洛阳期间，当时二人来往频繁。皇甫湜卒后，乐天又作《哭皇甫七郎中》以悼之，诗曰："志业过玄晏，词华似祢衡。多才非福禄，薄命是聪明。

---

① 吴廷燮《唐方镇年表》卷四，中华书局 1980 年，第 635 页。
② 祖保泉、陶礼天《司空表圣诗文集笺校》，安徽大学出版社 2002 年，第 196 页。
③ ［唐］白居易撰，朱金城笺校《白居易集笺校》卷二三，上海古籍出版社 1988 年，第 1553 页。

不得人间寿，还留身后名。涉江文一首，便可敌公卿。"① 对皇甫湜文名大为
称赞，未见有隔阂。因此，对于二人争名一事，钱锺书先生认为："湜与白
居易争名，或出传闻；碑文则彦休目验，必非虚构。"② 但在上引故事中将白
居易牵扯其中，恐怕也并非空穴来风。白居易与裴度在洛阳时期屡有唱和，
而且白氏本身也持奉佛教，据高彦休文中自注，裴度与白居易同是兴平年传
法堂师弟子。因此，裴度修佛寺而先拟请白居易作文，这样的安排也符合逻
辑。皇甫湜为人傲诞，"于文章少所推让"③，其在裴度幕府中毛遂自荐之际
对白居易颇有微词也是可以想见的事情。因此，笔者以为，钱先生言"碑文
则彦休目验，必非虚构"确为事实，至于"湜与白居易争名，或出传闻"则
未必，考虑到当时的实际情况和皇甫湜的性格与为人，这一所谓的争名传闻
是完全有可能的事情。

二、皇甫湜、白居易之争与元和、长庆年间的文坛走向

以上关于皇甫湜与白居易争名一事，是唐代较为典型的一则作文受谢的
例子。关于文人作碑志而收取润笔财物一事，自古有之，唐代也屡见不鲜。
对此，宋人洪迈《容斋随笔》中举出许多例子：

> 作文受谢，自晋、宋以来有之，至唐始盛。《李邕传》："邕尤长碑
> 颂，中朝衣冠及天下寺观，多赍持金帛，往求其文。前后所制，凡数百
> 首，受纳馈遗，亦至巨万。时议以为自古鬻文获财，未有如邕者。"故
> 杜诗云："干谒满其门，碑版照四裔。丰屋珊瑚钩，骐驎织成罽。紫骝
> 随剑几，义取无虚岁。"又有《送斛斯六官诗》云："故人南郡去，去索
> 作碑钱。本卖文为活，翻令室倒悬。"盖笑之也。韩愈撰《平淮西碑》，
> 宪宗以石本赐韩宏，宏寄绢五百匹；作《王用碑》，用男寄鞍马并白玉
> 带。刘叉持愈金数斤去，曰："此谀墓中人得耳，不若与刘君为寿。"愈
> 不能止。刘禹锡祭愈文云："公鼎侯碑，志隧表阡。一字之价，辇金如

---

① ［唐］白居易撰，朱金城笺校《白居易集笺校》卷二八，上海古籍出版社 1988 年，
第 1964 页。

② 钱钟书《管锥编》（第二册），生活·读书·新知三联书店 2001 年，第 611 页。

③ 刘禹锡《唐故尚书礼部员外郎柳君集纪》，见 ［唐］刘禹锡撰，瞿蜕园笺证《刘禹
锡集笺证》卷一九，上海古籍出版社 1989 年，第 514 页。

山。"皇甫湜为裴度作《福先寺碑》，度赠以车马缯彩甚厚。湜大怒，曰："碑三千字，字三缣，何遇我薄邪！"度笑，酬以绢九千匹。穆宗诏萧俛撰《成德王士真碑》，俛辞曰："王承宗事无可书。又撰进之后，例得贶遗，若黾勉受之，则非平生之志。"帝从其请。文宗时，长安中争为碑志，若市贾然。大官卒，其门如市，至有喧竞争致，不由丧家。裴均之子，持万缣诣韦贯之求铭，贯之曰："吾宁饿死，岂忍为此哉！"白居易《修香山寺记》曰："予与元微之定交于生死之间，微之将薨，以墓志文见托，既而元氏之老，状其臧获、舆马、绫帛泊银鞍、玉带之物，价当六七十万，为谢文之赞。予念平生分，赞不当纳，往反再三，讫不得已，回施兹寺。凡此利益功德，应归微之。"柳玭善书，自御史大夫贬泸州刺史，东川节度使顾彦晖请书德政碑，玭曰："若以润笔为赠，即不敢从命。"①

可见文人收受润笔财物在唐代十分普遍，因此，洪迈才说作文受谢"至唐始盛"。洪迈不仅列举了皇甫湜的例子，而且有白居易为元稹作墓志而未收其家人馈赠钱物一事。元稹卒于大和五年，白居易撰志则在大和六年，皇甫湜与白居易争名一事即发生在此后不久。白居易当时以太子宾客分司东都，其诗曰"俸钱七八万，给受无虚月"②，此时的月俸达到七八万，而元稹家人馈赠的钱财六七十万，大约相当于白居易十个月的收入，足见其润笔费用之高。而从洪迈所列举的唐人作文受谢的例子来看，善为此者多为当时文坛上的大手笔，众人求请其撰写碑志，实际上是对其文坛地位的一个肯定，谢文财物的多寡也是衡量其地位的一个指标。由此可见大和年间白居易的文坛地位之高。

白居易作于长庆三年的《余思未尽加为六韵重寄微之》一诗有云：

　　海内声华并在身，箧中文字绝无伦。遥知独对封章草，忽忆同为献纳臣。走笔往来盈卷轴，除官递互掌丝纶。制从长庆辞高古，诗到元和

---

① ［宋］洪迈撰，孔凡礼点校《容斋随笔·续笔》卷六，中华书局 2005 年，第 286-287 页。

② 《再授宾客分司》，见［唐］白居易撰，朱金城笺校《白居易集笺校》卷二九，上海古籍出版社 1988 年，第 2005 页。

体变新。①

其中"制从长庆辞高古"一句白居易自注云:"微之长庆初知制诰,文格高古,始变俗体,继者效之也。""诗到元和体变新"一句自注云:"众称元白为千字律诗,或号元和格。"可以看出,元、白二人不仅在元和年间的诗歌创作影响力进一步提升,连文章写作也因二人先后执掌王言而引起时人的仿效与模拟。白居易以"海内声华并在身"称赞元稹,也是对自己文坛地位的最佳形容。在上引的故事中,裴度修佛寺先拟请白居易撰碑文,或有私人关系方面的考虑,但白居易其时的文坛地位显然也是其求撰碑文的重要原因。

而在白居易和元稹的文坛地位逐步提升之时,韩愈的影响力却逐步减弱。韩愈成名主要是因其贞元后期的古文创作,并且身边聚集了一批同道和弟子,已然形成较大声势。上引洪迈记述的唐人作文受谢事中,曾记刘叉讥讽韩愈谀墓一事,我们不妨从这一角度说明韩愈在当时的影响。据李汉《昌黎先生集序》,韩愈所撰碑志计七十六篇,占其诗文总数的十分之一。如前文所言,碑志等文章作为严肃的应用文体,一般都是求请当时社会上有较大影响力的文人撰写。韩愈集中所存的大量此类文章,正是其文坛地位的反映。但韩愈所撰写的此类文章中,确有一些不实之作。如其《故中散大夫河南尹杜君墓志铭》记杜兼云:"始为进士,乃笃朋友。及作大官,克施克守。……禄以给求,食以会同。不畜不收,库厩虚空。"② 实际上,杜兼在当时颇有恶名。《旧唐书》本传称:"兼性浮险,豪侈矜气。属贞元中德宗厌兵革,姑息戎镇,至军郡刺史,亦难于更代。兼探上情,遂练卒修武,占召劲勇三千人以上闻,乃恣凶威。录事参军韦赏、团练判官陆楚,皆以守职论事忤兼,兼密诬奏二人通谋,扇动军中。忽有制使至,兼率官吏迎于驿中,前呼韦赏、陆楚出,宣制杖杀之。赏进士擢第,楚兖公象先之孙,皆名家,有士林之誉,一朝以无罪受戮,郡中股慄,天下冤叹之。又诬奏李藩,将杀

---

① [唐]白居易撰,朱金城笺校《白居易集笺校》卷二三,上海古籍出版社 1988 年,第 1532 页。
② [唐]韩愈撰,马其昶校注《韩昌黎文集校注》卷六,上海古籍出版社 1986 年,第 439 页。

之，语在藩事中。故兼所至，人侧目焉。"① 《新唐书》本传亦载："寻擢河南尹。杜佑素善兼，终始倚为助力。所至大杀戮，哀艺财赀，极嗜欲。适幸其时，未尝败。"② 因此，韩愈在墓志中称其"及笃朋友""不畜不收"云云，实乃不顾事实的谀墓之词。对此，韩愈自己似乎也有所认识。其《与冯宿论文书》中称自己："时时应事作俗下文字，下笔令人惭。"③ 所言可能就是指碑志等一类文章的撰写。虽然有此无奈，但是韩愈仍然大量撰写墓志，固然可能与其贪图润笔财物有关，但在一定程度上是因其文名太盛而难以拒绝此类请托之事。刘叉讥讽韩愈"谀墓"，正与此有关。

作文受谢一事，白居易早年曾对此多有批判。如其《策林》六十八《议文章》中即对时人碑志多虚美提出批评：

> 凡今秉笔之徒，率尔而言者有矣，斐然成章者有矣。故歌咏诗赋碑碣赞咏之制，往往有虚美者矣，有愧辞者矣。若行于时，则诬善恶而惑当代；若传于后，则混真伪而疑将来。臣伏思之，恐非先王文理化成之教也。且古之为文者，上以绍王教，系国风；下以存炯戒，通讽谕。故惩劝善恶之柄，执于文士褒贬之际焉；补察得失之端，操于诗人美刺之间焉。今褒贬之文无核实，则惩劝之道缺矣；美刺之诗不稽政，则补察之义废矣。虽雕章镂句，将焉用之？臣又闻：粮莠秕稗生于谷，反害谷者也；淫辞丽藻生于文，反伤文者也。故农者耘粮莠，簸秕稗，所以养谷也；王者删淫辞，削丽藻，所以养文也。伏惟陛下诏主文之司，谕养文之旨，俾辞赋合炯戒讽谕者，虽质虽野，采而奖之；碑诔有虚美愧辞者，虽华虽丽，禁而绝之。若然，则为文者必当尚质抑淫，著诚去伪。小疵小弊，荡然无遗矣。则何虑乎皇家之文章不与三代同风者欤？④

白居易在此批评的还只是碑诔有虚美愧辞，在《秦中吟》十首之《立碑》诗

---

① ［后晋］刘昫等撰《旧唐书》卷一四六，中华书局1975年，第3969页。
② ［宋］欧阳修、宋祁等撰《新唐书》卷一七二，中华书局1975年，第5205页。
③ ［唐］韩愈撰，马其昶校注《韩昌黎文集校注》卷三，上海古籍出版社1986年，第196页。
④ ［唐］白居易撰，朱金城笺校《白居易集笺校》卷六五，上海古籍出版社1988年，第3547-3548页。

中，白居易更对谀墓受钱提出直接批评：

> 勋德既下衰，文章亦陵夷。但见山中石，立作路旁碑。铭勋悉太公，叙德皆仲尼。复以多为贵，千言直万赀。为文彼何人？想见下笔时。但欲愚者悦，不思贤者嗤。岂独贤者嗤？乃传后代疑。古石苍苔字，安知是愧词？我闻望江县，鞠令抚惸嫠。在官有仁政，名不闻京师。身殁欲归葬，百姓遮路歧。攀辕不得归，留葬此江湄。至今道其名，男女涕皆垂。无人立碑碣，唯有邑人知。①

从以上所引的两则材料中，可以看出白居易对作文受谢一事的态度。在白居易看来，当时人为逝者作碑志已流为程式，多不能秉笔直书，无论志主为人如何，撰志者皆以姜尚、孔子之德比附，主要原因乃是贪图润笔之财。白居易这里对于作文受谢一事的批评，并未指明是针对韩愈的，只是对于这种风气的一般性评价。他认为作文受谢一事仅仅贪图钱财，也未必尽符合事实。但韩愈在贞元末已经在文坛上产生影响，其碑志一类文章的撰写也正是其文坛地位的一个象征。白居易其时走上文坛不久，影响力远无法与韩愈相比。因此，对于作文受谢一事，他才可能采取超然的态度提出批评。

李肇《国史补》卷下云：

> 元和以后，为文笔则学奇诡于韩愈，学苦涩于樊宗师；歌行则学流荡于张籍；诗章则学矫激于孟郊，学浅切于白居易，学淫靡于元稹。俱名为"元和体"。大抵天宝之风尚党，大历之风尚浮，贞元之风尚荡，元和之风尚怪也。②

这段材料因为涉及"元和体"颇受学界重视，其中对于元和诗坛的创作风貌有很好的概括。若从文学流派的角度加以审视，则其中所言的韩愈、孟郊、张籍、樊宗师等人历来都是韩孟一派的代表，而元稹与白居易是另一派。可

---

① ［唐］白居易撰，朱金城笺校《白居易集笺校》卷二，上海古籍出版社1988年，第89-90页。
② ［唐］李肇撰，聂清风校注《唐国史补校注》卷下，中华书局2021年，第268-269页。

以说，元和文坛是由韩、白两派共同主导的。白居易成名主要是由于元和年间《长恨歌》的创作和与元稹的酬唱之作引得社会上年轻人的仿效。但在这期间，元稹于元和五年被贬江陵，白居易于元和六年丁忧退居下邽，元和十年又谪居江州。直到元和末，二人才回朝任职，官位亦一步步高升。因此，若从实际的影响来看，韩愈一派在元和年间的影响可能更占主导地位，元、白二人虽然也有较大影响，但更多的是在社会世俗层面的。然而到元和末、长庆初时，情况则完全不同。如上所言，是时、元白二人"海内声华并在身"，影响力已大为提升，嗣后更是逐步占据文坛领导者的地位。与此相对，韩愈一派的影响力却逐渐减弱。元和九年，孟郊去世。元和十一年，李贺又卒。长庆四年，韩愈、樊宗师同年谢世。至此，韩愈一派在文坛上具有影响力的代表人物陨落殆尽，仅有的张籍、皇甫湜、李翱等人，影响力又远不及元、白二人。这一情况说明，当时的文坛已由韩、白两派共同主导，转而形成元、白一家独大的局面。而这种情况很可能引起韩门弟子的不满。

韩愈好为人师，其门下弟子颇多，皇甫湜则被韩愈视为自己的衣钵传人。《皇甫持正文集》卷六《韩文公墓志铭》记："长庆四年八月，昌黎韩先生既以疾免吏部侍郎，谕湜曰：'死能令我躬所以不随世磨灭者，惟子以为嘱。'"① 可见韩愈临终前有以斯文相托之意。又晚唐孙樵《与王霖秀才书》云："樵尝得为文真诀于来无择，来无择得之于皇甫持正，皇甫持正得之于韩吏部退之。"② 如同韩愈构建道统一样，孙樵在这里则构建了一个韩文的传学谱系。在他看来，自己的文章得来无择为文真诀，来无择得自皇甫湜，而皇甫湜则得自韩愈。在这一谱系中，皇甫湜也显然被视为韩愈的正宗传人。在上引的故事中，皇甫湜收受裴度绢九千七百余匹。据《新唐书》卷五一《食货志》，开元时期"绢一匹钱二百"③，若按此计算，皇甫湜收受的绢九千余匹，大约相当于一百八十万。唐朝后期，物价飞腾，皇甫湜之所得，当比这还要高出许多。皇甫湜索取如此大量的润笔财物，同时对白居易提出批评，表达对白居易的轻蔑，虽是其恃才傲物的个性使然，但说明两派地位转换之后，韩愈一派对白居易、元稹等主导文坛的不满。

----

① 《皇甫持正文集》卷六，四部丛刊本。
② ［唐］孙樵撰《孙可之集》卷二，文渊阁四库全书本。
③ ［宋］欧阳修、宋祁等撰《新唐书》卷五一，中华书局 1975 年，第 1346 页。

实际上，当时对元、白二人的批评并非仅皇甫湜一人。杜牧《唐故平卢军节度巡官陇西李府君墓志铭》记李戡语曰："尝痛自元和已来有元、白诗者，纤艳不逞，非庄士雅人，多为其所破坏，流于民间，疏于屏壁，子父女母，交口教授，淫言媟语，冬寒夏热，入人肌骨，不可除去。吾无位，不得用法以治之。"① 对白居易和元稹进行了言辞激烈的批评。据杜牧墓志中的记载，李戡"有道有学有文"，"年三十，尽明《六经》书，解决微隐，苏融雪释，郑玄至于孔颖达辈凡所为疏注，皆能短长其得失"。可以说，李戡虽非韩愈门人，但在文化理念上与韩愈属于同类。可见，在元、白诗风盛行之际，与韩愈同调者对他们颇为不屑，而这正表明了他们对元、白二人主导文坛的不满与无奈。

三、韩、白复古文学路径与文化取向上的差异

查屏球师从学术背景上论述牛、李两党分野时指出：

> 贞元元和时期是进士科文化的大发展时期，相对于传统的经生与辞赋之士而言，中唐进士科文化朝着两极发展，一是以贞元"龙虎榜"八士为代表的一批士人，他们多是以进士阶层求新意识改造传统经学，把经学经世致用的政治功利精神注入进士科诗赋之学中。另一种是以元白为代表的一批士人，他们则是以世俗意识改造了传统辞赋之学的厚重典雅的模式，将雅化的文学情感世情化。这两种不同的走向使得元和之后文学风格出现了"经学化"与"世俗化"的两极倾向。②

韩愈即贞元八年"龙虎榜"八士之一。因此，这里虽是论述牛、李两党的分野，实际上也可以看出韩、白二人的基本分野。在皇甫湜对白居易的评价中，皇甫湜认为自己的文章是"瑶琴宝瑟"，而白居易的作品则是"桑间濮上之音"。在他看来，其与白居易有阳春白雪与下里巴人之别。这一评价实际也透露出韩、白两派在文化取向上的差异。对此，我们可以从他们的复

---

① ［唐］杜牧撰，吴在庆校注《杜牧集系年校注》卷九，中华书局 2008 年，第 744 页。

② 查屏球师《唐学与唐诗——中晚唐诗风的一种文化考察》，商务印书馆 2000 年，第 280-281 页。

古文学在诗、笔之分的差异上做一补充性的考察。

皇甫湜作为韩愈的弟子，主要传承了韩愈的古文传统。四库馆臣谓"其文与李翱同出韩愈。翱得愈之醇，而湜得愈之奇崛"。①且不论醇与奇崛中的哪一点最能代表韩愈文风，仅以文章名世是韩愈门人最为后世称道的一点。李翱不善诗乃是事实，皇甫湜在这方面的表现也很明显。如洪迈《容斋随笔》云：

> 皇甫湜、李翱虽为韩门弟子，而皆不能诗，浯溪石间有湜一诗，为元结而作。其词云："次山有文章，可惋只在碎。然长于指叙，约洁多余态。心语适相应，出句多分外。于诸作者间，拔载成一队。中行虽富剧，粹美君可盖。子昂感遇佳，未若君雅裁。退之全而神，上与千年对。李杜才海翻，高下非可概。文于一气间，为物莫与大。先王路不荒，岂不仰吾辈。石屏立衔衔，溪口扬素濑。我思何人知，徙倚如有待。"味此诗，乃论唐人文章耳，风格殊无可采也。②

现存的皇甫湜集中纯为文章，目前所能见到的皇甫湜诗歌，也仅有三首，除了洪迈提到的这首《题浯溪石》诗，尚有《石佛谷》《出世篇》两首。从其所留存的诗歌来看，颇有与韩愈类似的以文为诗的倾向，如洪迈所言，"风格殊无可采也"。因此，韩门中人多以文章自负，皇甫湜认为自己的文章要远远好于白居易，也正是这种自信的表现。

韩愈与白居易虽然皆工诗善文，但二人一人用心于古文，一人着力于诗歌。如在前引李肇关于"元和体"的论述中，即指出韩愈是以"奇诡"为特色的"文笔"创作引起时人的仿效，而白居易则是以"浅切"为特色的"诗章"获得时人的追捧。从二人的文学观念及实际创作来看，这一表述符合实际的。韩愈于贞元二十一年所作的《上兵部李侍郎书》云："谨献旧文一卷，扶树教道，有所明白；南行诗一卷，舒忧娱悲，杂以瑰怪之言，时俗之好，所以讽于口而听于耳也。"③他认为，自己的文章是"扶树教道"的，

---

① 《四库总目提要》卷一五〇，第1290页。
② ［宋］洪迈撰，孔凡礼点校《容斋随笔》卷八，中华书局2005年，第106页。
③ ［唐］韩愈撰，马其昶校注《韩昌黎文集校注》卷二，上海古籍出版社1986年，第144页。

而自己的诗不过在于"舒忧娱悲";一个是能使人"有所明白",另一个是"时俗之好",二者功能不同,在韩愈的眼中其价值也并不相同。因此,韩愈虽然创作了大量的诗歌作品,却往往有以诗为戏的倾向。其《和席八十二韵》一诗言:"多情怀酒伴,余事作诗人。"① 欧阳修《六一诗话》论曰:"退之笔力无施不可,而尝以诗为文章末事,故其诗曰:'多情杯酒伴,余事作诗人'也。"② 应该说,韩愈虽然善诗,但以其为文章之末事,并非十分看重。在指示后辈时,韩愈也多仅言文章而不言及诗歌写作。郭绍虞先生指出:"韩氏之教不外传道、授业,二者而已。实则传道是后世道学家的事,授业则正是当时古文家的事。所以韩愈于此二者虽是并重,而比较言之,则韩愈于道的方面所窥尚浅,于文的方面所得实深。故韩门弟子与其谓之学道,不如谓之学文。……则所谓韩氏之教亦不外文而已。"③ 韩愈追求文以载道,因此他十分强调文,韩门弟子的文学训练也主要是在这一方面。白居易则与此相反,如其《与元九书》中言:

> 自八九年来,与足下小通则以诗相戒,小穷则以诗相勉,索居则以诗相慰,同处则以诗相娱。知吾最要,率以诗也。④

在白居易的观念里,诗歌承担的功能是多样化的,不仅可以在穷通之际诫勉自身,也具有游戏娱乐的价值。白氏于元和十年江州编集,即仅收录自己的诗歌作品,而且将自己的诗歌分为四类,分别阐述其价值。

诗与文之分,在南朝时已逐渐明晰。陆游《老学庵笔记》卷九云:"南朝词人谓文为笔,故《沈约传》云:'谢玄晖善为诗,任彦升工于笔,约兼而有之。'又《庾肩吾传》、梁简文《与湘东王书》,论文章之弊曰:'诗既若此,笔又如之。'又曰:'谢朓、沈约之诗,任昉、陆倕之笔。'《任昉传》

---

① [唐] 韩愈撰,钱仲联集释《韩昌黎诗系年集释》卷九,上海古籍出版社 1984 年,第 962 页。
② [宋] 欧阳修撰,李逸安点校《欧阳修全集》卷一二八,中华书局 2001 年,第 1957 页。
③ 郭绍虞《中国文学批评史》,百花文艺出版社 1999 年,第 215 页。
④ [唐] 白居易撰,朱金城笺校《白居易集笺校》卷四五,上海古籍出版社 1988 年,第 2795 页。

又有'沈诗、任笔'之语。老杜《寄贾至严武》诗云：'贾笔论孤愤，严诗赋几篇。'杜牧之亦云：'杜诗韩笔愁来读，似倩麻姑痒处抓。'亦袭南朝语尔。"[1] 唐人继承了诗、笔之分的观念，同时使他们的复古文学追求有文学体裁上的偏重。梁肃《补阙李君前集序》中言：

> 唐有天下几二百载，而文章三变。初则广汉陈子昂以风雅革浮侈；次则燕国张公说以宏茂广波澜；天宝已还，则李员外、萧功曹、贾常侍、独孤常州比肩而出，故其道益炽。[2]

梁肃在这里为唐代的古文运动构建了一个前后相续的谱系，因此，其着眼点主要是就文章写作而言的，而非强调诗歌创作。实际上，唐代早期复古潮流的代表人物如陈子昂等，与其说是改革文风，不如说是改革诗风更为恰当。如陈子昂的《修竹篇序》言："文章道弊五百年矣。汉、魏风骨，晋、宋莫传，然而文献有可征者。仆尝暇时观齐、梁间诗，彩丽竞繁，而兴寄都绝。每以永叹，思古人常恐逶迤颓靡，风雅不作，以耿耿也。"[3] 虽言文章，但主要是论诗歌。从实际的创作上来看，陈子昂的《感遇》等诗远比其文章的影响力大，如杜甫在《陈拾遗故宅》一诗中称赞陈子昂"有才继骚雅"，即主要强调其"感遇有遗篇"[4]，认为其《感遇》诗乃是继承了骚、雅的诗歌创作传统。陈子昂之后，李白、杜甫、元结等的复古创作也主要集中在诗歌方面，力图继承汉乐府的创作传统，以诗歌作为反映和干预现实的工具。关于这一点，韩愈实际上已经发现，其《荐士》诗云：

> 周诗三百篇，雅丽理训诰。曾经圣人手，议论安敢到。五言出汉时，苏李首更号。东都渐弥漫，派别百川导。建安能者七，卓荦变风操。逶迤抵晋宋，气象日凋耗。中间数鲍谢，比近最清奥。齐梁及陈隋，众作等蝉噪。搜春摘花卉，沿袭伤剽盗。国朝盛文章，子昂始高蹈。勃兴得李杜，万类困陵暴。后来相继生，亦各臻闻奥。有穷者孟

---

① ［宋］陆游撰《老学庵笔记》卷九，中华书局 1979 年，第 117-118 页。
② ［清］董诰等编《全唐文》卷五一八，中华书局 1983 年，第 5261 页。
③ ［唐］陈子昂撰，徐鹏点校《陈子昂集》卷一，上海古籍出版社 2013 年，第 16 页。
④ ［清］仇兆鳌《杜诗详注》卷一一，中华书局 1979 年，第 948-949 页。

郊，受材实雄鸷。冥观洞古今，象外逐幽好。①

　　韩愈这里称赞陈子昂，认为其接续了《诗经》、建安文学的创作传统，将嗣后的李、杜二人乃至与自己同时的孟郊也归入这一传统。其《孟生诗》亦言："作诗三百首，窅默咸池音。"② 如果从元、白等的复古诗学观念来看，他们接续的正是这一传统，尤其是杜甫、元结等的乐府诗传统。如在《与元九书》中，白居易从诗、骚到汉魏乐府，再到杜甫等人的新乐府创作，依次罗列，足以见出其诗学渊源。因此，元、白二人虽然具有复古的文学观念，但他们继承的主要是前代的诗歌创作传统，这与韩愈主要是继承古文写作的传统显然不同。韩愈《答李翊书》言："非三代两汉之书不敢观，非圣人之志不敢存，处若忘，行若遗，俨乎其若思，茫乎其若迷。"③《上兵部李侍郎书》中亦言："性本好文学，因困厄悲愁无所告语，遂得究穷于经传史记百家之说，沉潜乎训义，反复乎句读，砻磨乎事业，而奋发乎文章。"④ 皇甫湜《韩文公神道碑》说韩愈："属文意语天出，业孔子、孟轲而侈其文。"⑤综合韩愈自述与皇甫湜的评价，可见韩愈继承的主要是孔、孟等先秦古文传统及两汉司马迁、班固等人的史传文学，重文却不重诗。

　　由于韩、白二人从前代文学中所吸收的营养不同，因此，在文学观念及创作风格上也显示出很大差异。韩愈论文尚奇，如其认为"易奇而法"⑥，作文追求"唯陈言之务去"⑦。韩愈之文最为后人瞩目者也在于其壮大怪奇的风格。如皇甫湜《韩文公墓志铭》称韩文："茹古涵今，无有端涯。浑浑

---

① ［唐］韩愈撰，钱仲联集释《韩昌黎诗系年集释》卷五，上海古籍出版社1984年，第527-528页。
② ［唐］韩愈撰，钱仲联集释《韩昌黎诗系年集释》卷一，上海古籍出版社1984年，第12页。
③ ［唐］韩愈撰，马其昶校注《韩昌黎文集校注》卷三，上海古籍出版社1986年，第170页。
④ ［唐］韩愈撰，马其昶校注《韩昌黎文集校注》卷二，上海古籍出版社1986年，第143页。
⑤ ［唐］皇甫湜撰《皇甫持正集》卷六，四部丛刊本。
⑥ 《进学解》，见［唐］韩愈撰，马其昶校注《韩昌黎文集校注》卷一，上海古籍出版社1986年，第46页。
⑦ 《答李翊书》，见［唐］韩愈撰，马其昶校注《韩昌黎文集校注》卷三，上海古籍出版社1986年，第170页。

灏灏，不可窥校。及其酣放，豪曲快字，凌纸怪发，鲸铿春丽，惊耀天下。"① 李翱《祭吏部韩侍郎文》称韩文："开合怪骇，驱涛涌云，包刘越赢，并武同殷，六经之风，绝而复新。"② 作为韩愈门人，他们都指出韩愈怪奇壮大的文章风格。这一点在被认为文章"得愈之奇崛"的皇甫湜身上体现得更明显。皇甫湜《答李生书》中言："夫意新则异于常，异于常则怪矣；词高则出于众，出于众则奇矣。"③ 他认为只要"异于常""出于众"，则必然显示出奇崛的创作特色。在《答李生第二书》中，皇甫湜又言：

> 秦汉已来至今文学之盛，莫如屈原、宋玉、李斯、司马迁、相如、扬雄之徒，其文皆奇，其传皆远。……《书》之文不奇，《易》之文可谓奇矣，岂碍理伤圣乎？如"龙战于野，其血玄黄""见豕负涂，载鬼一车""突如其来，如焚、如死、如弃"，如此何等语也。④

皇甫湜在这里表达了与韩愈类似的"易奇而法"的观点。不仅如此，他认为屈原、宋玉、李斯、司马迁、司马相如、扬雄之徒"其文皆奇，其传皆远"，认为文章之奇是其传诸久远的重要原因。他在这里对孔子所谓的"言而无文，行之不远"形成了自己独特的理解。孔子的意思主要在于讲求文采，而皇甫湜则片面地理解为尚奇。其为裴度撰福先寺碑文"文思古謇，字复怪僻"，使裴度"目瞪舌涩，不能分其句"，正是这种理念极端化的结果。从中可以看出，韩愈、皇甫湜等从古文经典中演绎出的为文真诀是一"奇"字，并将这种思想理念运用到自己的创作实践中。

白居易与此显然不同，白氏的复古文学主要在于追慕《诗经》、汉乐府及杜甫等的新乐府等前代文学作品，因而其追求的是平易通俗的创作风格。如其《新乐府序》言：

> 凡九千二百五十二言，断为五十篇。篇无定句，句无定字，系于意

---

① ［唐］皇甫湜撰《皇甫持正集》卷六，四部丛刊本。
② ［唐］李翱撰，郝润华、杜学林校注《李翱文集校注》卷一六，中华书局 2021 年，第 273 页。
③ ［唐］皇甫湜撰《皇甫持正集》卷四，四部丛刊本。
④ ［唐］皇甫湜撰《皇甫持正集》卷四，四部丛刊本。

不系于文。首句标其目,卒章显其志,诗三百之义也。其辞质而径,欲
见之者易谕也。其言直而切,欲闻之者深诫也。其事核而实,使采之者
传信也。其体顺而肆,可以播于乐章歌曲也。总而言之,为君、为臣、
为民、为物、为事而作,不为文而作也。①

从语言、句式、章法到内容皆竭力模仿《诗经》。再如,其《与元九书》
中言李杜云:

> 又诗之豪者,世称李、杜,李之作才矣奇矣,人不逮矣。索其风雅
> 比兴,十无一焉。杜诗最多,可传者千余篇,至于贯穿今古,觑缕格
> 律,尽工尽善,又过于李。然撮其《新安吏》、《石壕吏》、《潼关吏》、
> 《塞芦子》、《留花门》之章,"朱门酒肉臭,路有冻死骨"之句,亦不
> 过三四十首。②

白居易在这里虽然对李、杜有所批评,但从其肯定的方面来看,欣赏的
主要是李白的风雅比兴之作及杜甫的"即事名篇,无复依傍"的乐府诸篇。
在白居易看来,这些都并非李、杜"才矣、奇矣"的作品,可见其取法李、
杜的明确指向。韩愈对李、杜之服膺与学习,在其《调张籍》一诗中有集中
的表达,但其取法的视角迥异于白居易。正如赵翼所言:"韩昌黎生平,所
心摹力追者,惟李、杜二公。顾李、杜之前,未有李、杜;故二公才气横
恣,各开生面,遂独有千古。至昌黎时,李、杜已在前,纵极力变化,终不
能再辟一径。惟少陵奇险处,尚有可推扩,故一眼觑定,欲从此辟山开道,
自成一家。此昌黎注意所在也。"③可见,同是李、杜,但韩、白取法二人的
角度判然有别。

学界往往笼统地将韩愈领导的古文运动与以元、白二人为核心的新乐府
运动相提并论,甚至认为他们在本质上是一致的。其实,虽然韩、白二人都

① [唐]白居易撰,朱金城笺校《白居易集笺校》卷三,上海古籍出版社1988年,第136页。
② [唐]白居易撰,朱金城笺校《白居易集笺校》卷四五,上海古籍出版社1988年,第2791页。
③ [清]赵翼《瓯北诗话》卷三,人民文学出版社1963年,第28页。

具有复古的文学理念，但二人在复古文学体裁选择上存在巨大差别，这也决定了他们二人对于以往文学资源吸收的角度不同，进而造成他们写作策略上的不同姿态。古文写作并非唐时的流行文化，更多的带有传统文化的内涵。诗赋文化则通过唐时的科举考以诗赋取士产生社会影响，更具有流行文化的特色。当韩、白二人秉持的复古传统与当时的社会文化产生联系时，韩愈从传统经学尤其是古文传统中汲取创作灵感，很容易与流行文化形成某种对立，从而显示出奇崛险怪、不同流俗的特色；而白居易所承袭的传统诗赋之学则容易与流行文化取得一致的步调，从而形成通俗化、世情化的特色，其影响也就更大。这种不同的创作倾向在贞元、元和复古风气高涨时期表现得并不明显，随着复古之风渐趋低落，社会世俗化风气渐浓，元白一派在社会风气的推动下主导文坛的创作倾向，这种差别也就凸显出来。皇甫湜等人对白居易的负面评价在这一时期出现，既非个案，也非偶然。

主要参考文献

[1]《李相国论事集》，[唐] 李绛撰，丛书集成初编本。

[2]《翰苑群书》，[宋] 洪遵编，文渊阁四库全书本。

[3]《考古编》，[宋] 程大昌撰，文渊阁四库全书本。

[4]《群书拾补》，[清] 卢文弨编校，丛书集成初编本。

[5]《白氏长庆集》，[唐] 白居易撰，四部丛刊本。

[6]《白香山诗集》，[唐] 白居易撰，[清] 汪立名编校，文渊阁四库全书本。

[7]《皇甫持正文集》，[唐] 皇甫湜撰，四部丛刊本。

[8]《孙可之集》，[唐] 孙樵撰，文渊阁四库全书本。

[9]《唐宋帝国与运河》，全汉昇撰，商务印书馆 1946 年。

[10]《白居易研究》，王拾遗撰，上海文艺联合出版社 1954 年。

[11]《唐会要》，[宋] 王溥编，中华书局 1955 年。

[12]《资治通鉴》，[宋] 司马光编撰，[元] 胡三省音注，中华书局 1956 年。

[13]《白居易评传》，万曼撰，湖北人民出版社 1957 年。

[14]《文心雕龙注》，[南朝宋] 刘勰撰，范文澜注，人民文学出版社 1958 年。

[15]《太平广记》，[宋] 李昉等编，中华书局 1961 年。

[16]《白居易资料汇编》，陈友琴编，中华书局 1962 年。

[17]《说文解字》，[汉] 许慎撰，[宋] 徐铉校定，中华书局 1963 年。

[18]《瓯北诗话》，[清] 赵翼撰，人民文学出版社 1963 年。

[19]《四库总目提要》，[清] 永瑢等撰，中华书局 1965 年。

[20]《文苑英华》，[宋] 李昉等编，中华书局 1966 年。

[21]《刘禹锡年谱》，卞孝萱撰，中华书局 1966 年。

[22]《隋书》，[唐] 魏征、令狐德棻撰，中华书局 1973 年。

[23]《宋书》，[南朝梁] 沈约撰，中华书局 1974 年。

[24]《魏书》，[北齐] 魏收撰，中华书局 1974 年。

[25]《白氏文集批判研究》，[日] 花房英树撰，京都朋友书店 1974 年。

[26]《旧唐书》，[后晋] 刘昫等撰，中华书局，1975 年。

[27]《新唐书》，[宋] 欧阳修、宋祁等撰，中华书局，1975 年。

[28]《贞观政要》，[唐] 吴兢撰，上海古籍出版社 1978 年。

[29]《唐人行第录》，岑仲勉撰，上海古籍出版社 1978 年。

[30]《杜诗详注》，[唐] 杜甫撰，[清] 仇兆鳌注，中华书局 1979 年。

[31]《白居易集》，[唐] 白居易撰，顾学颉点校，中华书局 1979 年。

[32]《唐方镇年表》，吴廷燮撰，中华书局 1980 年。

[33]《唐集叙录》，万曼撰，中华书局 1980 年。

[34]《元稹年谱》，卞孝萱撰，齐鲁书社 1980 年。

[35]《唐音癸签》，[明] 胡震亨撰，上海古籍出版社 1981 年。

[36]《历代诗话》，[清] 何文焕辑，中华书局 1981 年。

[37]《白居易生活系年》，王拾遗撰，宁夏人民出版社 1981 年。

[38]《唐声诗》，任半塘撰，上海古籍出版社 1982 年。

[39]《白居易年谱》，朱金城撰，上海古籍出版社 1982 年。

[40]《唐律疏议》，[唐] 长孙无忌等撰，刘俊文点校，中华书局 1983 年。

[41]《元和郡县图志》，[唐] 李吉甫撰，贺次君点校，中华书局 1983 年。

[42]《十驾斋养新录》，[清] 钱大昕撰，上海书店 1983 年。

[43]《楚辞补注》，[宋] 洪兴祖撰，白化文等点校，中华书局 1983 年。

[44]《全唐文》，[清] 董诰等编，中华书局 1983 年。

[45]《沧浪诗话校释》，[宋] 严羽撰，郭绍虞校释，人民文学出版社 1983 年。

[46]《历代诗话续编》，丁福保辑，中华书局 1983 年。

[47]《白居易与音乐》，刘兰撰，上海文艺出版社 1983 年。

[48]《白居易家谱》，白书斋等撰，顾学颉编注，中国旅游出版社

1983 年。

[49]《登科记考》，[清] 徐松撰，赵守俨点校，中华书局 1984 年。

[50]《韩昌黎诗系年集释》，[唐] 韩愈撰，钱仲联集释，上海古籍出版社 1984 年。

[51]《文史通义校注》，[清] 章学诚撰，叶瑛校注，中华书局 1985 年。

[52]《大历诗人研究》，蒋寅撰，中华书局 1985 年。

[53]《白居易研究》，杨宗莹撰，台北文津出版社 1985 年。

[54]《文献通考》，[元] 马端临撰，中华书局 1986 年。

[55]《韩昌黎文集校注》，[唐] 韩愈撰，马其昶校注，上海古籍出版社 1986 年。

[56]《苏轼文集》，[宋] 苏轼撰，孔凡礼点校，中华书局 1986 年版。

[57]《隋唐时期的运河和漕运》，潘镛撰，三秦出版社 1986 年。

[58]《玉海》，[宋] 王应麟编，江苏古籍出版社 1987 年。

[59]《敦煌的唐诗》，黄永武撰，台北洪范书店有限公司 1987 年。

[60]《顾学颉文学论集》，顾学颉撰，中国社会科学出版社 1987 年。

[61]《白居易研究》，朱金城撰，陕西人民出版社 1987 年。

[62]《通典》，[唐] 杜佑撰，王文锦等点校，中华书局，1988 年。

[63]《白居易集笺校》，[唐] 白居易撰，朱金城笺校，上海古籍出版社 1988 年。

[64]《中国的运河》，史念海撰，陕西人民出版社 1988 年。

[65]《唐音佛教辨思录》，陈允吉撰，上海古籍出版社 1988 年。

[66]《册府元龟》，[宋] 王钦若等编，中华书局 1989 年。

[67]《刘禹锡集笺证》，[唐] 刘禹锡撰，瞿蜕园笺证，上海古籍出版社 1989 年。

[68]《白乐天年谱》，罗联添撰，"国立"编译馆 1989 年。

[69]《唐令拾遗》，[日] 仁井田升编撰，栗劲等译，长春出版社 1989 年。

[70]《郡斋读书志校证》，[宋] 晁公武撰，孙猛校证，上海古籍出版社 1990 年。

[71]《岑仲勉史学论文集》，岑仲勉撰，中华书局 1990 年。

[72]《唐代盐政》，陈衍德、杨权撰，三秦出版社 1990 年。

[73]《野客丛书》，[宋] 王楙撰，郑明等点校，上海古籍出版社1991年。

[74]《白居易》，[日] 花房英树撰，王文亮等译，社会科学文献出版社1991年。

[75]《唐六典》，[唐] 李林甫等撰，陈仲夫点校，中华书局，1992年。

[76]《唐代墓志汇编》，周绍良主编，上海古籍出版社1992年。

[77]《大历诗风》，蒋寅撰，上海古籍出版社1992年。

[78]《白居易评传》，褚斌杰撰，北京大学出版社1994年。

[79]《全宋诗》，傅璇琮等主编，北京大学出版社1995年。

[80]《唐代财政史稿》，李锦绣撰，北京大学出版社1995年。

[81]《日本白居易研究论文选》，[日] 花房英树等撰，马歌东编译，三秦出版社，1995年。

[82]《增订两京城坊考》，[清] 徐松撰，李建超增订，三秦出版社1996年。

[83]《甫里先生文集》，[唐] 陆龟蒙撰，宋景昌等点校，河南大学出版社1996年。

[84]《隋唐五代社会经济史论稿》，胡如雷撰，中国社会科学出版社1996年。

[85]《中国文学批评史》（隋唐五代卷)，王运熙、顾易生主编，王运熙、杨明撰，上海古籍出版社1996年。

[86]《白氏文集解读》，[日] 下定雅弘撰，东京勉诚社1996年。

[87]《唐诗评选》，[清] 王夫之评选，王学太点校，文化艺术出版社1997年。

[88]《中国移民史》（第三卷)，吴松弟撰，福建人民出版社1997年。

[89]《唐代文学丛考》，陈尚君撰，中国社会科学出版社1997年。

[90]《白居易集综论》，谢思炜撰，中国社会科学出版社1997年。

[91]《牛僧孺年谱》，丁鼎撰，辽海出版社1997年。

[92]《全唐五代小说》，李时人编校，陕西人民出版社1998年。

[93]《唐五代文学编年史》，傅璇琮主编，辽海出版社1998年。

[94]《唐代历史地理研究》，史念海撰，中国社会科学出版社1998年。

[95]《隋唐五代社会生活史》，李斌城等撰，中国社会科学出版社

1998 年。

[96]《唐代衣食住行研究》，黄正建撰，首都师范大学出版社 1998 年。

[97]《诗国高潮与盛唐文化》，葛晓音撰，北京大学出版社 1998 年。

[98]《中唐诗歌之开拓与新变》，孟二冬撰，北京大学出版社 1998 年。

[99]《周易正义》，［魏］王弼注，［唐］孔颖达疏，十三经注疏标点本，北京大学出版社 1999 年。

[100]《论语注疏》，［魏］何晏注，［宋］邢昺疏，十三经注疏标点本，北京大学出版社 1999 年。

[101]《孟子注疏》，［汉］赵岐注，［宋］孙奭疏，十三经注疏标点本，北京大学出版社 1999 年。

[102]《全唐诗》（增订本），［清］彭定求等编，陈尚君增订，中华书局 1999 年。

[103]《白话文学史》，胡适撰，上海古籍出版社 1999 年。

[104]《唐代礼制研究》，任爽撰，东北师范大学出版社 1999 年。

[105]《中国文学批评史》，郭绍虞撰，百花文艺出版社 1999 年。

[106]《大唐开元礼》，［唐］萧嵩等编撰，民族出版社 2000 年。

[107]《唐五代笔记小说大观》，丁如民等点校，上海古籍出版社 2000 年。

[108]《唐代翰林学士》，毛蕾撰，社会科学文献出版社 2000 年。

[109]《敦煌诗集残卷辑考》，徐俊编撰，中华书局 2000 年。

[110]《唐学与唐诗——中晚唐诗风的一种文化考察》，查屏球师撰，商务印书馆 2000 年。

[111]《中唐政治与文学——以永贞革新为研究中心》，胡可先撰，安徽大学出版社 2000 年。

[112]《二十世纪西方美学经典文本》，张德兴主编，复旦大学出版社 2000 年。

[113]《欧阳修全集》，［宋］欧阳修撰，李逸安点校，中华书局 2001 年。

[114]《苏轼诗集合注》，［宋］苏轼撰，［清］冯应榴辑注，黄任轲等点校，上海古籍出版社 2001 年。

[115]《唐代墓志汇编续集》，周绍良、赵超主编，上海古籍出版社 2001 年。

[116]《隋唐制度渊源略论稿　唐代政治史述论稿》，陈寅恪撰，生活·读书·新知三联书店 2001 年。

[117]《金明馆丛稿初编》，陈寅恪撰，生活·读书·新知三联书店 2001 年。

[118]《金明馆丛稿二编》，陈寅恪撰，生活·读书·新知三联书店 2001 年。

[119]《元白诗笺证稿》，陈寅恪撰，生活·读书·新知三联书店，2001 年。

[120]《管锥编》，钱钟书撰，生活·读书·新知三联书店 2001 年。

[121]《谈艺录》，钱钟书撰，生活·读书·新知三联书店 2001 年。

[122]《隋唐五代文学研究》，杜晓勤撰，北京出版社 2001 年。

[123]《唐代集会总集与诗人群研究》，贾晋华撰，北京大学出版社 2001 年。

[124]《唐代铨选与文学》，王勋成撰，中华书局 2001 年。

[125]《斯文：唐宋思想的转型》，[美] 包弼德撰，刘宁译，江苏人民出版社 2001 年。

[126]《南部新书》，[宋] 钱易撰，黄寿成点校，中华书局 2002 年。

[127]《李商隐文编年校注》，[唐] 李商隐撰，刘学锴、余恕诚校注，中华书局 2002 年。

[128]《司空表圣诗文集笺校》，[唐] 司空图撰，祖保泉、陶礼天笺校，安徽大学出版社 2002 年。

[129]《中国中古社会史论》，毛汉光撰，上海书店出版社 2002 年。

[130]《中国中古政治史论》，毛汉光撰，上海书店出版社 2002 年。

[131]《唐代试策考述》，陈飞撰，中华书局 2002 年。

[132]《〈长恨歌〉及同题材诗详解》，靳极苍撰，山西古籍出版社 2002 年。

[133]《登科记考补正》，[清] 徐松撰，孟二冬补正，北京燕山出版社 2003 年。

[134]《唐代诗人丛考》，傅璇琮撰，中华书局 2003 年。

[135]《唐代科举与文学》，傅璇琮撰，陕西人民出版社 2003 年。

[136]《唐宋女性与社会》，邓小南主编，上海辞书出版社 2003 年。

[137]《〈长恨歌〉研究》，周相录撰，巴蜀书社2003年。

[138]《岑嘉州诗笺注》，[唐]岑参撰，廖立笺注，中华书局2004年。

[139]《金石论丛》，岑仲勉撰，中华书局2004年。

[140]《唐史余渖》，岑仲勉撰，中华书局2004年。

[141]《六至九世纪中国政治史》，黄永年撰，上海书店出版社2004年。

[142]《唐代妇女的生命历程》，姚平撰，上海古籍出版社2004年。

[143]《元稹年谱新编》，周相录撰，上海古籍出版社2004年。

[144]《容斋随笔》，[宋]洪迈撰，孔凡礼点校，中华书局2005年。

[145]《唐翰林学士传论》，傅璇琮撰，辽海出版社2005年。

[146]《隋唐五代文学思想史》，罗宗强撰，中华书局2005年。

[147]《从游士到儒士——汉唐士风与文风论稿》，查屏球师撰，复旦大学出版社2005年。

[148]《中唐文人之社会角色与文学活动》，马自力撰，中国社会科学出版社2005年。

[149]《白居易〈长恨歌〉研究》，张中宇撰，中华书局2005年。

[150]《距离与想象——中国诗学的唐宋转型》，[日]浅见洋二撰，金程宇等译，上海古籍出版社2005年。

[151]《白居易诗集校注》，[唐]白居易撰，谢思炜校注，中华书局2006年。

[152]《中晚唐社会与政治研究》，黄正建主编，中国社会科学出版社2006年。

[153]《宋代韩学研究》，杨国安撰，中国社会科学出版社2006年。

[154]《白乐天的愉悦：生活睿智的光辉》，[日]下定雅弘撰，东京勉诚社2006年。

[155]《中国"中世纪"的终结——中唐文学文化论集》，[美]宇文所安撰，陈引驰等译，生活·读书·新知三联书店2006年。

[156]《唐代东都分司官研究》，勾利军撰，上海古籍出版社2007年。

[157]《唐代的妇女文化与家庭生活》，陈弱水撰，台北允晨文化实业股份有限公司2007年。

[158]《唐代重大历史事件与文学研究》，胡可先撰，浙江大学出版社2007年。

[159]《中唐诗歌嬗变的民俗观照》，刘航撰，学苑出版社 2007 年。

[160]《白居易散文研究》，付兴林撰，中国社会科学出版社 2007 年。

[161]《元白诗派研究》，陈才智撰，社会科学文献出版社 2007 年。

[162]《终南山的变容——中唐文学论集》，[日] 川合康三撰，刘维治等译，上海古籍出版社 2007 年。

[163]《白居易写讽谕诗的前前后后》，[日] 静永健撰，刘维治译，中华书局 2007 年。

[164]《唐大诏令集》，[宋] 宋敏求编，中华书局 2008 年。

[165]《唐语林校证》，[宋] 王谠撰，周勋初校证，中华书局 2008 年。

[166]《权德舆诗文集》，[唐] 权德舆撰，郭广伟点校，上海古籍出版社 2008 年。

[167]《杜牧集系年校注》，[唐] 杜牧撰，吴在庆校注，中华书局 2008 年。

[168]《唐代基层文官》，赖瑞和撰，中华书局 2008 年。

[169]《唐诗与民俗关系研究》，赵睿才撰，上海古籍出版社 2008 年。

[170]《私人领域的变形——唐宋诗歌中的园林与玩好》，[美] 杨晓山撰，文韬译，江苏人民出版社 2008 年。

[171]《李绅集校注》，[唐] 李绅撰，卢燕平校注，中华书局 2009 年。

[172]《白居易生存哲学本体研究》，肖伟韬撰，南京大学出版社 2009 年。

[173]《戴叔伦诗集校注》，[唐] 戴叔伦撰，蒋寅校注，上海古籍出版社 2010 年。

[174]《敦煌古籍叙录》，王重民撰，中华书局 2010 年。

[175]《欲采蘋花不自由——复古思潮与中唐士人心态研究》，杨伯撰，南开大学出版社 2010 年。

[176]《白居易闲适诗研究》，毛妍君撰，中国社会科学出版社 2010 年。

[177]《〈长恨歌〉考论》，王万岭撰，南京大学出版社 2010 年。

[178]《隋唐小说研究》，[日] 内山知也撰，查屏球师编，益西拉姆等译，复旦大学出版社 2010 年。

[179]《唐代官修史籍考》，[英] 杜希德撰，黄宝华译，上海古籍出版社 2010 年。

[180]《陶渊明集校笺》（修订本），[晋] 陶渊明撰，龚斌校笺，上海

古籍出版社 2011 年。

[181]《金楼子校笺》，［南朝梁］萧绎撰，许逸民校笺，中华书局
2011 年。

[182]《韦应物集校注》（增订本），［唐］韦应物撰，陶敏、王友胜校
注，上海古籍出版社 2011 年。

[183]《元稹集校注》，［唐］元稹撰，周相录校注，上海古籍出版社
2011 年。

[184]《白居易文集校注》，［唐］白居易撰，谢思炜校注，中华书局
2011 年。

[185]《唐代中层文官》，赖瑞和撰，中华书局 2011 年。

[186]《中唐文人日常生活与创作关系研究》，彭梅芳撰，人民出版社
2011 年。

[187]《白居易评传》，蹇长春撰，南京大学出版社 2011 年。

[188]《汉籍东渐及日藏古文献论考稿》，［日］静永健、陈翀撰，中华
书局 2011 年。

[189]《出土文献与唐代诗学研究》，胡可先撰，中华书局 2012 年。

[190]《曹丕集校注》，［魏］曹丕撰，夏传才、唐绍忠校注，河北教育
出版社 2013 年。

[191]《陈子昂集》（修订本），［唐］陈子昂撰，徐鹏点校，上海古籍
出版社 2013 年。

[192]《唐代节日研究》，张勃撰，中国社会科学出版社 2013 年。

[193]《高适集校注》（增订本），［唐］高适撰，孙钦善校注，上海古
籍出版社 2014 年。

[194]《唐人选唐诗新编》（增订本），傅璇琮等编，中华书局 2014 年。

[195]《中唐文人之文艺及其世界》，［日］赤井益久撰，范建明译，中
华书局 2014 年。

[196]《走进日常——唐代社会生活考论》，黄正建撰，中西书局 2016 年。

[197]《白居易生平与创作实证研究》，文艳蓉撰，上海古籍出版社 2016 年。

[198]《唐五代志怪传奇叙录》（增订本），李剑国撰，中华书局 2017 年。

[199]《元白研究学术档案》，陈才智撰，武汉大学出版社 2018 年。

[200]《入唐求法巡礼行记校注》，［日］圆仁撰，白化文等校注，中华

书局 2019 年。

［201］《谢朓集校注》，［南朝齐］谢朓撰，曹融南校注，中华书局 2019 年。

［202］《文选》，［南朝梁］萧统选编，［唐］李善注，上海古籍出版社 2019 年。

［203］《白居易研究：闲适的诗想》，［日］埋田重夫撰，王旭东译，西北大学出版社 2019 年。

［204］《王建诗集校注》，［唐］王建撰，尹占华校注，上海古籍出版社 2020 年。

［205］《李翱文集校注》，［唐］李翱撰，郝润华、杜学林校注，中华书局 2021 年。

［206］《史通笺注》，［唐］刘知几撰，张振珮笺注，中华书局 2022 年。

［207］《柳宗元集校注》，［唐］柳宗元撰，尹占华、韩文奇校注，中华书局 2022 年。

［208］《王荆文公诗笺注》（修订版），［宋］王安石撰，［宋］李壁笺注，高克勤点校，上海古籍出版社 2022 年。

［209］《唐代交通与文学》，李德辉撰，中华书局 2023 年。

后　记

　　2007 年暑假，我赴洛阳龙门游览，顺便拜谒白居易墓。当时初入唐学之门，兴趣主要集中在李白、杜甫等诗人，对白居易所知甚少，却想不到在若干年之后，我会用相当长的一段时间颂其诗、读其书，并竭尽所能地知其人而论其世。现在想来，当年那次拜谒，或许是一种冥冥之中的指引，让这位伟大的诗人在我的生活中占据一席之地。白居易曾在《与元九书》中对元稹说："然千百年后，安知复无如足下者出而知爱我诗哉？"我虽然谈不上和元稹一样是白居易的知音，但爱读白诗却早已成为一种生活习惯。不知道这一瓣心香，能否告慰这位千年前的诗人？

　　这本不成熟的小书虽然在多年前已经完成初稿，但随着后来承担了其他的研究课题，加上生活中诸多杂事的牵绊，分身乏术，并未投入太多的时间修改完善，只是将书稿中的部分内容拆为单篇，发表在《古典文学知识》《学术探索》《南京师范大学文学院学报》等刊物上。如今呈现出的样子也并无太大的改观，想来让人汗颜。本来书稿留置箧中日久，已不拟示人。但日间常有师友问起出版事宜，让我有种此书不至于全无是处的错觉，又恰逢获得了江苏高校"青蓝工程"中青年学术带头人的资金资助，于是斗胆付梓。此刻的心情，恰如朱庆余《近试上张水部》中所言的那样，有种"画眉深浅入时无？"般的忐忑。

　　我于 2009 年进入复旦大学，拜在查屏球师门下学习唐代文学，自此与查师结下师生之缘。但当时的我心多旁骛，未能一心向学，全赖查师的督促与宽容，方才在为学和为人上有一点长进。毕业以后，查师仍时时关心我的工作和生活，耗费了许多心力。本次书稿出版，查师又于百忙之中赐序，说了很多鼓励和鞭策的话，让我这个不成器的学生既觉惭愧，又在内心感到温暖。

　　书稿出版过程中，光明日报出版社的樊仙桃女士数次与我联络沟通，惠我良多，谨对其付出的辛劳表示由衷的感谢。

2023 年 12 月 27 日记于古郁洲蜗居